嚣张

巫哲 著

UNRULIEST

第一章 光风霁月 001

小神童丁霁私人藏书。

不借给你。

不要偷。

捡到要还给我。

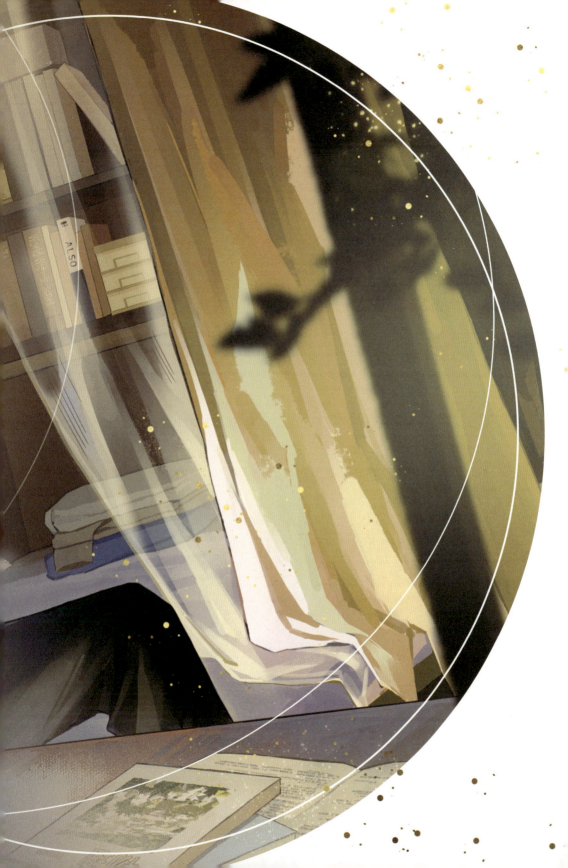

估计以后很多年，

他听到蝉鸣时，

都会想起这一天，

他在一个满是阳光的日子里，

趴在桌上紧张而又镇定地答着题。

"南边儿能看到红色星宿二,有句诗……"

"人生不相见,动如参与商。"

"我有几次跟人航拍,山里过夜,看得特别清楚,星星都又大又亮。"

"我去看升旗。"

"吃麻辣烫吗？"

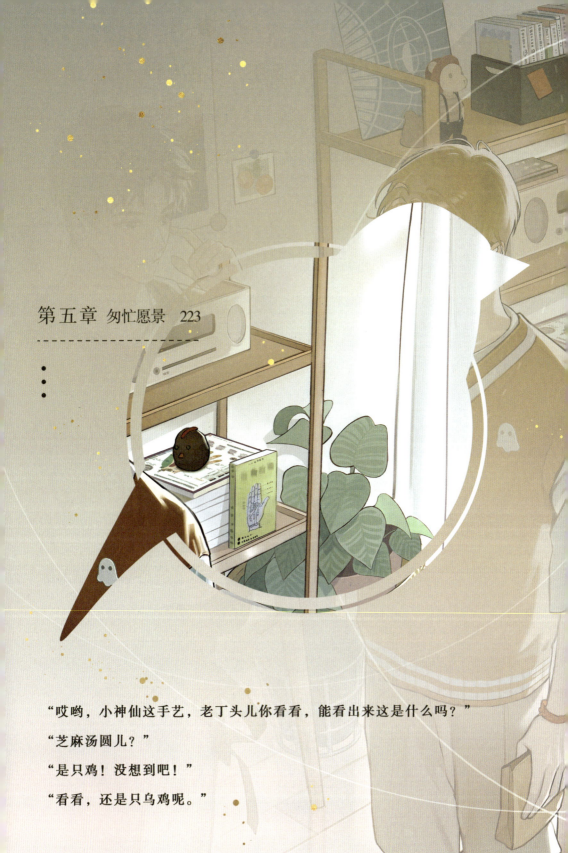

"哎哟，小神仙这手艺，老丁头儿你看看，能看出来这是什么吗？"

"芝麻汤圆儿？"

"是只鸡！没想到吧！"

"看看，还是只乌鸡呢。"

"你这性格吧，大概就是这样——无所谓，随便，爱谁谁，我都不在乎。"

我叫丁霁，

光风霁月的"霁"，

叫名字就行，

再叫错一次，

我马上给你抽成今晚最闪亮的那颗电动陀螺。

——丁霁

林无隅走在走廊里，只能听到自己的脚步声。

以往无论多安静，都能听到各种声音，

哪怕是深夜，也会有几个呼噜大王发出让人踏实的声响，

到考试之前，还会有亮到很晚的灯光。

现在这些声音和场景，都只在回忆里存在了。

林无隅伸了个懒腰，叹了口气。

Guang　Feng　Ji　Yue

光 风 霁 月

第 一 章

今天风和日丽，万里无云，真是个好天气。

林无隅靠在天台栏杆边，低头在小本子上唰唰写着。四周是嘈杂的人声，天台上靠楼梯口这边儿站了不少学生和老师，摄像机对着天台边正喊话的一个女生拍着，天台下面更是围得水泄不通，大家一块儿仰着头。

这大概是学生会本年度组织的最受学生欢迎的一次活动。

"我们食堂的饭菜真是太好吃了！伙食绝对是全市最好的！"女生喊。

天台下一片掌声，林无隅低头笑了笑。

"还要做记录吗？"学生会宣传部的副部长走过来，看到他愣了愣，"学生会不是请了人在录像吗？怎么还……那我是不是也应该记录一下啊？"

"嗯？"林无隅抬眼看了看他，"哦，你记一下吧，毕竟咱们学校第一次弄这种活动，还是挺有意义的。"

副部长新上任，工作非常认真，听他这么一说，立马点了点头，拿出了随身带着的小本子。

冲着空白页愣了一会儿之后，他往林无隅身边凑了凑："你是……"

"别看我的，"林无隅从上衣兜儿里拿出眼镜戴上了，"多角度记录更全面。"

"对！"副部长恍然，低头咬着嘴唇开始憋。

林无隅低下头，继续在本子上写——

晚饭想吃打卤面，要多放点儿油。

最好是大油。

大油！

多角度记录还没写完，林无隅听到了一个女生的声音从前面传过来："我还是……不上了，我突然有点儿害怕，不，是突然紧张得不行，我不敢过去说了。"

他抬起头的时候，看到学生会主席李盈笑着拍了拍一个女生的肩膀："没事儿没事儿，不敢上去没关系的，先让别的同学上好了，你先缓缓。"

天台喊话这种事儿，虽然也得排队，但心情跟排队买一杯奶茶是完全不同的。买奶茶谁要在前头加了塞儿，后面的人就算不开口，心里也得把加塞儿的骂成臭鸡蛋、长绿毛的那种。现在这场合就不同了，要是往前头加个人，后头的没准儿还能松口气。

可眼下不光没多人，还猛地少了一个，等着上去喊话的几个同学顿时都转过了头，一块儿看着李盈，全愣住了。

正在天台边上喊话食堂大姐"请不要抖勺"的女生已经在做总结陈词，马上就要喊完了，这么热烈的气氛之下，后面要是续不上，冷场了，就会有点儿尴尬。

"我去吧。"林无隅合上了本子，随便卷了一下插在了屁兜儿里。

"行。"李盈想也没想就点了头，也没问他要说什么，毕竟是学霸，让他上去现喊一篇论文估计也没问题。

从林无隅站的位置走到天台喊话的栏杆边，大概十六步，他走过去的时候还不知道自己想要说点儿什么——说什么呢？

直到站到天台边的时候，他看到了站在一棵树旁边仰着头往上看的许天博。林无隅推了推眼镜，手撑到了天台栏杆上，冲下面笑了笑。在一阵女生的尖叫声过后，他开了口："大家下午好，我是林无隅。"

对林无隅来说，在他的可控范围内，很多时候，冲动是一种愉悦的感受，比如现在。旁边的摄像机都快揍到他脸上了，他低头清了清嗓子："其实我没有想到有一天我会站在这里，对着这么多人说话。"

天台下的声音渐渐弱了下去。

虽然站在这里说话并不在计划当中，虽然站在这里的前一秒他都还不确定自己要说的是什么。

"这些话，在我心里憋了很久了，我想要说出来，为自己，也为跟我一样的人。"

可一旦开了口，说出来的每一个字却又都像排演了几百次。

"我有一个很喜欢的人，对方可能知道，也可能不知道，不过不重要，"他抬起了头，声音一如之前的清晰平缓，"我不会告诉你，我喜欢你，但我会……"

四周一下静了下去，余光里摄像机都停摆了，摄像大哥从机器后头露出了半张脸。

林无隅在很多事上有百分之百甚至买一送一——百分之二百的自信，但在四周静下去的那一瞬间，还是有些紧张，只是低着头，甚至不敢往下面许天博的脸上看过去。

接着一声口哨响起。

林无隅紧绷着的神经猛地松了松，不易觉察地轻轻吐了一口气。后面还说了点儿什么，一句或者两句，不过他没去记，反正需要的时候也能想起来。

他愿意回忆的事，每一帧都能想起来，无论过去多久。

离开天台栏杆的时候他听到了李盈压低了的声音："没有鱼！你也太牛了。"

下天台的楼梯口时碰到了班主任老林，老林今年不到四十岁，又和林无隅同姓，所以林无隅一直叫他"哥"。

"有预谋吗？"老林拦在了他面前。

"没有，"林无隅回答，"上去说两句话还需要预谋吗？"

"关键是内容啊。"老林笑了笑。

"也没有，"林无隅想了想，"对你会有什么影响吗？"

"对我能有什么影响？"老林说。

"那就行，"林无隅小声说，"我能提前走吗？我饿了。"

"走走走走走。"老林冲他摆了摆手。

林无隅一溜烟跑下楼梯，先回了宿舍。

宿舍有四个人，除了他是学生会的得去天台，另外三个全都趴在书桌前，听到有人进来都没抬头。

"活动结束了？"刘子逸抬起头问了一句。

"这么快？"陈芒埋在书里，"我以为得到放学时间呢？"

"没完呢，"林无隅脱下身上的外套，伸手把刘子逸脸上的眼镜摘了下来，"你度数是不是又加深了？"

"是，这都能看出来？"刘子逸揉了揉眼睛，"数圈儿吗？"

"哪用数圈儿啊？"林无隅拿起刘子逸放在桌角几乎万年都不用一次的镜布给他擦着镜片，"就看你眼睛又小了。"

刘子逸叹气。

屋里几个人都笑了起来。

"鱼，你晚上吃食堂还是出去吃？"陈芒伸了个懒腰，转过头看着他。

"想吃什么？说。"林无隅把擦好的眼镜递给刘子逸，看着他挺大的眼睛唰的一下缩掉了一半。

"你看着办吧。"陈芒摸了摸肚子，"我是能吃上白食就满足。"

林无隅换了件外套，准备离开宿舍的时候，陈芒又追问了一句："你晚自习之前能回来吗？"

"我？"林无隅指了指自己。

"……当我没问，"陈芒冲他一抱拳，"你是不需要上晚自习的人。"

林无隅关上了宿舍门，还没走到楼梯口，手机响了一声，有消息进来。

他没急着看，虽然手机从早到晚消息很多，但现在这一声响，他几乎立刻就能猜到会是谁。

第六感就是这么抢戏。

从他在天台上说完话到现在是十五分钟，以他对许天博的了解，从反应过来，到犹豫，再到下决心发出消息，差不多就这个时长。按处理这种事件的速度来说，许天博算得上是干脆利落的人。

林无隅承认自己现在还不敢看这条消息。

他去了小卖部，买根冰棍儿啃了，给自己压惊。

学校四周没有好吃的打卤面，最好吃的打卤面在家里，老爸做的。他家离学校不远，确切地说是很近，近到父母不用猜都能知道他住校只是为了离开家。

不过今天实在对打卤面有些思念，不到需要拿衣服一般不回家的他，在学校大门口站了几分钟之后转身往回家的那条路走了过去。

走了几步，他拿出手机，低头点开了微信，接着又迅速地点开了最上面的那个红色的"1"。

学霸牛哇！无论你做什么选择，我都是你最好的朋友。

林无隅的脚步没有停顿，边看手机边往前走着，手指在屏幕上悬了好一会儿，最后也没有落下去，飞快地把手机熄屏，塞回了兜儿里。

进了小区，他才突然又停了下来。这会儿他才开始感觉到自己呼吸有些不畅。其实他不应该觉得意外，如果许天博能猜出来自己说的是谁，那这个回复是必然会出现的。收到消息的时候，他甚至能想到回复的内容——温和而果断，不会伤害到人，也不会留下任何余地。只是他站在天台边开口时，刻意没有去思考这个"如果"而已。而眼下这个刻意的忽略让他一下就感觉到，到底还是高估了自己的承受能力。

他有些难受。

"今天怎么回家了？"身后传来的声音打断了林无隅准备进一步心疼自己的

进程。

"想吃打卤面。"他转过头，看到了身后拎着一兜儿菜的老妈。

"你脸色怎么这么差？"老妈一看到他的脸，立马往前走了一步，盯着他，"病了？哪儿不舒服？"

"没，"林无隅说，"昨天可能睡太晚了。"

"有没有哪里不舒服？头痛？肚子疼？"老妈继续追问。

"没有。"林无隅伸手接过了她手里的菜，往前走。

"那就好，"老妈跟了上来，"想吃打卤面也不用提前这么长时间回家，也没有带复习的资料，是今天一晚上都不打算看书了吧？"

"嗯。"林无隅应着。

"'嗯'得这么理直气壮？"老妈皱起了眉，"你是不是觉得别人夸你一句'学霸'你就是学霸了？人要面对现实，也要面对真实的自己，你要真的是学霸，你怎么从小到大连一级都不敢跳？你怎么不敢保证自己都拿满分？怎么不敢……"

"妈，"林无隅转头，食指竖到唇边，压低了声音，"嘘……听。"

"听什么？"老妈问。

"听我说。"林无隅说。

老妈一下没反应过来，看着他。

"我不会因为谁说一句聪明就觉得自己是天才，也不会因为谁说一句不聪明就觉得自己不行，我对我自己有判断。"林无隅说得很平静，语速跟老妈的机关枪一比，就跟散步似的，"还有一件事儿我跟你再重申一遍，人活着，除了我不敢，还有很多我不愿。"

"你……"老妈回过神，皱着眉。

"嘘，"林无隅又竖起食指，"听。"

"又听什么！"老妈生气地提高了声音。

"如果咱俩都不说话，"林无隅说，"心情会好很多。"

进门的时候，老爸已经在厨房做打卤面了，先林无隅一步回家的老妈皱着眉坐在沙发上。林无隅走到厨房，跟老爸打了个招呼："爸。"

"别总跟你妈戗。"老爸说。

"嗯。"林无隅应了一声。

"你不是小孩子了，马上上大学的人，"老爸说，"要学会体谅父母，理解父母……"

"嗯。"林无隅又应了一声。

老爸老妈倒是做到了这一点，他俩相互都能体谅理解，因为他们是同样纠结矛盾的一对父母。林无隅转身往自己房间走过去。

"把你哥屋的窗户开一下，换换气。"老妈说。

"嗯。"林无隅顿了一下脚步，走进自己房间隔壁的屋子，把窗户全都打开了，然后快步离开，回自己房间锁上门，躺到了床上。

打卤面害人，馋虫害人，如果不吃打卤面……

这会儿他应该吃点儿什么？

"炸酱面吧？"奶奶的脸突然出现在丁霁眼前。

"哎我的祖宗！"丁霁吓得一脚蹬在前面的桌沿儿上，把桌子上立着的手机震到了地上。

"干吗啊？"他拍了拍胸口，"给你大孙子吓出个好歹，你对得起老丁家列祖列宗吗？！"

"这就能吓出个好歹了，你这大孙子对得起老丁家列祖列宗吗？"奶奶说，"看什么呢？鬼片儿啊？"

"我什么时候看过那些了？"丁霁叹了口气，弯腰把手机捡起来。他打小胆子就不大，老太太还总秉承着以毒攻毒的原则，没事儿就给他来一下，他都感觉自己再过几年胆儿都能给吓消失了。

这部纪录片他看好几天了，各种要案、大案、命案，古早的纪录片凶杀现场都不加马赛克遮挡，冷不丁就出现一个惊悚镜头，别说晚上看，就黄昏的时候看，也会觉得有头发扫过后脊梁。

被老太太这一吓，他这会儿也不想看了，把手机扔到一边，站起来伸了个懒腰："刚说吃什么来着？炸酱面？"

"你要想吃别的，奶奶给你做。"奶奶走到窗边，往外看着。

"我想吃饺子。"丁霁说。

"行，这就给你包饺子。"奶奶点点头，但还是站在窗边没有动。

"看什么呢？"丁霁走过去，站在奶奶身边，一块儿往外看。

"谁家死人了？"奶奶一脸凝重地掐着手指，低头算着，"是不是……"

丁霁看着楼下一派祥和，也没听到哪儿有动静，刚想说怎么就谁家死人了，还没张嘴，马路牙子上飘过来几片黄色的纸钱，在风里打着小旋儿顺着路飘走了。

丁霁后背一阵发麻，立马转身离开了窗口，反手在背上一通又抓又挠："您能不能不这样！"

"你奶奶神吧？"奶奶回过头看着他，笑着问。

"神个头，"丁霁拿了外套穿上，"现在讲究科学，你还玩神婆这套呢。"

"别瞎说！"奶奶拍了他后背一巴掌，"灵着呢！"

丁霁转过头，凑到奶奶眼前，压低声音，一脸神秘地问："老太太，你老实说，刚是不是已经有纸钱飘过去了？"

奶奶也一脸神秘地看着他，过了一会儿才说："好几张呢。"

丁霁笑得不行，边乐边穿鞋准备出门："我出去转转。"

"想吃饺子还不和面？不揪剂子？不擀皮儿？"奶奶一连串地说。

"我不会揪剂子，你又不让用刀切。"丁霁说。

"不和馅儿？不烧水？"奶奶说。

"炸酱面，"丁霁扶着门框，"我现在想吃炸酱面了。"

"臭小子，指望不上你，一会儿你二姑过来，让她帮我得了。"奶奶低头掐着手指开始算。

"我二姑不是明天才过来吗？"丁霁说。

"今天来，"奶奶掐完手指，一抬头，扬了扬眉毛，"一会儿就到。"

丁霁下楼，碰上了正往楼上走的胡阿姨，打了个招呼："胡阿姨，感冒了啊？"

"啊，今儿早上吹风了，"胡阿姨应了一声，下完这层楼梯之后，才又吃惊地扒着栏杆问了一句，"你怎么知道的？"

丁霁笑了笑没说话。

"跟你奶奶学了不少啊……"胡阿姨感慨，"这是怎么知道的啊？"

丁霁叹了口气，这也太好骗了，自己就是站在门口跟奶奶说话的时候听到了胡阿姨打喷嚏的声音，还有一声带着严重鼻音的叹息而已。不过奶奶有时候是挺神。他走出楼道的时候，碰到了二姑。

"二姑，你是不是跟奶奶说要来了？"丁霁立马问了一句。

"没，我今天办事路过，本来说好明天的，"二姑说，"都到这儿了就今天呗。"

"那她怎么知道你来？"丁霁问。

"掐指一算呗，"二姑说，"家里就你跟她学得最多了，你问我啊？"

丁霁笑笑，低头在左手指上开始掐算。

"算出什么了？"二姑笑着向楼上走。

"我一周之内有桃花。"丁霁一挑眉毛。

- 02 -

林无隅没有在家过夜，吃完打卤面就离开了家，老妈抱怨到一半的声音被他强行关在了屋里。唯一庆幸的是，他今天只听到了一次"你哥"……

要论存在感，这家里谁也比不上"你哥"。

"你哥"人虽然没在这个家里，但"你哥"的传说让他在这个家里依旧拥有至高的江湖地位。

在这个普通的天气晴好、月朗星稀、万家灯火的夜里，在这个有理想的高三生都埋头苦读的夜里，林无隅夹了半小时娃娃，听了半小时街头歌手演唱，还点唱了一首，最后走进了总去的那家烧烤店。

"老规矩？"站在肉串后面的老板喊。

"是。"林无隅点了点头。

老规矩就是一样一串打包两份，他自己带一份回宿舍，另一份拿给隔壁宿舍。虽然行为看上去像是为了掩饰某种不可告人的目的，但其实他很喜欢吃烧烤，没有隔壁宿舍，他也能吃下两份，晚上匀速吃一份，早点突击吃一份。

手机上的那条消息他没有回复，一如平常，他不会刻意回复每一条消息。

拿着烧烤回宿舍的时候他拎着袋子加速，一如平常，嗖的一下就蹿过了舍管大爷的门口，最后一如平常地推开了隔壁宿舍的门。宿舍里四个人都在，一块儿转过头看着他，他的镜片闪过一片光芒。林无隅推了推眼镜，算是打招呼，然后把袋子放到了门边的桌上："刚烤的。"

林无隅转身离开宿舍的时候，许天博跟了出来："哎。"

林无隅转头。

"有没有人……"许天博带上了宿舍门，声音很低地问，"对你有什么不礼貌的吗？说什么不好的话之类的。"

"有几条消息，还没看，"林无隅想了想，今天手机响了挺多次，他一直也没心情看手机，"怎么了？都是你发的吗？我跟学校投诉你歧视啊。"

"胡说，"许天博笑了起来，但很快又收了笑容皱起了眉，"你别被那些人影响了。"

"没谁能影响我，"林无隅拍了拍他的肩，"谢了。"

许天博关上宿舍门之后，林无隅才回了自己宿舍。

两人之间的感觉突然有了点儿微妙的变化，让人略有些沮丧。

宿舍几个人都已经从教室晚自习回来了，正趴在桌上开辟新战场。

陈芒过来接他手里的烧烤袋子时，他感觉到了宿舍里的气氛也有些说不上来的尴尬，不过没有人提起天台喊话的事。他们宿舍一般不讨论私事，当然这样优良的舍风也是几个人"商谈"了好几回才形成的，所以现在哪怕出了天台这样的事，只要林无隅自己不提，另外三个人是绝对不会开口打听的。

"我熬夜的力量来了。"陈芒打开袋子，拿了串鸡胗开始啃。

"还是那家的吗？"刘子逸也起身走过来问了一句，明显是为了缓和尴尬气氛才憋出来的废话。

"嗯。"林无隅应了一声，并没有觉得有什么不自在的，倒是几个舍友这么小心，让他有些过意不去。

平时带回宿舍的烧烤，陈芒他们得抢，要不谁也吃不过林无隅，此人一对三都能吃掉一半。但是今天林无隅明显不太有食欲，只吃了一兜儿烧烤的三分之一就洗漱躺回床上了。他也不打算掩饰情绪，低落就低落了，强撑着演戏给宿舍里这几个人看也没意思，三年都在一个宿舍，谁不了解谁呢？

陈芒他们几个也没管他，抓住这个难得的机会，把烧烤一扫而空，然后宿舍里迅速归于平静，除了林无隅，又都趴回了桌上。高三不熄灯，他们一般能熬到半夜，林无隅有时候凌晨三四点起来上厕所还能看到刘子逸的灯是亮的。

一片安静的复习氛围里，林无隅的手机响了一声。他翻了个身，摸过手机先把声音调成了振动，然后打开了社交软件，是一条好友申请消息，头像很普通，毕竟芸芸众头像里能有一多半是各种动漫头像。

不过好友申请的内容很不普通。

——垃圾变态。

四个字，林无隅用了两三秒才反应过来——这是在骂他。他皱了皱眉，没再理会，往下面几条好友申请消息上扫了一眼，今天好友申请消息很集中，下面有一溜儿，除去三个留了班级和姓名的正常申请之外，还有四五个不正常的。

——没想到你这么恶心。
——认识一下吗？
——死垃圾，小心点！
……

后面的消息林无隅没再细看，今天消息挺多的，原来都是这些。他有些意外，一部分当代少年表达喜恶的方式居然如此直白。许天博问他的时候他还觉得是许天博多虑了，现在看来，应该是许天博听到了什么不好的话。

林无隅把手机扔到一边，顺手从旁边桌子上抽了本题册，枕着胳膊开始看。陈芒伸手过来替他把桌上的台灯打开了："你是不是觉得咱们宿舍你近视度数最低就很牛啊？"

"是啊，"林无隅说，"不牛吗？"

“不牛啊，”陈芒说，“你都不看书还近视了，是惨剧啊。”

林无隅笑了起来：“也看的，怎么可能不看？”

“看个头的书。”丁霁拿过旁边的大玻璃瓶，喝了一口奶奶给煮的金银花水，听着椅子发出咯咯吱吱的声音，伸手往面前的棋盘上放了一粒棋子。

“我真没见过你这样上学的学生，就我上学那会儿也没你这么不上心，”刘金鹏皱着眉盯着棋盘，“你怎么考上的高中？”

丁霁笑了笑：“想当年……”

“将军！”刘金鹏突然手一挥，猛地提高声音喊一嗓子，把一粒棋子摔在了棋盘上，啪！丁霁手里的一瓶子金银花神仙茶让他惊得差点儿砸过去。

“玩个五子棋，用不用这么入戏啊？”他看了刘金鹏一眼，放下瓶子，捏起一粒白子儿，轻轻地放在了棋盘上，“我赢了。”

刘金鹏盯着棋盘上同时出现的三条直线，愣了好一会儿：“这都行？”

“怎么都行，”丁霁拍了拍手，“还玩吗？”

“不玩了！”一直蹲在旁边抽烟的陈叔抢答了，“你俩下个五子棋一下午了还没够啊？差不多得了啊，想玩拿纸画去，我这儿等着下围棋呢！老李马上到了。”

“陈叔，”丁霁冲刘金鹏摆了摆手，示意他让出位置，然后转头看着陈叔，“李大爷也没到呢，要不咱俩先来？”

陈叔立马一皱眉，犹豫着没说话，刘金鹏在一边乐出了声。陈叔以前是附近这几条胡同的棋王，在历届街道业余闭眼瞎玩选手云集的有空地儿就落子儿填满了为止围棋大赛上屡获冠军——直到丁霁出现。当年只抽空用一个月时间围观了他们下棋的初中生丁霁同学终结了陈叔的棋王生涯。只要是丁霁坐在对面，陈叔一次也没再赢过。

丁霁回到五子棋世界中去的时候他倍感欣慰，欣欣鼓舞，就差送锦旗了。

“哎老李！你可算来了！快！”陈叔突然冲着路对边招了招手，“赶紧的！”

丁霁回头看了看，李大爷的确到了。丁霁笑着喝了口茶，抱着大玻璃瓶站了起来：“鹏鹏上我家吃饭吗？”

“你哪个家？”刘金鹏问。

“我奶奶家。”丁霁说。

“走。”刘金鹏一拍手。

“赶紧走，”李大爷走了过来，“你在这儿待着影响你陈叔发挥。”

“不至于不至于。”陈叔说。

“那我……”丁霁立马停下了，转过头。

“走。”陈叔说。

这个街头露天"棋舍"不光有围棋一种棋，这里有六套石桌椅，每张桌上都叠着画了起码两种棋盘，居委会还挺贴心地在旁边的小杂货店里放了不少军棋、跳棋、飞行棋。不过一般还是玩象棋的大爷大叔比较多，围棋次之，虽然往往耗时惊人，但是能营造一种"我多高雅"的错觉，所以玩的人也不少。

奶奶家离这儿不远，加上旁边还有一个开放式的迷你公园，有绿地和小广场，是个集滑板、跑酷、小轮车、街舞于一体的耍帅胜地。小学时候起，丁霁就喜欢上这儿来泡着，放假的时候、逃学的时候、离家出走的时候，基本这片儿都是首选。

"你上星期不是回你爸妈家了吗？"刘金鹏边走边问，"怎么又回来了？这回连十天都没撑到啊？"

"嗯，"丁霁点点头，"不习惯。"

"什么不习惯啊？"刘金鹏问，"总是这句，你就是不习惯他们管着你吧？"

"总是这句你还总问。"丁霁扫了他一眼，"也不是不习惯他们管我，我爷爷也管我啊，不老实还抽我呢。"

"是，"刘金鹏看向远处，迅速开始了忆往昔，但很快又从回忆里抽身出来，大概是想起了小时候丁爷爷打丁霁的时候捎带手把他也一块收拾了几回的惨痛经历，他用力点了点头，"是，抽得相当狠。"

"鼻炎好了没？"丁霁问，"没好的话正好我从那边带了喷雾过来，你拿一瓶吧。"

"好了，"刘金鹏说，说完又愣了愣，"我跟你说我鼻炎的事儿了？"

"不用说。"丁霁回答。

刘金鹏看着他，好一会儿才问："那你怎么算……哦不，你说不是算的，那你怎么猜出来的？"

丁霁也看着他，没出声。

"哦，"刘金鹏毕竟跟他一块儿长大，很快就反应过来了，摸了摸鼻子，"是不是擤鼻涕擤破皮儿了还没好……欸？好了啊！"

丁霁勾了勾嘴角，没再理他，张开胳膊伸了个懒腰："走走走，我奶奶今天包饺子了。"

"给我讲讲！给我讲讲呗！"刘金鹏不放弃，丁霁坚持不答话之后他还一直念叨着自己分析，"怎么看出来的？我今天也没带纸啊，说话也没有鼻音了啊……还有什么蛛丝马迹……"

丁霁不错的心情被老爸停在楼下的车破坏了，虽然没破坏干净，但影响还是不小的，大概是高考临近，老爸这回连三天都没给他留就追了过来。

"回来啦——"推开门的时候奶奶在厨房里喊了一声。

"回来了——"丁霁回答。

"鹏鹏也来啦？"奶奶又喊。

"奶奶好——"刘金鹏回答。

"爸。"丁霁看到了正坐在沙发上翻看一本书的老爸。

"嗯，"老爸看了他一眼，举起手里的书晃了晃，"你在看的？"

"没。"丁霁下意识地否认了。

老爸手里拿的是本手相书，是他小学一年级的时候花三块钱在旧书摊儿上买的，弥补了不会看手相的奶奶在装神弄鬼方面的空缺，他这么些年都留着，没事儿就会拿出来翻一翻。

"我昨天拿过来的，"刘金鹏迅速接了话，救丁霁于水火，"我找奶奶给我解惑呢。"

"奶奶不给人看手相，"老爸看了他一眼，"你还对这些有兴趣了？"

"活到老，学到老嘛。"刘金鹏说。

老爸没什么表情地笑了笑，没再说话，丁霁也没找着可说的话，于是进了厨房。爷爷散步还没回来，二姑在阳台给奶奶的花浇水，奶奶在厨房，客厅里简直就是个尴尬牢。

"你要说你爸在，"刘金鹏跟着他挤进了厨房，小声说，"我就不来了。"

"我不知道他过来了。"丁霁帮奶奶把洗好的菜捞到篮子里，问了一句："他什么时候来的啊？来干吗？"

"来捉你回去，"奶奶说，"你也没跟我说是自己偷跑出来的。"

"我都多大的人了，"丁霁说，"我小学的时候他们也没管我，现在我都快能结婚了，倒想起来管了。"

"这话有点儿不公平，"刘金鹏说，"你离能结婚还好些年的时候他们就开始管了，就是一直不太成功。"

丁霁没出声，往后面墙上一靠："别废话，该帮忙赶紧帮忙，眼睛里能不能有点儿活儿了。"

刘金鹏看了他一眼。

"剁馅儿。"奶奶拿着一把菜刀，往砧板上一撂，刀砍进去半寸。

刘金鹏拔出刀，开始忙活。

"今儿晚上我肯定不跟他回去，"丁霁不知道是在跟自己说话，还是在跟奶奶或者刘金鹏说，"谁也别劝我，我就在这边儿住，我透透气。"

"嗯。"刘金鹏点头。

"一会儿吃完我说走就走，"丁霁说，"鹏鹏你利索点儿跟上。"

"行。"刘金鹏抬手冲后头比了个"OK"。

被人在好友申请消息里变着花样骂的事儿，林无隅没跟任何人说，但宿舍里几个人还是知道了，只是又憋了两天才开口。

"要不要想想办法？"陈芒问，"这事儿本来你不说，我们也不该问，但是这都两三天了吧？也没消停，这是找着个骂人的方式，一个个都过瘾来了吧。"

"不用管。"林无隅吃着饭。

"跟老林说一声吧，"刘子逸说，"他肯定能帮着处理一下，这太影响情绪了，还怎么复习？"

"不影响。"林无隅喝了口汤，今天食堂的菜有点儿咸。

"那就这么忍了吗？"罗川皱着眉。

"这也不是忍，"林无隅想了想，"这么说吧，就这些人，根本不配我对他们使用一个脑细胞，我没有时间浪费在他们身上。"

陈芒看着他："有道理，他们无非就是想恶心一下你。"

"给他们一个眼神算我输。"林无隅放下筷子，擦了擦嘴，拿着餐盘站了起来。

"吃这么快对胃不好，"刘子逸忍不住教育他，"去哪儿？"

"逛街。"陈芒跟林无隅一块儿开口回答。

林无隅不太喜欢端正坐在书桌前复习，那样给自己的压力太大。他喜欢到处转悠，东逛逛西看看，随便找个地方发发呆，操场、街头、广场喷泉边，脑子里一遍遍过的都是复习内容。

相对陌生、没有熟悉面孔的环境会让他觉得踏实，感觉世界都是自己一个人的。

我过目不忘，我尧舜禹汤，我就是这天地之间最牛的那个山大王。

今天他走得挺远的，这个小广场以前来过两次，晚上很热闹，其实不太适合复习，但今天他也不是特别想复习。

他就想看看山下的生活。

远处少年踩着滑板跳上栏杆，摔下来之后又滑行了两米；灯光下立着的篮板下有人在花式投篮，挂着铁链的篮框被砸得哗哗响；二十米远有几个抱着吉他唱歌的小姑娘……多热闹啊！身后还有个江湖骗子——"帮我看看吧，就随便说几句，男左女右是吧？那就看我左手是吗"——以及上赶着求被骗的傻瓜——"不是，"江湖骗子大概都不稀罕骗这样的了，"你别每次见了我都这句行不行啊？"

"你没帮我看过呢，"傻瓜说，"咱俩也认识四五年了吧，虽然不是太熟……"

"今儿算了吧，他心情不好，"另一个声音大概是骗子的助理，"以后的。"

那可不，太突然了，骗子大师估计都没来得及打听一下傻瓜的信息，今天当然不行，不过——

"行吧，"骗子"啧"了一声，"去给我买瓶水。"

林无隅一下来了兴致，专心地听着身后的动静。

傻瓜很快地买了水回来："怎么算？"

"手。"骗子说。

几秒钟之后，他又说了一句："有个哥或者姐是吧？"

"是。"傻瓜有些惊喜，"准。"

"小学高年级或者初中的时候生过大病或者是出过什么别的事是吗？"骗子又问。

"我……的天！"傻瓜的声音一下扬了起来，"初一的时候我出过车祸！这事儿我绝对没跟人说过！这都能看出来？这怎么看的啊？"

"蒙的。"骗子说。

林无隅忍不住回过头，往身后看了一眼——这要是真的，的确挺神奇。

身后的台阶上坐着三个人，中间那个应该就是骗子，右边的人正伸了左手到他跟前儿。骗子很年轻，跟自己年纪差不多。不过他抬起头往这边看过来的时候，林无隅挑了一下眉……这不会是许天博失散多年的兄弟吧！

骗子叼着根棒棒糖，在对视了几秒发现林无隅并没有转回去的意思之后，舌头裹了裹，棒棒糖的小棍唰的一下对准了林无隅。

"看什么？"他抬了抬下巴。

- 03 -

看你怎么骗人啊——林无隅没说话，只是笑了笑，又看骗子两眼，转回了头。

"继续。"傻瓜说。

骗子没出声，林无隅能感觉到背后的视线。骗人这种事儿，主骗肯定不希望有除了苦主之外的人在场，但林无隅也不打算离开，还真是挺想听一听后续。

"继续啊，"傻瓜说，顿了一下又低声补了一句，"你管那人干吗？想听让他听呗……放心，你说得不准我也不会说出来。"

"别！"骗子一下提高了声音，"你最好说出来。"

林无隅低头笑了两声。

"初恋是在去年，是不是？"骗子问。

"……是。"傻瓜的声音里透着惊讶。

"你还谈过恋爱？"骗子的助理也很吃惊，"还有这么不开眼的姑娘？"

"你什么意思啊？"傻瓜不服气，"我怎么就不能有人喜欢了？而且你以貌取人是不是不太好？再说了，鸡哥这么帅也没人喜欢他……"

"不会说话闭嘴。"骗子说，顿了顿又说，"下一句不换称呼我就帮你算算今儿晚上你牙都会掉在哪儿。"

助理笑得呛了口水，林无隅忍着笑。

"想让他给你看什么？赶紧问。"助理边乐边说。

"我就是想问，我下次恋爱什么时候。"傻瓜说。

"这个看不出来。"骗子说。

"为什么啊？"傻瓜问，"这个随便编一个都行吧？"

"你是我谁啊，我编一个逗你开心，"骗子很不屑，而且停顿了两秒之后又补了一记重击，"我看不出来你什么时候能再恋爱，就能看出来你两年之内没有爱可以恋。"

傻瓜很痛心："真的假的？"

"你信就是真的。"助理语重心长，"静待两年验证吧……两年以后还能找着我们的话。"

林无隅无声地笑了一会儿，没再去听后面的对话，骗子不再继续蒙了，光听傻瓜在那儿郁闷，就没什么意思了。

他脑子里还有一堆学习资料在等着他。他把鸡哥撵出了脑海。

陈老四走了以后，刘金鹏一直想起身走，大东他们几个正在几个花坛那边的空地上调音箱，他想过去玩。但丁霁没有动的意思，他也就只能坐着不动，只是时不时就转头往那边看一眼。

"你自己过去吧，别陪我在这儿愣着了，"丁霁开了口，"不要跟他们说我来了就行，我想坐会儿。"

"好，"刘金鹏立马蹦了起来，但很快又坐回了他身边，看着前面一直发呆没动过的那个人，小声说，"那人，没问题吧？"

"一个为情所伤的优等生，能有什么问题？"丁霁说。

刘金鹏盯着他看了一会儿："你真邪性。"

"走吧走吧。"丁霁冲他摆摆手。

刘金鹏蹦下了台阶，往大东他们那边跑了过去。

丁霁盯着前面那人的后脑勺看了一会儿，这人跟入定似的，快有十分钟没动过了。他犹豫一下，往四周看一圈儿，捏了一小块不知道从哪儿碎下来的水泥渣子，瞄了瞄那人右手边的台阶，然后弹了过去。他经常隔着老远往垃圾箱里扔东西，一般都能进去，他对自己的准头还是很有信心的。但水泥渣子在弹出去的一瞬间碎成了两小块，一小块落在了原定位置，那人右手边的台阶上；另一小块，落在了那人脑袋上，而且没有弹出来，就那样平静地停在了头顶。

林无隅抬起手，往头上摸了一下，看到手里的小水泥时愣了愣，然后转过了头，身后的三个人不知道什么时候就只有一个了，叫"鸡哥"的那位骗子正看着自己。

林无隅对于这种挑衅没什么感觉，只是顺手一弹，把小水泥坨弹回了鸡哥手上，又问了一句："有事儿？"

"没事儿，"鸡哥低头看了看回到手里的水泥，"准头可以啊。"

林无隅的复习思路已经被打乱，也就没有转回头继续，还是看着他："收费吗？"

"什么？"鸡哥皱了皱眉。

"就……算命，"林无隅说，"多少钱？"

不知道鸡哥是个走什么风格的江湖骗子，反正听到"多少钱"三个字的时候，顿时变了脸："你说什么？"

林无隅看着他，没出声。

"你知道我是谁吗？"他又指了指自己。

林无隅思考了几秒钟，清了清嗓子："是不是……鸡哥？"

鸡哥先是一愣，张了张嘴半天没说出话来，过好一会儿才突然乐了："换个人你已经死这儿了知道吗？"

林无隅勾了勾嘴角，忍住了笑。

"不知者无罪，笑吧，没事儿。"鸡哥往下挪了一级台阶，坐到了他身后，伸出了手，语气很慈祥，内容却很凶狠，"我叫丁霁，光风霁月的'霁'，叫名字就行，再叫错一次，我马上给你抽成今晚最闪亮的那颗电动陀螺。"

霁哥啊……林无隅没有接他的狠话，跟他握了握手，回到了之前的主题："所以不收费是吗？"

"不收费！"丁霁一脸不耐烦，"想干吗？"

"帮我算算？"林无隅把左手伸到了他面前。

"不算。"丁霁说。

"你是不是不帮陌生人算？"林无隅笑了笑。

丁霁眯了一下眼睛，看着他没出声。

"不熟不好蒙？"林无隅说。

"你最近诸事不顺，"丁霁拍开他的手，看着他，"一周之内的事。"

林无隅也看着他。

"蒙对了吗？"丁霁问。

"对了一半。"林无隅很诚实地回答。

"不仅暗恋失败了，还跟朋友闹矛盾了。"丁霁说。

"嗯。"林无隅点了点头，"不看手也能蒙出来吗？"

"都说是蒙的了，还看什么手？"丁霁很不屑地撇了撇嘴，"还听吗？"

"不听了。"林无隅回答得很干脆。

他的确没什么想问的，想知道的事他会自己找答案，并不需要一个陌生人来告诉他，还无法验证真伪。如果他真有什么问的，无非就是没话找话，跟丁霁多聊几句而已。

不过时间已经不早了，现在往回赶，回到学校差不多正好晚自习下课，他买不了烧烤了——有点儿失落。

丁霁在小公园待到差不多晚上十一点，四周已经没什么人了才跳下台阶。今天不是周末，大东几个唱歌也没什么听众，刘金鹏跟着他们一块儿换了地方，很不仗义地只是发了条消息告诉他。

丁霁往那边看过去的时候，人都已经没了。他伸了个懒腰，该回去了，老爸估计还在奶奶家，但他这会儿要还不回去，爷爷奶奶会着急。

不过到家的时候他意外地发现，老爸已经走了。屋里只有还没睡觉的爷爷捧着个茶壶正在看电视。

看到他进来，爷爷往面前的茶杯里倒上了茶："回来啦？"

"嗯。"丁霁坐到他身边，拿过茶一口喝了，往沙发上一靠。

"没想到吧，"爷爷笑着说，"是不是后悔没早点儿回来？"

"后悔什么？我玩得不想回呢。"丁霁说。

"你爸是我劝回去的，"爷爷拍了拍他的腿，"你两天没去学校了吧？明天去上课，放学了直接回家吧，考试之前就别折腾了，好好复习。"

丁霁没吭声。

"你爸妈也不是要怎么管你，"爷爷说，"但毕竟你这么聪明个孩子，学习也……"

"别瞎说，"丁霁打断了爷爷的话，"真聪明就不这样了。"

"毕竟你这么个笨蛋，"爷爷一点儿也没思考就换了个词儿，"不好好安心复习怎么行？"

丁霁笑了起来，叹了口气："行了，你别来回周旋了，喝你的茶，我睡觉去了啊。"

学校是肯定得去的，这周新发的卷子他还没有拿。而且他去得还挺早，到学校的时候，校门都还没开。丁霁皱着眉拿出手机看了一眼，本来还有些没睡醒的迷糊，一下全没了。

"我的天！"他站在门卫室的窗户边儿上震惊地说了一句。

"怎么，看错时间了？"门卫大叔趴到窗口笑着问。

"嗯。"丁霁有些泄气，把手机屏保的时钟调回了数字的。

这还叫聪明？连个指针表都能看错。

"吃早点了吗？"大叔问。

"吃了。"丁霁闷声回答。

"进去吧，"大叔打开了门，"你们高三住校的不少，这会儿也起来去教室了。"

"可以啊叔，"丁霁看着他，这位大叔到岗也就两个月，"怎么看出来的我高三？"

"我认识你啊，丁齐，"大叔说，"公告栏那个橱窗里有你照片。"

名字被叫错对丁霁来说没什么感觉，从小学起他就拥有很多名字，丁齐、丁雨齐、丁文、丁什么，甚至还有眼瞎的叫他丁霖。

他冲大叔笑了笑，进了大门。

教室的倒数三排，是个奇妙的空间。哪怕是三中这种跟附中始终缠斗在升学率第一线的学校，倒数三排也别有风情。比如这会儿丁霁的同桌石向阳同学，就正把一块蛋糕放在桌面上，用刀努力地切成小块，反复地切，看样子目标是一直切到直径一厘米。实际上这个尺寸很难达到，在这之前蛋糕就已经碎得差不多了——

焦虑情绪，何老师说的。

后排总有那么几个不肯轮换座位的，所以焦虑情绪一般都在后排沉积严重，往左往右都能看到；左边啃指甲的那个就暂时不想管了。

"问你道题。"丁霁从书包里抽出物理习题集。

"嗯。"石向阳点点头。

丁霁挑了道简单的："给我讲讲这题。"

石向阳恢复少许活力，给他讲完题之后，把桌上的蛋糕吃掉了。丁霁并没有帮助他的意思，只是听说八中有个考前疯了的往同桌身上砍了七八刀，而石向阳是个身高和体重的数值都是一九六的长方形壮汉。

他这算是自救。

每天的时间都一样长，但是体感时间长短不一。比如今天，同样在学校待着，时间就过得特别快，因为晚上要回"自己家"，时间要是有腿，他能扑过去拽着给打折了。其实他上学期都还在住校，相当自在，只是老爸觉得他自在大发了，强行让他退了宿舍回家。多数时间里，一打开家门，他就能闻到饭菜香，能看到父母的微笑，挺好的，只是不自在。

丁霁跟他俩在一起的时间太少，蹦一蹦勉强算是熟悉的陌生人，特别是前两年，连熟悉都谈不上。过年的时候，他们大概能见一次，但越小的孩子记忆越是无法保鲜，下次再见的时候，早就忘了。

"回来了啊，"老妈在餐厅里冲这边喊了一声，又转头招呼做饭的阿姨："刘姐，把菜摆上吧。"

丁霁把书包扔到沙发上，去洗了个手。桌上的菜都是他爱吃的，西红柿炒鸡蛋、五味鸭，还有蒸肉饼和排骨汤，每次回家，差不多都是这几个菜的主场，再加一两个别的菜轮换着。这个菜单大概已经有两三年没换过了，从老爸老妈回国，在奶奶那儿打听了他爱吃的几个菜之后。

丁霁有时候不太能理解他俩的脑回路，就算他爱吃，两三年了，也差不多该吃吐了。但被问到喜欢吃什么菜的时候，他又说不出来。他不挑食，也没什么忌口。对他来说，并没有什么特别爱吃、非吃不可、吃了就能改善关系的菜，他只是吃惯了奶奶做的菜而已。

"好吃吗？"老妈问。

"嗯，好吃。"丁霁点头。

"今天去学校了？"老爸问。

"去了。"丁霁回答，埋头吃饭，余光里看到两个人同时都松了口气。

"还是要抓紧，"老爸说，"我跟你们何老师打过电话，这段时间你旷课太多了，几次考试成绩都在下降……"

"嗯。"丁霁很配合地应了一声，想要用这样积极的态度打断他的话，但是没有成功。

"你从小就聪明，"老爸接着说，"一直是公认的聪明孩子……当然，你现在的成绩跟别人比起来并不差，但是你明明可以更好，你……"

丁霁舀了两勺西红柿炒蛋到碗里，拌好饭，低头几口把饭扒拉完，碗一放站了起来。

"去哪儿？"老妈看他。

"复习。"丁霁走到沙发边，拎起书包。

"你又有情绪了。"老爸说。

"你们让孩子吃完饭再说嘛，"刘姐叹了口气，"我们都不在饭桌上说孩子，吃不好饭的。"

"他也就吃饭的时候能听我们说几句，"老妈也叹气，"爷爷奶奶倒是不像我们这么啰唆，最后这孩子成什么样了……"

丁霁走进屋关门的瞬间突然加了劲，把门"哐"的一声摔上了。

他站在门后愣了一会儿，坐到了书桌前。最近是有点儿懈怠，他揉了揉肚子，刚吃得太急，有点儿撑着了。不过懈怠是常态，隔一段时间他就会感觉太累了，除了玩，干什么都没劲，所以成绩一直起起落落，浪得很。他缺乏毅力，专注力不够，也没有高效的学习方法，吊儿郎当还不想改变。综上所述，他并不觉得自己有多聪明，也很讨厌有人说他聪明，他根本配不上"聪明"这两个字……复习吧。

他从书包里拿出一套理综模拟题，趴到桌上，枕着胳膊开始做题。

"今天饭都不在食堂吃了？"陈芒看着林无隅，"你越来越野了啊。"

"有点儿头疼，"林无隅按了按太阳穴，"我出去转转，顺便去吃点儿好的。"

"记得带回来。"陈芒马上交代。

"今天可能回得早，"林无隅说，"烧烤就不带了啊。"

"我们吃白食的不讲究那么多，有吃的就行。"陈芒说。

林无隅笑笑。他前几天去小公园的时候，看到了对街有一家装修很可爱的店，名字叫"狗都来"，懒得过街，就没去，今天打算溜达着过去看看，说不定有什么好吃的，吃完脑袋就不疼了，可能还有狗子可以"撸"。

林无隅满怀期待地去了小公园。

"狗都来"——小咖啡馆，的确有狗，三条"串串"，脖子上还挂着小牌子，流流、浪浪、狗狗。但这不是重点，重点是店里所有的桌子都是单桌，配一张椅子。桌上写着字——"嘿，单身狗"；但墙上重重叠叠贴着的照片全是双人的，甜腻腻的情侣照。

林无隅感觉自己遭受到重创，狗都没"撸"就转身离开了，脑袋跳着疼。

林无隅在小广场旁边的一家药店买了盒止疼药，穿过广场想去对面超市买瓶水吃药的时候，看到了台阶上的鸡——丁霁。

"这么巧？"丁霁挑了挑左边眉毛。

今天丁霁旁边没有行骗助理，也没有送上门的傻瓜，只有他一个人。

"没算算我会不会来吗？"林无隅头还疼，也没停下。

"没算，"丁霁看着他，"我要算了，就给你带瓶水了。"

林无隅看了他一眼，停下了脚步。

"头疼？"丁霁问，嘴角露出了一丝笑容，带着些许得意。

林无隅没说话，回头看了一眼自己过来的方向。

"我这儿有水，"丁霁从身后摸出了一个大玻璃瓶，"不过不是白水。"

"我猜猜。"林无隅说。

"嗯？"丁霁愣了愣。

"上次我走的时候你看到了，那个时间多半是回住处，说明我住的方向在……"他指了指丁霁身后，"那边。"

丁霁拿着大玻璃瓶没说话。

"但今天我从反方向过来，过来的时候大概按了三次太阳穴，有可能是头疼，而且挺严重，"林无隅又揉了揉自己的太阳穴，"所以我可能会去买药止疼，小广场一圈只有一家药店……你要是没看到我过来，大概就没法算了。"

丁霁还是没出声，看着他。

"其实为了保险起见，先问是不是头疼比较合适，毕竟我可以问药店的人要一杯水吃药，"林无隅想了想，"但是先说水的事儿，更有效果，反正说错了还有个头疼兜着，就算是头疼错了也没事儿，我又不认识你。"

丁霁看了他一眼。

"猜对了吗？"林无隅问。

"对了。"丁霁说。

"水。"林无隅伸手。

丁霁把手里的大玻璃瓶递给了他。

- 04 -

丁霁那天自我介绍完，这人也没礼尚往来报一下名字，但这会儿也懒得问，就看着"无名"从兜儿里拿出止疼片放到嘴里，再拿起他的玻璃瓶仰头喝了几大口。

"你倒是不讲究。"他接过了"无名"递回来的瓶子。

"这不是个水杯吧？""无名"抹抹嘴。

"不是啊，"丁霁打开盖子，拿纸巾沿着瓶口擦了一圈，"这是个古老的雀巢咖啡伴侣的瓶子，年纪可能比我大。"

"无名"没有说话。

他抬头看过去，"无名"的表情有些难看。

"怎么了？"他问。

"你这么讲究，为什么还让别人喝你的水？""无名"很无奈，"擦也别当面擦吧？"

"我也不知道你会真喝啊。"丁霁说。

"无名"伸出了左手。

"不看。"丁霁拍开了他的手,但还是往他手上扫了一眼。

"瓶子。""无名"说。

丁霁愣了愣,把瓶子盖好,又递给了他。"无名"拧开盖子,一仰头咕咚咕咚又是两口,然后把瓶子放在了他旁边的台阶上:"能告诉我你是怎么看出来我诸事不顺的吗?"

"怎么?你猜不出来吗?"丁霁斜眼看了看瓶子。

"今天这个简单,""无名"说,"我要都能猜出来你还怎么混啊?"

"所以啊,"丁霁一扬头,"我怎么可能告诉你?我连你叫什么都不知道。"

"林无隅。""无名"说。

"什么?"丁霁没听清。

"林无隅。""无名"重复一遍,按了按太阳穴。

"无隅?"丁霁说,"大方无隅啊。"

林无隅按着太阳穴的手停了一下——"光风霁月"就算了,毕竟名字里有这么个字,但脱口而出"大方无隅"还是有点不符合吊儿郎当的江湖骗子的气质的。刻板印象要不得,林无隅进行了一秒钟的自我反省,然后点了点头:"嗯。"

丁霁靠着后面那级台阶,没再说话。

林无隅的头还是疼,这会儿无论是回学校还是去找饭吃,他都提不起劲来。而且……也许是因为丁霁跟许天博长得有几分相似,他也并不想马上就走,于是在丁霁身边坐下了,跟丁霁一块儿看着不远处立着的那个篮球架。

现在还早,只有两个男生在投篮玩。

沉默一会儿,林无隅先开了口:"你总来这儿吗?"

"隔一阵儿来一阵儿吧,"丁霁说,"我奶奶家在附近。"

"哦。"林无隅应了一声。

"你是附中的吧?"丁霁问。

林无隅迅速低头看了看自己,衣服和鞋全是自己的,没有附中的任何标志。

"上回碰见你,我就知道了。"丁霁笑着伸了个懒腰。

"上回?"林无隅回想了一下,没找到什么能让人猜出他学校的细节。

"手给我。"丁霁说。

林无隅看了他一眼,把左手伸到了他面前。

"手指挺长嘛,"丁霁用指尖在他手心里画了几下,"你……"

林无隅弯起食指,把他的指尖挑开了。

"嗯?"丁霁偏过头。

"痒。"林无隅说。

"矫情。"丁霁有些不屑地撇了撇嘴,手指悬空着在他掌心里又画了几下。

"打算看什么?"林无隅挺有兴趣。

"我随便看,"丁霁说,"你随便听。"

"嗯。"林无隅点头。

"跟父母关系不好吧?"丁霁问。

林无隅没出声。

丁霁似乎也不需要他回答,继续盯着他的手,又看了一会儿之后才靠回台阶上:"你这前十几年没什么意思,大面儿上顺风顺水的。"

"是吗?"林无隅收回手,低头看着。

"有兄弟姐妹,"丁霁继续说,"有兄弟还是姐妹,有几个,这些就不知道了。"

林无隅还是看着自己的手,丁霁这么一说,他就有些想不明白了。丁霁对细节的观察能力和对人性格的把握能力都相当强,这是他能蒙人的关键。但陌生人的家庭状况这些丁霁是怎么推断出来的,他一时半会儿找不到方向,尤其是兄弟姐妹这一条。

"说你不知道的了啊,"丁霁偏头盯着他的脸,"以后可能会有点波折,不过也说不好,大概感情方面吧。"

"是看这三条线吗?"林无隅指了指自己的掌纹,"事业线、爱情线、生命线?"

"那也太初级了,"丁霁摇头,"还有一堆这个线那个丘的,一边看一边还得……"

"跟我边聊边猜是吧?"林无隅说。

"……有劲没劲啊。"丁霁"啧"了一声。

"挺厉害的,"林无隅笑了笑,"是学过吗?"

"去哪儿学啊,跟谁学啊,都是蒙人的,"丁霁不屑地挥挥手,"你也别信那些说要教你的。"

"嗯。"林无隅搓了搓手。

"你是有个哥还是有个姐?"丁霁问。

林无隅顿了顿,过了一会儿才说:"怎么不问弟弟还是妹妹?"

"气质不像啊,"丁霁说,"我认识好些有弟弟妹妹的,不是你这样的。"

"看来算命也得敬业,"林无隅说,"平时就得留心观察。"

丁霁没有再问兄弟姐妹的事,林无隅很随意地就把这个话题岔开了,岔得非常自然。如果不是他琢磨着想验证一下,估计根本就没发现这个话题已经过去了。看来林无隅并不想跟人聊这个,跟父母的关系不好八成也跟这个兄弟姐妹有点儿关系,而丁霁也没有打听陌生人隐私的爱好。如果不是林无隅若无其事地喝掉他大半瓶水还坐下不走了,他也不会主动跟这人聊这些有的没的。

"附近有什么吃的吗?"林无隅问,"味道好的。"

"不用那么客气，"丁霁想也没想就说，"我吃过了。"

林无隅看着前面笑了起来："我要找地方吃饭。"

"哦，"丁霁也没觉得尴尬，想了想，"不想跑远的话，就去对面啊，狗都去。"

"狗都去？"林无隅愣了愣。

"不是骂你啊，"丁霁清了清嗓子，"是一个店的名字，咖啡啊，比萨啊，点心什么的，味道还可以。"

"不是'狗都来'吗？"林无隅问。

"那你从这儿过去是不是去啊？狗从这儿过去，就叫'狗都去'，"丁霁说，"你坐到店里了才叫'狗都来'。"

"……行吧，"林无隅点了点头，"你吃过？"

"吃过一次，那儿就是个'单身狗'脱单店，墙上贴的照片都是在那儿认识了好上的。"丁霁把手伸到他面前，在手指上掐算着，"我那天算到我要有桃花，就去那儿想碰碰运气……"

丁霁话还没说完，林无隅已经偏开头笑了起来。

"不要笑，"丁霁很严肃，"这玩意儿有时候准着呢。"

"准吗？"林无隅笑着问。

"不准，"丁霁皱皱眉，"当时算的是七天之内，现在七天已经过了，我估计得是半个月。"

"半个月到了没？"林无隅忍着笑。

"明天就半个月了。"丁霁弹了弹手指。

"你这半个月说上话的陌生人就我一个了吧？"林无隅说。

"嗯，"丁霁扫了他一眼，"你啊？桃花啊？你顶多也就是个西瓜。"

林无隅决定去"狗都来"那儿吃个饭。起身的时候他犹豫了一下，没有邀请丁霁。毕竟他们不熟，而且丁霁已经吃过并且提前拒绝了。

"他家冰激凌挺好吃的，"丁霁说，"你可以试一试，就香草的那种，巨大一杯。"

"好。"林无隅点头，跳下台阶往那边走了过去。

快要走出这个小公园的范围的时候，他又回头看了一眼，发现丁霁已经不在那儿了，台阶上换了几个玩小轮车的，正上下蹦着。

他继续往前走，走几步之后停下了，再次回头，盯着那几个玩小轮车的又看了一会儿，有些吃惊地发现，光膀子的那个就是丁霁，本来穿着的T恤被他很随意地脱了，塞在裤腰上挂着——太不讲究了，大庭广众的就这么把衣服脱了？林无隅拿出手机，点开相机，把镜头拉了过去。丁霁玩得很熟练，有几个动作看着像是要从最高的台阶上翻下去了，但转个圈下一秒又回到了原地。

林无隅挺喜欢这些东西，初中的时候跟几个同学迷了一阵儿滑板，但没玩太长时间，老妈觉得耽误时间，耽误学习，耽误一切，还会受伤，最重要的一点是，她觉得林无隅根本不可能玩得好。

"你又不是你哥。"

林无隅不是太在意这类的话，他觉得有可能是真的不在意，他对自己有自己的判断，也有可能是习惯了，毕竟从小到大，这话听得实在太多。但不得不说，有时候这样的话真的会有些败兴，会让人下意识地就开始怀疑自己。

上高中之后他就没怎么玩了。

这会儿看着丁霁，他有点儿想过去把车借过来玩玩的冲动。

虽然他不会。

正犹豫的时候，那边的丁霁停下了，抬头很随意地往这边看了一眼，大概是看到了他，冲这边挥了挥手——眼神儿不错啊，林无隅也挥了挥手。丁霁又挥手，林无隅继续回应，感觉丁霁有病。三个回合过后，他才注意到丁霁的手势，不是挥手，而是往他这边指。

"嗯？"林无隅把举着的胳膊放了下来，往自己旁边看了看，接着就没忍住，震惊地发出了本年度的第一个不文明用语。

他的右边，不知道什么时候多了一辆婴儿车。最吓人的是，车上还睡着一个看上去都没他小臂长的小宝宝。

他迅速看了一下四周，没有看到人。

这会儿已经过了下班和放学的交通高峰期，晚饭时间还没过，路上散步的人也只有零星的几个，他方圆二十米之内，别说人，连只鞋都没有。这车是怎么到他身边的，他完全不知道。

他环顾四周，也没有可以问的人。

"我过去看看。"丁霁跨上车，提了一下车把，用后轮直接跳下三级台阶。

"你确定不是他推来的车吗？"大东也跳了下来，跟在他后头，往那边蹬了过去，"现在好多阿姨用这种车买菜……"

"他是阿姨吗？！"丁霁猛蹬几下，离着林无隅还有二三十米时撒了把，一边把T恤套回身上，一边冲林无隅喊了一声，"里头有小孩儿吗——"

林无隅点了点头。

"哪儿来的啊？"丁霁冲到婴儿车旁边，看到里面睡着的小宝宝时下意识地压住了声音，"这小孩儿就几个月吧？"

"没有几个月，"大东凑过来看了一眼，"我小侄子三个月都不止这么一点儿了。"

"哪儿来的？"丁霁看林无隅。

"我不知道，"林无隅说，"你比我还先看到这车呢。"

丁霁盯着车里的孩子看了一会儿，抬起头："所以这就是个……弃婴吗？"

"大概，"林无隅的手指在婴儿车的把手上轻轻弹了一下，"快报警吧。"

"这小孩儿看着也没毛病啊，"大东小心地掀了一下盖在小宝宝身上的毛毯，"我的天，是个男孩儿，那也不是因为重男轻女扔的啊……"

"你别给小孩儿弄醒了！一会儿哭起来我们怎么哄？先报警，"丁霁拿出了手机，"让警察叔叔来哄。"

"哄小孩儿我没问题。"大东很有自信，但还是收回了手。

林无隅走了两步，坐到花坛边，看着丁霁打电话报警。报完警之后，有两个大妈看到了这边的情况，走了过来。

"呦，这孩子怎么了？"一个大妈看了看婴儿车，弯下了腰，伸手想把孩子抱出来，"这不是你们的孩子吧！"

林无隅本来觉得可能是热心群众，但大妈这个动作让他瞬间就站了起来，想抱个孩子回家养的人不会这么急切，总得先问问怎么回事，再看看这孩子是不是健康。

"干吗？"丁霁拦住了她的手，"这我弟弟。"

"你弟弟？"大妈看了他一眼，没有让步，想要挤开他，"你弟弟多大了你说得出来吗？"

"五十七天。"林无隅走过去，一把抓住了大妈的手。

"这么小的孩子你们就带出来了？"大妈问，抽回手，往后退了一步。

"有你什么事儿？"丁霁说。

"你们……"大妈还有些不甘心，"你们怕是在拐卖人口吧！"

"那我给你个建议，"林无隅说，"赶紧报警。"

大妈没再继续说下去，盯了他们几眼之后，转身骂骂咧咧地走了。

"这人要干什么啊？"大东一脸莫名其妙，"抢孩子？这状态也不对劲啊。"

"没准儿就是想捡个孩子去卖。"丁霁恶狠狠地对着大妈的背影盯了一会儿，转回头的时候发现林无隅又回到花坛边坐下了。

大东很熟练地把婴儿车推到旁边，两人又检查了一遍，甚至还试了一下孩子的呼吸。车上没有写着孩子生日和哭诉"我实在养不活这个孩子"之类的字条，除了一条小毛毯，连个奶瓶都没有。这个孩子的父母不在意他未来会面对什么，甚至也不在意他被他们抹去的那一点点过去。

"这孩子要是这会儿醒了哭起来，就只能塞手指头让他嘬了。"丁霁叹了口气，坐到林无隅身边。

林无隅没答话。

"你觉得这孩子是怎么回事儿？"丁霁一边往四周看着，一边又问了一句。

"父母不要了，扔了呗，"林无隅说，"还能是怎么回事？"

"为什么不要……"丁霁想了想，"是不是有什么外表看不出来的病啊，觉得治不好？"

"有些孩子对父母来说就是多余的，"林无隅说，"跟有没有病没关系。"

丁霁看了他一眼："你这话……"

林无隅没有看他，只是盯着前方出神。

"要不就是意外怀孕什么的……"丁霁说。

"哪儿来那么多理由？"林无隅说。

林无隅这话说得很平静，但是语气里带着一股冲劲，听得丁霁忍不住皱了皱眉："你什么毛病啊？"

"没什么毛病，"林无隅说，"就算你给孩子父母找一万个理由，对于他来说也没有意义。"

"我就是随口分析几句，警察又没来，坐这儿瞎扯几句戳你哪根筋了啊？"丁霁有些不爽，"谁给他父母找理由了？还一万个，你帮我一块儿找一万个啊？"

"不了。"林无隅说。

"你是不是饿的？缺饭会变'杠精'，"丁霁说，"头一回见。"

林无隅没说话，过了几秒才回过神似的转头看了他一眼："不好意思。"

"啊？"丁霁愣了愣。

"警察说了马上来吗？"林无隅问。

"嗯，这种事当然马上到，"丁霁说完又看着他，过了好一会儿才又问了一句，"你爹妈是亲的吗？"

- 05 -

林无隅笑了起来："你这话问得……很冒失啊。"

"没你刚才说的话冒失。"丁霁说。

"那你之前看我手相的时候没看到这个吗？"林无隅看了看自己左手掌心。

"没看，也没往那方面想，"丁霁想了想，压低声音，"不是亲的啊？"

"是亲的。"林无隅说。

"哦。"丁霁应了一声。

两个人没再说话，一块儿看着婴儿车。

几分钟之后，一辆警车开了过来，丁霁蹦起来，冲警车那边挥了挥手：

"这儿——"

他裤子屁兜儿里塞着的一本书掉在了地上，林无隅也经常会把卷子和书什么的塞在屁兜儿里，不喜欢手上拿着东西，但丁霁就不一样了。林无隅捡起地上的书，那书很旧了，书页都黄里泛黑，不过应该保存得还挺仔细，书页都平平整整的，没有卷角。封面上画着一只手，以及手上的各种线条，不看书名都知道，这是一本手相教学书——没想到江湖骗子还随身带着参考资料……这么敬业。

"你的……"林无隅把书递给丁霁的时候，他已经迎着警察过去了。

"我报的警，"丁霁指了指婴儿车，"特别小的一个孩子，一直在睡觉。"

"这孩子也就两个月吧？"一个老警察一看就皱了眉，"这车怎么推到这儿的？你们有没有看到？"

丁霁和大东一块儿转头看着林无隅。

"我就站在这儿，"林无隅走到之前自己站的位置，"拿手机往那边看，我不知道这车什么时候到我旁边的，转头的时候就看到了。"

"得先马上跟所里几个女同志联系一下，还有医院，"老警察转头跟身后的同事说，"这孩子太小了，也不知道饿了多久……"

"那我们……能走了吗？"丁霁在旁边问。

"你们配合一下，"老警察说，"要做个笔录，我们安置好这个孩子还得调查。"

"现在吗？"林无隅说。

"是的。"警察点点头。

"怎么了？"丁霁小声问，"你有事儿？"

"我还没吃饭。"林无隅也小声回答。丁霁没再理他。

从把小孩儿交到警察手上，然后配合去派出所做笔录，再到最后回答完一通问题可以离开的时候，丁霁都没再理他，连看都没太看他。

一出派出所的大门，丁霁拉着他朋友骑上车，头都没回地就走了，林无隅甚至都没找到机会把他的参考资料还给他。

"狗都来"是去不成了，林无隅在派出所旁边的一家小店里吃了碗面，坐车回学校。他知道丁霁为什么突然就不理他了。大概是觉得他这人冷漠吧，对着一个那么小的可能是被遗弃的孩子，他却只想着吃饭，连最起码的同情心都没有。

今天晚饭吃的是面，给宿舍几个人带的，也就是面了。

林无隅拿着四份面条进宿舍的时候费了些劲，四个餐盒的体积跟两兜儿烧烤差不了多少，但是里面有汤，跑着冲过舍管大爷门口的时候，既要有速度，手还得稳。

"别以为我看不清你是谁！"大爷的声音远远传来。

你真看不清——林无隅已经跑上了三楼，他对自己的速度还是很有自信的。一楼有面镜子，他每回拎着吃的跑过镜子的时候都会看一眼，从来都没看清过自己，闪电一般。

宿舍里的几个人还在灯下复习，不过林无隅进门的时候，几个人的脸都冲着门。

"我听到大爷在楼下喊了。"陈芒笑着说。

"他说能看清我是谁。"林无隅说。

"那不可能，能看清早就逮你了，"罗川起身接过餐盒，"一星期起码跑三次。"

"今天你晚饭吃的面？"刘子逸说，"这不是你的风格啊，都跑出去了，居然没吃大餐？"

"碰上点儿事，"林无隅把丁霁的那本参考资料塞到了枕头下面，"没吃成大餐。"

他并不愿意说今天晚上捡到小孩儿的事，而宿舍几个人让人心情舒畅的最大优点就在此时体现出来了，谁也没问。

这么优秀的舍友，在一起的时间跟着教室里倒计时的数字一块儿减少着，有时候想想就会突然很伤感。

"还有一盒是你的吗？"陈芒问。

"四盒好放，"林无隅说，"你们分了吧，我刚吃完，我看会儿书。"

《手相之谜》——林无隅把床头的灯拧亮，戴上眼镜。这本书看着像是地摊"瞎扯向"盗版丛书，书名也不是《简简单单，五分钟学会看手相》或者《看手识人》《从掌纹到人生》之类的，似乎走的还是悬疑风格——别致。

呦，作者还是个外国人。

林无隅习惯性地按平时学习的步骤，先在脑子里预设了一下问题。比如，手相这玩意儿起源是哪里、手相在哪种文化背景下最吃香、掌纹上对应的各种区域划分的根据是什么……然后翻开了书。第一页目录上，工整地用圆珠笔写着两行大字——

　　小神童丁霁私人藏书。
　　不借给你。不要偷。捡到要还给我。

每个字直径都得有差不多两厘米，林无隅看了十秒才无声地笑了起来——下面还有一行日期，按日期推算，这应该是丁霁小学一年级或者更早的时候写上去的……林无隅顿了顿，又把书大致翻了一下，里面还有些地方做了标注，字体都是一样的，应该是同一时期写上去的。这样看来，丁霁五六岁的时候认识的字还不少，理解能力似乎也不错，还有自己的想法，并没有很多小朋友觉得书就是权威的感觉，某一页还有个地方被他标记上了——"胡扯呢！"

有意思——林无隅推了推眼镜。

丁霁坐在书桌前，桌上是翻得乱七八糟的已经写完的卷子和习题集，这会儿一只手拿着手机，一只手还在桌上抽屉里来回翻着。他知道现在有点儿晚了，大东肯定已经睡了，但还是忍不了到明天。

"快接快接快接……"他站起来，在屋里又转了两圈，扯被子看床底。

"我的天……"那边大东终于接起了电话，"你疯了吗？几点了知道吗？"

"我知道有点儿晚……"丁霁说。

"不是有点儿啊，快四点了孩子，"大东叹气，"什么事儿？"

"今天我塞屁兜儿里那本书，"丁霁皱着眉，"你看着没？"

"屁兜儿？什么书？"大东很茫然，"你还带着书出门呢？"

"没事儿了，你睡吧。"丁霁挂掉了电话，有些泄气地坐到了床边，本来就有点儿困过头了，现在干脆睡意全无——郁闷。

这阵他都得回家住，所以昨天就去奶奶家把书拿了想带过来，结果林无隅捡个孩子，还挺气人，他折腾完就很不爽地回家做题了，一直到刚才才想起来，书没了。

这书跟着他很多年了，从一年级到现在，他早就看完了，也没什么了不得的内容，平时拿着也就是拿着，很少再翻开。但这书陪了他很多很多年，就跟小姑娘的娃娃一样，算是种安慰剂，某些时候还是他获得安全感的重要途径。当他还是个小不点儿的时候，这甚至是他改善同学关系、摆脱欺辱的手段。

这本书并不重要。

这本书却又太重要了。

但是觉还是要睡的，他明天还要上课。在爸妈家住着的时候不能旷课，在爷爷奶奶家的话，那就是随便，之前奶奶还以为他跟小学的时候一样，每天下午四点不到就放学了，六七点才回来是因为在学校太刻苦。

睡觉吧。

丁霁跟做贼似的摸去浴室洗漱完毕，回到房间从床头随便抽了一本书——老爸按着他自己的阅读清单买回来的一堆书中的一本，也没看是什么，塞到枕头底下，闭上了眼睛。

宝贝书离家出走的第一天——想它。

第二天——想它。

丁霁到网上旧书店搜索——居然有。二十七块钱？太黑了吧！

第三天——想它。丁霁去旧书店搜索——三十六块钱？运费十块钱？

丁霁在老师走过来之前把手机滑进了裤腿上的口袋里，保持着原来的姿势没有动。一直到老师在他肩膀上轻轻拍了一下，他才猛地抬起头，揉了揉眼睛。

"没休息好？"老师轻声问。

"睡太晚了。"丁霁回答。

"困了趴几分钟，"老师说，"还是要注意劳逸结合。"

"嗯。"丁霁点点头。

老师走开之后，他转头看了看旁边。

石向阳正一脸嫌弃地看着他："你怎么这么能装啊？"

"要我教你吗？"丁霁问。

"不。"石向阳正直地拒绝了。

"一会儿我出去一趟，"丁霁小声说，"如果何老师来了问起我，你就说我去操场上背书了。"

石向阳没有马上答应，沉思了一会儿之后问："你背过书？你不是传说中的过目不忘吗？"

"胡说，"丁霁想也没想就否认了，"过目不忘的传说中什么时候有过我？"

"那你平时那个样子是怎么考试的？也背书？"石向阳问。

"不背，说起来……我选理科就是以为可以不背书，"丁霁叹了口气，"没想到啊，也不少背。"

"那你是怎么考进前五的？"石向阳又问。

"我听课的啊大哥，"丁霁又叹了口气，"要记背的那些我差不多能记得大概，编也能编出来了吧。"

石向阳没有说话，只是看着他。丁霁扫了一眼，发现石向阳脸上的表情非常悲痛失落。他猛地回过了神，为了防止石向阳又开始切蛋糕，他迅速地又补充了一句："有时候也得靠作弊。"

"……哦。"石向阳点点头。

下午第二节课丁霁没去教室，溜出学校去了小公园，虽然这两天已经绕道过来看了好几遍，但本着不抛弃、不放弃的决心，下午又跑了一趟——一无所获。

他知道网上能买到旧书，但对他来说没有意义。他只想要陪着自己十几年，在枕头底下跟着他叱咤风云十几年的那一本，上面有自己的专属签名、专属标注，盘得溜光水滑……现在想找到书的最后一条路，就是问问林无隅那个冷血玩意儿了。

本来想等着林无隅再来小公园的时候问，可那么一本破书，如果林无隅随手就扔了怎么办？毕竟面对一个被扔掉的孩子，林冷血想的都还是要吃饭，想到这里，丁霁掉头去了附中。

林无隅坐在操场边上，前方是几个正在上体育课的班。从中午到现在都在操场上，走走坐坐，这会儿身边的学生多了起来，他打算回教室或者宿舍。拿起手边的书起身准备走的时候，他停下了，有个人远远地从操场对面看台的围墙那儿翻了过来。

喜欢从这儿翻墙的，就是高二文科（1）班的那几个，以寇忧为首，仿佛一个月不翻个几次都不算附中人。但今天翻进来的并不是附中的学生，是……丁霁？

林无隅推了推眼镜，想确定是不是自己看错了。

但一秒钟之后他就确定自己没有看错。

丁霁落地之后就跟坐在看台上的一个女生说了两句话，然后女生往他这边指了一下。接着丁霁就跟寻仇多年终于打听到了仇人在哪儿似的卷了过来。这速度让林无隅不得不警惕地站了起来。

"别走！"丁霁离着十多米指着他喊了一声，"林无隅！"

"……没走。"林无隅回答。

估计是声音不够大，丁霁没听见，一连串地继续喊着："别走别走别走……我找你有事儿……"

"你还知道从哪儿翻墙？"林无隅等他跑到跟前儿了才开口问了一句。

"没有不能翻墙的学校，"丁霁喘了两口，"也没有翻不进去的学校。"

"找我什么事儿？"林无隅问。

"捡到小孩儿那天你看到一本书没？"丁霁问。

"《手相之谜》吗？"林无隅有些意外。他本来想周末去小公园看看能不能碰上丁霁，没想到这人能为了这本书翻墙进学校来找他。这个回答让丁霁猛的一下放了心，他话都不想说了，冲林无隅抱了抱拳，坐到旁边的石凳上长长地舒了一口气。

"就为这个？"林无隅问。

"是啊，就为这个，"丁霁心情舒畅，"你什么时候拿的啊？"

"我捡的。"林无隅纠正他。

"你什么时候捡的啊？"丁霁又问。

"在你激动地奔向警察叔叔的时候。"林无隅说。

"……那会儿就掉了？我完全没感觉，"丁霁伸出了手，"给我吧，我这两天晚上觉都没睡好。"

"在宿舍，"林无隅说，"我去给你拿。"

"我跟你去吧，省得你又跑过来。"丁霁说。

"你一会儿不是还得翻出去吗？"林无隅指了指那边的围墙。

"我一会儿大摇大摆走出去，"丁霁看了看那边，跟在林无隅身后，"刚我就想走正门进来，你们门卫太不通情达理了，许出不许进。"

"还好我在操场，如果我在教室，你还没打听到地方估计就被赶出去了。"林无隅回头看了他一眼。

"不会，"丁霁摆摆手，"我在门口问了个刚出来的学生，说你不是在操场就是在食堂。"

"哦。"林无隅笑笑。

"学霸。"丁霁说。

林无隅挑了挑眉。

"怎么了？"丁霁也一挑眉，"你们学校的人说的，学霸啊，他不在操场就在食堂，原话。"

"差不多吧，我不喜欢待在教室里，"林无隅说，"小神童。"

丁霁猛地停下了，声音都有点儿拐弯："……你看我书了？"

"看了，你也没写着不让看，"林无隅说，"只写了不借，不许偷，捡到了要还你……"

"别说了。"丁霁叹气。

"你是不是，"林无隅突然退了一步，在他耳边小声问，"不喜欢被人叫神童？"

- 06 -

丁霁没说话，心里跳了一下。平时都是他一眼看穿陌生人，感受着别人"心里一蹦"，今天冷不丁被一个陌生人一眼看穿……严格来说林无隅算是陌生人——是的。但你是怎么知道的？让我如此没有面子！

"我看'神童'那俩字儿上面有搓过的印子。"林无隅说。

"没，那只是认识到了自己以前年少轻狂太嚣张。"丁霁没有承认。

"哦。"林无隅笑了笑，没再追问，只是转身带着他继续往前走。

丁霁从林无隅嘴角这个笑容的款式就能看出来，这样的否认林无隅并不相信，而且某种程度上，他的否认大概让林无隅更确定了答案。

"这书你都留了有十年吧？"林无隅边走边问。

"嗯，"丁霁应了一声，"打算当传家宝。"

"为什么这么着急，怕丢了？"林无隅问，"这书上的内容早都记得烂熟了吧……"

"我记不住，"丁霁说，"我得天天看。"

"不至于吧，"林无隅笑了起来，"我看两天都记得差不多了。"

"吹吧，我给你保密。"丁霁随口接了一句。

"手的健康颜色是杂色的，颜色是掌心较浅而掌根较深。"林无隅说完，回过头看着他，"犹豫不决的人往往很难把拳头握紧，在握拳时，常把拇指藏在掌心。"

丁霁也看着他。

"这句旁边写着'不一定，也可能是没有安全感'，"林无隅脸上的笑容收了起来，表情很认真，"小学生知道这些挺牛的，你平时都看什么书？"

"横起的脊状痕迹表明，由于健康方面发生某些事情，指甲一度停止生长，"林无隅笑笑，"都是你做了标注的内容。"

"要不要给你鼓掌？"丁霁说。

"可以啊。"林无隅点点头。

"'停止生长'后面没画线的。"丁霁说。

"我要是说出来了，"林无隅说，"你能马上验证吗？"

"……不能，"丁霁说，"我只记得大概内容。"

"大概的就行，我记的也是大概。"林无隅清了清嗓子，转身继续往前走，"当脊状线到指甲尖时，就会出现病痛。脊状痕迹从指甲根长到指甲尖大约要六个月，出现这种情况时要注意健康问题……"

林无隅一直往后背着，丁霁没再细听，不得不承认此时此刻他对林无隅是佩服的。这并不是大概，虽然他说只记得大概内容，但知道林无隅说出来的内容一字不差。

就算是林无隅为了装个过目不忘的样而事先准备过，至于为什么要在高考临近、人人都觉得时间不够用的日子里干这么无聊又费劲的事先略过不说……能在这么短的时间里一字不差地背下这些内容，也是一件相当厉害的事，虽然很无聊。

毕竟林无隅并不知道他会抽背，也不知道他会抽哪里。

走到宿舍门口的时候，丁霁放慢了脚步，舍管们通常都拥有惊人的认脸能力，起码能辨别出这是不是自己学校的学生。

"我在这儿等……"丁霁话还没说完，林无隅已经抓住了他的手腕，接着就往前一拉。丁霁一个趔趄被他拉进宿舍大门，还没等站稳，林无隅又用手兜着他后脑勺往前一压："跑。"

丁霁从牙缝里挤出一个不文明的字，猫腰跟着他一块儿从门卫室窗口底下冲进了楼梯。

"我们宿舍不让外人进，"林无隅跑到二楼的时候停下，说了一句，"不好意思。"

"大哥！我说了我在外面等，"丁霁很无语，"我不进来啊！"

"我以为你想进来看看呢。"林无隅说。

"男生宿舍我进来看什么呢？"丁霁说。

"哦？"林无隅看他。

"女生宿舍我也没有兴趣，"丁霁马上打好了补丁，"我对学生宿舍没有兴趣。"

宿舍里没有人，林无隅把放在床头的书拿起来，翻了几下之后递给了丁霁："这是你什么时候买的书啊？"

"一年级，"丁霁接过书，摸了摸书皮，"书摊儿上买的。"

"1988年出版的书，"林无隅说，"一个小学生居然会买，关键是居然还有卖的。"

"多有意思，你不懂，"丁霁拿着书来回翻着，熟悉的手感让他一阵踏实，"还升值呢。"

"嗯？"林无隅没听懂。

"原价多少知道吗？"丁霁问。

"两块九。"林无隅说。

"……你连这都没放过？"丁霁叹气。

"废话，我都看到出版日期了，旁边的价格会看不到吗？"林无隅靠着桌子。

"现在翻了十倍，二手书价格最低也要二十九块钱了。"丁霁拍拍书。

林无隅没说话，看着他；丁霁也看着他。

过了一会儿丁霁没忍住，自己先笑了："是不是升值了啊！"

"是，"林无隅竖了竖拇指，"有投资头脑。"

"谢谢，"丁霁拍拍书，"走了。"

"要不……"林无隅犹豫了一下，"这书再借我看几天？"

"借？"丁霁看他。

"你不是说挺有意思的吗，"林无隅说，"我看看多有意思？"

"你都能一字儿不差背出来了。"丁霁说。

"也不是，我就是赌你背不出来，但是做过标注的位置肯定有印象，所以我只看了标注附近前后两页的内容。"林无隅倒是很坦诚。但是丁霁注意到了他的用词，是只"看"了，不是只"背"了，而且是"前后两页"。

嘁——他打开书，翻到写着名字的那一页，指着上面的字："那你没记住这些啊？"

林无隅勾了勾嘴角。

"这儿写着呢,"丁霁说,"不、借、给、你。"

丁霁拿着书,雄赳赳、气昂昂地走出宿舍。

"我送你出去。"林无隅跟了出来。

"不用这么客气。"丁霁说。

从楼梯口那儿上来一个人,这人看到丁霁的时候愣了一下,又很快地偏头往他身后看了一眼:"你朋友啊?"

"嗯。"林无隅在后头应了一声。

这人没再说别的,冲丁霁笑着点点头之后进了隔壁的宿舍。

不知道为什么,许天博突然出现,让林无隅有些尴尬。他感觉许天博可能误会了什么,但又没有办法也没有理由去解释,甚至不知道要解释什么。解释的意义何在?没有意义的事他不愿意做,但是……

"这人我怎么看着有点儿眼熟?"丁霁一边下楼一边说。

因为你俩长得像啊小神童,这都反应不过来吗?

林无隅没出声,跟在他后头下楼。

"啊,"丁霁抬手竖起食指,"跟我堂哥长得有点儿像。"

……好的。

看着挺聪明的一个人,没想到智商下线的速度还挺惊人。

"是吗?"林无隅说。

"是,或者不是,这么简单的问题你都回答不了吗?"老爸站在房间门口。

"你给的这个选择是很简单啊,"丁霁没回头,靠在椅子上往后仰着头,"但是问题并不简单啊。"

"这个问题很复杂吗?你是不是打算放弃高考?"老爸说,"你非要亲手把你的人生降低一个档次?"

"你为什么非要把人生分出个三六九等来?"丁霁问,"而且是以你的标准来分?那我能不能按我的标准来分个档?"

"你不要跟我叛逆,"老爸说,"我跟你妈如果不是为了你好,哪有精力天天跟你这么戗着!"

"那真为我好,你能替我想想吗?"丁霁有些烦躁地坐直了,回过头看着他,"你们到底有多爱我?我又到底有多爱你们?你们好歹都是高知,心理学不懂可以看书,我那儿一堆呢。"

老爸看着他,没有说话。

"初中以前,爸爸妈妈对我来说,只是一个称呼,"丁霁说,"跟我没有任何关系的一个称呼,你们也差不多,我,丁霁,你们的儿子,听说是个神童,一岁认字儿，三岁写诗，一年级看《三国演义》，没有他不会，只有他不学……"

"没……"老爸皱着眉。

"我知道没这么夸张，我就是替你们总结一下你们对我的想象和期待，"丁霁摆摆手，"结果一回来，欸？神童年级排名才前五？有时候才前十？不是应该永远第一，秒杀第二吗？"

"闭嘴！"老爸指着他。

"一块儿闭吧，"丁霁说，"我不想吵架，我也没怪你们不回来，真的。"

老爸吸了一口气，似乎还想说话。但丁霁没有给他机会，老爸学富五十多车，但跟人争论这种事做不来，他也不愿意胜之不武。

于是丁霁起身走到门边，把门撑着他的脸关上了："十几年都没有人管过我，我已经习惯了每一件事都自己做主，教育孩子得从小，这种机会一旦错过了基本就不会再有了。"

等了两分钟，丁霁又打开了门，往外看了一眼，客厅里已经没有人了，老爸和老妈回了自己屋。为了不影响他复习，只要他在家，客厅里的电视就一定不会开。这种无形的压力和超出实际能力的期待让他觉得喘不过气来。

回到桌边，愣了好一会儿，丁霁才整理好了情绪，开始做题。

他并不是个特别努力的人，但也不是不分轻重，该复习的时候还是会逼着自己，小考不努力，大考小努力，高考尽量使大劲。只是他不需要这种永远没有停歇的紧迫盯人，大概是自由惯了，哪怕是为他好，他也只想按自己的节奏来。

别盯，再盯落榜。

如果把他换成一看就知道相当冷静自律还无比自信的林无隅，老爸老妈应该会非常开心吧……也不一定，毕竟这会儿了还在背诵《手相之谜》。哦，没有"背"，是"看"。

手机响了一声，有消息进来。

丁霁没有看，一旦开始复习，就尽量不受干扰，哪怕脑子里云游四海，笔下还得是题，但凡停下了，有可能就懒得再开始。

　　——能确定吗？我都不知道他现在长什么样了。
　　——就是不能确定啊，所以才问问你，他还有可能留在本地吗？或者是如果他去了外地，最近有没有什么日子比较特殊让他有可能回来？

林无隅看着手机上的消息，手指停在屏幕上，一直到黑屏也没有落下去。这两个问题他都给不出答案，连猜测都没有方向。或者说他一直避免去思考跟

"你哥"相关的任何内容，很多时候，这个人只存在于遥远的被刻意封存的回忆里，他更不可能去分析。

——会不会因为你要高考了？

手机上又收到了龚岚的消息。
林无隅思考了一下，在屏幕上戳了几下。

——我们好像没有这么兄弟情深吧。
——你那时太小了吧，他挺在乎你的。
——我明天过去蹲一天，看能不能碰上。
——……我去就行了，你不复习了吗？
——我复习不看时间地点，只看心情。
——真欠打啊。

林无隅笑了笑，回了个"晚安"的表情，把手机放到了一边。龚岚这几年给林无隅提供了几十次线索，综合起来，靠谱率为零，毕竟线索里夹杂着太多私人情感，但林无隅还是打算去碰碰运气。他需要找到让父母把期待和失望的纠结同时压在他身上的那个开关。而且龚岚说的这个地方不算太远，就在三中附近的一个商业广场。只是来来去去的人太多，就算是真的，他也未必能在人堆里找出一张十年前的脸。

事实也的确如此。

吃过早点之后林无隅就到了商业广场，转了三个小时，徒劳无功。无数的店铺，连成片的商场，汽车、自行车、电动车和行人像是铺在地面上的昆虫，来不及看清就已经跟旁边那个重叠在了一起。

林无隅觉得自己大概根本就没想找人，只是找个借口出来转转。

这边有家卖炒米线的店，好吃到爆炸，最大号的盘子他能连吃三份，到得早的话，还不用排队。林无隅端着两盘炒米线找到了一个靠窗的双人小桌坐下了。这会儿来吃，还不用抢座。

他一边吃一边还会往窗外看。看人，看脸，脑子里过着昨天晚上的题，在随身带着的一个小本子上写着，昨天太困了想睡觉，他就只看了一遍题目，这会儿正好做了。但他时不时也会跑偏，会想那些用了几十年时间去寻找失踪孩子的父母。什么样的爱，多深的爱，怎样"不理智"的爱，能让人这样坚持？

老爸老妈也找过，但找得很冷静，并且没抱任何希望。他们的大儿子太聪明了，有能力解决很多问题，不会受到伤害。他们的大儿子太聪明了，他不想回来，谁也别想找到他。

林无隅叹了口气。

这种聪明的大儿子，大概只能求助半仙儿，比如丁霁半仙儿。

想到丁霁半仙儿……林无隅拿起了手机。丁霁来拿书的时候，他俩加了微信，一直没说话。丁霁的微信头像是他自己的照片，还是正脸，这人对自己的长相是相当有自信了，不过的确还不错，有种流浪猫老大的劲头。

鸡哥嘛……不能叫鸡哥，会变成最闪亮的电动陀螺。

林无隅勾了勾嘴角，顺手点开了丁霁的朋友圈——三天可见。但是林无隅往下滑了两下也没到底，突然觉得是不是应该考虑把这个话痨屏蔽了。

最新的一条朋友圈动态让林无隅停顿了一下，几分钟前发的——"信嘉有投篮比赛，第一名奖品是电磁炉啊。"

信嘉是个商场，就在旁边，林无隅抬眼往外看了过去。

犹豫了几秒，他给丁霁发了条消息。

——你在信嘉啊？

丁霁"秒回"。

——信嘉旁边，怎么，你家缺电磁炉吗？
——我在吃炒米线。

丁霁没有再回复，林无隅继续看着窗外。

最多也就一分钟之后，丁霁踩着平衡车出现在了街对面。

接着就往他这边飘了过来，在人群里灵活地穿行，肉眼可见地嘚瑟，林无隅敢拿十本《手相之谜》赌他平时不这么浪，这会儿就是显摆——幼稚。

林无隅隔着玻璃冲他挥了挥手。丁霁停在了外面，贴在玻璃上说了句什么，林无隅也听不见。

这会店里人开始多了，有点儿吵，余光里有人端着个托盘往他这桌走了过来，林无隅把自己面前的炒米线推了一盘到对面："不好意思，有人。"

丁霁用手圈着脸贴在玻璃上又往里看了看。

"进来，"林无隅指了指自己对面的位子，"看什么呢？"

丁霁坐到了林无隅对面。这家炒米线挺有名的，林无隅一说，他就立马猜到了是这里。这会儿正好是午饭时间，对于一个整晚复习、努力认真了好几天的人来说，到点儿就吃饭是很重要的事，他从旁边的筷筒里抽一双出来，低头吃了一口："你就知道我会来？我要是不来，你这份就浪费了啊。"

"不浪费。"林无隅说。

"嗯？"丁霁抬头看着他。

"不瞒你说，"林无隅清了清嗓子，"这两盘都是我的。"

丁霁愣了愣："什……"

"而且那盘……"林无隅指了指他正吃着的那盘炒米线，"不好意思，我刚吃了两口。"

"不是，"丁霁猛的一下挺直了身，把筷子扔到了桌上，"你就说你是不是跟我有什么仇吧。"

"你吃这盘好了。"林无隅也没多说别的，把另一盘推到了他面前，又把之前那盘拿走了。

"……你不是要吃两盘吗？"丁霁觉得有点儿没面子，扫了一眼面前的炒米线，"不是说两盘都是你的吗？"

"你吃不吃啊？"林无隅问，又帮他抽双筷子，放到了盘沿儿上。

"不吃，"丁霁说，"谁知道这盘你舔没舔过，一会儿吃一口你说不定又来一句'啊这盘才是我吃过的'。"

"我没那么无聊。"林无隅笑了起来。

"那我无聊呗。"丁霁说。

"缺饭变'杠精'。"林无隅低头开始吃。

丁霁挺了一会儿，把自己的无名火压下去之后，拿起了筷子。

早上出门的时候老妈追着他问了一句这段时间有没有好好复习，他跟老妈顶了几句才出了门。他不习惯老妈这种不信任的态度，他每天晚上看书复习到半夜，换来的却是这种让人烦躁得抓狂的疑问。要是爷爷在旁边，可能会劝他，"你告诉他们你每天都复习到半夜就好了"。但他不愿意，他自己的事、自己的生活，只想按着自己的节奏来，如果一定要汇报，也只愿意向爷爷奶奶汇报，为什么要向十几年都只偶尔出现在电话和视频里的人汇报？退一万步，以他总被老爸斥责的幼稚思维来理解，你们那么爱我，居然不知道我每天凌晨三点才睡？

"你没去学校吗？"丁霁愣了一小会儿之后看了看时间。

"去了，又出来了。"林无隅说，"你呢？"

"我来赢个电磁炉。"丁霁说。

林无隅顿了顿，抬起了头，先盯着他的脸看了两眼，然后又转头看了一眼他放在桌上的大玻璃瓶："你要个电磁炉干吗？"

"给我奶奶。"丁霁说。

"你家……"林无隅又看了看他放在旁边的平衡车，"不困难吧？"

"两回事，"丁霁说，"我奶奶就觉得电磁炉这东西不值得花钱买，说不定还不安全。"

"懂了。"林无隅又吃了两口米线，把筷子一放，"我帮你吧。"

"你……"丁霁本来想说"你行不行"，看到他盘子的时候，有些吃惊地把后面的话换掉了，"吃完了？"

"嗯，"林无隅拿了纸巾擦了擦嘴，"你吃完之前我够时间再吃一盘。"

"你是猪吗？"丁霁忍不住问。

"不是。"林无隅往椅背上一靠，看了看他的玻璃瓶，"今天喝的是什么茶？之前那个是金银花吧？"

丁霁没出声，伸手把桌上的瓶子拿下去放在了自己腿上。

"谢了。"林无隅接过丁霁递过来的可乐，"你不喝吗？"

"我喝绿茶。"丁霁晃晃手里的瓶子，拧开喝了一口，然后把瓶子放进了腰上挂着的一个长得跟面口袋一样的挎包里。抱着个玻璃瓶喝茶这个习惯在年轻人身上不多见，特别是丁霁这种……偶尔会有几分掩藏不住的江湖气吱吱往外冒的年轻人。当然，估计他也没藏着。

"走。"林无隅往商场那边走过去。

"等我一下，"丁霁踩着平衡车跟着他，拿出手机拨了个号，"我把车放一下。"

林无隅停下了。

丁霁打完电话之后，从旁边奶茶店里跑出来一个女孩儿，笑得很开心："去吧，去吧，车我先帮你玩着。"

"玩坏了赔啊，"丁霁下了车，"我对女生也不会心软。"

"知道了。"女孩儿踩上平衡车，头也不回地走了。

"奶茶店你还认识人啊？"林无隅喝了口可乐，"怎么不请我喝奶茶，不用花钱了吧？"

"那是我小学同学，你要是说你想喝奶茶，我就带你去她家喝了，"丁霁说，"你不是要喝可乐吗？"

"啊，我想喝奶茶。"林无隅说。

"自己买！"丁霁瞪了他一眼，转头往商场走了。

信嘉在附近一溜儿商场里算是小的，并且因为年头太久，位置也相对偏，虽然在众商场里有着老前辈的地位，但旧而土还是不能回避的事实。

林无隅已经三年没进过这个商场了，没想到这个商场还有人逛，还搞活动。不过这个活动的宣传力度明显不行，就商场外面有张海报，他们到的时候比赛都开始快半小时了，现场观众也不算多，而参加比赛的人……

"我能反悔吗？"林无隅小声问丁霁。

"反悔什么？"丁霁说。

"我不帮你赢电磁炉了。"林无隅看了看四周已经报了名并且跃跃欲试的阿姨大姐们，为数不多的几个男的都是大爷。

"怎么了？"丁霁环顾四周之后一脸不屑地看着他，"你是怕胜之不武吗？"

"难道不是吗？"林无隅还是小声说，"欺负老年人嘛这不是。"

"还不一定谁欺负谁呢，"丁霁"喊"了一声，脸上的表情仿佛他就是老年人中的一员，"你别上去比了一圈儿连电磁炉的电线都没摸着。"

林无隅看了他好几秒，想要判断他这是真心实意还是在激将——居然没判断出来，甚至觉得他这番话的确是发自内心。

"行。"林无隅点了点头。

这个活动的规则很简单，就是定点投篮，每人十五个球，谁投进的球多就算谁赢，同样的数就看谁连续进的球多，这要还一样就看谁用时最短，大体上跟玩篮球机差不多，就是距离要更远一些。

"万一最后剩咱俩怎么办？"林无隅问丁霁。

"你想多了，"丁霁说，"我到不了最后，要不我也不请你喝可乐了。"

"我以为你请我喝可乐是因为我请你吃了炒米线呢。"林无隅说。

"我请你喝可乐是因为你请我吃了炒米线以及要帮我拿电磁炉。"丁霁一脸坦然地回答。

"你家真的……"林无隅话没说完就被丁霁打断了。

"不困难，我就是想占你便宜。"丁霁说。

"哦，"林无隅笑了笑，"要不你给算算吧，一会儿我能赢吗？你应该都不知道我会不会打篮球吧。"

丁霁也没拒绝，拿起手机看了一眼时间，就开始掐算了。

林无隅看着他的动作，说实话这个动作看不明白，只隐约感觉丁霁念念有词的，这范儿起得，特别像个半仙儿。

"你不需要扔点儿什么东西算吗？"林无隅实在看不出个所以然来，于是问了一句。

"不用，我要在家就用我奶奶的铜钱起卦了，"丁霁说，"在外头随便什么都行，数字啊，时间啊，那个篮球啊，鸟啊……"

"啾啾啾。"林无隅说。

"啾你……"丁霁"啧"了一声，"懂了吧，想好要问的，起卦拿什么都能起。"

"嗯。"林无隅点了点头，心里突然有了一个不切实际的神奇想法。

"能赢。"丁霁说。

"那你算出我进了多少个吗？"林无隅问。

"没，"丁霁说，"我算我今天能不能有外财比算你能不能赢要容易得多。"

"……行吧。"林无隅点点头。他等着看结果。

比赛开始，林无隅发现大妈大姐们差不多都是组团来的，分了大概五六个团，居然还带着啦啦队，投篮的时候在旁边很起劲地给她们加油。林无隅看了两眼，感觉自己的确是小看老年人了，虽然姿势很不标准，甚至每投都能展示一种不标准的姿势，但有两个大妈居然投进了八个球——震惊。

几个大爷大叔水平也不低，有一个大叔进了十二个球。

林无隅看了一眼旁边趴在栏杆上叼着根棒棒糖看得津津有味的丁霁："哎。"

"嗯？"丁霁应了一声，也没看他，给场上的大叔鼓了个掌，"牛！"

"你真算出来你能拿到电磁炉？"林无隅问。

"不是算电磁炉，算的是外财，别害怕，"丁霁说，"放松心态，万一你真没赢，出门我说不定能捡着十块钱。"

"所以你其实不算没把握的事儿是吧？不过……电磁炉和十块钱，"林无隅很佩服丁霁的心态，"落差会不会有点儿大？"

"人要知足。"丁霁沉稳地回答。

他俩报名晚，排在了最后，丁霁先上，林无隅看着他投出第一个球的时候就觉得电磁炉之争大概就在他俩之间了。虽然丁霁之前很谦虚地表示了自己拿不到电磁炉的决心，但拿球出手的姿势一看就是篮球打了十年以上的老手。

一、二、三、四、五——连续进五个球之后，丁霁回头得意地扬了扬眉毛，林无隅看他这个嘚瑟样都想过去给他把眉毛按回去，不过目光很快就被旁边的一个人吸引过去了。报名的时候他留意了一下，除了大爷大妈，也没看到还有什么年轻人，更没注意到还有这么一个看上去像是个运动员的年轻人。那人正在看着丁霁投篮，脚下还习惯性地活动着，时不时还轻蹦两下。

林无隅感觉自己之前是被丁霁带偏了，就想着投进球，争取拿台电磁炉，但就没想过就算是一台电磁炉，也得几百块钱，怎么能让路人随便就拿走了？

丁霁连续投进十三个球，后面两个偏了点儿，弹出去了，不过这个成绩已经可以秒杀前面的中老年人。

"电磁炉，我的了，"丁霁愉快地蹦到了他旁边，"该你了吧，你放松随便投吧，进不进的基本也稳了，咱们后面没有人了。"

"有。"林无隅看了那个年轻人一眼，果然，那个人被叫到名字，上场了。

"刚才有这个人吗？"丁霁问。

"不知道，"林无隅小声说，"反正现在有，我看他这样子，说不定……"

丁霁竖起食指举到了他嘴边："先看，别瞎说。"

这位年轻人果然不出意料，上去就唰唰唰进了十四个球，虽然中间有一个没进，但按规则，总数优先。

丁霁在旁边小声说："这人看着像个投标枪的，居然能进十四个？"

"……这是怎么看的？"林无隅忍着笑问。

"不知道，直觉。"丁霁揉揉鼻子，"隅哥，看你了。"

"好。"林无隅把"好的鸡哥"咽回了肚子里。

投标枪的下场的时候跟林无隅对视了一眼，眼神里满是自信。

林无隅笑了笑，站到了画了个圈的位置上。这个位置不远不近，比两分线远，比三分线近，篮架的高度也不标准，稍矮一些，这也太凑合了。所有人都看着他，他看了一眼旁边台子上的电磁炉。其实就是台普通的电磁炉，样式也是老款的那种，要不要也就那么回事儿。

不过他拿起球的时候还是很认真的。他做什么事都这样，无所谓输赢，无所谓名次，也无所谓别人说什么，他只在意想做的事有没有做好。比如现在，他就是想把那台电磁炉赢过来。

一个人有没有运动细胞、平时是不是经常运动、身上的肉是不是紧实，这些都是可以看出来的，一举一动，哪怕是穿着很多衣服。

丁霁拿不准林无隅会不会打篮球、投篮行不行，但肯定林无隅不是个只宅在书桌前傻学的学霸。林无隅也非常争气地支持了他的判断，第一个球就投得非常漂亮——

"呦，空心。"旁边的大妈说。

接着第二个——

"呦，空心！"大妈说。

第三个——

"呦！又是空心！"大妈提高了声音。

第四个——

"呦！呦！"大妈喊了起来，"这是专业的吧！"

第五个投完，林无隅转头往他这边看了一眼，不知道是不是要炫耀，但是没等丁霁反应过来，又已经转了回去。林无隅大概不是炫耀，就是想看一眼自己脸上惊讶的表情，而没等他有反应就转回去，应该是为了抢时间。林无隅要在最短的时间里投出最多的球，最好能投进十五个，进不了的话也必须十四个，投十四个的话，在用时上就得比刚才那个投标枪的少才行。

别的大妈投得好的时候，丁霁还给叫了好；林无隅投的时候，他基本就没出过声，就那么瞪眼儿看着。

然后林无隅就投完了——十五个球，全进了。

"这不会是个托吧！"大妈震惊地又喊了起来。

"真是托的话，"丁霁说，"不敢做得这么绝，太明显了。"

"哎哟！真是的！"另一个大妈也喊，很不高兴，"你说你们这些年轻人跑来凑什么热闹？跟我们老人家抢东西！"

"也不是，"丁霁说，"我是代表老人家过来抢的。"

活动主办方还是很守规则的，登记林无隅的信息之后，给了他一张券，一周之后过来领电磁炉。

"要您本人带着身份证过来确认哦，"工作人员说，"然后保修这些都是按正规商品来的。"

"不能代领吗？"林无隅愣了愣。

"不可以哦。"工作人员说，"必须本人。"

林无隅犹豫了一下："行吧。"

走出商场之后，丁霁才一拍巴掌："我算得准不准！"

"准。"林无隅笑笑，"不过我到时还得再跑一趟啊。"

"请你喝奶茶。"丁霁指了指刚才的那个奶茶店。

"我想喝可乐。"林无隅说。

"……你就是想让我花钱是吧？"丁霁说。

"你脑子挺好使的，怎么不算一下今天我帮你赚了多少啊？"林无隅说。

丁霁给他买了瓶可乐，又带着他去了奶茶店，坐在门口的阳伞底下。

奶茶和一大堆小吃端过来的时候，林无隅有些不好意思了："我刚那个话就是随便开个玩笑，你不用……"

"本来想请你喝了可乐再去吃两盘炒米线的，我看你刚没吃饱的样子，"丁霁说，"不过他家的小吃挺好吃的，隔壁那家卖小面的店也是他们家的，我让做了两碗，你尝尝。"

"……谢谢。"林无隅说。

"不客气，我今天其实真没想到能弄台电磁炉，"丁霁靠在椅子上晃了晃，

"我是路过这儿的时候才看到有活动的，谢谢你了。"

"也没干什么，投几个篮而已。"林无隅笑笑。

"以后有什么要帮忙的，你跟我说。"丁霁说。

还真有，但是他开不了这个口。林无隅觉得自己有这个想法就已经很让自己震惊了，如果再开口说出来变成事实……

"你今天跑这儿来干吗的？"丁霁问，"你要散心换脑子应该是去小公园那边儿吧，那儿离附中还近一些。"

"你猜。"林无隅说。如果你猜得出来，我就找你帮忙。

丁霁看了他一眼："真的假的啊？"

"猜。"林无隅勾了勾嘴角。

"行吧，"丁霁眯了一下眼睛，手托着下巴，指尖在嘴角一下下点着，然后说了一句，"给我个数字，一个，一组，都行。"

"95。"林无隅说。

丁霁看了他一会儿："本来我应该算一下再回答你。"

"嗯。"林无隅应着。

"但你这个……不用算，我直接猜吧，"丁霁说着，趴到桌上往他面前凑了凑，"你是来找人的吧？"

- 08 -

虽然丁霁的这个猜测准得让他心里一跳，但林无隅还是坚持要求："你就不能算算吗？"

"都不问问我怎么猜出来的吗？"丁霁看着他，等了一会儿林无隅都没说话，又"啧"了一声，"行，我算。"

然后丁霁去收银台要了笔和纸。

"……你这个算，"林无隅看着他，"是要套公式的吗，还拿纸笔？"

"别吵我。"丁霁说。

"哦。"林无隅应了一声，拿起一块小饼干慢慢吃着。

丁霁在纸上开始画道道，林无隅看了两眼之后看出来画的是八卦，具体画的是什么卦象也不会看，就觉得丁霁挺能蒙事儿。

"换我奶奶，闭眼一掐就行，我这算外行，得打草稿。"丁霁画了一会儿停了下来，盯着纸看了一会儿，抬起了头。

林无隅把小饼干塞到嘴里，有些期待："算出来了？"

"嗯。"丁霁点点头，把纸揉成一团扔到了旁边的垃圾桶里。

"我来干什么？"林无隅问。

"找人。"丁霁说。

林无隅没说话，拿起奶茶喝了两口才偏开头笑了起来，笑得有点儿停不住。

"你让我算的，"丁霁靠到椅子上抱着胳膊，"我都说了不用算。"

"行吧，"林无隅收了笑，清了清嗓子，"还猜到什么了？"

"这人1995年生的吧，"丁霁说，"别的我都不确定，你说了这个数我才确定的。"

"是吗？"林无隅想了想，"我本来想说1995，但是太明显了，才改成95的。"

"就是你犹豫这零点儿零零零零零……一秒，"丁霁转了转手里的笔，"才更明显的。"

"那你还是猜的啊。"林无隅说。

"算出来也是这个结果！"丁霁吼他，转头就往垃圾桶里伸手，"来来来，要不你再看看，我给你讲……"

"哎哎哎！"林无隅赶紧拉住他，"是算的是算的，你不用给我讲，我听不懂。"

丁霁瞪了他一眼，重新坐正了。

林无隅拿着奶茶杯子在桌上轻轻磕了一下："帮我个忙吧。"

"这种封建迷信的忙怎么帮！"奶奶一边剁肉一边摇头，还把他往旁边推了一把。

"大方向总有一个吧，"丁霁往边儿上让了让，"你以前不是帮那谁家找着过孩子吗？"

"这能随便算吗？"奶奶皱着眉头，"算准了当然好，可也不是百分之百准，如果没准，不就是给人家希望又让人家空欢喜一场吗？我又不是街上骗钱的半仙儿。"

丁霁叹了口气。

"你以前可不就是嘛。"爷爷在客厅里看着电视笑着说了一句。

"你懂个头，"奶奶回过头，"以前是为了活命！现在你活不下去啦？"

"你俩过会儿再戗，"丁霁挡在了他俩中间，"说正事儿呢。"

"你是不是答应人家了？"奶奶问。

"没答应，"丁霁说，"我说我回家试试。"

"就你那二把刀，你试试，"奶奶很不屑，"让你妈知道了又该说我们没带好你了……你今天不回家吃饭跟他们说了没？"

"我现在说。"丁霁说。

"这倒霉孩子，"奶奶叹气，"让你爷爷说，你这会儿了才跟他们说，又得吵。"

爷爷拿起了手机，戴上老花镜开始拨号。

今天晚自习林无隅在教室，桌上堆得满满的都是书和卷子，他全神贯注地低着头，想把手里的一盒双色冰激凌用一个不锈钢小勺搅匀。

"你焐它一会儿，软了不就好弄了吗？"陈芒说，"平时脑子那么好使，这会儿怎么跟进了菜籽油一样啊？"

"我不想吃化了的。"林无隅说。

"那你可以从奶油这边刮到巧克力那边，然后一口吃了。"陈芒说。

"你看你的书，"林无隅看了他一眼，"要看不进去的话，咱俩比赛做题？"

陈芒趴回桌上："我不找虐，你林哥说了，都这会儿了不要专门再挑战自我，容易打击自信。"

林无隅笑了起来，继续搅冰激凌。

自从说出请丁霁帮忙找人的请求之后，到现在过了一夜一天，丁霁也没有消息。林无隅估计这事儿因为没有细节不好蒙，丁半仙儿犯愁了，好在他也没真的把希望寄托在算卦上。不过丁半仙儿还是在第二天下午第二节下课的时候给他发了条消息过来。

——这人肯定不在本地，前后一年都不在本地。

这条消息后面还附了条视频。林无隅站到走廊上，点开了视频。摄像头对着地，不过能看出来是在小公园，地砖长得一样，接着一只手入画，伴随着丁霁的声音："看好啊，我没蒙你。"

丁霁手心里放着三枚铜钱，接着铜钱被扔到了地上，再捡起来，再扔……因为身边有来来往往的同学，林无隅也没太细看，总之扔完以后，视频就结束了——云里雾里的。

——还有什么要问的吗？

丁霁又发了一条消息过来。

——你没上学啊？

丁霁看着手机上的这条消息，好半天才反应过来。

——你会不会抓重点啊？

——也不上班？

丁霁看到这条的时候把手机塞到了兜儿里，叹了口气。他不确定林无隅后面要说的话是不是"挺聪明怎么没读书了"，但总觉得会是类似的话。虽然他并没有不读书，但是也不想解释，费劲。

您好，这位林同学，我在读书，我上的三中，我年级排名十以内……接着耳边就会响起老爸的声音："你这么聪明，你应该更好，你就是没有好好努力……"

"啊。"丁霁叹了口气，从书包里拿出了一张今天刚发的卷子，铺在地上，低头开始看。

"一寸光阴一寸金啊。"大东的声音从后面传了过来。

"你的生活不是从晚上八点开始，半夜两点结束吗，"丁霁说，"怎么这个时间跑出来了？"

"我路过，给，"大东坐到他旁边，递过来一盒双色冰激凌，"我够意思吧，看到你在这儿，立马先去买了你的最爱……"

"说。"丁霁看着脚下的卷子。

"说什么？"大东问。

"事儿。"丁霁说。

"我非得有事儿才给你买冰激凌吗？"大东一副受到了伤害的样子。

"不是吗？"丁霁转头看了他一眼。

"……好像还真是。"大东想了想。

"我高考之前都没有时间跟你们撂地，"丁霁打开冰激凌盒子，努力地用小勺把两种口味混合起来，"找别人吧。"

"谁撂地啊！"大东喊了起来，"谁撂地啊！会不会说话了你！"

"你们是不是街头表演？"丁霁问。

"是啊。"大东回答。

"你们是不是收费点歌？"丁霁又问。

"……是啊。"大东回答。

"那你们……"丁霁继续。

大东打断了他的话："行行行，你没时间就没时间吧……我就纳闷儿了啊，你还知道自己要高考了啊？之前也没见你有多上心啊，不知道的都以为你职业半仙儿呢。"

丁霁"啧"了一声："你天天见我吗？说话这么不严谨。"

大东晚上就在小公园表演，为了防止被临时抓过去凑数，丁霁收拾东西离开了小公园。林无隅没再问他找人的事儿，只说商场打电话让明天有时间去拿电磁炉，他俩约了下午六点在信嘉门口见。不过无论是算卦还是看相，有时候都挺神的，丁霁半算半猜，估计林无隅要找的人是他哥哥或者姐姐。当然，他不算也差不多能猜出来了，因为发现了林无隅在说起这个人时很难觉察到的那些小细节，还有上回说到兄弟姐妹时林无隅的反应。

　　丁霁甚至觉得他对弃婴的冷漠态度没准儿都跟这个有关。

　　只是他不方便多问，无论什么样的家庭，有一个人不见了，都不是陌生人可以随便碰的伤。

　　"我迟到了？"林无隅到了信嘉门口时，看到丁霁坐在门口的台阶上一脸百无聊赖的样子，看上去得在这儿等了二十分钟了才会有这样的状态。

　　他赶紧看了一眼时间。

　　"没迟到，"丁霁站了起来，"我到早了。"

　　"那进去吧，"林无隅说，"就身份证和那张券是吧？"

　　"嗯，"丁霁点点头，"耽误你时间了，不好意思啊。"

　　"怎么突然这么客气？"林无隅看着他，有些迷茫，"那天就请我一瓶可乐。"

　　"说话讲良心啊！"丁霁立马提高了声音。

　　"还有奶茶和点心。"林无隅说。

　　"还给你算了一卦呢！"丁霁说，"后来又算了一卦呢！费我多少脑细胞啊。"

　　林无隅没有接茬。

　　那天丁霁发过来的消息，说实话让他有些失望。他并没有多期待真的能找到，但看到丁霁说这人前后一年都没在本地时，无论真假，他都有些不好受。

　　拿了电磁炉走出商场之后，林无隅还是没忍住，问了一句："你算得准吗？"

　　"这个真不知道，"丁霁抱着电磁炉，"我只能说我能算出来的就是这么个结果，你要还想知道这个人在哪儿，我肯定不行，帮不了你，你可以自学。"

　　林无隅笑了笑，刚想说话的时候，丁霁冲他偏了偏头："走，喝水去。"

　　"我不喝水。"林无隅说。

　　丁霁回头看着他："喝饮料，喝奶茶，喝……"

　　"我想吃东西。"林无隅如实回答。

　　"你让我请你吃饭啊？"丁霁问。

　　"不是，"林无隅叹气，"算了，我请你吧，烤串儿，这附近有味道好的吗？"

　　"问对人了，"丁霁一挑眉毛，"这片儿我混得熟，走。"

　　"我以为你就混小公园那片儿呢。"林无隅跟着他往前走。

　　"我混的地儿多了，"丁霁说，"你说得上来的地方我都有熟人。"

"是吗？"林无隅笑笑。

丁霁带着他进了一家门脸儿挺大的店，烤串儿的香味扑鼻而来。正餐时间店里人不是太多，他俩找了张小桌坐下，服务员把烤串儿拿过来的时候，丁霁又要了几瓶饮料，然后拿出手机准备付钱。

"我来。"林无隅伸手挡了一下桌上的二维码。

"我请得了，"丁霁说，"一台电磁炉呢。"

"这么请完你这电磁炉就是买的了，"林无隅说，"你奶奶不是只收不要钱的吗？"

丁霁笑了起来。

"你也没工作吧，"林无隅拿出手机扫了码，"省点儿吧。"

"那你有工作啊？"丁霁问。

"我是学生，有正当的零用钱来源，"林无隅说，"我还有兼职。"说实话，虽然林无隅对他有着深深的误会，但这种冤大头一样的逻辑还是让丁霁觉得挺感动的。

"行吧，"丁霁把手机收了起来，递过去一瓶饮料，"谢谢啊。"

"不喝。"林无隅说。

"不爱喝啊？"丁霁问。

"不渴。你有时间找个工作吧，"林无隅说，"或者学点儿什么。"

"为什么？"丁霁拿起瓶子喝了一口。

"那你靠什么赚钱啊？"林无隅说，"看相算卦吗？现在蒙人不易啊。"

丁霁笑了起来，抹了抹嘴边的饮料渍："你别说，有时候还真挺逗的，我给你说一个我小时候的邻居。"

"嗯？"林无隅挺有兴趣。

"这老头儿听说是个茅山道士，能治病，我们胡同一个小孩儿脑袋疼，他妈就领他上老头儿那儿去了，"丁霁拿了串羊肉啃着，"老头儿在地上写了'风火雷'三个字，然后拿根树枝往字儿上戳，问他，还疼吗？"

"疼。"林无隅很配合地回答。

丁霁点点头："老头儿又换了个字儿往上戳，还疼吗？"

"好像好点儿了？"林无隅继续配合。

"聪明，"丁霁冲他竖了竖拇指，"再戳了几下，然后把树枝一直戳进土里扎着，小孩儿说不疼了。"

"心理暗示吧，"林无隅说，"小孩儿特别容易接受心理暗示。"

"当时我就想了，"丁霁托着下巴，"我要是反过来呢？"

"怎么反过来？"林无隅问。

"我跟小孩儿说，我说我也会，我是老头儿的关门弟子，"丁霁说，"老头儿把毕生绝学都传授给我了，我还告诉他，绝学都是老头儿按我天灵盖儿上压进去的。"

林无隅拿着一串鸡翅，笑得都没法吃。

"嚯——"丁霁手按着桌子学了一下动作，"就这么压进去的，小孩儿立马就信了，我说来我给你写几个字儿。"

"写什么了？"林无隅边笑边问。

"大中小，"丁霁说，"我那会儿上幼儿园，认识不少字儿，就是写不出来，反正他也不认识，写好了我就戳字儿，我说你脑袋有没有一点儿疼？"

林无隅偏开头笑出了声。

"小孩儿就说好像有点儿？"丁霁也笑了，"我其实就戳了三下，最后一下我戳的时候说你这会儿应该头疼得要炸了，然后把小棍儿扎进土里，嚯！可怜啊，那孩子捧着脑袋就跑了。"

"疼啊？"林无隅努力忍着笑。

"疼了一晚上，他妈过来追着我打。"丁霁咬了一口羊肉。

"你得告诉他，把扎土里那根棍儿拔出来就好了。"林无隅一本正经地说。

丁霁乐了："你是不是干过这种事儿？门儿清啊。"

"没有，"林无隅摇摇头，"我小时候没有你这么……机灵。"

丁霁没说话，笑着又咬了一口羊肉。

林无隅那细微的一下停顿，大概是要避开诸如"聪明"一类的词，因为知道他不喜欢被人叫神童，大概猜想他也不愿意被人夸聪明……丁霁拿起饮料瓶，往林无隅拿着鸡翅的手上轻轻磕了一下，喝了一口。

林无隅回到宿舍的时候，照例拎着两兜儿烧烤，风一样卷过门卫室，唯一不同的是，今天他手里还多了一本书。丁霁不知道为什么，成天带着那本《手相之谜》。今天吃完烤串儿出来，很庄严地把书交到了林无隅手上："你不是想看吗？借你看看，就三天，影响复习我不负责啊。"

林无隅看着他的表情，感觉自己接过的仿佛是江湖上最后一个神棍亲传秘籍的手抄本。

拿着两兜儿烧烤回到宿舍的时候，晚自习第一节还没结束，林无隅拎了一兜儿准备先扔到隔壁桌上，刚打开宿舍门，隔壁的门也开了，许天博探出了头："我闻到了一种会让人在夜里抓狂的气息。"

"鼻子这么好使。"林无隅把烧烤递给他，"没去自习吗？"

"马上去，"许天博说，"我刚洗完澡，省得晚上一帮人抢了……你去自习吗？"

"不去，我在宿舍里看会儿书。"林无隅说。

"什么书？"许天博问。

"学习的书啊。"林无隅笑笑。

"学习什么的书啊？"许天博也笑了起来，"你这个语气一听就不是高考复习的学习书吧。"

"看相。"林无隅清了清嗓子。

"……可以的，"许天博冲他竖了竖拇指，"你是传奇。"

"技多不压身，多条路走。"林无隅一本正经地回答。

"那行，"许天博拍拍他的肩膀，往楼梯口走过去，"开张的时候记得给我办张八折卡。"

"没问题。"林无隅点头。

许天博走了之后，高三的宿舍走廊上就剩了林无隅一个人，安静得让人能感受到强大的压力。他趴到栏杆上，看着许天博一溜儿小跑往教室那边跑过去，那是一个有紧迫感的、自律的、认真努力的好学生。不知道丁霁有没有试过看面相，两个长得相像的人，面相上会有什么不同？明明有着相似的样子，却有着完全不同的性格和人生。

林无隅在栏杆边趴了一会儿，准备回宿舍，手机在兜儿里振了起来。

他摸出来看了一眼，有些意外地发现是老林打来的。

"林哥？"他接起电话。

"你在学校吗？"老林问。

"在宿舍。"他说。

"我过去找你。"老林说。

"什么事？"林无隅皱了皱眉。

"下午你爸来了一趟，"老林说，"我过去跟你细说。"

回家的路并不远，但林无隅还是扫码骑了一辆共享单车。

"你爸爸今天来过学校找我，问的是……天台喊话的事儿。"

风从林无隅耳边吹过，带着干燥的尘土味道。

"他为什么不直接找我？"

"可能……怕影响你复习，我也有这个担心，但是以你的性格，还是觉得应该告诉你……"

车到楼下的时候林无隅抬头看了一眼，家里的灯是亮着的。

"怕影响我复习就该等高考结束，如果你不跟我说，他还会找陈芒，找我别的同学……我太清楚他俩了，知道是一定要让我知道的，但不能是他们亲口说。"

"我先跟他们谈吧，让他们高考以后再说？"

林无隅走进楼道，按下电梯按钮。

"不用，我没有回避的习惯，能解决就马上解决了。"而且这也并不是一件需要当成事去处理的事。

"怎么今天回来了？"老妈看到他进门，从沙发上站了起来，"不复习了吗？又没带资料回来……"

"聊聊吧。"林无隅进屋，坐到了沙发上。

"看来你们林老师还是跟你说了啊？"老爸没有再装傻。

"还好他跟我说了，"林无隅胳膊肘撑着膝盖，看着他，"要不你再找我们宿舍的人，大家就尴尬了。"

"那这事儿是真的了？"老妈看着他。

"什么事儿？"林无隅也看着她。

"你自己心里清楚！"老妈皱起了眉。

林无隅其实从来没有想过如果有一天父母知道时会是什么样的场面，不过老妈这种连提都不愿意明确提起的态度还是让他有些意外。他一直以为除了在坚持"你不行，你不如你哥"这个态度之外，他们会比别的父母更开放一些，毕竟在他的记忆里，"你哥"个性张扬。

"天台的事儿吗？"林无隅问，看着他俩脸上瞬间有些僵硬的表情，勾了勾嘴角，"是真的，有什么问题吗？"

"你怎么这么张扬？"老爸停顿了一下，大概是吞下了难听的字。他的同龄人里都有人指责他，父母这辈会骂他也不奇怪。

老妈不负"夫"望地接话："你快高考了，还这么折腾，你以为你是你哥吗？"

林无隅偏开头，轻轻叹了口气。

"我们不想把话说得太重，你还要高考，不要影响了复习，"老爸说，"你本来就复习得不……"

"影响不了，"林无隅说，"没什么重不重的，想说什么就说。"

"你到底是为什么？"老妈问，"为什么？因为你哥吗？你是觉得我们偏心，所以要用这样的方式来报复我们吗？"

"我没记错的话，"林无隅看着她，"我活了十几年，从没有说过一句你们偏心，你为什么会有这样的想法？"

老妈没有说话。

"为什么？"林无隅学着她追问了一句。

"什么为什么！"老妈突然把手里的杯子往地上一摔，"我还想问你！为什么你要这样报复我们？！用这种方式来报复我们！"

屋里气氛有几秒钟的凝固，这是林无隅第一次看到这么没有预兆就失态了的老妈，甚至有一瞬间回不过神来。

失去挚爱的儿子十年了，儿子没有留下一句话，甚至一个字，也没有再传回来任何消息。听不到、见不着，记忆也一天天地变得模糊，开始记不清一些事，他哭他笑他生气，发生过还是没有发生过。

多么惊慌。

而剩下的这个，多余的孩子，她需要每天都面对这个她并不需要也不看好……不，甚至不愿意多看一眼的孩子，强装平静，在纠结和焦虑里维持表面的冷静，终于有一天，嘭！

林无隅没有说话，不知道要说什么。

老妈指着他："什么为什么！你不说就不觉得了吗？！"

"你冷静。"老爸站起来拉住了她的胳膊。

"别拉我！"老妈甩开他，继续指着林无隅，几乎是在喊，"没错，我就是偏心！我就是偏心！你就是不如你哥！你什么都不如他！你永远也不可能像他一样出色！偏偏你还自以为是！谁给你的自信？你凭什么觉得你配得上'学霸'这样的称呼！你凭什么！"

林无隅看着她，也不知道怎么就突然跑了题，这样的高考作文是拿不到分的……不过，林无隅突然有种很舒畅的感觉，每个细胞都像是张开了胳膊，飘在凉爽的、清新的空气里，呼——吸——

他站了起来，往老妈面前迈了一步。

"无隅。"老爸伸出胳膊拦住他。

"你自作自受。"林无隅说。自我评价声音平静，气息稳如蟒蛇。

老爸老妈都愣住了。

"你们，"林无隅突然提高了声音，吼了出来，"自作自受！"

"你说什么？"老妈震惊地看着他。

"没有任何一个人的出生得到了当事人的允许，"林无隅也看着她，"你们为什么会生下我你们自己清楚！你又凭什么让我出生就背负着另一个人的一生！凭什么我是因为林湛而生的？你凭什么决定我这一辈子除了林湛就没有意义了！你凭什么！"

"林无隅！"老爸吼了起来。

"对！我是林无隅！我不是林湛的弟弟！"林无隅说，"我不是为了预备照顾谁而活着的，林湛消失的那天你们就该明白！你们没有权利决定任何一个人的生活！你们没有权利抹杀我！你们没有权利否定我！"

"你闭嘴！"老妈指着他，手颤得厉害。

"我是不是聪明，我是不是优秀，我是不是学霸，我该不该自信，我性格张扬还是内敛，我是谁，我怎么活，"林无隅一字一句，"全都是，我说了算！"

"滚！"老爸瞪着他，"你滚——"

操场上很安静，已经凌晨两点了，就算是在操场上复习的学生，这时也都已经回了宿舍，校警巡逻时的手电光都扫得有些敷衍。

林无隅有些期待手电筒的光能从他身上晃过，但一次都没有。开始能看清看台边地上的小草轮廓的时候，手电筒的光消失了。远处开始出现早起的高三学生，他们在食堂开饭之前先到操场来背会儿书。

"你没回宿舍？"许天博站在他面前，有些吃惊地问。这倒不难猜，他早上从来没有在食堂开门之前起过床，这个时间坐在操场上唯一的可能就是从昨天晚上就在这儿了。

"嗯。"林无隅笑了笑。

"出什么事儿了？"许天博弯下腰看了看他，"气色还行，但是情绪好像不怎么行。"

"我整理好情绪了再跟你说，"林无隅站了起来，来回踢了踢有些发酸的腿，"你看书吧，我跑几圈。"

"别跑了，"许天博说，"你要是一晚上都坐这儿的话，这会儿突然跑起来会不舒服的，你走两圈吧。"

"行吧。"林无隅跳下了台阶，慢慢顺着跑道往前走，抬头看了看天。

天空很清爽，今天应该是个好天气。

"要下雨，"石向阳说，"跟你赌，两小时之内就要下雨。"

"赌什么？"丁霁从一堆书里抬起头。

"赌你下雨之前做不完这套题。"石向阳很坚定地说。

丁霁张了张嘴，看着他，好一会儿才问："到底赌什么？"

"两小时之内要下雨啊。"石向阳说。

"然后呢，赌什么？"丁霁说完，反应过来，抢在石向阳说话前开口，"赌注是什么？"

"赌注？"石向阳看着他面前的卷子。

"赌我这套题？"丁霁问，"输了的做题还是赢了的做？"

石向阳没有说话，靠到了椅背上，看着窗外，目光有些游离。

丁霁趁着他的目光还没有游离回来，迅速把他桌斗里的刀推到了最里面。这人最近大概是复习压力大，整个人都有点儿恍惚。

"我有时候突然有种感觉，"石向阳说，"干脆放弃了算了。"

"都到这会儿了，"丁霁说，"说放弃是不是有点儿晚了？"

"嗯？"石向阳转头看着他。

"放弃要趁早，"丁霁说，"一开始就放弃比较划算，现在马上就考了，剩这点儿时间玩个游戏都不够冲满级的，不划算啊。"

石向阳若有所思地继续看着他。

"你看我，"丁霁指指自己，"不学无术，每天混日子，考试全靠抄，我比你差远了吧，我都没放弃呢，你放弃了不亏得慌吗？"

"你都是抄的吗？"石向阳问。

"嗯，"丁霁非常诚恳地点了点头，"但是高考不敢抄啊，我就得复习了，我复习了，你放弃了？"

"不能放弃。"石向阳说。

"哎！这就对了，"丁霁拍拍他，"来，学霸，给我讲道题吧。"

石向阳开始讲题的时候，丁霁松了口气。

说实话石向阳就是挺笨的，但是很努力，压力最大的就是这拨人。班里像林无隅那样的学霸，还有后排蹲那儿拿酒精灯煮方便面配辣条的，就没这么大压力，或者说压力也挺大，但主要来自考试结束之后父母怎么收拾你的生存挑战。至于自己这样的……压力也挺大，少壮不努力，老大徒伤悲。

丁霁认真地听着石向阳用一个比他复杂了好几倍的解题方式给他讲了一遍这道他闭着眼都能做出来的题，感觉压力缓解了不少。

今天是约好的林无隅要把书还给他的日子，正好周末，丁霁提前离开学校，这样时间上正好能拿了书再按平时的时间到家，有利于家庭团结，跑下楼的时候碰到了抱着本习题集从厕所回来的石向阳。

"去哪儿？"石向阳一脸正义。

"……回家。"丁霁说。

"不带点儿学习资料复习吗？"石向阳很痛心。

"家里有。"丁霁继续想往楼下跑。

"给，"石向阳把手里的习题集塞给了他，"这两天我不看这本，你拿着，上面的题我都做了，你可以……"

"谢谢。"丁霁拿过习题集跑下了楼。

林无隅从校门里急匆匆地走出来时，丁霁正拿了手机要给他打电话，看到他出来，赶紧挡了过去："哎学霸。"

"你怎么在这儿？"林无隅看到他有些吃惊。

"多新鲜啊，"丁霁说，"三天，我来拿我的宝贝书。"

林无隅还是看着他，过了一会儿才一脸不好意思地说："我把这事儿忘了，要不……"

"嗯？"丁霁看着他。

林无隅回头看了一眼校门，像是下决心似的转身往回走："你等我一下，我回宿舍拿给你。"

"不了，等等，"丁霁拉住了他的衣服，"你是不是有急事儿？"

"……嗯。"林无隅应着。

"那你先去，书你有空了给我，"丁霁说，"没事儿。"

林无隅应该是个一言九鼎的人，这会儿明显很纠结。

"我书也不急用，说三天是逗你的。"丁霁说。

"行，"林无隅往人行道那边走过去，"我晚上拿给你……哎。"

丁霁看了一眼，路边最后一辆共享单车被人推走了。

林无隅的确有点儿着急，不知道老妈的最后通牒时限，也不知道过了这个时限，他房间里的东西会面临什么样的处理结果。也顾不上丁霁还在旁边了，他拔腿就往家里跑。

"哎！"丁霁跟在他后头，"哎！"

"不说了晚上拿给你吗？"林无隅有些震惊地回头看着他，"我还能把你书吃了啊？"

"我有车！"丁霁喊。

林无隅停了下来："什么车？"

"电瓶车啊，还能什么车？"丁霁往旁边停车点边跑边说，"这种时候你还在期待一辆兰博基尼吗……"

林无隅笑了起来，丁霁这随口的一句话，让他顿时放松了不少。

丁霁的电瓶车挺大的，一看就是违规而且违得挺出格的那种，长得跟个变形金刚一样。

"这车没被警察抓吗？"林无隅跨上后座，"最近交警查呢。"

"你是不是急出毛病了？"丁霁偏头看了他一眼，"往哪儿走？"

"前面右转。"林无隅说。

丁霁一拧车把，电瓶车冲下人行道汇入了车流里："然后呢？"

"骑到头。"林无隅说。

"然后呢？"丁霁又问。

"就到了。"林无隅清了清嗓子。

"……现在让你下去跑还来得及吗？"丁霁有些无语。

"谢谢了。"林无隅说。

"不客气，都没到起步价的。"丁霁说。

车很快就到了地方，是个不错的小区，环境清幽。

"你家出事了？"丁霁下了车，"要帮忙吗？"

不用，谢谢——理论上应该这么回答。

"你有时间的话，"林无隅不知道自己为什么会这样说，"能帮我搬一下行李吗？"

林无隅仿佛有一种撕开了总也长不好的伤口的快感，"家丑"偏要外扬的快感。像老妈说的，"你是不是在报复"。

他不知道——总是有过这种想法的吧，我也曾经是个小孩子啊。

"东西多吗？"丁霁站在电梯里看了看他，"你看着挺有计划的一个人，拿个行李怎么一点儿准备都没有？"

"你可以猜一下啊。"林无隅笑笑。

"还用猜吗？"丁霁说，"这是跟家里吵架了吧，然后打算搬行李离家出走，或者……被赶出家门也有可能。"

林无隅看着他。

"虽然有点儿幼稚，不过能理解。"丁霁说。

"你跟你父母关系不太好，是吗？"林无隅问。

"这会儿了咱俩先不要斗智斗勇了吧。"丁霁转开了头。

丁霁觉得自己是个挺有礼貌的人，在林无隅开门的时候，先在脸上摆好了笑容。林无隅跟父母吵了架，他还是要问好的，"叔叔好""阿姨好"什么的。不过他们把门打开之后，发现家里没有人。

这时他又发现，林无隅也是个很有礼貌的人，在家里空无一人并且他急着要搬东西的时候，还没忘了一连串地说着："不用换鞋了，进来吧，这是我家客厅，那边是厨房、卧室，这是另一个卧室，这是我的卧室……我就不带你参观了，赶紧过来……"

丁霁跟着他快步进了卧室。

"这个箱子装书，"林无隅从床下抽出一个巨大的行李箱扔给了他，"谢谢。"

"……你离家出走就不要带得这么全面吧？"丁霁看着他满满一个书架的书，还有堆满了床头书桌的书，已经不知道是应该震惊连书都要拿还是震惊林无隅收拾行李是从这个步骤开始的，"这箱子也装不下啊。"

林无隅看着他，似乎在考虑。

"你还过目不忘呢？"丁霁补充劝说。

"那装那些，把能放进去的放了就行，"林无隅指了一下另一个柜子，"书我有书单，可以再买。"

"无人机？"丁霁打开柜子，愣了愣。

"嗯。"林无隅开始从衣柜里往外搂衣服。

"这个大小的无人机不能随便玩吧？"丁霁说。

"我有驾照。"林无隅说。

"……哦。"丁霁点了点头，一边小心地拿出了一个遥控器，"我觉得你带点儿衣服就得了，这些东西……逃难才带吧？"

"我怕没带走的我妈会烧了。"林无隅说。

丁霁愣了愣："至于吗？什么仇啊。"

"没仇，"林无隅胡乱把衣服塞进了箱子里，"多余的人而已。"

- 10 -

林无隅这次离家出走，应该是非常突然。丁霁问他一会儿这些东西搬到哪儿去的时候，才发现他根本没有目的地。沉默了几秒钟，林无隅叹了口气，靠在了桌子边："算了。"

"什么？"丁霁还在埋头往箱子里塞一个不知道什么玩意儿的充电器座。

"不拿这些东西了。"林无隅说。

你玩我呢？丁霁抬头看着他，想说的话没有说出口。

林无隅的表情有些茫然，是因为难受引发的那种。

丁霁没再说话，又埋头把放进了箱子的东西全都拿了出来，一样一样放回了原处。

等他忙活完了，林无隅才又说了一句："你记忆力是真的很好啊，我自己的东西我都放不回原来的地方。"

"累我个半死，别以为夸我两句我就不生气了。"丁霁说。

"没有两句，就夸了一句，"林无隅笑笑，"需要补齐吗？"

"不用了，"丁霁说，"我脾气好。"

林无隅只拿走了一些衣服——书，各种手办，好几台无人机，还有一堆相关的设备，都留在了家里。

丁霁开着车，把他送回附中。

行李箱没有多大，但是他们的交通工具只是一辆电瓶车，这就有些费劲。

丁霁的想法是，也没多重个箱子，坐后头手拎着就行了，但林无隅以不安全、会碰到人为由，强行把箱子塞到了两个人中间。

"我跟你说，"丁霁很不爽，"也就是在这边儿碰不着认识我的人，我不跟你计较了，要在我们那边，就我这个造型，我这车我都不要了，你自己开回去。"

林无隅顿了一下之后开始狂笑，笑得车都被带着晃起来了。

"笑吧，笑吧，"丁霁说，"笑一笑十年少，争取笑回娘胎里去，也不用跟你爸妈吵架离家出走了。"

"那不行，"林无隅说，"我来都来了。"

这话说得很随意，语气里却透着只能意会的嚣张，丁霁忍不住回过头看了一眼，看不到林无隅的表情，只能看到他从箱子上头露出来的眼睛，眼神平静，还很坚定，一看就不好惹。

林无隅和丁霁把行李拿回宿舍的时候没有碰到人，周末大部分人回去了，没回家的这会儿也是在食堂或者教室。

林无隅拿上了丁霁的书，回到了学校门口。

"谢谢。"他把书递给丁霁。

丁霁接过书，看到书上套着的书皮时，愣了愣："套这么个玩意儿干吗？"

"怕弄坏、弄脏了，"林无隅说，"你传家宝不是嘛。"

"看完了？"丁霁笑着把书放到了电瓶车的后厢里。

"翻了两遍，"林无隅说，"这东西看完了跟明白了两回事啊，我就对着自己的手看了看，也没个比较。"

"不好意思看你同学的吧？"丁霁一挑眉，把手伸到他面前，"看我的。"

"我请你吃点儿东西吧，"林无隅笑笑，把他的手拨开，"这一通忙活，辛苦你了。"

丁霁在按时回家这件事儿上比下定决心好好复习要容易动摇得多。虽然今天他提前离开学校是为了能拿到书之后按时回家，避免家庭矛盾升级，但送林无隅回家再送回来，他并没有犹豫。

助人为乐嘛，好事儿。

林无隅请他吃东西他也没有拒绝，反正已经晚了，债多不压身了。丁霁在心里叹了口气，找这么多理由，无非就是不想回家，而且吃了饭再回去，可以绕开餐桌瘦身训话。

"我以为吃个面啊快餐什么的就行了呢。"丁霁小声说。

林无隅带他去了跟附中隔着好几条街的一家精致的小餐馆，馆子后面还有个超级做作的、跟游泳池差不多大的迷你人工湖。

"你想吃面啊？"林无隅问。

"不想吃面，你请我吃米线我也不拒绝。"丁霁说。

"你想得美。"林无隅说。

"坐湖边吗？"丁霁跟着他往里走，"这会儿有蚊子了吧，我看那边是露天的，还种了那么多绿植。"

"没有。"林无隅简单地回答。

两人在游泳池，不，人工湖边的桌子旁坐下之后，林无隅跟服务员说了一句："蚊香点一下。"

"帮您把驱蚊灯拿到旁边来吧？"服务员说。

"蚊香，冒烟儿的那种，"林无隅坚持，"谢谢。"

服务员走开了，丁霁看着他："你不说没有蚊子吗？"

"点上蚊香就没了，"林无隅说，"要不是你招蚊子，我在这儿一晚上也不会被咬。"

"我招蚊子？"丁霁问，"你确定？"

"左胳膊上那四个不是蚊子包是跳蚤包吗？"林无隅也问。

丁霁往自己胳膊上扫了一眼，一、二、三、四。

他自己都没数。

"这个季节就能被咬成这样，也不多见。"林无隅说。

"行吧。"丁霁抠了抠自己胳膊上的小红包。

服务员拿了一盘蚊香过来，点上后放在距离桌子半米的地方。

林无隅伸腿把蚊香扒拉到了桌子下面。

"你看我。"丁霁往椅子上一靠。

"看什么？"林无隅看过去。

丁霁在下风，蚊香的烟从桌子下面缓缓升起，飘到他四周环绕着。

"这位道友，"丁霁在烟里看着他，"今天我羽化升仙的现场被你看到了，也算是我俩有缘……"话没说完就被呛得一通咳。林无隅又用脚把蚊香推回了原来的位置，但烟还是往他那边飘。

"你要不算一下，我感觉你大概是真的要升仙了吧，"林无隅说，"都躲不开了。"

"我坐你那边儿。"丁霁站了起来。

林无隅往里让了让，正在丁霁绕过来的时候，从门里又走出来两个人。林无隅本来认为应该就是来享受人工迷你湖浪漫之夜的小情侣，但是扫了一眼之后发现，这是附中的学生。男生穿的运动裤是附中田径队的，上面有附中的校徽，女生就更明显，穿的校服裙子。

林无隅犹豫了一下，转头看着刚在他旁边坐下的丁霁："你坐回去。"

附中基本没有人不认识他，特别是天台喊话之后。

他无所谓别人怎么看他，议论也好，误会也好，但不想丁霁被误会，虽然也没人知道丁霁是谁。

"什么？"丁霁莫名其妙地看着他。

"我让你坐回对面儿去。"林无隅说。

丁霁的表情都能看出来台词了：你找抽呢吧？

"我还就坐这儿了，"丁霁说，"你要不乐意你上对面儿坐去，什么毛病啊！"

两个学生已经看了过来，林无隅站了起来。

"吃个头。"丁霁怒了，站起来就往外走。林无隅叹了口气，一把抓住丁霁的手腕，再顺手一推，把他推回对面的座位上。

"坐着。"林无隅看他。

"嘿？"丁霁揉了揉手腕，不过"嘿"完了也没动。林无隅坐了回去，算了。这事儿已经从"林无隅疑似跟朋友吃饭"变成了"林无隅跟朋友吃饭时疑似吵架"……林无隅已经没有什么能找补的余地了。

林无隅有些感慨，猛地碰上这种事儿，居然没处理好。

没关系，以后多出几次就无所谓了。

"那是你们学校的学生吧？"丁霁的目光看着他身后。

"嗯。"林无隅应了一声。

"怎么了，不想让人看到学霸跟无业青年混？那我还去你们学校找过你呢，"丁霁一脸鄙视，"再说了，你真以为我无业青年呢？"

"不然呢。"林无隅说。

"我三中高三的。"丁霁说。

"哇。"林无隅平静地表示了惊讶，"你还知道三中跟附中是死对头啊？我以为你要说个八中七中的呢。"

丁霁摸了摸包，从里面抽出了一本习题集，往他面前一拍："自己看！"

林无隅扫了一眼，还真是高三的书，他也有一本一样的题集，不过……

"高三（379）班，"他抬眼看着丁霁，"石向阳，这书哪儿捡的啊？"

"这我同桌。"丁霁说。

林无隅笑了起来，偏着头笑得停不下来。

"真是我同桌……"丁霁有点儿不爽。

"行吧，"林无隅又乐了一会儿才转回头，把习题集推回了他面前，"说正经的，你要真想看这些，我有，我可以借给你，你不明白的我可以给你讲。"

"嗯？"丁霁看他，"你挺闲啊？"

"不闲，我忙得很，"林无隅说，"我就是觉得……反正你要是真想看，就跟我说。"

"好。"丁霁点了点头，"所以你为什么不让我坐你旁边？"

林无隅没说话。

"我压着火呢啊，"丁霁从牙缝里往外挤着字儿，"我长这么大还没被人这么当众要猴似的要过，要不是我知道你是个正经人，不会这么过分，你这会儿已经被我……"

"抽成今晚最亮的电动陀螺了。"林无隅说。

"……对，"丁霁一瞪眼，"下回注意点儿！别瞎抢台词。"

"你看手相的时候，"林无隅把自己的左手竖起来，伸到了他眼前，"能看恋爱吧？"

"我上回不是说了吗？"丁霁往他掌心扫了一扫，手指虚画了几下，"你感情可能不顺。"

"还能看出什么吗？"林无隅问。

"你想问什么？"丁霁歪了歪头，从手掌边儿上露出眼睛看着他。

"对方是什么样的。"林无隅说。

丁霁愣了几秒才反应过来林无隅这话是什么意思。这还真看不出来，丁霁也没猜到，压根儿也没往那方面想。不过这个消息虽然出乎他的预料，也并不是什么特别大不了的事儿，只是气氛因为他没接上话而变得有些单方面的尴尬。

"你不会是……"丁霁把林无隅还伸在他眼前的手拨到一边，"有其他什么想法吧？"

林无隅的右眉毛挑了挑，眼神突然就变了，满满的全是笑意，看款式还是嘲笑。

"真没有，"林无隅说，"你想多了大师。"

"是吗？"丁霁也挑了挑眉毛，"第一次可是你先来跟我说话的。"

"是吗？"林无隅挑眉，"翻墙进学校来找我的可是你。"

"是吗？"丁霁继续挑眉，"找我算命的可是你。"

"是吗？"林无隅换了一边眉毛挑，"主动借书给我的可是你。"

"是吗？"丁霁也换边，"要帮我投篮赢电磁炉的可是你。"

"非要送我回家帮我搬行李的可是你。"林无隅眯了一下眼睛。

"非要请我吃大餐的可是你。"丁霁也眯了一下眼睛。

林无隅笑了笑。

"没词儿了吧？"丁霁很得意。

"你对我有没有其他想法，这么执着啊？"林无隅说。

丁霁愣了愣："我就是不习惯！我从小到大，都是别人对我有想法！"

"我也一样啊。"林无隅喝了口茶。

"你这话就不对了吧！"丁霁迅速抓住他的漏洞，"你忘了你之前找我算过一次？"

"哦，"林无隅想了想，"差点儿忘了。"

"行吧，"丁霁摆摆手，本来是为了缓解尴尬开的口，结果一路激战下来都不知道跑偏到哪儿去了，"所以你是怕那俩附中的以为你……不是，那俩也没打招呼，应该不认识，怎么就知道你……啊！你是不是有……怕他俩瞎传话……不对！你都不认识他们，谁知道你……那谁是谁……啊！要不就是你公开了？这么嚣张吗……"

林无隅也没吭声，喝了口茶，看着丁霁连蒙带分析。

"啊！你今天不是离家出走吧？你不会是因为这件事儿被扫地出门的吧？"丁霁最后一拍桌子。

"你平时给人算命是不是就这么个心理过程啊？"林无隅问。

"那不能，这分析也太低级了，配不上我的江湖地位，"丁霁说，"我是因为有点儿……你说得有点儿突然。"

"哦，"林无隅点头，"想得太复杂了，我其实就是担心他们误会你。"

"……你不怕自己被误会吗？"丁霁说。

"我才不管，"林无隅笑笑，"主角怎么会在意路人的想法？"

丁霁冲他竖了竖拇指："你说出这话的时候居然没有不好意思。"

"不好意思也不会让你看出来。"林无隅说。

"所以你是不是因为这个被家里赶出来的啊？"丁霁叹了口气。

"只能说这是表面原因，"林无隅也叹了口气，"反正就是出来了。"

"不会影响复习吧？没多久就要高考了。"丁霁说。

"不会。"林无隅说得很轻松。

丁霁没再问下去，林无隅后头那俩附中的学生一直往他们这边看，看得他非常不爽。

"你在你们学校到底干什么了？这看热闹看得有点儿太上头了吧，"丁霁说，"我要发火了啊。"

"发吧。"林无隅笑笑。

丁霁一点儿没犹豫，偏过头就冲那边喊了一嗓子："差不多得了啊，要不你

066

俩过来，咱们拼个桌怎么样？"

那边没有声音，林无隅没有回头看，大概也能猜到是什么样的场面。

"我以为你要骂人呢。"他看了看丁霁。

"不至于，"丁霁说，"我一般不为这种事儿惹麻烦。"

俩学生大概还有别的活动安排，很快就吃完离开了。他们走的时候，林无隅其实也已经吃饱了，但丁霁吃饭速度有点儿慢……当然，也有可能是他吃得太快。

"你吃完了？"丁霁问。

"嗯，你慢慢吃。"林无隅说。

"你吃饭是不是不用牙啊？"丁霁皱皱眉，"胃不难受吗？我奶奶说了，得嚼三十下才健康。"

"那嘴里还有东西吗？"林无隅说，"我嚼三下就只剩空气了。"

"你……"丁霁还是皱眉。

"别废话，吃你的。"林无隅说。

手机在兜儿里响了两声，他摸了出来，还没看清是谁打来的，对方就已经挂断了，但接着又打了进来，是老妈的号码。林无隅起身走到旁边的栏杆边靠着，接起了电话。隔着差不多两米的距离，丁霁都能清楚地听到电话里传来一个女人的怒吼，仿佛机关枪，突突突地把林无隅胳膊都给打断了，他手机都没再拿到耳边，只是垂着胳膊，看着小小的湖面出神。

这都不用猜也知道是林无隅他妈打来的电话。只是林无隅之前完全不在意的样子让他没想到，这个电话会让林无隅整个人看上去都有些灰扑扑的。

丁霁不能理解，虽然他也总跟老爸老妈犟，但他俩的终极目标还是考试，像林无隅家这么过头，完全不考虑儿子马上要高考的架势……澎湃的正义感让丁霁放下筷子，走到了林无隅身边，从他手里把手机抽了出来。

"嗯？"林无隅吓了一跳，转头看着他。

丁霁在屏幕上戳了一下，把电话挂掉了。但挂掉电话的一瞬间，他听到电话里的女人在吼："你有没有为我们想一想！你病了怎么办！伤了怎么办……"

这话让丁霁突然慌了："我是不是……不该挂啊？"

"谢谢。"林无隅在他胳膊上拍了拍。

"走吧，"丁霁说，"我吃完了。"

林无隅看了一眼他碗里吃了一半的菜，也没说什么，叫了服务员来结账。

"你妈是不是担心你啊？"丁霁有些过意不去，"我以为她骂你呢，我就给挂了……"

"就是在骂我。"林无隅笑笑。

"我没听错吧？"丁霁愣了愣，"骂得这么隐蔽吗？"

"我爸妈……很担心我出事，生病啊，受伤啊，还有……失踪，"林无隅说，"不过肯定不是你理解的那种担心。"

走出餐厅之后，丁霁才问了一句："你让我找的那个人，是你哥还是你姐啊？"

林无隅脚步顿了一下："我哥。"

"你哥失踪了吗？"丁霁又问。

"算是吧，"林无隅想了想，"离家出走了。"

"跟你有关系？"丁霁忍不住继续追问。

"跟我能有什么关系？"林无隅坐到了他电瓶车上，笑了笑，"他走之前，我在家里就是空气。"

Da Fang Wu Yu

大 方 无 隅

第 二 章

　　林无隅以前经常在街边看到这样的场景——一辆或者几辆电瓶车，几个看上去游手好闲的年轻人，或坐或蹲或站，或叼烟或捏着啤酒罐。他一直不明白，这种看上去浪费时间且极其无聊的聚众活动，到底是在干什么，现在倒是明白了一部分。他和丁霁，除了人和车的数量少点儿，跟他们也没什么区别。

　　他坐在电瓶车座上，丁霁蹲在旁边的人行道边儿。

　　他不能回家，也不想回宿舍。两人聊了几句之后就陷入了不怎么尴尬但是很绵长的沉默中。

　　"你能站起来吗？"林无隅问丁霁。

　　"为什么啊？"丁霁说。

　　"不知道，"林无隅说，"就觉得我俩这样子看着像是等着谁召唤了立马蹦起来去打群架似的。"

　　"那不会，"丁霁很有经验地回答，"你一看就不是，我看着可能有点儿像，但是我从来不参加出发时己方人数少于十人的群殴。"

　　"……为什么？"林无隅有些好奇。

　　"废话嘛，"丁霁不耐烦地"啧"了一声，"你没打过架吗？人少目标大，人多了安全，人再多点儿我还可以在旁边玩手机。"

　　林无隅笑了起来。丁霁的手机在裤兜儿里开始唱，林无隅有些意外地听出来这是赵丽蓉奶奶的声音：春季里开花十四五六……

　　"我完了，"丁霁拿出手机看了一眼，"是我妈。"

　　"怎么？"林无隅问。

　　"忘了跟她说我不回去吃饭。"丁霁说。

　　"啊，"林无隅有些过意不去，"要不你接了我帮你解释一下。"

　　"解释个头，"丁霁按了静音，把手机放回了兜儿里，"没事儿。"

　　"回吧，"林无隅说，"我得回宿舍了，一箱行李还没收拾。"

　　"那我送你回学校吧。"丁霁说。

　　林无隅以前没开过电动车，也没坐过电动车后座，今天坐了两回后座，居然还挺有感触的。相比之前从家里抱着行李箱回学校，现在坐在后座上，他感觉轻松了很多——也许是吃饱了，也许是事情已经不可挽回，也许只是因为丁霁粗暴地挂掉了他无法干脆利落处理的那个电话。

丁霁的车开得很快，身上的 T 恤被灌满风，鼓了起来。

林无隅把他的 T 恤扯了下去，刚一松手，T 恤又鼓了起来，再扯，再鼓。

"你是不是有什么强迫症？"丁霁问。

"没，"林无隅这次扯着没松手，"你衣服都快兜我脸上了。"

"又不脏。"丁霁说。

"我也没说脏啊。"林无隅扯了扯他的裤腰，把 T 恤下摆塞了进去。

"你干吗？！"丁霁一脚刹车，警惕地回过了头。

林无隅举了举手，没说话。

"你拿了别人的水就喝的时候怎么没这么讲究呢？"丁霁皱着眉，把衣服下摆都塞进了裤腰里，"太事儿了你。"

到了学校门口，丁霁一边停车一边把自己的衣服又从裤腰里扯了出来。

——这么讲究。

林无隅笑笑："今天不好意思了。"

"没什么不好意思的，"丁霁一摆手，"我也没什么事儿。"

"那我……"林无隅指了指校门。

"拜拜。"丁霁说。

林无隅转身走两步，又停下了，过两秒又走回来："我有个问题想问一下。"

"问。"丁霁看他。

"手相上能看出来，兄弟姐妹什么的，对吧，"林无隅看着自己的掌心，"那还能看出别的吗？"

"比如？"丁霁问。

"比如，"林无隅停了好半天，才看着他说了一句，"还活着吗？"

丁霁愣了愣。

"你那天用铜钱算的，是他前后一年都没在本地，"林无隅说，"那……"

"生辰八字，"丁霁从车上下来了，拿出了手机，对着林无隅的手拍了一张，又对着他的正脸拍了一张，"你哥叫什么？"

"你是不是借机偷拍我？"林无隅问。

"来来来，"丁霁把手机递给他，"给你个机会自己删掉。"

林无隅笑着没接。

"你哥叫什么？"丁霁又问。

"林湛。"林无隅说出这个名字的时候，感觉很陌生。自从"你哥"失踪以后，这个名字在家里就几乎没有再被人提起。他们一方面觉得林湛是个天才，能应对天下所有的困难，另一方面又不敢想象林湛的身体状况能健康平安这么多年。但不知道为什么，换成"你哥"这个称呼之后，就像是进入了自我催眠，你哥不是林湛，你哥不是那个失踪的孩子，你哥就是那个你永远也不可能超越的人。他是你来到这个世界上的原因，他也是你被忽视的原因，他是你做什么事都会有压力的那个源头。

林无隅在吵架的时候说得很肯定，也很坚决——一切我说了算。但也不得不承认，毕竟只是个高三学生，情绪还是无可避免地受到了影响。行李拿回宿舍之后，陈芒他们几个把放杂物的柜子收拾出来了，腾给他放东西，谁都没有多问，他也没有多说。平时会跟许天博聊，他俩会聊很多事，会吐槽、会抱怨，但这次的事他跟许天博也没有说。

离考试没有多少天了，他不希望有任何人的情绪因为自己受到影响。

这两天他复习都找不到节奏，独自坐在操场边，脑子里想要过一过题，几分钟了都无法集中注意力，不得不拿起书，死死地一个字一个字盯过去。

老林是第四天才到操场上找的他。

"谈谈。"老林坐到他身边。

"我过几天就能调整好，最多一周。"林无隅说。

"没有那么多个一周了，"老林说，"没有那么多时间给你调整了。"

林无隅没出声。

"我本来不想找你，但是不得不找，"老林说，"这次这件事儿的确动静挺大，咱俩也不搞虚的，反正什么安慰之类的对别人可以，对你没什么意义，你这脑子和逻辑我是搞不过。"

"别拍马屁啊。"林无隅笑了。

"这要是马屁，你屁股早肿得不能看了吧。"老林笑着搂住了他的肩膀，"咱俩就直接说，我去你家跟你爸妈谈了一下，谈话进行得非常不友好，我觉得再聊下去，他们能去教育局投诉我，我看他们那边不太能有什么松动了，你家情况特殊。"

"嗯。"林无隅点头。

"所以就不管了，你无论哪方面的独立性都很强，他们的态度其实对你不会有什么实质性的影响，影响你的是你自己，"老林说，"本身你学习和复习的方式就跟别人不一样，你这次调整的时间对你自己来说，太长了，不是你的风格。"

林无隅看了他一眼。

"我只能直接逼你了，"老林说，"还不到一周三模，你回头看看你二模神一样的成绩，你三模不是神，你对得起我吗？"

"林哥，"林无隅忍不住笑了，"我怎么你了？"

"咱俩什么关系，"老林手指在他俩中间来回划拉着，"什么关系？"

"师生兼认的哥。"林无隅说。

"是哥们儿，"老林说，"你高一的时候我可是就说了什么保送什么这个那个的都别找林无隅的，你得给我的执教生涯留下浓墨重彩的一笔，方便我以后可以跟别的家长吹牛。"

"嗯。"林无隅笑着点头。

"行，我不耽误你时间，"老林站了起来，"我说一句特别正经的。"

"说。"林无隅看着他。

"真的没时间了林无隅，"老林说，"加油，你知道自己不需要向任何人证明什么，但你说过，你的事你说了算，你要负责。"

"很了解我嘛。"林无隅推了推眼镜。

"你这句话把你妈气个半死，跟我说了七八遍。"老林说。

"我说到做到。"林无隅说。

"你说话跟瞎扯一样，"奶奶皱着眉，"一点儿准儿都没有！"

"我又怎么了？我不就是想你们了嘛，"丁霁躺在沙发上，一只手捧着石向阳那本习题集，另一只手在茶几上拿了支笔算着，"你不想我吗？我回来看看你们，就这待遇？"

"你就是不愿意回去！"奶奶说，"你爸说你就是不接电话，你为什么不接他电话？不回家吃饭也不说一声。"

"我不想跟他们吵架，再说了，"丁霁皱着眉，"今天我一个朋友刚跟家里吵了架出来的，我再当他面儿表演个现场跟家里吵架，不是给人添堵吗？"

"那可不一定，"爷爷在旁边慢悠悠地泡茶，"说不定他一看，还有人跟我一样不开心，一下就舒坦了。"

"这话说得，那是我，"丁霁笑了起来，"这人不一样。"

"怎么不一样？是新认识的朋友吗？"爷爷问。

"嗯，"丁霁想了想，"就是我让奶奶帮算个人，就是他哥，结果我奶奶不帮我算。"

"那你不也偷摸自己算了吗？"奶奶说，"当我不知道呢？"

"你有空再算算，他这个哥好像……"丁霁皱着眉，"挺影响他的，马上要高考了……"

"你还知道啊！"奶奶喊了起来，这会儿才发现已经跑题了，赶紧又把话题拐回去，"不回家！不复习……"

"哎！"丁霁一下就坐了起来，看着奶奶。

"复习了复习了，我大孙子脸都累尖了，"奶奶马上捧着他的脸，"你爸妈老冤枉你。"

"有空帮着算算啊奶奶，"丁霁从兜儿里拿出了一张纸，"名字、生辰八字什么的，要用的都写这上头了。"

"这什么朋友，认识几天这么上心？"奶奶不太情愿，但还是把那张纸收起来了。

为什么这么上心？不知道。

上心吗？不知道。

丁霁骑着电瓶车往家里赶，高考前这段日子也没多久了，不想再因为复习的事儿跟父母起争执。是因为相似的经历吗？也不是吧，林无隅的父母跟老爸老妈不太一样，或者说是相反。他们似乎并不在意林无隅。而老爸老妈，是对他寄予了太多的期望，对他有太多不实际的要求，也不算不实际。丁霁其实不知道自己的上限在哪里，毕竟从来没有试过全力以赴。他根本不知道自己到底能做到哪一步。他只是不想被过度关注，不需要那些完全不从他的角度出发的期待和强行按头的肯定。

不过说到全力以赴——这阵儿算得上是全力以赴了吧，连石向阳给他的破题集他都做了。虽然他是因为林无隅说了自己也有才去做的，但毕竟学霸比石向阳更靠谱。

嘿嘿嘿。

丁霁摸出一直在兜儿里振动的手机，看清了电话不是家里打来的，是刘金鹏。

他把车停在了路边，接起了电话："鹏鹏？"

"你刚是不是回你奶奶家了！"刘金鹏喊。

"嗯，"丁霁应着，"现在回我爸妈家，再不回他们要爆发了，说不定会把我赶出家门，然后你就得跟我过去收拾行李……"

"你东西不都在你奶奶家吗？"刘金鹏说。

"就你有脑子是吧。"丁霁说。

"脑子还是有的，好不好用另说。"刘金鹏笑了起来，"你这两天有空去小公园那边找我呗，拿几个西瓜给你爷爷奶奶。"

"西瓜？"丁霁愣了愣。

"我表叔弄了几车西瓜，"刘金鹏说，"我帮他卖，就在小公园旁边那个水果街。"

"行，"丁霁说，"我过两天找你去。"

刘金鹏给了灵感，丁霁在楼下的西瓜摊上捧两个西瓜回了家。因为随身携带了石向阳同学的习题集，再加上西瓜，老爸老妈的焦虑与怒火被抚平了少许，丁霁抢在他们回过神之前进了自己房间，关上门。

在开始复习之前，他先拿出手机，用照片打印机把林无隅的脸和手都打印出来，盯着看了一会儿。

知道的他是在琢磨林无隅他哥的事儿，不知道的该以为他有什么想法了。

林无隅居然……实在让人意外。看不出来啊。

不过他们学校也有，就隔壁班的一个男生，长得挺帅，性格也挺张扬的，每天穿得特别时尚，有时候还会化妆，不少人指指点点。丁霁倒是没什么偏见，高二的时候还替那人出头，让人闭嘴，但是这位不但没感谢他，第二天见着他居然还绕着走——非常气人。

不过经过社会人士刘金鹏分析，对方大概是怕有人说闲话，不想连累他。这个悲情的解释丁霁还是满意的。林无隅今天也差不多，怕人误会他。

不过……林无隅并没有躲着他。

呦！丁霁挑了挑眉毛——林无隅是不是有其他想法？

"你想太多了吧？"林无隅拿着手机站在走廊栏杆边，"警察的意思就是我们是那个孩子的发现人、报案人，现在孩子安顿好了，我们想去看就去看，谁还让你去认儿子了？"

"我说是要去认儿子吗？"丁霁叹气，"你也没说明白啊，我以为警察找我麻烦呢！"

"……你以前是不是干过什么见不得人的勾当？"林无隅忍着笑。

"你去吗？"丁霁问，"看小孩儿。"

"我……"林无隅犹豫一下，并不想去看这个孩子，不想参观一个以不被需要为开端的生命。但为了不让丁霁认为他是个冷血无情的人，他点了点头："去吧。"

这个犹豫还是让丁霁"啧"了一声，林无隅叹了口气。

"你来找我，我开车带你过去，"丁霁说，"小公园旁边那个水果街知道吧？"

"知道。"林无隅说。

刘金鹏的这个西瓜摊有点儿残次，因为就卖这一车，所以只租了个地铺，连个推车都没有，西瓜都堆在地上，就一个小凳子和一个装钱的破兜儿，还有一张收钱的二维码扔在西瓜堆上。

丁霁挺不能理解的，刘金鹏平时也不摆摊儿，怎么就能一夜之间找出这么个破兜儿来，让他看上去仿佛已经蹲在这儿卖了八年水果？

"还挺甜的。"丁霁喜欢吃西瓜，坐小凳子上没几分钟就啃掉了半个。

"大东说那还是个男孩儿啊，"刘金鹏说，"没领养出去吗？"

"估计是有什么病，或者缺陷，"丁霁说，"毕竟大多数人领养孩子还是因为需要孩子，不是因为爱心。"

刘金鹏叹了口气。

丁霁埋头啃了一会儿，余光里看到有人站在西瓜摊前，刘金鹏也没吱声招呼，不知道是不是还沉浸在对那个可怜孩子的同情里。

"买西瓜吗？"丁霁只得放下手里的西瓜皮，抬头问了一句。

"不买。"林无隅站在西瓜跟前儿回答。

丁霁看到林无隅脸上的表情和眼神时，就知道自己在林无隅的心中开始有了质的变化。根据分析，收钱的破兜儿在他脚边，他坐的小凳子是西瓜摊儿上唯一的座位，占据了中心位，还熟练地招呼了客人，于是可以得出结论——他终于听从学霸诚恳的劝说，从一个游手好闲、坑蒙拐骗的半仙儿，进化成了一个卖西瓜的小贩。

他的人生开始有了一个好的方向，好歹算是自食其力了。

- 12 -

"……挺甜的。"丁霁说。

"我出来的时候吃冰激凌了，"林无隅说，"现在有点儿撑。"

"你那个胃口，一个冰激凌能撑？"丁霁站了起来，去旁边的小店里洗了洗手，把自己的电瓶车推了出来。

"三盒，"林无隅摸了摸肚子，"真有点儿撑了，冰激凌比饭占地方。"

"你这是奔着审稀去的啊。"刘金鹏忍不住说。

"文明点儿。"丁霁上了车，冲林无隅偏了偏头，"上来。"

林无隅把手里的一个大兜儿放到了踏板上。

"你买东西了？"丁霁问。

"嗯，奶粉，"林无隅说，"一会儿给我转两百块钱，这算是我俩一块儿买的。"

"行。"丁霁点点头。

林无隅上车的时候，他把衣服下摆塞进了裤腰里。

"这哪个村的时尚潮流啊？"刘金鹏一脸嫌弃地看着他。

"闭嘴。"丁霁发动了电瓶车，没等刘金鹏再说话，把车往水果街里头骑了过去。

"这边儿能走通吗？"林无隅在后头问。

"能，"丁霁在人群里灵活地穿梭着，"我闭着眼儿都能走出去，放心吧。"

"你……"林无隅回头看了看西瓜摊的方向,"难怪上回说我不是桃花的时候,脱口而出的就是西瓜啊?"

"什么?"丁霁侧过头。

"你总在那儿卖西瓜吗?"林无隅问。

果然——丁霁叹了口气。

"不是我的摊儿,"他也不知道这么说,林无隅能不能信,"那是鹏鹏的西瓜。"

"哦,你帮忙啊?"林无隅说,"这车西瓜全卖了也赚不了多少钱吧?你俩还分?"

"我没帮忙,"丁霁说,"我就在那儿吃西瓜!"

"知道了。"林无隅说。

丁霁感觉越解释越像编的,只得换了个话题:"你这几天住哪儿啊?"

"宿舍。"林无隅说。

"……哦。"丁霁点了点头,没住校挺长时间了,经常会反应不过来。

福利院很远,跑到的时候林无隅有些担心这电瓶车要骑不回去了。

"不可能,"丁霁说,"我加了电瓶的,跑郊区都能两个来回。"

"你这车浑身上下都在跟交警喊话。"林无隅叹气。

"喊什么?"丁霁锁好车。

"快来抓我呀。"林无隅一边挥手一边喊。

"不是,"丁霁把他胳膊拽了下来,"看着挺正经的一个人怎么还干这种事啊?"

林无隅笑了笑,往福利院的大门走过去。

他们捡的那个孩子,被遗弃的原因大概就是右手先天残疾,手掌没法张开,现在找不到父母,也暂时没有人领养。不过在福利院里,手掌这点儿问题都算是轻的了,负责接待的大姐说孩子稍大一点做手术矫正一下,还是能领养出去的。院里都是这样身体或者智力有问题的孩子,有很多挺严重的,每一眼都让丁霁心里不是滋味儿,不知道林无隅什么感觉。

他回头看了一眼,林无隅正看着一个坐在小圈椅里啃苹果的小孩儿,小孩儿看着应该是智力有问题,脸上的肌肉也一直在抽搐,苹果汁儿啃得一手一脸都是,然后冲林无隅咧开嘴笑了起来。

丁霁迅速看向林无隅,这个无情的人要是敢冷漠转脸,他就会立马瞪人。

但是林无隅没有转开脸,而是艰难地扯扯嘴角,冲小孩儿笑了笑。

"我们有个义工刚生了宝宝，"负责接待的一个大姐带他们往里走，"可以给孩子喂点儿母乳，不过大多数时间还是得吃奶粉。"

"我们带了些奶粉，"丁霁说，"无隅哥哥买的，不知道合适不合适。"

"应该合适，"林无隅说，"我去母婴店的时候找了个带小朋友的姐姐问的。"

"你们还挺有心，"大姐笑着说，"谢谢你们了，学生就别破费了，以后想来看孩子，过来就行。"

小孩儿也没什么好看的，特别是正在睡觉的小孩儿。大姐带着他俩，三个人围在小婴儿床边，一块儿低头看着正在熟睡的孩子，仿佛在进行什么庄严的仪式，感觉特别傻。

林无隅往旁边让开了一步。

"他现在有名字吗？"丁霁问。

"有，叫东来，"大姐说，"紫气东来，吉利。"

"那怎么不叫紫气啊？"丁霁随口又问了一句。

大姐和林无隅一块儿看着他。

"不好听啊。"大姐说。

"哦。"丁霁笑着点了点头。

又聊了几句，他俩就往外走了，毕竟跟这孩子也不熟，孩子还睡着了，不能逗。活动室里几个孩子不知道为什么打了起来，在地上滚成一团，大姐顾不上送他们出去，帮着拉架去了。

"还挺好的，"丁霁往外走，"院儿里还有不少玩的东西呢。"

"嗯。"林无隅应了一声。

"一会儿你回学校是吧？"丁霁问。

"要不你把我送回西瓜那儿吧，"林无隅说，"我买俩拿回宿舍吃，照顾一下你生意。"

"……不收你钱。"丁霁叹气。

"那不去了。"林无隅说。

"哎哟，"丁霁有些无奈，"行吧行吧，给你算便宜点儿。"

"好。"林无隅笑笑。

刚走了没两步，突然从旁边蹿出来一个小黑影，扑到林无隅腿边就一把抱住了。林无隅吓了一跳，转过头刚想收腿的时候，发现是个小男孩儿。小男孩儿仰着头，抱着他的腿响亮地打了个招呼："爸爸！"

"什……"林无隅震惊了，转头看着丁霁。

丁霁脸上的震惊正在往狂笑转化。

"爸爸！"小男孩儿又响亮地喊。

丁霁一下笑出了声音，乐得嘎嘎的。

"谁是你爸爸啊！"林无隅单腿往后蹦了蹦，小男孩儿抱着他的腿不撒手，他不敢用劲。

"爸爸！"小男孩儿继续喊。

"我看上去这么像个爸爸吗？"林无隅实在忍不住，转头问丁霁。丁霁已经在旁边笑得出不来声儿了。林无隅只得低头跟这孩子对峙着，这孩子不撒手，他也不动。对峙的时候他才看清，这小孩儿右眼应该是看不见的，眼珠发灰，眼眶也有些凹陷，不过眼睛还挺大。

"我来。"丁霁终于在旁边笑够了，过来蹲到他腿边，捏了捏小孩儿的手："你叫什么名字？"

"你先让他撒手。"林无隅说。

丁霁仰头看着他，做了个"你闭嘴"的口型。

"丁满。"小男孩儿回答。

"丁满？听着怎么有点儿耳熟？"丁霁又抬头看了看林无隅。

"《狮子王》里的那只狐獴。"林无隅说。

"啊对，《狮子王》，Hakuna Matata（无忧无虑）。"丁霁在丁满鼻子上点了一下："那你应该是我儿子啊，我叫丁霁，我还认识一个鹏鹏呢，下回带他过来跟你玩。"

"爸爸！"丁满一秒钟迟疑都没有，转头就抱住了丁霁的胳膊。

林无隅迅速退开了一些："这孩子对爸爸的要求倒是很随意。"

"你不服你继续？"丁霁"啧"了一声。

"我服。"林无隅说。

丁满的确是叫丁满，是助养妈妈给他起的名字。但谁也不知道他为什么总执着于"爸爸"这个称呼，只要是比自己年长的男性，他都会抱着叫爸爸。接待的大姐跑出来把他抱走的时候，他还一直看着丁霁和林无隅，冲他们挥手："爸爸！"

"跟爸爸说再见！"丁霁也挥挥手。

"爸爸！"丁满喊，"爸爸！"

"爸爸再见！"丁霁重复。

"爸爸！"丁满继续喊。

"爸爸再见！"丁霁挥手。

"哎哟，"林无隅叹了口气，这孩子智力肯定没问题，舍不得他们走，就是不说"再见"两个字，他只得拉了丁霁往外走，"你再喊我就答应了啊。"

"这小孩儿是不是被他爸带出来扔了的啊……"丁霁也叹了口气。

"没见过爸爸吧,这儿都是妈妈、阿姨、姐姐。"林无隅说。

"我小时候也没见过啊,"丁霁说,"我也不会逮个人就叫爸爸。"

林无隅看了他一眼。

"看什么看?"丁霁瞪他。

"你有爷爷奶奶,"林无隅说,"不一样的,起码你爷爷奶奶很疼你。"

"你就知道?"丁霁说,"我爷爷奶奶特别坏,每天打我,不给吃喝……"

"那你还成天想往他们那儿跑?"林无隅说,"开口就是'我奶奶''我爷爷',从来没听你说过'爸爸''妈妈'。"

"那有什么好说的?"丁霁掏出车钥匙按了一下,动作非常潇洒,按这姿势,前面至少得是辆四轮的车,"又不熟。"

"你是跟着老人长大的吗?"林无隅问,"父母不在身边?"

"何止不在身边,"丁霁把衣服塞进裤腰,跨上了车,"简直就是远在天边,我十岁以前基本不知道我有爹妈。"

"哦,"林无隅上了后座,"挺好。"

丁霁转头看了他一眼,没说话。

"你爷爷奶奶把你教得挺好的。"林无隅觉得之前那句"挺好"说得有些不合适,又补充了一句。

"他俩可不觉得。"丁霁笑了笑,发动了车子。

车一路往回骑,他俩都没说话,林无隅在后头看着丁霁的后脑勺入定,脑子里转着中午做的卷子——碘代化合物 E 与化合物 H 在 Cr-Ni 催化下可以发生偶联反应……B 为单氯代烃,由 B 生成 C 的化学方程式……简单,过……哺乳动物的核移植可以分为胚胎细胞核移植和体细胞核移植……过,对了有几题没做……两端封闭、粗细均匀的 U 形……一股水银柱……竖直朝上时,左、右两边……$l1=18.0cm$,$l2=12.0cm$……压强为 $12.0cmHg$……设竖直朝上时……p1p2……水平……p……由力的平衡条件有……由波尔定律有……身体突然往前,没等林无隅反应过来发生了什么事,鼻子已经撞在了丁霁的后脑勺上,一阵酸劲儿直冲脑门儿,跟吃了芥末似的爽得眼泪都下来了。

"看路!"丁霁摸着后脑勺吼,"闭个眼就往前冲!"

"你开车不看路啊!"路中间也传来了吼声。

"我要不看路你还能站那儿喊?"丁霁说,"我要不看路你这会儿就得趴地上求我给你打 120 了!"

"你瞎了吧!"路中间的人继续吼。

林无隅皱着眉往那边看了一眼，一个长得像筷子而且是一次性方便筷子的干瘦小子站在中间的双黄线上，正冲这边瞪眼，喷着唾沫——紧身衣、紧身裤、露脚踝，一抬胳膊还能露腰，虽说穿衣打扮是个人选择，林无隅从不对别人发表评论，但也不会阻止自己在心里疯狂吐槽。这是他最难以忍受的男性反人类装扮之一，看着让人没来由地就蹿火，严重影响路人身心健康。

　　"有没有新词儿？"丁霁说，"没新词儿了就闭嘴！就这点儿词汇量正过来倒过去都不够十个字儿的你上街跟人饿个头呢？"

　　"你开车不带眼睛……"方便筷子进入了车轱辘状态。

　　"没完了是吧！"丁霁说，"你出门脑子都没带，你还管我带没带眼睛？"

　　那人还在喊。

　　"算了，"林无隅不想再看到这个人，摸着鼻尖低声说，"走吧，别跟这种人吵了。"

　　"不是我想吵，"丁霁也低声说，"车好像没电了。"

　　"刚不是开得好好的吗？"林无隅愣了愣。

　　"现在电量低了，不知道怎么回事，"丁霁说，"这段路有点儿上坡，开起来可能……"

　　"能骑吗？"林无隅问。

　　"能是能，就是……"丁霁有些犹豫。

　　"开。"林无隅倒是很干脆。

　　"行吧。"丁霁一拧车把。

　　方便筷子还站在路中间骂：不长眼睛，不看路，没带眼睛，瞎了，绿豆眼儿……越骂越脱离现实了，丁霁眼睛挺大的，非得用豆比的话，怎么也得是芸豆吧。

　　车动了，慢慢地往前移动。林无隅等待着车加速飞驰而去，用最后的电量飞驰个五百米都行，把这人甩到身后，脑袋都快让他念叨疼了，但一直没有加速，缓缓地，慢慢地，平稳镇定地往前开着，确切地说，是往前挪动。

　　"怎么了？"林无隅对这种现象表示不解，"走啊！"

　　"正在走呢。"丁霁平静地回答。

　　"……没电了就是这样的？"林无隅有些茫然。

　　"是的，"丁霁说，"你刚不让我把话说完，跟个将军似的，'走！'那我们小兵就只能走了……我刚就是想说，开起来就是这样。"

　　"我不知道。"林无隅突然有些想笑。

　　"你没开过电瓶车吗？"丁霁问。

　　"没，"林无隅叹气，"我以为会是正常速度开着开着突然停下。"

筷子还在骂，大概以为他俩是故意不走，更愤怒了，开始跟着他们平行移动，边走边骂。

林无隅已经不觉得那人吵得脑袋疼了，就想笑。

这个场面实在是很好笑。

丁霁大概感觉到了，偏过头，一脸憋笑的表情："我现在要是笑了，他会不会过来打我？"

"不知道，"林无隅笑了起来，"要不你试一下。"

丁霁转回头，冲着前方，一边开着车一边开始乐。

筷子对自身实力还是有一定认知的，并没有过来打人，只是骂送了他们一百米然后走掉了。

车又往前走了差不多两百米，在一个路口宣布昏迷。

两人下了车，轮流推着车往前走。

"耽误你复习了啊。"丁霁说。

"没，"林无隅说，"我在复习。"

丁霁看了他一眼："脑子里想呢？"

"嗯。"林无隅点点头。

"你这复习跟我算命一样，"丁霁"啧"了一声，"神叨叨的。"

"我要是有书，我也不全是这样，没书我才这样，"林无隅笑笑，"跟你算命还是有本质区别的……不过你算的也不完全没道理，对吧？"

丁霁没说话。

推了二十分钟之后，他们终于在一个超市门口给车充上了电。

林无隅进了超市，转了一圈，买了两盒双色冰激凌，递了一盒给丁霁，两人坐在超市门口的椅子上等着充电。

"那什么……"丁霁起劲地搅着冰激凌，有些含糊地说了一句。

"嗯？"林无隅在冰激凌上一边戳一边搅拌。

"就那个，你哥……林湛，"丁霁说得很小心，"你那天是不是问我……"

"还活着吗？"林无隅说。

"活着。"丁霁点点头。

"哦。"林无隅轻轻地舒出一口气，几乎觉察不到。

丁霁跟着也松了口气。

他不知道这个林湛是死是活，以他的三脚猫蒙人知识也算不出来。他只是觉得林无隅很在意这件事儿，一个完全不相信命的人，会说"我来都来了"的人，不止一次地跟他打听，请他帮着算，甚至还研究了手相书……其实林无隅是个很能扛的人，如果不是有这些接触，表面上其实看不出来他因为这些事受到的影响。

好歹是个学霸，如果影响了复习，多可惜啊。

丁霁并不确定林无隅是希望林湛活着还是没活着，毕竟林无隅说过自己是空气，是多余的人，那他哥肯定不是空气也不多余……所以他又确认了一次，林无隅两次问的都是"还活着吗"，以他多年蒙事儿的经验，说出来的都是希望得到肯定的，要不他可能会问"是死是活"。丁霁正在心里整理自己的蒙事儿心路时，林无隅突然把胳膊搭到了他肩上。他的心路顿时拐了十八个弯——呔！你要干什么！

"谢谢。"林无隅说。

"嗯？"丁霁看他。

林无隅又抬手在他脑袋顶上扒拉了两下："谢谢。"

- 13 -

丁霁小学三年级以后就没有人再扒拉他脑袋了，爷爷奶奶也不碰他脑袋。因为他很严肃地警告过爷爷奶奶，他现在是个男人了，这是男人的脑袋，不能随便摸！谁摸跟谁急！但林无隅突然就摸了，不光摸了，还扒拉了两下。虽说这个动作林无隅做得很自然，也能感觉出来他想表达的意思——我知道你没算出来，你在蒙我，谢谢你安慰我——丁霁还是按习惯要进行抗议。

"你别被人叫了几声'爸爸'就拿自己当个长辈了啊，"他偏开头，看着林无隅的手，"还挺慈祥……"

"不能碰脑袋是吧。"林无隅收回手，笑了笑。

"那肯定啊。"丁霁说。

"要这么说的话，那天你把石头扔我头上，我还没找你麻烦呢。"林无隅吃了一口搅好的冰激凌。

"那是石子儿！是渣渣！"丁霁纠正他，"扔个石头到你头上你没找我麻烦，你是个傻瓜好吗！"

林无隅笑了笑，看到他手里拿着的冰激凌时顿了顿："吃个冰激凌都要学我啊？"

"什么？"丁霁低头看了看，"谁学你了？我奶奶一直说我吃得特别恶心，一看就是不想分给别人吃……"

转头往林无隅那盒看过去的时候，他愣住了："没想到啊，堂堂一个学霸，居然也是个抠门儿精！难怪成天抢我水喝。"

"这就抠门儿精了？"林无隅问。

"这都不好给别人分了啊，按我奶奶的逻辑，就是抠门儿，"丁霁说，"不过我还是头回见着跟我一样这么吃冰激凌的。"

"我是觉得这么好吃。"林无隅说。

"是。"丁霁点点头，放下小勺，伸出了手。

林无隅看了他一眼，伸手跟他握了握。

"幸会。"丁霁说。

"……幸会。"林无隅说。

电瓶车充电得有一会儿，丁霁慢慢吃着冰激凌，琢磨着要不要先给老妈发个消息告诉她自己晚点到家。

林无隅站了起来，往垃圾箱走了过去。

"你吃完了？"丁霁问。

林无隅没说话，只是冲他晃了晃手里的空盒子。丁霁看着他扔完盒子，坐回自己旁边，感慨而真诚地问了一句："你是不是饿了啊，在学校没钱吃饭？"

"是啊，没钱吃饭了，好容易省个十块二十块的出来买冰激凌充饥。"林无隅说。

"凉东西吃太多、太快对身体不好，"丁霁叹了口气，"你这要让我奶奶看见了，得说你三天三夜，然后每天给你沏热茶。"

林无隅笑了起来："羡慕。"

"羡慕什么？"丁霁说，"大夏天的，我抱个滚烫的瓶子两小时喝不上一口水，渴得嗷嗷叫。"

"那你想去我家吗？"林无隅笑笑，"没人管，你抱着马桶喝也行。"

"你说话注意点儿啊。"丁霁瞪着他。

林无隅笑着没再说话。几乎没有跟人说过自己家里的事，也不会对父母有任何评价，从小学时候起，写作文只要是有关家庭和父母的，他都现编，已经炉火纯青。对丁霁他倒不是很在意，毕竟他都开口让丁霁帮他找人了。丁霁是个挺能让人放松的人，还很聪明。

"其实我跟我爸妈的关系也不怎么样，"丁霁慢慢吃着冰激凌，"他俩生完了我就跑德国去了，偶尔过年回来几天，我对他们都没什么印象。"

"这样啊，"林无隅看着他，"现在回来了？"

"嗯，回两三年了，"丁霁皱皱眉，"我一点儿心理准备都没有，他们还觉得我应该惊喜……突然说我以后就跟着爹妈住了，气得我都吃不下饭，十几年就这么扔给老头儿老太太，给点儿钱，视频里打个招呼，然后转头回来就得个现成儿子，想得也太美了。"

"他们管你吗？"林无隅问。

"何止管，"丁霁一脸不爽，"还嫌我爷爷奶奶没管好我，你就得有多好多好，你本来就应该多好多好，为什么你现在没有多好多好……"

"那你应该去我家啊，"林无隅笑了，"他俩就会告诉你，你就根本没有多好多好，你就是个垃圾。"

"这么一对比，你爸妈疯得更彻底。"丁霁舔了舔勺——也许吧。

林无隅一直不明白，在一些父母眼里，孩子究竟是什么？是仇人，还是他们实现"理想"的工具？

"你哥，为什么失踪的？"丁霁终于吃完了冰激凌，因为林无隅吃得太快，影响了他慢吞吞的节奏，吃得比平时快，现在摸摸肚皮都能感觉到凉气儿。

"有一天晚上，他问我，喜欢旅游吗？"林无隅想了想，"我说喜欢，他说'我要去旅游了'。"

"然后呢？"丁霁问。

"第二天早上我起来，他就已经走了。"林无隅说。

"……气完你就走了啊？"丁霁说，"你哥很有性格嘛。"

林无隅愣了愣，从来没有从丁霁这个角度想过这句话，现在丁霁这么一说，突然就有些想笑。

"我还真没想过，"林无隅笑着叹了口气，"你这么一说，我真想问问，是不是气我呢？"

"早晚能问着，"丁霁说，"我算过了，准的。"

"嗯。"林无隅看了他一眼。

"不用谢，不要扒拉我脑袋。"丁霁立马也看着他。

号称跑郊区两个来回没问题的电瓶总算充上了一格电。

丁霁发动车子的时候，电量突然变成了两格。

"快快快，"他冲林无隅招手，"趁着两格。"

"这是虚电吧，"林无隅说，"刚就一格。"

"我知道，"丁霁拍着车把，"快上来，趁它还没反应过来这是虚电，我们先跑个几百米的。"

"趁谁？"林无隅问。

"我车啊！"丁霁说。

"……真是个好主意。"林无隅迅速上了车。

丁霁这车大概比较迟钝，跑了好几个几百米之后才发现自己多一格电，不过距离也不远了，骑回西瓜摊的时候，车才又没电了。

西瓜还没有卖完，这会儿天都黑了，那个叫刘金鹏的骗子助理还猫在凳子上，旁边戳着根杆子，上头挑了个应急灯。丁霁下了车，过去跟他说了几句话，刘金鹏有些得意地踢了踢地上装钱的那个破皮兜子。

　　林无隅看得一阵心酸。

　　"让鹏鹏给你挑两个，"丁霁说，"他特别会挑瓜。"

　　"好，"林无隅看了看，摊儿上也没有袋子，"我怎么拿？"

　　"有绳子。"刘金鹏说。

　　"绳子？"林无隅愣了愣。

　　丁霁从地上拿了一圈红色的塑料绳，扯了几段出来，然后低头开始打结。林无隅看着他熟练地一个一个结系过去，最后横着一扯，几根绳子变成了一个网兜儿，眼儿非常大，但是装西瓜很合适。

　　丁霁把西瓜装在兜儿里递给林无隅的时候就后悔了，系绳子这事儿应该让刘金鹏去干，他现在已经俨然一个熟练的西瓜摊摊主了。而且林无隅什么也没说就拿出手机扫了码，他都没机会解释。

　　"收款人是刘叉鹏？"林无隅问。

　　"对，"刘金鹏在旁边点头，"我就是刘叉鹏。"

　　丁霁也点了点头——对，他是我老板。

　　林无隅付完钱，拎着西瓜准备叫辆车回学校，丁霁站在他旁边。

　　身后黄色的光……明明现在有那种又白又光、晃得你想杀人的应急灯，但他俩不知道为什么还是弄了个特别惨的黄光，这会儿打在丁霁身上，怎么看怎么落寞，还穷苦。

　　"这车西瓜卖完了你再干点儿什么？"林无隅问丁霁。

　　"不知道，"丁霁说，"先这么着吧，等暑假吧。"

　　总得等高考完了吧。

　　"你还打算做暑期工吗？"林无隅有些不理解。

　　"……啊。"丁霁叹气。

　　"行吧，慢慢来，"林无隅也没多说，"你要是想找个正经工作又找不到合适的，可以找我。"

　　"呦，"丁霁挑了挑眉，"你一个离家出走的学生还挺能耐啊？自己也就住个学生集体宿舍吧。"

　　"我从初中起就随时可以经济独立。"林无隅说。

　　换个人说这样的话，丁霁能有八百多句损回去，但林无隅说这话，他莫名其妙就觉得可以信，没什么可反驳的。

　　"那我到时找不着合适的工作就找你。"丁霁说。

"好。"林无隅点头。

目送林无隅上车离开之后，刘金鹏凑了过来："这人什么时候跟你混这么熟了？"

"很熟吗？"丁霁说，"你每天晚上猫小广场上随便找个人都能聊到这程度了呢。"

"那是我好吗，"刘金鹏说，"你连大东都懒得搭理，陈老四认识好几年了吧，求你给看看手相就差磕头了。我俩认识有十年了吧，算是能混到一块儿卖西瓜……"

刘金鹏的话没有说完，脸上突然出现了两坨黑不黑、白不白、绿不绿的东西，还往下淌水儿。

刘金鹏吓了一跳，指着自己的脸："什么玩意儿？还是热的！"

"鸟屎。"丁霁凑近看了看。

能在一张脸上同时接到两坨屎，就算刘金鹏脸比别人都大点儿，也是件很神奇的事，而且这屎的轨迹……

在刘金鹏拿了纸想擦脸的时候，丁霁抓住了他的手，盯着他脸上的鸟屎："等等。"

"你不是吧？这什么状态你还要算？"刘金鹏不愧是发小，马上就明白了，"行行行，要不你给我算算我……"

"闭嘴。"丁霁看了一眼手机上的时间，然后蹲在路边开始算。一般碰上这种事儿，奶奶就会说'这么神奇啊我得算算'。丁霁也跟着爱这么玩，不过学艺不精，一般也就随手算个是否、能不能之类的。这会儿他算的就是东还是西。奶奶家在东，爹妈家在西。

"算的什么？算出来了吗？"刘金鹏问。

"算出来了，"丁霁把电瓶车的钥匙给了刘金鹏，"充好电，明天帮我骑我奶奶家去。"

"行，"刘金鹏点头，"你回家？"

"回我奶奶家。"丁霁说，顺手把旁边一辆共享单车扫开了。

刘金鹏挂了个西瓜在他车头上。

骑着车往奶奶家去的时候，他心情非常好，甚至觉得自己刚才是不是根本就没算，就直接给了自己一个往东去的答案。虽然他已经决定了，在高考之前不跟父母闹矛盾，但刚才那会儿就是突然很想爷爷奶奶，哪怕是回去坐半小时再走都行。何况刚才他给老妈发了条消息说晚点儿回，也没收到回复。他还没吃晚饭，干脆让奶奶给他煮碗面或者包点儿饺子……算了，还是煮碗面吃吧。

骑到奶奶家那条街的街口时，一拐弯，一阵风吹了过来，丁霁莫名其妙地打了个冷战。他下意识地捏了一下车闸，摸了摸自己胳膊，感觉汗毛都竖起来了。这感觉不太对啊——是出什么事儿了吗？也许是从小跟奶奶待在一起受了影响，奶奶很信"预感"这个东西，不过这两年不太说了，因为老爸老妈很反感，认为对丁霁不是什么好的引导。

　　丁霁对他们这一点也很反感，并不是因为他信，是觉得他们没有立场去嫌弃心疼了自己十几年的爷爷奶奶。

　　他猛地一脚蹬在车镫子上，车往前冲了出去。之前突然出现的冷风已经消失，现在裹着他往前的，是干燥的暖风，骑快了糊一鼻子，让人有些不舒服。离着奶奶家的楼还有几十米，丁霁看到了小姑父的车停在楼下。他顿时就急了。小姑差不多每个周末都会来看爷爷奶奶，但平时基本不会来，因为要上班，离得也远。这个时间连小姑父都来了，肯定是出事了。

　　丁霁骑着车冲到楼下，把车往旁边一靠，都没顾得上锁，先扑到小姑父的车上，贴着车窗往里看了看——没有人。

　　他转身跑上了楼梯，刚跑到二楼，就听到了邻居杨奶奶的声音。

　　"120应该快到了吧，一般五分钟就能到。"

　　丁霁像是突然被扔进了冰库里，整个人都僵住了。

　　"奶奶！"他吼了一声，一边往上冲一边喊，"爷爷！"

　　"丁霁？"上面传来了小姑的声音，"你怎么过来了？"

　　"出什么事了？"丁霁喊。

　　小姑没有回答，丁霁也不需要她回答了，转上楼梯，他就看到了开着的大门，和躺在地上的奶奶。

　　"奶奶！"丁霁吓得腿都软了，几乎是连滚带爬扑过去的，"我奶奶怎么了？"

　　"摔了一下，"小姑父拉住了他，"不要动她，不能动！"

　　"我知道我知道我知道，"丁霁一连串地回答，"不动不动……奶奶？"

　　"烦死啦，"奶奶躺在地上皱着眉，"怎么又跑来了？"

　　奶奶的声音低而发颤，又发虚，听得丁霁一阵心疼："摔哪儿了？"

　　又抬起头看着小姑："我奶奶摔哪儿了？"

　　"大胯，说大胯和腿都疼，"小姑说，"打了120了，一会儿就到。"

　　丁霁转头看到爷爷坐在一边，赶紧又追了一句："我爷爷没事儿吧！"

　　"没事儿没事儿，"爷爷摆摆手，"你别慌。"

　　"一开始你爷爷给我打电话，说奶奶头晕，"小姑说，"我们就赶紧过来了，半道给你爸打电话了，他们也马上到，结果你奶奶要倒水喝，起来就摔了……"

　　"你让我爷爷给你倒啊。"丁霁跪在奶奶旁边握着她的手，皱着眉小声说。

"他也慌神儿了，我怕他去倒水摔着，"奶奶说，"他现在都站不住呢。"

"那你也得让我摔，"爷爷看着她笑笑，"我身体比你好。"

奶奶的手很凉，一直在抖，丁霁正想再看看奶奶还有没有别的地方磕着碰着，楼梯上又传来了脚步声，他赶紧转头："是120……"

跑上来的是老爸和老妈，老妈看到他很吃惊，第一句话就是："你怎么在这儿？"

没等他回答，老爸皱着眉看着爷爷："不是说了不要告诉小霁吗？他还要复习！"

"我没有说。"爷爷赶紧摆摆手。

丁霁看着老爸，感觉这会儿震惊得话都快不会说了。直到老爸走到奶奶身边蹲下时，他才对着老爸的脸吼了一声："你还是不是个人！"

屋里几个人都愣住了。

老爸好几秒才反应过来，也吼了一声："你说什么！"

"我问你是不是人了！"丁霁跳了起来，声音都有些破，感觉自己鼻子都酸了，"我奶奶都摔成这样了，你这是说的什么话啊！"

"小霁！"爷爷回过神，赶紧指着他，"别瞎说！"

"祖宗，"小姑抱住了他，把他往里屋推，"先别说这些……"

"我说的怎么就不对了？"老爸非常生气，"你是不是要高考了？你本来就没好好复习，这事儿本来就不该让你知道！"

"你敢！"丁霁吼，"你信不信我……"

小姑捂住了他的嘴："疯了你！"

- 14 -

丁霁被小姑关进里屋，一直到120的人来了，才把他放出来，一家人把奶奶送上了救护车。小姑在家照顾爷爷，其他的人开车跟着去医院。

"你回家吧。"老爸拦住了要跟着上救护车的丁霁。

"哥，你得了吧，你现在不让他去怎么可能？"小姑皱着眉。

"刚当着我爷爷我奶奶，有些话我没说得太过头，"丁霁这会儿就觉得血一直在脑袋里咕嘟着，要不说点儿什么，整个头都得炸飞，"我奶奶摔成那样躺地上动不了，你进来第一句话是怪他们通知了我，你真的让我大吃一惊！"

"他们的情况我在路上已经知道了，"老爸皱着眉，"我知道你奶奶是什么状况！你现在跟我这么说话，你没觉得过分吗？"

"过个头的分！"丁霁压着声音，"你多冷静啊，你多有判断力啊，你从电话里听说了你亲妈摔地上动不了了，所以看到现场的时候就能波澜不惊，就能忙着指责他们通知你的神童儿子耽误了他复习！"

"丁霁！"老妈不知道什么时候过来了，"你说话注意点分寸！谁把你教成这样的！这么跟父母说话！"

"你知道为什么你家离得更近，但我爷爷通知的还是我小姑吗？"丁霁没理老妈，还是看着老爸，"他为什么不找你？因为他知道你特别冷静，你俩都特别冷静！"

丁霁说完，转身准备上救护车，想想又走回了老妈面前："谁把我教成这样的？我告诉你，我爷爷奶奶！我能玩着拿年级前五就是他们教的！我要乐意我动动小拇指还能拿全市前五！"

"上车去！"小姑推了他一把，"你还来劲了！"

老妈想说什么，小姑提高了声音："赶紧走，别耽误了！"

丁霁上了车，坐到奶奶旁边。

"跟你爸妈呛完了？"奶奶声音还是很弱。

"没呢，给我小姑面子，"丁霁撇撇嘴，"我要真想呛，他俩能让我呛得再叫一辆120。"

"你讨厌不讨厌。"奶奶说。

"不讨厌，"丁霁握着奶奶的手，"我多可爱啊，我最可爱了。"

奶奶这一跤摔得不轻，胯骨骨裂，大腿骨折，还好不严重，没有移位，不需要动手术，但是要静养挺长时间。奶奶还有些发烧，所以又做了些别的检查，结果还没拿到。丁霁心里有些发毛，他知道很多老人会因为骨折去世，楼上赵爷爷就是，摔一跤骨折了，就再也没起来，大半年之后就去世了。

"赵爷爷是严重骨折啊，折的也不是地方，年纪还大，"刘金鹏在电话里说，"你奶奶才多大岁数，她身体又好，去年帮着你爷爷一块儿打我的时候，她跑得差点儿都比我快。"

"你怎么不说是你跑不动？"丁霁靠在走廊的墙边笑了起来，"你明天过来陪我奶奶，我放了学就过来。"

"行，"刘金鹏说，"你家没人照顾？"

"有人，"丁霁说，"但是我得去学校，医院没个自己人我不放心，有什么事儿总得有个人给我报信。"

"没问题，交给我了。"刘金鹏说。

"你西瓜怎么办？"丁霁问。

"我让陈老四帮我看着就行，"刘金鹏说，"他反正没事儿老在那片儿转悠。"

丁霁打完电话就回了病房，奶奶检查什么的折腾一通，这会儿躺床上看着更虚弱了，丁霁心疼得不行。

"大夫说奶奶现在情况稳定，没有什么问题，"老爸看着他，脸色有些阴沉，戳一下就能开始打雷下暴雨的那种，"你先回家吧，明天还要上课。"

"不了，"丁霁坐到了床边的小凳子上，"我就在医院。"

"你回去。"奶奶小声说。

"你别说话，"丁霁也小声说，"这事儿谁劝也没用，你知道我脾气，再说你还发烧呢，我也不放心，我就在这儿守着，明天一早我直接去学校。"

"丁霁。"老爸叫了他一声。

"你们回去休息吧。"丁霁坐着没动。

"小霁，"小姑父过来想解围，"我明天没什么事儿，我在这儿，你先回去……"

"不。"丁霁犟着。

他很久没这样了，小时候不懂事儿，总跟爷爷奶奶犟着来，也不说理由，也没有理由，反正就是犟着。这回他这根筋算是被戳到了，进入死犟状态，谁也不管用了。

"你出来一下。"老爸转身走出了病房。

老妈看了他一眼，也跟着出去了。

"跟你爸妈好好说，"小姑父拍拍他肩膀，"吵起来了你奶奶又着急。"

"嗯。"丁霁应了一声，在凳子上又坐了好半天才站起来，慢吞吞地走出病房。老爸站在走廊里，老妈没在，估计是已经回车上去了。丁霁走过去，站在了老爸面前，等着他开口。

"你今天说的话很伤我们的心。"老爸皱着眉。

"一样，谁也别说谁。"丁霁说。

"你马上就要高考了，一直也没好好复习，"老爸说，"我跟你妈妈肯定怕你分心，第一反应是这件事不应该告诉你，这有什么问题吗？"

"没什么问题，"丁霁说，"但是我也要告诉你，第一，没人通知我，我是想爷爷奶奶了过去看看碰上的，这是亲人之间的感应；第二，这事儿要是真没人告诉我，我保证我再也不会回家。"

"你今天情绪有点过头了！"老爸加重了语气，看得出在控制，也看得出快控制不住了，"我不想再跟你说下去，你今天晚上实在不想回家，没有人逼你，但是明天你必须回家！你奶奶这里有人照顾，用不着你！你现在的首要任务是高考！你现在根本没有达到你该有的水平！"

丁霁感觉自己像是被挂在了空中，踢不着打不着，憋得非常难受。按理说他应该就此闭嘴，让老爸走了，大家都清静，有什么事儿明天再说也可以。但他现在非常能理解什么叫冲动，年轻人就是冲动、不稳重、沉不住气……他看着老爸："其实我复习得怎么样你根本不知道，你脑子里装的只是你想象中我的复习状态，你认为我不认真，你认为我没尽全力，你认为我肯定该有更高的水平，你还认为我应该是个天才。"

"只是我认为你不认真吗？"老爸气得说话都有些哆嗦，"你一模、二模成绩为什么不敢告诉我们？真的只是我认为？"

"我为什么要告诉你们？"丁霄说，"我就算考了全市第一，你们也会说我应该是省第一，你们为什么不肯承认，我其实永远也达不到你们觉得我应该达到的标准？你们为什么不肯承认，你们就是在强迫我证明自己是个天才？"

今天老妈回车上去了，留下老爸跟他吵架，丁霄觉得这是他俩的失误，论吵架的口才，老妈还是要强一些的，老爸一般几句就能被他顶着了，这会儿就没说出话来。

"奶奶出院之前我每天都会到医院来，"丁霄说，"我从六岁起就自己做主自己的事，十几年就这么长大的，现在我还是这样……"

"现在就不行！"老爸突然吼了一声，"你现在就得有人管！就得我们管！你是我儿子！这十几年就这么野着长大，你没规矩惯了！"

"我是你儿子？"丁霄笑了，"我几岁换第一颗牙你知道吗？我第一次在幼儿园跟小朋友打架是为什么你知道吗？我会唱的第一首歌是什么你知道吗？我……"

说到一半，丁霄停下了，突然觉得很没意思。

"我不需要知道这些！"老爸打断他，情绪有些失控，"现在是你需要知道你的路！你的方向！是你需要知道你正在浪费你的……"

旁边病房有人走了出来，看着他俩。

"哥你先回家吧，小霄这儿我跟他聊聊。"小姑父也跑了出来，拉着丁霄就往奶奶的病房走。

"我知道！是你们不知道！"丁霄挣扎着，瞪着老爸，"十几年都没当过爹，现在突然要过瘾？你领养个儿子都没这么轻松吧！你……"

丁霄的话没说完，老爸冲过来一巴掌甩在了他脸上，尖锐的耳鸣声盖掉了之后的声音。小姑父过去推开了老爸，一边说着什么一边把他往电梯那边推，老爸指着他，嘴在动，但听不见在说什么。

丁霄就在一片尖啸声中看着眼前无声的这一幕，直到小姑父把老爸扯进了电梯里，才转身慢慢走回了病房。看到奶奶时，他挤出了一个笑容。

"没事儿。"他说，但是没有听见自己的声音。奶奶看上去还挺平静，微笑着冲他招了招手，他走过去坐下了。奶奶抬手在他脸上摸了摸。脸上除了火辣辣的钝痛，丁霄什么感觉也没有，奶奶摸在哪儿了他也不知道。

奶奶也没说话，过了好几分钟，他耳朵里的尖啸声消失了，他才清清嗓子，听到了隔壁病房打铃叫护士的声音。

"你这脾气像谁呢？"奶奶说。

"你啊，"丁霁说，"爷爷不总说吗，像你，又犟又冲。"

"你打你爸了没？"奶奶问。

"没，小姑父给他推开了。"丁霁叹了口气。

"怎么，还挺遗憾啊？"奶奶拍了他一巴掌，"没推开你还想打你爸啊？"

"老太太你可以啊，"丁霁笑了起来，脸上跟着一阵疼，咧了咧嘴，"发着烧呢还能给我挖坑？"

"那你俩还在外头又吵又打的，"奶奶说，"也不怕我着急上火。"

"没憋住，"丁霁皱着眉，"我也不知道怎么这话就又拐这上头来了，自打开始有爸妈，我就好像变成什么自暴自弃、浪费人生的天才了……他们到底是真的觉得我是神童，还是就想要一个神童？"

丁霁低下头，愣一会儿之后趴到了病床上。

"哭几嗓子吧，"奶奶在他头上轻轻摸着，摸了两下又改成了在他肩膀上摸，"你小姑父进来了我告诉你。"

丁霁没出声，把脸埋进了被子里。

"啊……真是欲哭无泪，"林无隅躺在床上，捂着肚子，"没想到我也有今天。"

"许天博说一会儿给你拿个暖水袋过来，"陈芒推门进了宿舍，"我问了几个宿舍，就他有。"

"这就不错了，蝉都叫了的季节里，男生宿舍居然能找着暖水袋。"刘子逸趴在桌上做题。

"你到底怎么想的，"罗川说，"再热也不至于吃那么多冰激凌吧？"

"关键是回来还能再吃半个西瓜，"陈芒说，"还没吃饭？"

"对啊，"林无隅翻了个身，"我还没吃饭……"

他也没想明白，等充电的时候明明超市里那么多吃的，他非得请丁霁再吃一盒冰激凌。

许天博拿了个暖水袋进了他们宿舍，递给了林无隅："焐会儿吧。"

"谢了，"林无隅掀开衣服把暖水袋塞进去，刚一秒钟又拿了出来，"怎么这么烫……"

"你隔着衣服焐，"许天博说，"不烫点儿，几分钟就没用了啊。"

林无隅把暖水袋隔着衣服和毛巾被放在了自己肚子上："食堂要是能送外卖就好了。"

"能送这会儿也不送了，"许天博说，"都几点了啊。"

"我饿得有点儿出虚汗了好像，"林无隅把捂在肚子上的手拿到眼前看了看，有些吃惊，"全是汗啊？"

"是吗？"宿舍几个人都愣了，都凑了过来。

"你脸上也没汗啊？"陈芒在他脑门儿上摸了一把。

林无隅愣了两秒，把暖水袋从肚子上拎了起来："许天博！"

许天博瞬间反应过来，一边笑着一边迅速往后退："不是吧！漏的？我不知道！真的！可能太久没用了？"

"太惨了，"林无隅拎着暖水袋下了床，"算了，疼会儿吧，我也很久没生病了。"

有好几年没病过了吧，连感冒都没有过，这大概是他让父母唯一满意的地方。他身体很好。

宿舍里的几个人又回到了复习状态，他出门走到了走廊上。一排宿舍，灯全是亮着的，斜对面高三的女生宿舍也一样都亮着灯，看上去有种紧迫感。那么多人都在拼，你敢不拼吗？但换个方向也能感觉到踏实，你不是一个人在拼，还有那么多人跟你一起拼呢。

"吃吗？"许天博走了过来，手里拿了盒不知道什么东西。

"吃。"林无隅先回答完才接过盒子看了看是什么。

"绿豆糕，"许天博说，"我们宿舍全是零食，就这个能填饱肚子了。"

"嗯，"林无隅埋头开始吃，"你不用陪我，看书去吧。"

"你是不是从家里搬出来了啊？"许天博靠在栏杆边，"这么大的事儿没跟我说，是不是太不把我当朋友了？"

"……谁告诉你的？"林无隅笑了笑。

"猜的啊，下午我上你宿舍借排插，你们那个放杂物的柜子都腾出来放你的行李了，"许天博说，"你住校三年，从来也没一次拿过那么多衣服来学校啊。"

林无隅又吃了一块绿豆糕，没说话。

"是为天台那件事儿吗？"许天博问，"我想来想去也就这一件事儿了。"

"嗯。"林无隅点了点头。

"行吧，"许天博叹了口气，"出来就出来了，也没什么大不了，就当提前上大学了……有什么要帮忙的你就说。"

"我没钱用了。"林无隅皱眉。

"我这儿有，"许天博马上摸手机，"先给你转几百，明天我……"

说到一半，他动作又停下了，转头看着林无隅笑了起来："差点儿让你骗钱！我可是看过你余额的人！"

094

"谢了，真的。"林无隅笑着拍了拍他胳膊。

又站在走廊上聊了十几分钟，许天博回了宿舍，继续复习去了。林无隅把最后一小块绿豆糕放到嘴里，这东西挺好吃，就是太甜了，齁嗓子都算轻的，现在他就想再找一坨盐嚼了……啊，想吃烧烤了。要不是今天他拎着西瓜回来的时候就觉得胃不舒服，他肯定会绕道去买了烧烤再回宿舍的。因为没有吃烧烤，所以他饿得不行，就把西瓜吃了，造成了更严重的后果。早知道他应该让丁霁请他吃顿饭，作为路上莫名其妙被人骂了一百米的补偿。

想到丁霁……他拿出了手机。朋友圈里自打有了丁霁，就变得非常热闹，他有时候复习累了打开看看，能放松挺长时间。

——我要干大事了。
——开始了！
——××大厦的灯看起来跟鬼片一样，血拉糊叽的，这叫什么设计？
——外卖送的小海带真好吃啊。
……

林无隅叹了口气，这人也不知道在干什么，半小时发了能有七八条朋友圈，夜市卖西瓜是不是生意不太好，闲成这样？把手机放回兜儿里，准备回宿舍睡觉的时候，手机在兜儿里振了一下，林无隅拿出来看了看。丁霁不知道是不是闲到了一定境界，给他发了一条消息。

——林无隅，你为什么就觉得自己是学霸呢？

这要换个人，林无隅直接就会把这条消息归类到无聊挑衅的垃圾信息里，多一眼都不会看，但是丁霁肯定不会是挑衅，倒像是迷茫。

他也没多猜测——你怎么问，我就怎么回答。

——因为我就是啊。

丁霁看着手机上林无隅回过来的这条消息，这个理由简单而自信。

——那学霸你觉得我聪明吗？

丁霁发过去之后就想撤回，这话问得自己很像个傻瓜。他不知道自己为什么会跟林无隅莫名其妙地聊这个，都担心林无隅会以为他迷糊了，但林无隅似乎没有感觉，回复还是挺快的。

——你比普通的聪明要聪明得多。

丁霁还在思考普通的聪明是在哪一档的时候，林无隅又发了条消息过来。

——要不我也不会劝你找点正事干。
——但是你居然去卖西瓜……我就很迷惑了。

丁霁嘴里咬着笔，一上一下地晃着，本来还在琢磨林无隅的话，看到这句的时候，一下没忍住，笑得笔掉地上半天都没捡起来。

- 15 -

丁霁在宣布要干大事之后，就没再发过朋友圈。能让一个每天在朋友圈起码叨叨十多条的话痨闭嘴，林无隅分析，这件大事肯定不是卖西瓜。想到这里，林无隅不由得非常佩服自己，忍不住乐出了声音。

"你没事儿吧？"陈芒看着他。

"没。"林无隅清了清嗓子。

讲台上的老林往他这边扫了一眼，继续说着："二模你们已经挺过来了，三模也就不算什么了，按部就班考掉它就行……"

"再撒点儿孜然、辣椒粉……"林无隅小声地说。

"你这阵儿心情挺好啊。"陈芒看他。

"我心情一般都不太差啊。"林无隅笑笑。

"不一样，"陈芒看了他一会儿，叹了口气，"我真羡慕你这个状态啊，脑子好的人是不是在调整情绪和状态上的本事都比别人强？"

"不知道，反正我修炼这个本事的方式……"林无隅拍了拍他的肩，"没人愿意试。"

三模过后就没有什么大型的考试了，这基本就是对自己复习成果最后的一次检查，难度不是最大的，但意义非同一般。学校对模拟考很看重，跟三中的高考较量从第一场模拟考就开始了，尤其是联考的时候，比拼最为激烈，林无隅对这些一直没什么兴趣。他向来不太在意自己跟别人比较起来是什么样，只管自己是什么样。也许是林湛的缘故，林无隅从小不是被无视，就是在跟"你哥"的比较中被鄙视得体无完肤，让他在不自觉中培养出了这种良好的心理状态。某些时候，这就是别人眼里"学霸的自信"。

这段时间林无隅不再用脑子过题，而是每一个字都用眼睛看过，每一道题都用笔在纸上写过，为了加深印象，也为了让思路更清晰。不光高考，他对模拟考也同样很重视。老林还有点儿不放心，考前还又找了他一次，担心从家里搬出来的事儿会影响他的状态。

"真不影响，"林无隅说，"我以前也不是每个星期都回家，回去也不一定过夜，拿了东西就回学校，跟现在没什么区别。"

"你反正有任何困难都马上跟我说，"老林说，"我现在就是你亲爹，我对我的儿女们那是甘愿做牛马的。"

"……你占便宜也注意一下年龄吧？"林无隅笑了起来。

"反正就这个意思，"老林说，"晚上我在食堂请客，你们到点过来吃饭。"

"这月请三回了吧？"林无隅问。

"这都是我下的本儿，你们要用高考成绩给我回报的。"老林说。

那天胃疼之后，林无隅就一直觉得饿、吃不饱，老林在食堂请客，他还是很愉快的，一帮人都跟饿鬼下山似的，他吃起来就没那么明显了。

吃得饱、吃得愉快，考试自然就会顺利。

三模的题对林无隅来说，算得上是简单的，他答题的时候就知道他三模可以考出老林要的"神一般的成绩"。

"都没什么悬念了啊，你第一，许天博或者张若雪第二，"罗川躺在宿舍床上，一边给他妈发消息汇报成绩，一边感慨，"什么时候能让我进进前十爽一把啊？"

"听说三中这次牛了，"陈芒说，"去年模拟啊高考什么的，前二十的有十几个是咱们的吧，这回光前五就有俩是三中的呢，第三和第五都是三中的，要是高考还这个势头，'第一重点'的名声就得毁我们这拨手里了啊。"

每年的高考，竞争最激烈的就是附中和三中，都是重点高中，都是历史悠久的学校，从模拟考开始，两个学校的不少学生都会相互打听，把成绩和名次排出来。

"还不许人家奋起吗？"林无隅说，"去年文科也是三中比我们强啊。"

"三中前五的都谁啊？"罗川问。

"不知道名字，就知道分。"陈芒说。

"管他是谁呢，也不认识，"林无隅伸了个懒腰，"高考的时候你对手也不是他们。"

"这会儿都琢磨呢，第一、第二谁啊，"刘子逸说，"你看吧，一会儿我同学就得过来打听了。"

"打听这干吗啊?"丁霁飞快地收拾着桌面上的东西,急着去医院,"我管他谁第一、第二呢。"

"第一名其实不用打听,"石向阳声音有些飘忽,"我好几个同学在附中,我都快如雷贯耳了,林无隅嘛,永远的年级第一,怎么考都是第一,考什么都是第一,今年省状元已经预定。"

"是吗?"丁霁的手顿了顿。林无隅成绩肯定一流,这个不用想都知道,不然也不会让同学脱口而出"学霸"这么个称呼,但是真的从别人嘴里听到这样的林无隅时,还是会有一种吃惊的感觉,甚至有种隐隐的愉快感觉——这人我认识哦,人还挺好的,不过也挺惨的,爹不疼娘不爱,而且看起来不像是表面那么正经的好学生样哦。

"你到底怎么考的?"石向阳问。

"什么?"丁霁回过神,"我?"

"是啊,"石向阳看着他,"你这个年级第一怎么考的?作弊了吗?偷考卷了?"

"运气吧,"丁霁没顾得上安慰他,起身抱起一摞书,"我先走了。"

石向阳还在忧郁地说着什么,他也没再细听,跑出了教室。

奶奶在医院住着还行,小姑父想办法让奶奶住到了双人病房,不那么吵,能好好卧床休养。但是让丁霁不踏实的是,奶奶检查的时候又查出子宫里有肿瘤,不过奶奶的身体状况还不错,医生建议直接把子宫切除,所以高考前这段时间她肯定都得待在医院了。小姑怕医院伙食不够好,每天都做点儿加餐给奶奶送到医院,这两天小姑出差,丁霁就每天买点儿汤什么的带去医院。

丁霁在医院旁边的饭店里等着服务员给他打包的时候,手机上收到了林无隅的消息。

——吃饭没?没吃请你吃。

丁霁看着这条消息,好半天才反应过来,他俩有一个星期没联系了。自打他跟老爸较劲似的一边每天去医院陪奶奶,一边拼了大半条命复习之后,他连手机都没怎么摸过了。林无隅连个"最近在忙什么"的客套话都没发,直接就说吃饭,感觉他要是回答"吃过了",林无隅就能立马拜拜然后自己去吃。

——你在哪啊?
——小广场,不是你的地盘吗?
——我得过半小时才能到。
——那我在狗才去等你。

——狗都来。

——不是狗都去吗？

——随便狗干吗吧！你请我在那吃吗？那里都是单桌啊，都不方便聊天吧。

——我只是在这里等你。

"去哪儿？"老妈看着他。

"跟朋友吃个饭。"丁霁把汤倒到碗里，放到奶奶面前的小桌板上。

"这都什么时候了，还出去吃饭？"老妈皱着眉。

丁霁没吭声，等陪护帮奶奶擦好手之后，把勺递给了奶奶。

"他这阵儿挺累的，"奶奶看着他，脸上全是心疼，"每天就在走廊里做题，做到半夜，脸都熬青了，让他出去吃个饭放松一下吧。"

"你别老这么护着他，没有个规矩框着，多好的底子也会浪费掉。"老妈盯着他，似乎是在看他的脸是不是真的熬青了，以证实奶奶是不是胡乱惯着孙子，帮他撒谎。

"奶奶你吃你的。"丁霁说。

"小时候你养了只小狗还记得吗？后来离家出走跑王爷爷家去了的那只，"奶奶慢慢吃着，"你给起个名儿叫'小屁股'。"

"嗯。"丁霁点点头。

不过"小屁股"没有去老王家，"小屁股"是六岁的时候生病死的，他还哭了好几天，半年都缓不过来。但是他没有提醒奶奶，奶奶记忆力没有问题，这么说肯定有她的道理。从小他跟奶奶就有这个默契，奶奶给人算命的时候，一个眼神他就能跟上配合。

"知道为什么吗？"奶奶说，"平时你也不跟它玩，不遛它，不喂它，回过头还非得训练它，坐啊，趴啊，转圈儿啊，它凭什么听你的……"

"妈，你这话什么意思？"老妈看着奶奶。

"王爷爷就不一样，人家先摸，现在叫什么？'撸狗'，"奶奶说，"'撸'啊'撸'的，'撸'舒服了，说什么都听。"

丁霁笑了起来。

"你别笑，"奶奶摸摸他的脸，"你比狗还讨厌呢。"

丁霁走出病房的时候老妈跟了出来，他停下了，转身看着她："我知道你想说什么，我就吃个饭，吃完了就回来。"

"别整天跟那些不三不四的人混了，"老妈说，"你看看你这个样子，要是不说，有人能看出来你是个高中生吗？"

这话让丁霁突然想起了林无隅，林无隅坚信他是镇守小广场的无业游民兼西瓜摊儿打工仔，他忍不住笑了起来。

"很好笑吗？"老妈看着他。

"不是笑你，"丁霁收了笑容，"今天我是跟附中的学霸一块儿吃饭。"

"你就跟你奶奶一样，满嘴没有一句真话，我完全没办法相信你。"老妈大概是不想让奶奶听到，压着声音。

"我也不需要谁信我，"丁霁走到她面前，凑近了低声说，"不过我可以让你看看，我奶奶能培养出来一个什么样的孙子。"

"你现在跟我说这些有什么意义？"老妈看着他。

"高考之前我都不会再跟你们说话，"丁霁说，"你们也不要管我，就跟以前一样好了。"

老妈的脸色突然就变了，丁霁转身往电梯口走过去："先说好，不管我考出什么样的成绩，都归我爷爷奶奶他们教育有方。"

"这只狗叫'大爷'，新来的，"旁边桌的一个女生托着腮，"平时可大爷了，想睡觉了地上一躺，谁来了也不让，不过是只母狗。"

林无隅低头看着把脑袋放在他鞋上正闭目养神的小土狗，小心地动了动，想把脚从它脑袋底下抽出来。但是小土狗的眼睛迅速睁开一条缝，扫他一眼之后又闭上了。

"让它睡着吧，要不你把脚拿开了，它就冲你吼。"女生说。

"哦。"林无隅点了点头，脚没有再动。

"你之前没来过吧？"女生问。

"没有。"林无隅看了她一眼，顶多是个初中生。

"我就说嘛，我经常来，"女生说，"从来没见过你。"

林无隅笑了笑。

"你那个冰激凌好吃吗？"女生指了指他桌上的一杯冰激凌。

香草冰激凌，丁霁推荐的，说起来也挺长时间了，一直都没机会尝尝。今天算是吃到了，的确不错，丁霁在吃冰激凌方面无论是口味还是习惯，跟他都很像。

"好吃。"林无隅点了点头。

"啊。"女生笑了笑。

林无隅回头看了看服务员："给这个小妹妹拿一杯香草冰激凌。"

"啊！真的吗？"女生很愉快地拍了拍桌子，"谢谢你啊，要不我请你吃一个……"

门被推开了，一个戴着棒球帽遮了半张脸的人探了头进来："哎！"

林无隅转头。

"走。"这人偏了偏头，看下巴就能看出来这个仿佛是在打劫路上顺便过来招呼一声的江湖大哥是丁霁。

"我还没吃完，"林无隅指了指自己面前的杯子，"你等我一下？"

丁霁进了店里，站在旁边等他，林无隅一仰头把剩着的半杯冰激凌用勺子全扒拉到了嘴里，然后一抹嘴，看着他："走。"

"走。"林无隅点点头，站了起来，脚底下的"大爷"脑袋枕了个空，很不高兴地用一只爪子撑起身体"嗷嗷"了两声。林无隅结了账，出门的时候听到那个女生叹了口气。

"脸怎么了？"林无隅在后头问了一句。

一直埋头往前走着的丁霁顿了顿，放缓了脚步，抬手摸了摸自己的脸："这还能看出来？"

"能啊，"林无隅走了上来，盯着他的脸看了看，"打架了啊？"

"啊。"丁霁应了一声。

"被你爸打的吧？"林无隅又问。

丁霁停了下来，转头看着他："可以出摊儿了啊，把鹏鹏那个位置租半边儿给你吧。"

"感觉像是巴掌甩的，"林无隅说，"你这性格，真跟人打架应该不可能让人打着脸，让人砸后脑勺也不会让人打脸，爷爷奶奶肯定舍不得打你，剩下的就你爸了吧？"

"嗯，"丁霁摘掉了帽子，皱着眉有些郁闷，"好多天了，一直也没好利索，我都怀疑我爸出国不是搞什么科研，是干了十几年钳工吧。"

"为什么打你啊？"林无隅问。

"说不清，"丁霁摆了摆手，"吵架了，谁看谁都不顺眼，他觉得我对不起我的智商，我觉得他对不起他爹妈。"

谁家多少都有点儿不愉快的事儿，但像他俩这样的，估计也不是太多。林无隅看得出丁霁不光之前跟父母吵过架，今天肯定也有过争执，这会儿看着心情挺不好的。他没再多问，只是看了看四周："这片儿你熟，哪儿有好吃的？"

"看你想吃什么风格了。"丁霁说。

"烧烤风格，你喜欢吗？"林无隅问。他差不多一星期没吃过烧烤了。

"喝奶茶吗？"丁霁问。

"嗯？"林无隅看着他。

"你吃烧烤不喝奶茶啊？没有奶茶的烧烤没有灵魂，"丁霁说，"你要不喝奶茶，我们就去吃西餐。"

"那就喝吧，"林无隅点点头，"正好庆祝一下。"

"庆祝什么？"丁霁往小广场北边走过去。

"保密。"林无隅说。

"庆祝你三模全市第一吗？"丁霁说。

林无隅顿了顿，看着他。

"怎么了？"丁霁说。

"你很关注我啊？"林无隅笑着说，"这都知道？"

这有什么不知道的！

这位学霸你能不能不要这么嚣张，好歹也抽空留意一下第一之外的名字？

"这用关注吗？"丁霁不屑地扫了他一眼，"你一个学霸，考试第一不是很正常吗？你要庆祝考试第一才不正常。"

"嗯？"林无隅转过头。

"堂堂一个学霸，每次考试完都庆祝一下自己第一？那得多忙啊，"丁霁说，"是不是有点儿太幼稚了，找借口请我吃饭呢吧？"

林无隅笑了起来："你非得每次都扳回来吗？"

"我陈述事实呢，"丁霁说，"是不是你先请我吃饭的？"

"是，"林无隅点了头，"是不是你非要跟我喝奶茶的？"

"吃西餐去。"丁霁转身往回走。

"哎哎哎，"林无隅拉住了他，"喝喝喝。"

丁霁去的这家烧烤店很近，店里人很多，挺大个店面，空桌就还剩两桌了。丁霁坐下就点了两杯奶茶："不好喝不要钱。"

"好喝也没钱。"林无隅说。

丁霁瞪了他一眼。

林无隅勾了勾嘴角，拿起一杯。

丁霁说："你晚上回学校是不是还得复习一会儿？"

"喝点儿不困，正好。"林无隅笑笑。说完这话，他又盯着丁霁看了几秒钟，最后目光落在丁霁拿着杯子的手指上。

"怎么了？"丁霁放下杯子。虽然林无隅一直提醒自己不要对任何事物有刻板印象，但他现在猛地发现，自己似乎还是不小心把丁霁归入了某个错误的类别里。丁霁说起三模的时候，反应非常自然，不是一个半仙儿兼西瓜仔应该有的思路，再结合丁霁家里对他的要求……从认识丁霁那天开始的种种被他忽略的细节一个一个闪过，最后他的目光回到了丁霁指尖那道黑色墨水印上。这有可能是丁霁算命算不过来拿笔写的时候弄上的，但结合前面的那些细节……

"你等一下。"林无隅拿出了手机，飞快地给陈芒发了条消息。

——三中前几名的那几个叫什么？

这会儿陈芒应该还在食堂，回复很快。

——你还关心起这个来了？
——问问。
——我问问我同学，等等。

等着陈芒回答的时候，林无隅抬头看了看丁霁。丁霁跟他对视了一小会儿，往椅子上一靠，眉毛一挑，有些得意地笑了："跟人打听我呢吧？学霸。"

- 16 -

丁霁并不太在意别人知不知道自己的成绩，林无隅误会他的时候，他也没有坚持解释。从某种角度来说，他其实挺享受这种不被看好也不被期待的感觉——我是个无业游民，我每天游手好闲，我是个半仙儿，还坑蒙拐骗——多好。没人天天跟你耳朵边儿念叨，让你时刻都有负罪感，感觉对不起自己也不知道是真是假的那点儿智商。

林无隅反应过来他可能真的是学生的那一瞬间，丁霁还是很得意的，有种幕后大佬突然现身的高级感，带着背景音乐和光效的那种，幼稚而愉快，但很快这种情绪就又落了下去：这个时间点有些尴尬。

在别的任何时间里，林无隅发现了幕后大佬，丁霁都会扬扬得意，就像刚才。因为林无隅发现的，是一个普通的高三学生，没有附加内容。现在就不同了：三中三模总分第一，听上去挺拉风的，但前面还有附中的第二和第一，林无隅三模的总分是732，高出他十几分，虽然都说三模简单，主要是为了给大家找到高考自信，但那么多人也就林无隅考出了这个分……想到这点的一瞬间，老爸的声音就像是潮水一样包围住了他："还不够好""你应该更好""你没有尽力""你没有做到最好"……就像他说的，年级第一又怎样，他们会说全市第一，全市第一又怎样，还有全省第一。

丁霁叹了口气，扬起的心情慢慢跌了回去，落回了从医院离开时的愤怒而郁闷的状态里。

　　林无隅看着丁霁得意的微笑在唇角一点点消失，突然感觉自己这个灵光一闪的时机是不是挑得不太合适。

　　手机振了一下，陈芒发来了几个名字，是按分数顺序排列的，林无隅只看了第一个名字，就把手机放回了兜儿里——丁霁。

　　"没想到啊。"林无隅沉默了一会儿，拿起杯子。

　　"得了吧，一开始你就想到了，要不也不会先问同学，而且除了前五基本也就打听不着了，所以你猜的就是我起码前五。"丁霁也拿起杯子，跟他磕了一下。

　　"那我就不能直接打听丁霁吗？"林无隅笑笑，"像你这种类型的帅哥，在学校随便找个人就能问到。"

　　"你不认识我们学校的人啊，你要认识人，我第一次说我是三中的，你就不会是那个反应，"丁霁看着他，"而且打听人容易引起误会，谁知道你是要打我还是有'其他想法'？"

　　"我真没……"林无隅叹了口气。

　　"不管有没有，你的性格肯定不会干这事儿，你跟你同学问的时候也不会提我名字，你肯定问的是三中前五有谁，对吧？"丁霁说。

　　林无隅笑着没说话，丁霁不卖西瓜不可惜，真要不给人算命了还挺可惜的。

　　"所以你一开始就猜到了，"丁霁喝了口奶茶，"但你这人挺……怎么说呢？其实特别善良，你知道我特别烦别人说我真聪明啊小神童啊什么的瞎夸，所以你得先确认。"

　　"但是最后你帮我确认了。"林无隅说。

　　"嗯，主要是怕你同学问不到，"丁霁指尖在杯子上敲了敲，"我也没忍住，我就想看看学霸知道我不是卖西瓜的会有什么反应。"

　　林无隅喝了口奶茶，拿着杯子盯着丁霁又看了半天，最后把杯子往桌上重重一放："我看人居然这么不准……你之前为什么不告诉我啊？"

　　"我没告诉你吗？"丁霁瞪着他，"说话讲良心啊哥哥，我没说我三中的吗！我连我哪个班的都告诉你了吧！你不信啊！你上星期还在为我居然去卖西瓜痛心呢。"

　　林无隅一下没忍住，笑了起来，偏开头乐了半天才又转回来低声说一句："不好意思啊，主要是你……看上去真的挺江湖的。"

　　"没事儿，"丁霁摆摆手，"我喜欢。"

　　"嗯。"林无隅应了一声。

　　"我是说你对我这种误会，"丁霁又补充，"我挺喜欢的，舒服。"

　　"嗯，"林无隅点了点头，又仔细看了看以学霸身份坐在他对面的丁霁同学，依然觉得有些意外，"所以……这个成绩你家里不满意？"

"不满意，"丁霁皱了皱眉，"我爸妈对我的期待就是个黑洞，就是吊在驴脑袋前面的那根儿黄瓜……"

"一般情况下大家都认为吊的那个是胡萝卜。"林无隅说。

丁霁说到一半，被林无隅拦了这么一下，愣了好一会儿："您很严谨啊，还'一般情况下'，还'大家都认为'。"

"不然呢，"林无隅笑了起来，"我也不知道驴吃不吃黄瓜。"

"吃吧？"丁霁想想也笑了。

这家店丁霁和刘金鹏经常来吃，跟老板两口子都挺熟，老板娘把他们点的烧烤拿过来的时候，丁霁实在有些好奇："姐，驴吃黄瓜吗？"

老板娘直接把盘子往他桌上一扔："几天没见啊，学得跟个流氓一样了？"

"什……我怎么就流氓了？"丁霁愣了。

"是不是跟这人学的？以前也没见过他，"老板娘往林无隅脸上扫了一眼，很不屑地说，"什么黄瓜不黄瓜的，少给我说这些，不学点儿好的！"

"我？"林无隅震惊了。

老板娘也没理他俩，扔下盘子转身就走了。

丁霁顿时笑得拿起杯子，半天都没喝进去一口奶茶。

"怎么看也得是我跟你学坏了吧？"林无隅实在不能理解老板娘的这个判断。

"她跟我熟，"丁霁边乐边说，"她知道我从来不开这种玩笑。"

"我看着难道很像开这种玩笑的人吗？"林无隅叹了口气，"她反应过来了我都还没反应过来呢。"

"为正经的学霸，"丁霁冲他举了举杯子，"来。"

"为……"林无隅想了想，"可爱的小神童。"

丁霁没说话，也没动。

"想翻脸先等我说完，"林无隅伸出手指在他拿着杯子的手背上轻轻点了一下，"你是或者不是，都跟别人无关，既不需要证明，也不需要回避。"

丁霁眼睛瞪得挺大的，看了他能有五秒，然后才晃了晃手里的杯子，跟他磕了一下，仰头把一整杯奶茶都灌了下去。

"先说好，"林无隅说，"太晚了我肯定不送你回去。"

"走着瞧。"丁霁挑了一下右边眉毛。

林无隅没有这么吃过烧烤，吃得跟打游击一样。

先是在店里吃，后来因为有点儿热，人也多，他俩挪到了店门口的小桌子边，再后来嫌吵，干脆去了店外头，连凳子都没有，桌子摆花坛边儿，人就蹲坐在花坛的石头围栏上，一边拍着蚊子，一边聊天。如果让老爸老妈看到这一幕，估计会觉得他们一直以来对这个小儿子的判断都是正确的，果然是上不了墙的烂泥。

"鹏鹏，就是卖西瓜那个，"丁霁拿起一串牛肉啃着，"他也跟我一样，留守儿童，而且更惨，他留守好几年，留到最后爹妈居然离婚了，两边都不要他，你说气人不气人？"

"那他跟谁过？"林无隅问，"他看着跟你差不多大吧？"

"他表叔，"丁霁说，"西瓜就是表叔的，鹏鹏帮着卖……我刚想说什么来着？哦对了，他小时候，管他舅舅，叫过爸爸。"

林无隅笑了笑。

"我就没这么瞎叫过，"丁霁说，"我根本就没觉得我生活里除了爷爷、奶奶、小姑，还需要有谁。"

"是不是觉得父母像陌生人？"林无隅问。

"说陌生人吧，又好像不完全是，"丁霁皱着眉，"比陌生人更别扭，跟与陌生人相处完全是另一个模式……他俩是要强行参与我人生的陌生人。"

林无隅没说话，往盘子里找了找，想拿串牛肉，手悬着半天也没找到，于是往丁霁那边看了一眼。丁霁正咬着倒数第二块牛肉，跟他眼神一对上，立马迅速把两块牛肉都咬到了嘴里，然后一甩头，一口都吃了。

"抠门儿精。"林无隅说。

"二十个牛肉串！"丁霁转头冲店里喊。

"这顿我请的。"林无隅说。

丁霁一拍桌子，拿出了手机："老板过来先把账结了！"

"你这人怎么这样？"林无隅笑着把他手机拿过来，放到了自己兜儿里。

"你脾气挺好的，"丁霁说，"我跟鹏鹏要这么闹，这会儿他肯定也跟我拍桌子，然后再为结账的事儿打起来。"

"那不至于，"林无隅说，"你要真想结账我肯定不跟你打。"

"那还是啊！"丁霁一拍桌子站了起来，"老板！"

"哎，"林无隅在他手上弹了一下，"你手机在我这儿。"

丁霁看着他："给我！"

林无隅抓着他手腕把他拉回了花坛上坐着："你是不是'醉奶'了？"

他俩吃到快晚上十点，丁霁一直保持着"活泼"的状态。林无隅一开始没太明白丁霁，现在想想，大概就是发泄吧。丁霁平时话不算太多，在正常范围内，主要还是集中攻击朋友圈，一天发个几条十几条的，聊开了之后，就如同开了闸，眼睛很亮，话很多。

丁霁的奶奶摔了一跤，住在医院，现在他要回医院，并不顺路，但丁霁似乎已经忘了他俩不顺路的事儿，只管往医院的方向走，林无隅也只好跟着，没有打断他的话。人都是需要发泄的，无论你是半仙儿，还是西瓜仔，或者是年级第一，机会却并不多。

"我爷爷奶奶其实也舍不得我回家住，"丁霁低头往前走着，"但是他俩没法说，我毕竟是他们儿子的儿子，不过……"

丁霁突然笑了起来。

"怎么？"林无隅问。

"我奶奶也挺绝的，我爸寄回来的钱，她大部分没用，单独存起来了，"丁霁把胳膊往他肩膀上一搭，凑到他耳边小声问，"知道为什么吗？"

"我想想啊，"林无隅看了看他，"是不是怕你爸妈将来有一天会说，我花了多少多少钱在你身上，你还这么不争气？"

丁霁很吃惊地退开一步看着他："你可以啊，这都猜得到？"

"嗯。"林无隅笑了笑。

丁霁愣了两秒之后突然叹了一口气："我知道了，也就你能猜到。"

"怎么？"林无隅转过头。

"你是不是早就自己赚钱了？"丁霁说，"原因不会也是这个吧？"

林无隅没说话。

"怪可怜的，"丁霁伸手在他胳膊上搓了搓，"小可怜儿。"

"差不多得了啊。"林无隅说。

"你爷爷奶奶啊姥姥姥爷啊，不管你吗？"丁霁问，"我姥姥姥爷没得早，但是我爷爷奶奶还有我小姑，对我都特别好。"

"都不在一个地方，几年也见不了一次面，"林无隅说，"我跟亲戚都不太熟。"

"哦，"丁霁忍不住又说了一句，"小可怜儿啊。"

"……我打人了啊。"林无隅说。

"来来来，打一个我看看，"丁霁立马来劲了，冲他一个劲儿招手，"我认识的学霸里，还真没碰到过打得过我的。"

"等考完吧，"林无隅说，"我怕现在打一架，咱俩有一个不能高考了。"

"我没所谓的。"丁霁说。

"你最好有所谓。"林无隅扫了他一眼，收了笑容。

丁霁看着他："突然这么严肃？"

"我说了，"林无隅突然凑近他，一字一句，"不用向任何人证明，不用证明你是神童，也不用证明你不是，听懂了吗？"

丁霁认识林无隅也有一段时间了，他的印象里，林无隅除了偶尔"冷血"，一直都挺温和，很多时候是笑笑就过了，还是第一次看到这么严肃的林无隅。丁霁从小到大不惧任何人，脾气上来了谁他都敢掮一下，这样的林无隅却突然让他感觉到了压力。因为他迅速地明白过来了，林无隅这种反应的源头——林无隅是"多余的人"，是"空气"。

"听懂了，"丁霁猛地感觉自己眼眶有些发酸，"我也就是随口一说。"

这种直戳内心的敏锐，丁霁在最疼他的爷爷奶奶身上都没感受过。

林无隅又盯着他看了几秒，才又开了口："我有点儿饿……"

"什么？"丁霁差点儿都抓不住自己的声音。

"你请我喝杯酸奶吧，"林无隅指了指旁边一个小店，"这儿有家酸奶店。"

丁霁感觉有些迷茫，但还是转身往店里走了过去，交钱给林无隅买了一杯芒果味儿的酸奶之后，才说了一句："你真的没有什么毛病吗？暴食症了解一下？"

"身体好着呢。"林无隅边吃边说。

"你平时锻炼吗？"丁霁问。

"锻炼啊，"林无隅点头，"操场上跑跑步，以前还打球，高三就没打了，要打只能跟小孩儿打，没意思。"

"这话说得，你也未必比高二的都大吧，"丁霁"啧"了一声，"说得跟个老年人一样。"

"那不一样，要说老年人我比不过你，"林无隅笑着说，"我还没带着咖啡伴侣的瓶子喝金银花茶呢。"

"你是不带，你也没少喝啊。"丁霁说。

林无隅看了他一眼："抠门儿精，喝你几口茶记到现在。"

"我且记呢，我这人就是记忆力好。"丁霁说。

"巧了，"林无隅把喝空的酸奶杯扔进垃圾桶，"我也是。"

快到医院的时候，丁霁带着他拐进了小街。"穿过去就是医院了，我跟你说，这片儿就没有我不认识的路……"说到一半他突然停了，转过头，"不对，你是不是要回学校的？"

"理论上是这样，"林无隅说，"一路也没找着机会走。"

丁霁愣了一会儿笑了起来："哎！我就干脆没想这事儿，那你赶紧回去吧。"

"我走回去啊？"林无隅说。

"不然呢，你也可以叫辆车啊……"丁霁想了想，"行吧，我给你叫辆车，我耽误的嘛不是，去医院门口吧，那儿好定位，还能再聊会儿。"

"嗯，"林无隅点点头，"要不我再上去看看你奶奶？"

"别了吧，"丁霁说，"估计我妈在，我说了吃完饭就回医院，她可能不信，会在医院等着。"

"现在也不是刚吃完饭的时间了，"林无隅提醒他，"你也没跟我说一声要早点儿走。"

"怕什么，"丁霁有些不爽，"我就是故意的，我叛逆着呢，不是什么省心孩子。"

林无隅笑了笑。

小街里走了没几步，迎面突然走过来五六个人。这小街说是小街，比胡同也宽不了多少，这几个人一过，把路都快堵上了，而且走路的姿势非常梦幻，林无隅差点儿没看明白：一水儿黑裤子加花衬衫配颗油头，架着膀子，左腿一甩右腿一浪来回晃着就过来了，气势上非常有二十世纪八十年代老片儿里打砸抢的范儿。

"这什么玩意儿？"丁霁在路中间停下了，"扫街呢？"

林无隅刚想拉开他，怕他惹事儿，一抬眼看到这几位大哥前头还有个退着走的，手里举着个云台，上面架着手机。

"……拍视频呢吧？"他说。

丁霁也看到了那个人，转身就往回走："走，咱让开点儿，让他们一条过，万一入镜了丢不起这个人……"

林无隅笑了笑，跟着他转身往回走，还没迈步，前面楼道里转来了斥骂声，还有凌乱的脚步声——还带剧情的？

没等他厘清这是个什么类型的厉害视频，楼道里传来了类似皮带抽在人身上的一声响，接着一个男人嗷了一嗓子。

丁霁猛地停下了："这声音……"

一个只穿着内裤的年轻男人从楼道里飞了出来。

"老六？"丁霁压着声音有些吃惊地说了一句。

"你认识？"林无隅问，"这拍得有点儿水平啊……"

很真。

飞行的老六是用脸着的陆，但是很快又跳了起来，转脸看到他们的时候，先是一愣，接着就对着丁霁冲了过去："快救救我！"

老六还客串拍视频了？丁霁有一瞬间差点儿就要信了，但是老六扑过来拉他衣服时的眼神让他立马明白，这是真的，老六没有这么强的演技。虽然从来不参与小广场方圆不知道多少里内的所有纷争，但毕竟还是从小混迹于此，丁霁马上反应过来，这种情况下他绝对不能以老六熟人的身份站在这里，否则他和林无隅今儿晚上肯定要挂彩，挂彩都是轻的了。林无隅还要复习，现在可是高考冲刺阶段。何况他跟老六也并不熟。他迅速往后退两步，躲开了老六伸向他衣角的手。但老六的反应和那一声求救，已经暴露了他。楼道里冲出来的四个男人一秒钟之内就转过头，目光锁定在了他们这个方向。

几个男人挺壮，其中一个把脖子都壮没了的光头丁霁见过，一年三百六十几天，无论黑天白天，都戴着一副黄眼镜。丁霁跟他没有过接触，唯一听说过的事迹是他抢了三个初中小孩儿的钱。要不是现在没有时间，他真想给林无隅介绍一下——看看，这样的才是真正坑蒙拐骗的无业游民，我这样的是高三学生。

"你还敢叫人？"光头瞪着他们这边，带着几分不可思议的表情。

"没，我没……"老六冲光头摆手。

"混哪片儿的啊！"光头身后一个人吼了一句。

丁霁这会儿才又猛地回过神，转头看了一眼身后，那几个架着膀子的油头大哥还在，这会儿都惊呆在了原地，大概是入戏太深，膀子全都还架着。对光头他们来说，黄眼镜简直是抢戏一般的挑衅。

"管他是谁！"光头吼了一声。

丁霁在他话音还没落下的时候一把抓住了林无隅的手，猛地往后一拽："跑！"

林无隅没有犹豫，转身就跑。

"全都给我打！"光头的第二声这时才吼了出来。他们跑出去七八米了，几个油头大哥才开始跑，接着身后就传来了混战打斗的声音——骂的、喊的、惨叫的、解释的。

林无隅一边跟着丁霁狂奔，一边抽空回头看了一眼，有些震惊地发现居然有人跟了上来，而且是两个，其中有一个还骑了辆共享单车！他们什么时候扫的码？

"别看！专心跑！"丁霁压着声音，"前面左转！"

林无隅在前面的路口左转，跑进了一条窄巷，再在丁霁指挥下准备往右，出去就是大马路了。但刚转进窄巷，后面的人就已经追了上来，林无隅听到了身后自行车的声音。他迅速扫了丁霁一眼，想对一下眼神看看这情况该怎么办，但丁霁没看他，在他转头的瞬间，张开胳膊对着他扑了过来。

"你……"林无隅被他扑得一个跟跄差点儿摔倒。自行车已经到了身后，车上的人对着丁霁一棍子就抡了过来。林无隅马上反应过来丁霁这是为什么。他觉得自己毕生的反应大概都集中在这一秒了，抱着丁霁努力往旁边转了小半圈。本来应该砸在丁霁头上的棍子擦着丁霁左耳落下，敲在了肩上，棍子头不知道有什么东西，在林无隅脸上划了一下——不疼，但他知道肯定破了口子。

林无隅身后没有支撑，棍子砸下的重力和丁霁的重量让他往后退了两三步，撞到了墙上。自行车上的人跳了下来，林无隅往墙边摸了摸，想找个什么东西扛一下。丁霁站稳了，往他脸上扫了一眼，转身对着那人就冲了过去。

林无隅抄了一把想拉住他，但捞了个空。丁霁的速度惊人，那人棍子都还没扬起来，他已经冲到了跟前儿，直接撞在了那人身上，力道相当足。那人往后退了一步还没站稳的时候，丁霁已经一把抓住了他胸口的衣服，指着他的鼻子："你最好看清我是谁！"

那人皱着眉愣了愣。

"给你三十秒，"丁霁的声音有些沙哑，"打个电话给胜哥，问问他老六如果叫人，他叫不叫得动我！"

林无隅看着丁霁的侧脸，这凶神恶煞的气势，感觉如果不是他亲眼看到了陈芒发过来的那几个名字，不是亲眼看到了第一个名字就是丁霁，绝对会相信丁霁在这片儿是个响当当的混混。

"你谁？"那人还是皱着眉，棍子没有放下，但也没有动手。

"赵山河。"丁霁说完，松开了他的衣领，对着他胸口一巴掌推了过去，"打电话问！"

那人皱着眉，盯着他有些犹豫。

"没有胜哥电话？"丁霁冷着声音，摸出了自己的手机，"要不要我帮你打？"

"不用，"那人犹豫着拿出了手机，"我有。"

丁霁没再理他，转身走到了林无隅面前。

"怎么……"林无隅刚开口就被他打断了。

"跟我走，"丁霁低声说，"慢慢走。"

没等林无隅回答，他又转过头瞪着那个人。那人本来往这边看，被他这一瞪，赶紧拿起手机，往拐角那边看了看，对跟他一块儿过来的另一个人喊了一声："这怎么回事？"

"怎么了？！"那人快步往这边走。

"走。"丁霁一边拿着手机拨号，一边往前走。

林无隅跟在他身后，两个人一前一后往右转的路口走过去。

"喂？"丁霁对着手机开始说话，"我是赵山河！光头你知道哪儿来的吗？！他今天搞什么鬼！是有病吗！见人就打！没吃药就放出来了是吧！"

在丁霁说出"赵山河"这个名字的时候，林无隅就已经知道这小子在蒙人了，不知道对方能不能被蒙住，一直注意着那边两个人的动静。他们离右转的拐角只有三四米的距离，看着没几步，但在这种情况下走起来实在有些漫长。好在"丁·赵山河·霁"走得镇定自若中还带着几分嚣张，林无隅在此时此刻自己到底应该扮演"丁·赵山河·霁"的马仔还是"丁·赵山河·霁"的兄弟之间摇摆，没等摇摆明白，丁霁已经拐进了通向大街的那个路口："快！"

林无隅迅速跟着拐了过去。

"跑跑跑跑！"丁霁压低声音一连串地喊着往前跑了出去，林无隅也跟着拔腿就跑。差两步跑到大街的时候，光头和他的兄弟反应过来上当了，追了出来。于是他俩就得趁着拉开的这点儿距离继续跑，跑出路口、跑过街、穿过超市、跑进一家饭店再从后门出来……最后不知道绕了些什么路，从医院侧门跑进了住院部。

"哎我快岔气儿了。"丁霁一屁股坐到了旁边的椅子上，撑着膝盖一通喘。

林无隅也在喘，坐到丁霁旁边之后，开始感觉脸上有些辣。

"你等我一下，"丁霁喘了几下又站了起来，"我去一下护士站。"

"干吗？"林无隅问。

丁霁皱着眉指了指他的脸，林无隅在确定了没人追过来以后，走到门边，从玻璃上看了看自己的脸，看得出有一道斜着的血口子，还有一点点渗出来的血迹。

"你坐着吧，"丁霁居然带了个护士过来，"这个小姐姐帮你消消毒。"

"用什么划的啊？"护士检查了一下林无隅的脸，从兜儿里拿出了棉签和一个小瓶子，开始帮他的伤口消毒，"伤口还好，不是太深……"

"会留疤吗？"丁霁很紧张地在旁边问。

"这就不好说了，"护士说，"这伤要再深点儿肯定留疤了，现在这样有些人会留点儿痕迹。"

护士帮着消毒好又交代最好去挂个号让医生看看。

"谢谢。"林无隅笑着点点头。

护士走开之后，丁霁坐在旁边低着头，好半天都没说话。

"赵山河是谁啊？"林无隅问。

"看过《古惑仔》吗？"丁霁说，"山鸡哥就叫赵山河。"

"没看过，"林无隅看着他，"你还看这么老的片儿呢？"

"我小姑父爱看，台词倒背如流，还有漫画书，我跟着都看了。"丁霁笑着转过头，看到他脸的时候笑容又瞬间消失了。

"没事儿，"林无隅说，"我不是疤痕体质，不会留疤的。"

"谁知道呢，"丁霁皱着眉，"万一……我今天就不该说到医院再帮你叫车！就不该走小街！就……我就该算一卦。"

林无隅笑了起来："你这什么职业病啊？"

"疼吗？"丁霁看着他的脸。

"现在不疼了，"林无隅说，"也没多大的口子。"

"得了吧，我爸打我一耳光还没破皮儿呢，疼一晚上，"丁霁抬手在自己肩膀上捏了捏，大概是捏到了被砸的地方，皱着眉龇了龇牙，"你刚是不是扒拉我一下来着？"

"没。"林无隅说。

"这种时候就别装无名英雄了。"丁霁"啧"了一声。

"我那可不是扒拉，"林无隅说，"你那么沉，撞我身上，是扒拉一下就能扒拉开的吗？我可是使劲儿给你搬开的。"

丁霁低着头"嘿嘿"乐了几声。

"下回别这么投怀送抱的了，"林无隅看着他，"这要真砸你头上了怎么办？"

"没想那么多，"丁霁说，"就觉得跟你跟这事儿也没关系，总不能让你莫名其妙被砸一下，马上要高考了，你这架势怎么也得是个状元，我想想都后怕，状元差点儿让我给弄没了。"

"胡说，"林无隅看了看他肩膀，"你这儿不让护士姐姐帮忙看一下吗？"

"没什么感觉，"丁霁说完，顿了顿，"我很沉吗？不能吧，我这段时间瘦了不少。"

"你是撞上来的，"林无隅很快地用手指钩住他的衣领，唰的一下拉开，看了一眼他的肩膀，"肯定会沉啊……"

"干吗你！"丁霁瞪着他。

林无隅松开了衣领："一大片都青了啊，真没感觉？"

"一大片？多大一片？"丁霁赶紧跳起来蹦到了玻璃门跟前儿，扯开衣领看着，"我的天，这会吓着我奶奶吧。"

他又转过身："不扯开衣领能看到吗？"

"不能。"林无隅说。

"那还好。"丁霁松了口气。

"你回病房陪奶奶吧，"林无隅说，"万一你妈在，再晚又得吵吧？"

"我先给你叫辆车。"丁霁拿出手机。

"我自己叫，"林无隅按下了他的手，"你去吧。"

"你这样……"丁霁很犹豫。

"舍不得了？"林无隅问。

"行，你自己叫，"丁霁马上转身就往病房走廊那边走，一边走一边交代，"有什么事儿给我打电话，就在门口叫车，别走远，万一又碰上光头他们……"

"知道了，跟个老年人一样，"林无隅叹气，"这么啰唆。"

丁霁对老妈的判断还是很准确的，回到奶奶病房的时候，老妈正黑着脸站在走廊上打电话。看到他从电梯里出来，老妈挂掉了电话，盯着他："吃饭吃这么长时间？"

"聊了会儿题。"丁霁说完就往病房走。

"聊题？"老妈在身后说，"边喝酒边聊？你这瞎话张嘴就来啊？"

"我说了，高考前我不跟你们说话，不吵架，"丁霁说，"喝什么酒？我喝的奶茶！我不想影响我复习的心情，我现在回来了，马上开始复习，之前我是不是吃饭，有没有喝酒，聊没聊题，现在争论除了耽误我的时间，没有任何意义。"

丁霁说完便进了病房，奶奶正闭着眼睛，不知道有没有睡着。他轻轻地走到床边弯下腰，奶奶笑了笑，闭着眼睛慢悠悠地小声说："我宝贝大孙子呢，饭是真吃了，奶茶也是真喝了，搞不好还打了架。"

"算的？"丁霁问。

"闻的。"奶奶说。

丁霁"啧"了一声，扯起衣服闻了闻："没有汗味儿啊？"

"烧烤味儿，"奶奶睁开了眼睛，"护士刚走，你赶紧的，去洗个澡，臭小子。"

丁霁拿了衣服溜进病房厕所洗澡的时候，老妈沉着脸走了进来，他关上了厕所门，飞快地洗完澡出来，老妈已经走了。

丁霁松了口气："我看书了啊奶奶。"

"嗯。"奶奶应了一声。

丁霁抽了本英语习题出来，轻手轻脚地去了走廊。

在医院里复习其实还可以，只要不在病房这几层走廊待着就行，要不太吵，一会儿一个打铃叫护士的，一会儿一个咳嗽的，还有睡不着聊天的，被吵醒了骂人的。他会溜达着去天台，再从天台溜达着往下到大厅。

今天他反过来了，先溜达着往下去了大厅。每天都是先上后下，不知道今天为什么要先下后上，不过在大厅里看到还坐在椅子上的林无隅时，他就明白了。他就是想看看林无隅走了没，但是又被林无隅那句"舍不得了"刺激着了，得找个理由才能下来。虽然下来就是想看看林无隅走没走，但林无隅真没走，他又觉得很意外，意外之余还有点儿高兴，混杂着微妙的亲切感。

这种亲切感很容易产生，一块儿经历过一次被殴逃跑就够，但也特别不容易产生，毕竟正常情况下，一辈子都未必能被殴一次。

林无隅看到他倒是并不意外，只是勾着嘴角笑了笑："我说吧。"

"你说了个头，"丁霁走过去，"你怎么还没走？没钱？"

"我怕你妈不信你的话，在这儿等着给你做证呢，"林无隅说，"或者又吵一架，你愤然离去的时候我还能拉住你。"

"没吵架，"丁霁说，"就呛了两句，她就走了。"

"洗澡了？"林无隅看了看他身上的衣服。

"嗯，我奶奶刚说我臭了，"丁霁"啧"了一声，"让我洗澡……我也没觉得自己臭啊……"

他一边说着一边往林无隅身边靠了过去，林无隅迅速起身跳开了，扯着自己衣服："我自己先闻闻。"

丁霁笑得不行："臭吗？"

"没闻到。"林无隅说。

"我闻闻，"丁霁又凑了过去，这回林无隅没躲，鼻子在林无隅肩膀附近闻了闻，"没臭……你是不是还喷香水了？衣服是香的。"

"花露水吧，我们宿舍的舍水，"林无隅说，"全体身上都这味儿。"

"哦。"丁霁应着。应完之后就是短暂的沉默，如丁霁这般的话痨，居然五秒之内没找着话题。

"那我……"林无隅指了指大门，"回去了，你复习吧。"

"你回学校还看书吗？"丁霁马上问。

"不一定，"林无隅说，"我可能困了就直接睡了，考前这段时间我不想熬夜。"

"那要不，"丁霁想了想，"我请你吃冰吧？我吃了烧烤有点儿渴。"

林无隅看着他，笑了起来："你就直接说你现在不想一个人待着，让我陪你聊会儿就行。"

-18-

走出医院大门的时候，丁霁还警惕地往四周看了看，然后才带着林无隅去了对街的一个小咖啡馆。

"你这阵儿是不是总熬夜？"林无隅把收银台旁边放着的一个灭蚊灯拎到了他俩坐的桌子上，"感觉瘦了。"

"是吗？"丁霁摸了摸脸，叹了口气，"我妈都没看出来呢。"

"我又不是你妈。"林无隅说。

"你倒是想。"丁霁说。

"不，我真不想。"林无隅接过服务员递过来的单子，还没打开就被丁霁一把拿走了。

"说了我请你啊，你这么积极干吗，"丁霁说，"吃点儿什么？喝点儿什么？"

林无隅没说话，只是看着他。

"不用跟我争，你请烧烤，我请消夜，很正常啊。"丁霁说。

"我没跟你争，你不给我单子我哪知道有什么可以吃喝的啊？"林无隅说。

"……哦。"丁霁把单子又放回了他面前。

这是一家不怎么样的小咖啡馆，装修看上去跟他俩年龄都差不多了，店里也没什么客人，林无隅看了看单子，随便点了蛋糕、小面包和一杯咖啡。

"我要杯热牛奶吧。"丁霁说。

服务员给他们拿了两杯柠檬水，然后走开了。

"你不吃点儿什么？"林无隅问。

"我真没你那么好的胃口，"丁霁说，"我都佩服你，你去开个专栏——《我是如何干吃不胖的》。"

"那你去开个专栏，"林无隅说，"《我是如何金蝉脱壳的》。"

"你说刚才吗？"丁霁笑了起来，"也没脱壳，老六认识我，他们抽老六两耳刮子，老六就能把我名字供出去。"

"会找你麻烦吗？"林无隅问。

"应该不会，老六不可能说是他叫我来的，他不敢，那我就是路过挨了一棍子跑了，我朋友也莫名其妙被打伤了，我还没找他们麻烦，他们敢找我什么麻烦，"丁霁"啧"了一声，"再说我住哪儿，我在哪儿上学，他们都不知道。"

"他们估计都不知道你还上学吧？"林无隅看着他。

丁霁没说话，一直乐。

"更不知道你能在第二厉害的高中拿年级第一吧？"林无隅说。

"哎！等等！"丁霁立马坐直了，"谁第二厉害的高中啊？附中第一吗？谁同意了？"

"附中全体师生啊。"林无隅也笑了。

"那三中全体师生也觉得三中第一呢，你们经过三中全体师生同意了吗？"丁霁瞪眼。

"事实说话，"林无隅喝了口柠檬水，"第一是我，第二是我隔壁宿舍的，第三才是你们三中的那位……"

"卖西瓜的。"丁霁点点头。

林无隅一下笑得不行，还好已经把水咽了下去。他边笑边盯着丁霁又看了一会儿："真的，我长这么大，头一回走眼走到这个程度……你真叫丁霁吗？"

"你等着，"丁霁腾地站了起来，指了指他，"你就坐这儿等着，我去给你拿我卷子……"

"别别别别，"林无隅笑着起身把他按回椅子上，"我说错话了。"

"我是不是丁霁？"丁霁又指着自己。

"是。"林无隅真诚地回答。

"看在你今天因为我莫名其妙受了伤，我不跟你计较……其实我也想问你啊，"丁霁胳膊肘撑着桌子，往他面前凑了凑，"就你这永远第一如果第二就是老师判错卷了的成绩，你家里对你还……那个态度？"

"嗯，"林无隅说，"他们觉得林湛肯定比我强，无论什么事，无论我达到什么程度，林湛都会比我强。"

"那林湛得是个什么怪物啊？"丁霁一脸不爽，"他走的时候多大，初中没毕业吧？中考都没参加过的人，怎么就什么都比你强了呢？"

林无隅笑着没说话。他也有过这样不爽的质疑，并且提出过一次，但老爸老妈几近崩溃的痛苦反应，让他有些后悔，从那次之后，他也没有再思考过这么幼稚的问题。

"你恨他吗？"丁霁问。

"谁？"林无隅收回思绪。

"你哥啊，"丁霁说，"总被比还总被认为比不过，会不会不爽？"

"何止不爽，"林无隅笑笑，"我有过一阵子，特别怀疑自己真的是个傻瓜……我小学同桌的妈妈是医生，我还求她帮我测过智商。"

丁霁皱着眉："测出多少？"

"不记得了，"林无隅说，"我只是想要一个相对科学一些的结论。"

"你小学有这个概念就不可能是傻瓜好吗？普通聪明的孩子都想不到这一层，"丁霁皱着眉，"结论是什么？"

"我很聪明啊，"林无隅笑了起来，"还能有别的结论吗？"

"哎哟我的哥！我真从来没见过嘚瑟成你这样还……不怎么讨厌的人，"丁霁靠回了椅背上，"从那时起你就开始这么嚣张了吗？"

"差不多吧，"林无隅想了想，"我把这事儿跟林湛说了，他说……"

林无隅突然停下了。

他从来没有跟任何人提起过林湛，更不要说是这样的细节。

"说什么了？"丁霁戳了戳他的手。

"他说，如果我真觉得自己是个傻瓜，就不会去求一个结论了。"林无隅说。

"很有道理啊。"丁霁说。

"是啊，我一想，是这样，我的确是觉得我其实挺聪明的，所以……"林无隅沉思了一会儿。

"所以你就豁然开朗了，"丁霁说，"小学生能有这觉悟……"

"所以我就嘚瑟成这样了。"林无隅说。

丁霁愣了愣："我这儿还帮你承上启下酝酿情绪呢！"

"我情绪酝酿得不是挺对的吗？"林无隅说。

"我以为你要哭，想帮你找个点方便哭出来，"丁霁说，"毕竟以前也没跟人说这些。"

林无隅没说话，看着丁霁眯了一下眼睛。

"不是算的，是观察出来的，"丁霁勾起嘴角，"服不服？"

林无隅也勾起嘴角："对我观察得这么仔细是不是……"

丁霁压低声音："你跟我说这些是不是……"

"你当心我说是。"林无隅手指在桌上轻轻弹了两下。

"我的天，"丁霁愣住了，"好险啊。"

林无隅还从来没有像今天这样一晚上什么也不干，就跟人吃晚饭、吃夜宵、聊天……哦还有夜跑。他朋友挺多，但能让他浪费一个晚上时间干这些事的，基本没有。许天博倒是可以，但比起在外头浪，许天博更喜欢猫在宿舍玩游戏。林无隅看着丁霁，也不知道为什么自己会愿意跟他一块儿这么浪费时间，还浪费得轻松愉快。从咖啡馆出来以后他俩也没各自回去，顺着医院外面的路转圈儿聊着。

"我说话、走路都特别早，不大点儿的时候也没人教，就会数数了，正数、倒数都行。后来认字儿啊，算数啊，都是一学就会，我爷爷说，不用教第二遍。"丁霁低头踢着一块小石子慢慢走着，"那会儿起就都说我是小神童，我一开始还挺得意的。"

"本来就该得意。"林无隅说。

"后来我家别的亲戚，还有街坊邻居，"丁霁说，"就都开始说'以后肯定有出息''给你爸妈争气''给你爸妈长脸''你看这遗传得多好'……我爷爷奶奶也说过这种话，还有我小姑……"

丁霁皱着眉看了他一眼："你懂那种感觉吗？特别可怕，我一年级的时候就做梦，梦到自己语文没得一百分，吓哭了。"

懂。虽然没有经历过这样的压力，但林无隅从丁霁现在的表情都还能体会到当时丁霁小朋友的惊恐。他伸手在丁霁背上拍了拍。

"到三年级的时候我就不行了，一点儿东西没学明白我就紧张，我不是小神童吗？"丁霁叹气，"然后我就……我叛逆期是不是有点儿太早了？反正那会儿我就很反感别人说我聪明，叫我小神童，而且我想不通，为什么我得给我不认识的人争气长脸遭这么些罪啊？就跟我爷爷奶奶吼了，还摔东西，摔完还病了一场。"

"是不是就那会儿把书上那几个字给搓了？"林无隅笑笑。

"嗯，"丁霁揉揉鼻子，"反正爷爷奶奶还有小姑他们，就都吓着了吧，到现在都可顺着我了，从来不夸我聪明。"

"听着怎么这么奇怪呢？"林无隅笑了半天。

"不过，"丁霁转过头看着他，"你今天说的那话，我会记着的。"

"嗯。"林无隅收住笑容。

"我说正经的啊，"丁霁说，"我当时特别感动，差点儿要哭了。"

"你是不是经常哭？"林无隅问。

"是。"丁霁一点儿没有犹豫地承认了，"我奶奶说是好事儿，憋着不哭容易把脸憋大。"

林无隅呛了一下。

再次回到医院门口的时候，林无隅不看时间都知道已经半夜了。

"我有个问题一直没好意思问。"丁霁说。

"你连我是不是有其他意思都好意思问，"林无隅说，"还有什么是你不好意思问的。"

丁霁笑着摆摆手："我就是想问，你现在回宿舍还进得去门吗？"

"前一阵儿有个半仙儿跟我说，"林无隅说，"没有不能翻墙的学校，也没有翻不进去的学校。"

"我说过？"丁霁皱着眉。

"一字不差。"林无隅说。

"那你……回去翻墙？"丁霁问。

"不了，"林无隅说，"你给我套卷子或者习题集或者随便什么吧，我找个地方看书。"

"来。"丁霁一偏头。

丁霁从来没跟人一块儿复习过，看书学习的时候臭毛病特别多，有时候石向阳在旁边咳嗽一声都能让他走神走个几分钟的，但今天跟林无隅面对面坐在医院走廊尽头的椅子上看书的时候，注意力却出奇地集中，不知道是不是因为受了刺激。因为他发现林无隅进入学习状态只需要一秒，拿出眼镜戴上，第三秒他说话，林无隅就已经听不见了。这种惊人的专注力实在让人羡慕，也很危险啊，这会儿要有人过来，得砸个两三棍子林无隅才能醒过来吧……他深吸一口气，低头开始做题。

两个小时之后，丁霁因为全身酸痛而停下了复习，站起来活动了一下。林无隅还是之前的姿势，低头看着书。

"你活动一下，"丁霁走了过去，"林无隅，你动一下，颈椎要出问题了……"

他伸手在林无隅眼前晃了晃，林无隅还是没动。

"欸？"他弯下腰，偏着头往林无隅脸上看了看。

他吃惊地发现，林无隅居然在睡觉。

"你这……林无隅你是在侮辱我！"丁霁用手指在林无隅肩膀上戳了几下，"你这种学习态度，三模居然能考 732 分？"

"嗯？"林无隅抬起了头，一脸迷茫地推了推眼镜，过了一会儿才说，"几点了？"

"三点半，"丁霁看了一眼手机，"你睡了多久？"

"不知道，"林无隅翻了翻手里的书，"我大概背了三页？就睡着了。"

"我一直在做题！"丁霁压着声音，"你在侮辱我你知道吗？！我以为你复习呢！我还特受激励！"

"那要不你也侮辱一下我，"林无隅说，"你睡一会儿，我来做题。"

"滚！"丁霁没忍住笑了，"你是不是困了啊？我带你找个地方躺一会儿。"

"停尸房？"林无隅站了起来。

"你疯了吧！"丁霁耳边顿时响起了各种因为不敢看但是又很好奇于是只听声音的恐怖片背景音乐，背着手在自己背上扒拉了好几下。

"医院啊，就只有病床，我又不是病人……"林无隅说。

"那你也不是死人啊！"丁霁瞪了他一眼，"走。"

林无隅跟着他，从住院部绕到了医院正门，挂号大厅里有几排按摩椅。这会儿是半夜，所有的椅子都是空着的。

"怎么样，不错吧？"丁霁愉快地过去扫了码，"来吧，我请客，先按个半小时再睡两个小时的。"

"好。"林无隅笑着过去坐下了。

丁霁在他旁边，一脸惬意地躺在椅子上，还哼哼叽叽："哎哟哟哟……夹我胳膊了，啊呀呀呀呀……我小腿肚子要被挤爆了……"

"我还怎么睡？"林无隅问。

"你睡眠这么浅吗？"丁霁转过头，捏脑袋的两块海绵把他的脸压得有点儿变形，"我现在说话就是怕自己一闭眼就睡着了呢。"

"多逗啊，我们不就是来睡觉的吗？"林无隅说。

"我是东道主啊，"丁霁说，"我得等客人睡着了我才能睡啊。"

"我睡着了。"林无隅马上调整一下姿势，闭上了眼睛。

"晚安啊。"丁霁说。

"晚安。"林无隅闭着眼睛回答。

人生中头一回，在这么神奇的地方睡觉，也许是因为太困了，林无隅居然还睡得挺香，早上醒的时候用了好半天才回过神：自己这是在哪儿？

四周的椅子上已经坐了很多人，都是看病排号的，在这儿认真睡觉的应该就他和丁霁俩人。林无隅看了一眼旁边，发现按摩椅上坐着的人并不是丁霁，赶紧站起来，拿出手机想给丁霁打个电话，手机挣扎着告诉他自己没电了。他又看了看墙上的钟，还行，没到七点。

"早啊小哥哥。"身后传来了丁霁的声音。

"早。"林无隅转过身。

"洗漱就凑合吧，你回学校再收拾。"丁霁给了他一包旅行装的漱口水和一包湿纸巾，甚至还帮他拿了一个共享充电宝，"记得还啊！"

三中和附中不在一个方向，走到医院路口，丁霁往前，林无隅得往右。

这段路不长，也就几分钟，林无隅走得很舒服。

清晨，微风，细微的阳光，刚睡醒的街道。

"我平时上学都一个人，"丁霁伸了个懒腰，"今天跟你一块儿走，有种回到小学时代的感觉，我爷爷送我去学校。"

林无隅看了他一眼："你倒是不介意辈分。"

丁霁笑了起来，走到路口的时候冲他挥了挥手："走了啊。"

"嗯。"林无隅笑笑。转身往右边走了几步之后，他又回过头。丁霁过了街，正一边掏手机一边往前走。林无隅看了几秒，转回头继续往前走，差点儿撞上正前方的一个大姐。

大姐很不高兴地瞪了他一眼："看着点儿路！"

"好嘞。"林无隅说。

早上就有个刘金鹏的未接来电，丁霁想到学校再给他打过去，但刚过了街，刘金鹏的第二个电话就打过来了。

"你在哪儿？"那边刘金鹏很快接了电话。

"去学校呢，我还能在哪儿？"丁霁看了看四周，刘金鹏的语气有点儿急，这让他马上警惕起来。

"老六跟人打听你呢，怎么回事儿？"刘金鹏问。

丁霁停了下来："我到学校跟你说。"

"你这阵儿别去小广场了，"刘金鹏说，"要考试了，躲着点儿。"

"嗯。"丁霁挂了电话，没继续往前走，在路边叫了辆车，直接去学校。

坐进车的时候，手机响了一声，是林无隅发过来的消息，他笑了笑，点开了。

——你每天都在按摩椅上睡觉？

丁霁一下乐出了声音。

——怎么了，我就喜欢这样的高消费。

——我刚发现腰有点儿酸，你天天这么睡对身体不好吧。

——你傻的吗！我平时睡我奶奶病房里，有可以放平的小折叠椅！

——……哦。那早安。

——早安。

- 19 -

林无隅回到宿舍的时候，宿舍已经没有人了，这会儿估计都在食堂或者教室。他撕开脸上的纱布，对着镜子看了看，伤口已经结了血痂，看着还行，不算吓人。

手机响了一声，丁霁追发了一条消息过来。

——你那个伤再去医院或者医务室看看啊，洗脸的时候先别碰水。

——那怎么洗，干毛巾搓啊？

——你这智商也配叫学霸？

林无隅笑着进了浴室，得洗个澡。不过为了配得上"学霸"这个称呼，他先拧开水龙头漱了口，再拿毛巾蘸了水，把伤口四周擦了擦，然后半擦半洗地把脸洗好了。洗完澡后他给陈芒发了条消息，让陈芒帮他带早点去教室。

饿了，好饿啊，但是他还得先去趟医务室。

平时林无隅不会这么小心，现在毕竟要高考了，万一感染了或者有点儿什么别的问题就麻烦了。在附中待了三年，林无隅一共就进过两回校医室，一次是一块儿打球的时候许天博扭了脚，还有一次是陈芒玩扫把技艺不精戳了自己的眼睛。今天这是他头一回因为自己而走进校医室。自打认识丁霁之后，他的经历就开始往神奇的方向奔去——算命、捡小孩儿、被人抱腿喊爸爸、被人连骂一百米、蹲花坛边吃烧烤、被混混追打居然还被打着了、在医院挂号大厅睡觉……

今天值班的校医叫陶蕊，虽然不常来，但他倒是知道。

"怎么伤的？"陶蕊认识他，看到他有些吃惊。

"被划了一下，木棍前头的利刺，"林无隅说，"昨天晚上划伤的。"

"见义勇为了？"陶蕊检查着他的伤口。

"没，误伤。"林无隅笑了笑。

"瞎话都不编一个蒙蒙我啊？"陶蕊笑笑，"不怕我跟你们林老师说吗？"

"就是别人打架我看热闹。"林无隅现场编辑了一下瞎话。

陶蕊笑了起来："你这瞎话编得比你作文可差远了啊。"

林无隅笑着没说话。

"没什么大问题，这个应该有专业的人给处理过了吧？"陶蕊检查完伤口拍了拍手，"现在基本没有红肿、发炎什么的。"

"嗯，我就是求个安心。"林无隅说。主要是让丁霁安心，在咖啡馆聊天的时候，丁霁的目光平均三十秒就得往他伤口上扫一眼。

"那可以安心了，没事儿，"陶蕊说，"如果红了、肿了、发痒什么的就来找我。"

"谢谢。"林无隅说。

离开校医室的时候他给丁霁发了条消息。

"你等一下，我看个消息。"丁霁靠在走廊栏杆上打着电话。

"说完了再看啊！"刘金鹏说，"你跟我打着电话的时候还能有谁给你发重要消息？"

"滚，多了。"丁霁把手机拿到眼前。

——去校医室检查了，伤口没事。

——最近别吃烧烤。

丁霁迅速回了一句。

——知道了。

看完林无隅的回复，他才又把手机拿到了耳边："这事儿反正就这样了，老六找我肯定是光头让找的。"

"我觉得有点儿不对，"刘金鹏说，"按说老六肯定不敢撒谎说叫了你去干仗，你是为了自保骗了他小弟跑的，还挨了一下，他至于为这点儿事就让老六到处找你吗？"

"你觉得还有什么事儿？"丁霁问。

虽然刘金鹏的脑子大多数时间搁他们家水桶里不带出门，但从初中开始他就在外头混了，就这方面经验来说，算是相当丰富，丁霁一般都会听他的想法。

"我还猜不出来，只能说老六和光头的事儿，肯定不是简单的我揍你一顿算完，"刘金鹏说，"你甭管了，你这阵儿就别往这边来，复习就行，我认识你这么多年还没见过你这么刻苦的。"

"你别惹事儿啊,"丁霁交代他,"你要有什么事儿现在可没人能帮你,大东他们那几个卖艺的可靠不住。"

"你放心吧,我是谁,"刘金鹏笑了,想想又压低声音,"哎,不会是那个谁跟光头有什么吧?"

"哪个谁?"丁霁问。

"你的新朋友!"刘金鹏有些愤愤,"你知道他什么底细吗,就跟人一天天地混在一起?又是吃饭又是吃夜宵的,你这个忘恩负义的东西。"

"你这什么语气?"丁霁笑了起来,"听着跟我媳妇儿似的。"

"得了吧,就我这样的媳妇儿,还没等领证呢你奶奶直接就得给我扎小人儿。"刘金鹏说。

"我告诉你林无隅什么底细吧。"丁霁说。

"说。"刘金鹏很有兴趣。

"他是附中的学霸,"丁霁说,"今年高考的省状元预备役。"

"我的天,"刘金鹏愣了愣,"我还是第一次听到这种'底细',差点儿没听懂。"

"你这种渣渣,"丁霁乐了半天,"行了,不跟你多说了,你注意安全,有事儿给我打电话。"

"不打,你好好复习吧,"刘金鹏说,"人家是状元预备'起',你好歹上个大学啊,是吧。"

"嗯。"丁霁认真地应了一声。

"你别光'嗯'一声就完了,"老林抱着胳膊,上上下下地打量着林无隅,"你非常可疑啊。"

"真的就是个意外,"林无隅说,"今天我去校医室了,陶医生说没问题。"

"我说的不是这个伤,"老林靠近他,手指点了点他胸口,"你小子,我昨天去宿舍找你,许天博和陈芒他们几个还给你打掩护,说你睡觉了,你要没伤着脸,我还真不知道你一夜没回宿舍啊!"

"找我什么事儿?"林无隅问,"打我电话也行啊。"

"不想影响你心情,你也不会干什么坏事儿,万一你出去干正经事儿,我打个电话过去岂不是打扰你?"老林说。

"……那你找人是什么事啊?"林无隅又问。

"你爸昨天联系我,说填志愿的事儿。"老林说。

"还早呢,而且这事儿跟他没有什么关系吧,"林无隅说,"他的建议我又不会听。"

"毕竟各个学校都要抢人,特别你这样的,家里肯定会很慎重,"老林笑了起来，"不过我跟你爸也是这么说的，我说林无隅这个性格，拿定了主意恐怕不会听别人的。"

"嗯。"林无隅点头。

"不过填志愿的时候你得跟我商量。"老林看着他。

"放心吧。"林无隅笑笑。

丁霁连续三天都没睡好，想睡觉的时候一想到林无隅那个闪闪发光的成绩，他就会睡意全无。

——也不完全是激励。

丁霁感觉自己隐隐像是回到了小时候，会因为担心自己不符合"人设"而压力倍增。每当这种时候，他都会反复回想林无隅的话——你不需要证明，不用证明是，也不用证明不是。

要说之前林无隅几天没见发现他瘦了，现在连奶奶这种天天见的，也觉察到了他日渐凄惨。奶奶的手术已经做完了，医生说很顺利，这两天看着恢复得也不错，于是奶奶开始闹着出院了。

"你是不是怕我休息不好？"丁霁握着她的手，"医生说你还得先住着院呢，刚手术完就闹着回家不像话啊。"

"瘦成人干儿了，"奶奶皱着眉，"从小到大也没这么瘦过。"

"你不是说我生下来的时候七斤八两吗？"丁霁说。

"你少跟我贫嘴，"奶奶说，"不就是考个试吗？考得了就考，考不了就不考，别把自己熬坏了。"

"关键就是我考得了，"丁霁笑了笑，"放心吧老太太。"

陪奶奶聊了一会儿，吃完饭之后丁霁拿着本书离开了病房。在去天台还是去楼下大厅复习之中，他选择了出去转转，让脑子换个环境用劲。出了大门之后他习惯性地摸出了手机，看了几眼之后，发了一条朋友圈。

——吃饭时间都过了还这么多人。

然后犹豫了一下，他把手机放回了兜儿里。这几天他跟林无隅都没有联系，几次拿出手机想给林无隅发条消息，但是又完全无话可说。平时他就不是个能跟人主动找话聊的人，现在还是冲刺阶段，所有人都憋着一口气，就等着考完了憋死……不，松口气，他不好意思打扰林无隅。

其实他也没什么非要找林无隅不可的原因。只是不知道为什么，林无隅跟他认识的所有人都不一样，跟林无隅聊天也好，斗嘴也好，都很有意思，仿佛所有的人都只是单机小游戏，而林无隅是款有庞大操作的电脑RPG（角色扮演）游戏，而且是在他痛快地玩了一次之后就登录不上去了的那种，也有点儿像是热闹地度过了新手村之后各奔东西、升级打怪，副本里却再也碰不到了的失落。其实他真没话找话给林无隅发了消息，林无隅估计也不会不搭理他，但他不太愿意，毕竟每次开玩笑细数"你是不是有其他……"的时候，他都会吃惊地发现，林无隅说出来的一点儿都不比他少——太尴尬了。

林无隅好歹是在天台喊过话的人。

他居然能让林无隅跟他打个平手，这也太不像话了。

路过一家小超市，丁霁进去买了一根棒棒糖，牛奶味儿的。小时候他一哭闹，奶奶就往他嘴里塞一根棒棒糖，他能津津有味地吃一下午，不咬碎，只是叼着慢慢舔。爷爷那时还夸过他，说这孩子有长性，做事能坚持。是不是真的这样，他并不确定，按他自己的理解，这算是某种强迫症，跟握住大拇指一样，也有可能是因为缺乏安全感。

尽管他拥有爷爷、奶奶、小姑和小姑父的疼爱，似乎也从来不曾感觉到生命里还缺少什么，可父母的缺席给他带来的不安一直埋在心底，十几年都没有消失过，而且永远也无法弥补。这也是他长大之后才慢慢发现的，所以他对父母的感受五味杂陈。

手机在响，丁霁有些愉快地迅速拿出了手机，不过反应过来是微信的语音电话并且发现来电的是大东的时候，又觉得一阵没劲。

"喂。"他叼着棒棒糖，接起了电话。

"你在哪儿呢？"大东问。

"进京赶考的路上呢，"丁霁说，"什么事儿？"

"方便见个面吗？"大东问，"我在小广场，你好久没过来了吧？"

"不方便。"丁霁立马警惕起来，虽然大东要真有什么问题，刘金鹏应该会第一时间通知他。

"你行啊，"大东有点儿不爽，"这朋友还做不做了！"

"挺一挺，过一个月咱们还是好兄弟。"丁霁说，"真有什么事儿就电话里说吧。"

"那行，我找你这事儿你不要跟金鹏说。"大东说。

"这个不能保证，"丁霁说，"你要介意就别跟我说了。"

大东犹豫了一下还是开了口："他最近是不是碰上什么麻烦事儿了？"

"不知道，他没跟我说过。"丁霁说。

"你俩关系那么好，要不你帮我问问，他现在不接我电话，"大东说，"他在我这儿借了钱，说好三天就还，结果也没还，到底怎么回事？"

丁霁愣了愣，刘金鹏问大东借钱？这是一件非常神奇的事。因为谁都知道大东没有钱，平时卖唱就周末能弄到点儿钱，还是几个人分，工作日的时候小广场的消费能力都不如一个路边卖凉皮的。

刘金鹏问大东借钱？

"借了多少？"丁霁问。

"两千块钱，"大东说，"我跟你这么说吧，他都不能算借，跟抢差不多了，这要不是我跟你们也认识好几年了，我真会报警的。"

"我先弄清楚怎么回事，"丁霁说，"是真的我先还你。"

"我也急用钱，他说三天，我五天都没问他……"大东叹气。

"我晚点儿联系你。"丁霁挂掉电话，拿着手机在路边站了半天，棒棒糖都忘了嗦，也没想明白刘金鹏这是为什么。但能肯定的是，刘金鹏要的钱肯定不止两千元，两千元并不是什么大数目，犯不着去大东那儿"抢"，而且这钱肯定用得特别急。

虽然刘金鹏让丁霁不要再去小广场，但他还是去了，穿过小广场直接去了刘金鹏住的地方，因为刘金鹏也没接他电话。

刘金鹏去年从表叔家搬出来，在小广场后头租了一间小房子。丁霁在门口敲了半天，刘金鹏也没开门。他往四周看了看，从楼道里放着的一个竹扫把上拆下来一根细铁丝，折一下之后戳进了锁眼儿里。这种老式的锁，在丁霁手里就跟拿钥匙直接开的速度差不多。

锁打开的同时，从楼梯拐角那里传来了刘金鹏的声音："你搞什么？"

"你给你老子滚进来，敢跑我打断你腿。"丁霁指着他，一把推开了门。

"大爷"端坐在桌子上。

"你别以为我不敢，"林无隅看了它一眼，"你要睡觉就在桌子上睡，别成天枕别人的鞋，谁给你惯的臭毛病。"

"我惯的啊。"老板在旁边笑着走过来，手里拿了杯香草冰激凌，"你拿着吧，搁桌上我怕它会吃。"

"谢谢。"林无隅接过杯子。"狗都来"的生意感觉不是特别好，林无隅这星期第二次过来，店里都没什么客人，也有可能是时间不对。上回是想换换复习的心情，出来买衣服的时候路过，这次是真的很想吃这个香草冰激凌而专门过来的。距离高考没几天了，现在他已经放慢了节奏，不再大量做题和背书，基本每天都按时吃睡。

他已经扛好了枪，就等打完仗远走他乡。

手机响了一声，有消息进来，他看到是丁霁的消息时，有点儿意外。这几天丁霁大概是忙于复习，一直没找他聊过天儿，发朋友圈的频率都低了不少，非常有干大事的样子。不过丁霁现在这个消息发得过于客套，一看就是有事，而且是有求于人的那种事。

——复习忙吗？

他勾勾嘴角，等了两分钟才回了一条。

——忙死了。

丁霁那边没了动静，林无隅吃了半杯冰激凌，正想打个电话过去问问是怎么回事的时候，丁霁的电话打了过来。

他笑了笑，接起了电话。

"我听着你也不像是在复习啊。"丁霁在那边说。

不知道为什么，林无隅听着他的声音有点儿发哑，不知道是不是复习太拼了。

"也要劳逸结合的啊，"林无隅说，"我吃个冰激凌放松一下。"

"我怎么感觉你一直就'逸'着呢？"丁霁说。

林无隅笑了起来："要不哪天我给你录个复习视频，你看看我是不是一直'逸'着呢。"

丁霁笑了笑，顿了一下又问："你那个伤，怎么样了？"

"好差不多了，"林无隅摸了摸脸，"疤都开始掉了。"

"有印子吗？"丁霁马上又追了一句。

"有点儿白印子，过一两个月肯定就没了。"林无隅说。

"那就好。"丁霁说，然后就沉默了。

林无隅也没说话，等着他切正题。

"那什么，"丁霁说，"就，你之前是不是说过能帮找地方打工啊？"

林无隅沉默一会儿才开口问了一句："要多少？"

"什么要多少？"丁霁问。

"钱。"林无隅笑笑，"还装。"

"没装。"丁霁也笑了笑。

"说吧。"林无隅伸手捏住了想偷吃冰激凌的"大爷"的嘴。

"你能借我多少？"丁霁小心地问。

林无隅叹了口气："我能借你十万元，你敢要吗？"

"他真能借钱给你？"刘金鹏跟在丁霁旁边，一路走一路絮叨着，"他一个高中生，哪儿来的十万块钱啊？是不是犯罪了？是不是找了个下家要把你卖了……"

"他说十万块钱就有十万块钱吗？谁知道他有多少钱，再说了，你管他哪儿来的十万块钱，我又不问他借十万块钱，"丁霁说，"你别啰里啰唆的了，就你借钱的那些个人，随便一个都比林无隅麻烦好吗！你哪儿来的胆子我就问你！"

"我为谁啊！"刘金鹏不服。

"你要不是为我，我早打你了！"丁霁瞪他，瞪了两眼之后又伸出胳膊搂了搂刘金鹏的肩，"谢了鹏鹏，真的。"

"咱俩不说这个，"刘金鹏摇头，"大东个不靠谱的，非得把这事儿捅给你知道！我早晚弄死他。"

"你还不上他钱，他只能找我啊！以后你别背着我干这种事儿，"丁霁说，"有什么一块儿商量总能解决的。"

刘金鹏闷着"嗯"了一声，还是很不爽。

丁霁跟林无隅约了在信嘉旁边那家奶茶店见面，这会儿离约好的时间还有一会儿，他俩一人拿了杯奶茶在街边站着。刘金鹏不参与此次会晤，但坚持要在附近等着丁霁。

"这阵儿还是注意一点，你说咱在这片儿混这么多年也没出过什么事，谁能想到老六突然整这么一出。"刘金鹏皱着眉，"预备'起'看着是个好人，但是说借钱就借钱，一点儿不犹豫，太爽快了我就不踏实。"

"他是状元预备役！不是预备'起'！"丁霁有些无奈。

"预备'起'，"刘金鹏坚持创意，"反正我现在还信不过他。"

"你就是欠的，"丁霁说，"比我奶奶还操心，别杵这儿了，这儿是大马路，约的奶茶店，能干什么。"

"不知道，"刘金鹏很无所谓的样子，"我又没别的地儿可去。"

"那你……"丁霁说到一半突然停下了，一眼就扫到了从小广场那边走过来的老六，立马用胳膊碰了碰刘金鹏，"别拦我啊！"

"我去把他弄过来！"刘金鹏跟他同时看到了老六，把奶茶狠狠地往旁边小桌上一放，"奶茶店后头等我。"

丁霁转身往奶茶店后面走。老六也是胆儿肥，要换丁霁，干了这种害人的事儿，一年之内都不敢再在小广场出现。可能是暂时躲过一劫欣喜若狂，狂大劲了，被刘金鹏揪着衣领抡到奶茶店后面的地上时，老六脸上都还荡漾着不服的表情，看到丁霁的时候才变了颜色。

"我……"老六赶紧撑了一下地，想要跳起来。

"你死这儿吧！"丁霁过去对着他肩膀蹬了下去。

老六摔回了地上，一连串地喊："丁丁丁丁……你听我解释，我也是没办法，我实在是……"

"丁你个头我当当当当！"丁霁扑过去，"你这种人，老子不对你动之以抽、晓之以揍，你都不知道什么叫分寸！"

老六大概是看出来了丁霁今天不打算跟他说话，赶紧把腿一缩，拔腿就跑。

丁霁抓着他的衣领："你敢坑你丁小爷！"

"我当时是没办法！"老六低头，"我要拿不出那笔钱，就得让光头他们打废了！"

"你废了关我什么事！钱又不是我弄没的！"丁霁说，"你是拿死了我不敢把你废了是吧！"

"我看是，"刘金鹏靠在旁边的奶茶店的后墙上，一边喝奶茶一边点了点头，"你是真不敢废了他，也不能，咱毕竟还是正派青年。"

"是啊！是啊！"老六举着胳膊，一听这话就赶紧喊，"是啊！丁爷你从来也没惹过事儿，所有人都知道啊……"

"所以你就坑我！"丁霁跳起来，"你就坑我！我告诉你！这月底我见不着钱，我让你这辈子想到我名字就跪下！"

"丁啊。"刘金鹏在旁边叫了他一声。

"敢坑老子！"丁霁继续骂他，"你丁爷是不惹事儿，不表示你就能惹我！"

"丁啊。"刘金鹏又叫了他一声。

"钱！"丁霁没理刘金鹏。

"钱我保证还你！"老六抱着头，跟跄着就想往街上跑，一边往前跑一边喊，"我保证！丁哥！丁爷！我保证！"

"丁霁啊！"刘金鹏又喊了一声。

丁霁的火还在头顶上熊熊燃烧，看都没看他一眼，朝着老六追了出去。

老六跑了几步就到了街上，接着往右一拐，往信嘉的方向跑了。丁霁追到拐角，往旁边错了一步，让开了站在拐角的一个人，要往右再追出去的时候，站在拐角的这个人突然伸出胳膊，拦腰兜住了他，巨大的惯性让他差点儿没被这一兜勒吐了。没等他反应过来，这人已经又一用劲，把他往后推了回去。

"找死呢吧！"丁霁吼了一声。

"我死了你找谁拿钱？"那人甩了胳膊。

"……林无隅？"丁霁一眼看过去就愣住了，"你怎么在这儿？"

"约的不就是这儿吗？"林无隅往旁边的奶茶店看了看。

丁霁有些尴尬，这场景实在是太有损他三中第一好学生的形象了，他猛地回头看着刘金鹏。

刘金鹏冲他一摊手，用口型说：我叫你了啊。

"我要一杯跟那桌上一样的奶茶。"林无隅指了指奶茶店门口的桌子。

桌边坐着两女一男，丁霁刚辱骂老六的场面，他们坐的那个位置正好能看到，这会儿林无隅一指，他们全站起来，拿起杯子就小跑着走开了。

"那个是冰激凌，下面是奶，上面是一坨冰激凌，奶什么茶，"丁霁往奶茶店的收银台走过去，"哪儿来的茶。"

"刘叉鹏呢？"林无隅坐到了桌子边。

"不知道，他就在这附近转悠，不用管他，"丁霁往收银台前一站，"给我……"

"不给。"收银的小姑娘是梁春，他小学同学，平时每次都不收他的钱，今天的态度却格外凶残。

"我怎么着你了吗？"丁霁有些迷茫。

"居然在我店后头闹，还有没有点儿同学情谊了啊？"梁春说，"刚那仨客人都被你们吓跑了！"

"跑就跑了呗，"丁霁说，"他们不是已经买了奶茶吗？"

"他们刚点了三份醪糟汤圆！还没给钱呢就跑了，"梁春说，"我都做好了！"

"给我呗。"丁霁说。

"白喝我家奶茶，还白给你三份汤圆啊？"梁春看着他，"丁霁你是哪里跑来的讨债鬼？"

"我给钱！"丁霁瞪她。

"好嘞，一杯珍珠、一杯冰激凌、三份醪糟汤圆，"梁春马上说，"还要什么？"

"以前我跟鹏鹏吃过的那种，芝士馅儿和红豆馅儿的鸡蛋仔有吗？"丁霁问。

"有，要一份？"梁春问。

丁霁思考了一下一份鸡蛋仔的大小，犹豫了一下："先给我五份。"

"玩我呢？"梁春说，"吃不完不给退啊。"

"作为下午茶来说……我还怕不够。"丁霁扫了码，把钱给付了。

丁霁拿着奶茶和冰激凌过来，放到了桌上："还有点儿吃的，一会儿她拿过来。"

"吃不了那么多吧。"林无隅说。

"你说这话不亏心啊？"丁霁坐下。

林无隅没说话，笑着从兜儿里拿了几片创可贴扔到了他面前："你手破了，贴一下。"

"嗯？"丁霁看了看自己的手，指关节破了几个口子，估计是砸老六的时候弄破的。有两道口子还挺大，又正好在关节正中间，不知道的是不是因为气血上涌，再加上被林无隅围观了他开启狂暴模式，有点儿尴尬，也没觉得疼，现在林无隅这么一提醒，他顿时就觉得有两只大蚂蚁挥着大牙齿正在咬他。

"谢谢。"丁霁拿了创可贴，贴到了这两个口子上，"你怎么还随身带这个啊？"

"剩下的，"林无隅指了指自己的脸，"校医室拿的。"

丁霁这会儿才仔细看了看他脸的伤，已经基本好了，中间位置的口子稍深一些，估计还没好透，所以林无隅用创可贴贴了一下。

"说说吧。"林无隅拿起冰激凌，抽出小勺在杯子里慢慢戳着。

"刚那人，还记得吧，就老六，"丁霁皱着眉，"他帮光头收账，钱收了交不出，光头要收拾他，他说钱给我了。"

"嗯？"林无隅挑了挑眉毛，有点儿吃惊，这么莫名其妙的理由也能面世？

"逗吧？"丁霁说，"正好那事儿以后，我就没往小广场这边儿来，怕光头找麻烦，结果光头就真觉得是我拿了钱。"

"所以你要把钱给他？"林无隅问。

"我给他个头！"丁霁说，顿了顿又叹了口气，"他找鹏鹏了，光头那人，就是个粘了刀的牛皮糖，鹏鹏怕这事儿影响我复习，就火烧火燎地把钱凑给光头了，他自己手头只有三千块钱，别的都是借的，他借钱的那些人也没几个好玩意儿，我就想先把钱还了，别等我高考完才发现鹏鹏被追债的打死了。"

"为了两万八不至于吧，"林无隅笑了笑，"那这钱你打算怎么办？"

"盯着老六呗，见一次打一次，见一次搜一次身，有钱拿钱，没钱扒光了典当。"丁霁咬牙。

"就那样的人，打碎了也凑不出吧？"林无隅说。

"最后也还有招，我知道他爸在哪儿上班，实在要拿，他爸拿得出来……"丁霁说得有点儿费劲，眉毛皱成了一团，"不过他爸腿不好，给人扛煤气罐呢，真拿了估计……"

林无隅没出声，手指撑着额角，看着他。

丁霁有些郁闷地拍了一下桌子，然后抬头看了看他："就这情况了，最后可能我就是一边打老六，一边打工还你钱，我肯定没法跟家里说，我怕我爷爷奶奶厥过去了。"

林无隅还是没说话也没动，就那么看着他。

"你风险评估结束了没？"丁霁问，"是不是就这情况……借不了？"

林无隅笑了笑，拿出手机，低头戳了几下。

丁霁感觉手机振了振，拿出来的时候，看到了转账消息：三万块钱。

"不不，我是想借两万块钱，"丁霁说，"我自己这儿还有几千块钱。"

"得了吧，"林无隅说，"我喜欢凑整，不喜欢零零碎碎的，我又不会在你高考以后追债把你打死了。"

丁霁笑了起来，点完"收钱"之后，突然又有点儿想哭，抬手揉了揉眼睛。

"你别哭啊，"林无隅一下坐正了，"我真不知道要怎么哄。"

"滚，"丁霁吸了吸鼻子，笑着说，"我就是例行公事，感谢一下。"

服务员把汤圆和鸡蛋仔都拿了过来，摆了一桌子。

"喂猪呢。"林无隅拿起一个鸡蛋仔，撕下一块放进了嘴里。

"我给你写个借条吧，"丁霁回头准备问店里的人拿纸和笔，"我……"

"不用了，"林无隅又吃了两个汤圆，"没什么意义，真要写，你能把什么时候还写上吗？能把如果还不上怎么办写上吗？"

丁霁看着他。

"那还写个头呢，"林无隅指了指鸡蛋仔，"这个真好吃啊。"

"都是你的。"丁霁马上把几份鸡蛋仔全都堆到两个盘子里，推到了林无隅面前。

"丁霁。"林无隅看着他。

"嗯？"丁霁应着。

"我从来没有借过钱给别人，"林无隅说，"当然，我朋友不多，他们也没有人问我借过钱，但我自己知道，一般情况下我不会借钱，我怕麻烦，也怕扯不清。"

"嗯。"丁霁点点头。

"我借钱给你除了信得过，也是因为你的确急需，刘叉……刘金鹏太冒险了，"林无隅说，"但是你要再这样，我就不借了。"

丁霁盯着他看了一会儿，点了点头："知道了。"

"这事儿就这样了，考完再说。"林无隅说。

"好。"丁霁沉默着发了一会儿愣，有些犹豫地问了一句，"你真没有……真单身吗？"

"没有，"林无隅勾勾嘴角，"怎么，你要自荐吗？"

"滚！"丁霁拿着奶茶往桌上敲了一下，想想又笑了，"我就觉得你这样的人，真的挺……那什么，按一般情况来说，你如果有喜欢的人，应该会有很多对象。"

"不急，"林无隅说，"好货沉底。"

丁霁笑了起来，伸手揪了一个鸡蛋仔。

"不说都是我的吗？"林无隅迅速在他手指上弹了一下，鸡蛋仔掉回了盘子里。

"嗯？"丁霁瞪着他，"你这什么人啊！"

"应该会有很多对象的人啊。"林无隅说。

丁霁呛了一下，笑了半天。

"我问你啊，"林无隅拿起杯子，把剩下的半杯冰激凌都倒进了嘴里，"你是怎么想到问我借钱的？"

"我是实在没人可借，放眼望去，就普通高中生，还有我平时玩的那些半混子，"丁霁说，"谁能一下拿出两三万块钱来？我就记着你说你初中的时候就能经济独立。"

"记忆力还真是不错。"林无隅笑了。

"我一想，就是他了，有钱，心软。"丁霁说。

"我心软吗？"林无隅问。

"软，"丁霁点头，"我第一次给你看手相的时候就知道，后来接触接触就更知道了，我看人准得很……不过我找你的时候真的是很不好意思。"

"是啊，还绕个弯，让我问你。"林无隅说。

丁霁"嘿嘿"笑了两声："还好是你，要是鹏鹏，他可能真就去帮我找个地儿打工了。"

"一会儿请我吃晚饭吧。"林无隅一边吃鸡蛋仔一边说。

"那必须的。"丁霁说，"我先把钱转给鹏鹏，让他赶紧先还了。"

林无隅点了点头。

"有件事儿，我很好奇，"丁霁在手机上划拉着，"就是不知道你方不方便说。"

"那你别问。"林无隅说。

"你真能借十万块钱给我？"丁霁问。

"是不是后悔了，刚应该借十万块钱？"林无隅说。

"我疯了吗？借十万块钱我怎么还。"丁霁"啧"了一声。

林无隅笑着没说话。

丁霁趴到桌上，隔着一堆鸡蛋仔，压着声音问："你哪儿来的那么多钱？"

"有些是压岁钱，我爸妈过年的时候挺大方的，"林无隅说，"还有些是兼职存下来的钱，我平时也没什么花销。"

"什么兼职啊？"丁霁忍不住继续压着声音。

"你保密啊。"林无隅也压着声音，趴到桌上，把中间那堆鸡蛋仔挪开了。

丁霁看着他："你能不能有点儿学霸样子啊？"

林无隅笑了半天，坐直了之后收了收笑容："飞过无人机吗？"

"没。"丁霁摇头。

"考完了带你去玩。"林无隅说。

"赶紧的，把钱都还了，"丁霁拉了刘金鹏站在街边，"还利索了，别留什么尾巴以后麻烦。"

"嗯，这个我有数。"刘金鹏点点头，"这个预备'起'，人还真可以啊，没让你写借条，也没跟你提条件？"

"没。"丁霁回头看了一眼还坐在桌子边吃鸡蛋仔的林无隅。

"那你要是不还了呢？"刘金鹏说，"他也没个凭据。"

"我是那种人吗？"丁霁"啧"了一声。

"这事儿算是暂时解决了，你先踏实复习，"刘金鹏说，"老六我盯着……一会儿你俩还吃饭去？"

"嗯，"丁霁点点头，"你一块儿吧，也到点儿了。"

"不了，"刘金鹏说，"我跟他一块儿吃饭不自在，难受。"

"有什么不自在的？"丁霁看着他。

"就不是一个世界的人，这种一看就特别聪明，又有教养的人，"刘金鹏"啧啧啧"了几声，"而且他看人的时候你知道我什么感觉吗？"

"嗯？"丁霁笑了笑。

"就我这个层次的，他一眼就看到底了，"刘金鹏说，"跟他待一块儿我老有一种伤自尊的感觉。"

"这么敏感，"丁霁在他背上拍了一下，"行吧，随便你。"

夏天容易没食欲，请林无隅吃饭的事就变得非常困难，平时爱去的那些店，现在想想都没有胃口，丁霁带着林无隅在小广场和医院之间的几条街转悠着。

"你是不是打算请我吃自助？"林无隅问。

"怎么？"丁霁停下了，自助的话就简单了，刚他们路过了一家挺有名的海鲜自助餐厅，食材好，而且新鲜，环境也好，除了贵点儿基本没有毛病。

"先把刚那点儿鸡蛋仔都走没了，争取吃回本儿。"林无隅说。

丁霁笑了起来："那鸡蛋仔已经走没了吗？"

"差不多了。"林无隅摸摸肚子。

"走，"丁霁一挥手，"自助。"

林无隅就是自助餐的天敌，丁霁看着面前再次空了的四个盘子，头一回吃自助能吃得这么有成就感，跟赚了钱似的。

　　"看你吃东西真爽啊。"丁霁说。

　　"别说得好像你没东西吃一样。"林无隅说。

　　"不过你别吃太撑，"丁霁说，"马上高考了，不能生病。"

　　"那你给我算算吧，"林无隅把手伸到了他面前，"我考试会不会有波折。"

　　"哎！"丁霁拍开他的手，"不算！肯定没波折啊！"

　　"你是不是怕看出什么不好的来啊？"林无隅笑了。

　　"没有不好的！"丁霁瞪着他，"哪儿有不好的了？别瞎说话。"

　　"哦。"林无隅看着他，无声地笑了半天。

　　丁霁想想也笑了："我刚说话真像我奶奶啊……"

　　"你奶奶什么时候出院？"林无隅问。

　　"过两天就出院了，"丁霁说，"回家休养。"

　　"那你回家还是……"林无隅又问。

　　"回我爷爷奶奶家，高考前我不想跟我爸我妈有什么冲突，"丁霁说，"影响我状态。"

　　"打算考个状元吗？"林无隅笑着。

　　"得了吧，有你呢，"丁霁托着下巴，"不瞒你说，我高中三年，一共就拿过两回年级第一，一模、二模都只是前三、前五。"

　　"你一直也没好好学，就最后这阵儿拼一把就能到第一……"林无隅顿了顿，"我的劲敌啊这是。"

　　"还挺会鼓励人，"丁霁笑了起来，"哎我问你，就你们学校那个第二的，叫什么来着？厉害吗？"

　　"许天博啊，"林无隅看了他一眼，"其实能到前五、前十这个范围里，哪有不厉害的？你也没必要参考别人，各人情况不一样，你参考你自己就行。"

　　"那要这么参考，我已经相当牛了。"丁霁说。

　　"对。"林无隅点头。

　　这顿饭吃的时间挺长的，两个人一直聊到林无隅的班主任打电话来骂人才结束了此次饭局。

　　"是不是骂你了？"丁霁跟他一块儿站在饭店门口等车，"我听见喊挺大声。"

　　"嗯，"林无隅笑了笑，"他现在每天晚上查寝，不逼我们看书，但是不许乱跑，怕出事。"

　　"比我们班主任强，"丁霁说，"我们班主任是个老姐姐，特别凶，我见了她都绕道走，逮着了就是一顿骂，特别有我爸妈的风范。"

"讨厌吗？"林无隅问。

"那倒不讨厌，其实同样是骂人，同样是说'你这么聪明本来应该更好'，"丁霁说，"是不是真心为你这个人着急，是感觉得到的，我爸妈就是'你应该'，我们老姐姐是'我着急'。"

林无隅点了点头。丁霁是个很特别的人，在他接触过的人里，连稍微相似一些可以拿来比较的都没有。跟丁霁在一起，就像是探险，每拐一个弯，每上一个坡，他都能看到完全不一样的风景。

丁霁可以坐在小广场不知道是真是假地给人算命，可以蹲在西瓜摊前……这个不能想，这个一想就要笑……哈哈哈哈哈哈哈哈……

可以为了脱身睁眼说瞎话面不改色入戏颇深，也可以打得混混满地乱爬边跑边求饶，却又会想到混混他爸生活艰难。当你开始接受他是个洞察力惊人的混混之后，又会发现他简单"粗暴"的"人设"，还没等适应，又会不经意地觉察到这人的善良和敏感。这简直是……千面小鸡啊。

这次金钱交易，大概是高考前跟丁霁的最后一次见面。林无隅拎着四大盒鸡翅回到宿舍楼下的时候，老林拿了张椅子正坐在宿舍门口的空地上。

"怎么个意思啊？林哥？"林无隅有些吃惊地走到他跟前儿。

"……鸡翅吗？"老林凑到袋子旁边闻了闻，"先给我一个。"

林无隅打开盒子，老林拿一个鸡翅出来咔咔啃了。

"没吃饭？"林无隅问。

"没顾得上吃，哪有你那么逍遥。"老林说。

"我就……出去散个步，跟朋友吃了顿饭。"林无隅说。

"高考之前你先做一个孤单的人吧，朋友先神交着，不要见面了，"老林站了起来，一边抹嘴一边说，"我让你们放松，不要再绷着复习给自己太大压力，不是让你出去浪的，出点儿什么问题怎么办？吃坏肚子怎么办？你今天吃什么了？"

"海鲜自助。"林无隅说。

"海鲜过敏了怎么办？"老林说，"太凉了拉肚子怎么办？"

"知道了，我不出去了。"林无隅叹了口气。

"没几天了，挺一挺吧啊没有鱼，"老林拍拍他的肩膀，"我对你有信心，但是我也焦虑得很，今天你们一下不见四个，我上上下下这一通找……"

"再吃几个鸡翅吧。"林无隅赶紧拿出盒子。

"不用了，我去食堂，让阿姨给我下点儿饺子，"老林拍了拍他胳膊，"回宿舍吧。"

鸡翅很受欢迎，林无隅感觉一个宿舍两盒买少了。这会儿离高考没几天了，复习得也差不多了，该记的、该背的、该做的都已经收拾得差不多，就像死刑判决下来了大家一块儿安心等死的那两天，突然就踏实下来了，一个个都胃口大开。

许天博啃着一个鸡翅，轻轻撞了一下林无隅的肩："来。"

林无隅跟着他走出宿舍，在走廊尽头站定了。

"咱俩就不绕弯了啊。"许天博说。

"嗯。"林无隅点点头。

"你是不是谈恋爱了啊？"许天博问。

"嗯？"林无隅愣了愣，"没啊。"

"哦，"许天博继续啃鸡翅，"今天老林问我来着，他特别担心，我觉得应该是没有，但是他一问吧，我又想着是不是真有这事儿……"

"真没有。"林无隅说。

他和许天博从高一起关系就很好，看得出来许天博是真的着急了，怕他有什么事儿影响了高考，要不就他俩现在这个尴尬期还没过的关系，以许天博的性格，打死他也绝对不会问出"是不是谈恋爱了"这样的话来。

"谢谢。"他说。

"谢什么？"许天博看了他一眼，"我主要是怕你把状元让给我，我也不好意思就这么拿了。"

林无隅笑了起来："那不可能。"

"也不是不可能，"奶奶靠坐在床上，摸了摸丁霁的脸，"不过你要是不稀罕什么状元不状元的，那就随便考。"

"你还是得给他鼓劲儿，"爷爷在一边泡茶，听了这话有些不满意，"都这会儿了，拼了这么久，你还把他气门芯给拔了，那怎么行？"

"他不爱听那些个！"奶奶瞪眼，"别跟他爸妈一样成天瞎鼓劲儿，鼓个头！你再鼓两下他就炸了。"

丁霁拿着本书靠着床沿一直乐。

"臭小子就知道傻乐！"奶奶往他背上甩了一巴掌。

"没事儿，奶奶，"丁霁往后仰头看着奶奶，"我现在就奔着前三去，我不是不愿意争气，就是得看给谁争气。"

"当然是给我们。"爷爷说，"你吃我的，穿我的，用我的，你想给谁争气？"

"对喽，"丁霁笑着说，"我得给你们争口气，我就让某些人看看我爷爷奶奶的本事。"

爷爷奶奶现在跟老爸老妈的关系也有点儿紧张，倒不是为了奶奶住院前他们的态度，还是因为他。老头儿老太太是没什么文化，从小对他也没什么要求，就希望他能开开心心的。自打老爸老妈回国，他俩就好像是把别人的孩子毁了似的……爷爷现在提起儿子就总叹气。

丁霁憋着劲，林无隅不是他的目标，这人比他聪明，比他有计划，目标定在林无隅身上不太实际。他的目标就是前三，如果实在不行，前五也差不多能满意——不，还是前三，前五不够给爷爷奶奶长脸的。

离高考时间越近，丁霁就越觉得有点儿飘着不着地，拿起书来感觉所有的东西都会了，做题也没有什么做不出来的，但放下书又经常会猛地一激灵，总觉得漏掉了什么，又想拿起笔来再做几张卷子。

一直以来，他都不习惯跟人接触太深，小广场常混的人他几乎全都认识，也都能说说笑笑，但铁子只有刘金鹏一个，再想想同学，没有关系特别铁的，老爸不让他住校之后，同学就真的只是同学了。这会儿心里不踏实，想找个人聊几句，他居然找不到合适的人选。

林无隅。

他决定收回林无隅是个心软的人这种极其错误的评价，这个冷血的人，那天吃完大餐之后就没有再联系过他，连朋友圈里都是一片空白……自己居然沦落到了盼着债主联系的地步？他只能咬牙憋着，每天感觉脑袋都是沉的，就盼着高考过了能透透气儿。

但收回的评价很快又重新给了出去，离高考还有两天的时候，冷血的债主给丁霁打来了电话。

"拿了我的钱，借条都没写一张，就这么消失了？"林无隅说。

丁霁笑了起来。

大概是闷得太久，听到林无隅的声音时，他整个人都轻松了不少，甚至觉得林无隅的声音非常好听，跟个沙瓤大西瓜似的。

"知道什么叫躲债吗？"丁霁笑着说，"债就是得躲，债主更是得躲。"

"复习得差不多了吧？"林无隅问。

"就等着脚踩三中众人，拳打附中学霸了。"丁霁说。

"考完咱俩对对答案，"林无隅说，"我看看你怎么打我。"

"等着。"丁霁说。

高考离你们越来越近了！

这话听了不知道多少遍，一天又一天的，每一个老师都把这句话挂在嘴边，等到这天终于来了的时候，才猛地发现其实并没有多少个一天又一天。

丁霁是被爷爷从床上打起来的，脚落地的时候感觉还在梦游，站起来之后却又瞬间清醒——就是今天了啊！

"你爸妈在楼下等你了，"爷爷说，"早点我给你弄好了，你奶奶说吃清淡点儿，你吃完了赶紧下楼。"

"嗯。"丁霁点点头。

洗漱完了之后三两口就把早点吃了，奶奶昨天晚上指挥爷爷给他煮了粥，还包了饺子。只是丁霁没想到饺子也这么清淡，居然是纯白菜馅儿的。他一路乐着跑下了楼。

老爸老妈没有太多的话，这段时间一直没见面，倒是比之前每天看着的时候气氛要缓和一些，也许是怕影响他的心情，老爸老妈也有所克制。

"放松考，"老妈说，"什么也不用想，你一定能考好。"

"嗯。"丁霁应了一声，低头看着手机。

看到几辆系着红丝带的出租车开过身边，他突然想起了林无隅。

——你去考场了吗？

他给林无隅发了条消息。

——在路上了。
——怎么去的？打车吗？
——我的学霸专车，司机是我们班主任。

丁霁笑了起来，但很快又有些愤愤，就算不看好也不满意林无隅，高考这样的重要日子，他的父母居然就这么不闻不问了？

——考完了给我打电话。

丁霁又发过去一条。

——万一我提前出考场了呢。
——咱就别这么嘚瑟了吧学霸，稳重点。

"一会儿手机我们帮你拿着？"老爸问。

"统一交给班主任，"丁霁说，"她全程都在门口等着的。"

"行吧。"老爸说。

"手机给我，"老林把车停好，第一个动作就是把手伸到他面前，"你别一会儿塞兜儿里带进去了。"

"不至于。"林无隅笑着把手机放到他手上。

"不要提前出考场。"老林指了指他。

"嗯？"林无隅看着他。

"我看你现在这个轻松劲儿，我感觉你非常干得出来这件事儿！"老林很警惕。

"我保证考好，"林无隅说，"你放心，我不拿自己前途开玩笑。"

"加油。"老林拍拍他胳膊。

考场外人很多，学生、家长、老师、警察，林无隅有一瞬间的失落。在看到搂着孩子肩膀给孩子加油的父母时，他有一瞬间心里觉得不太好受。

"到这么早！"许天博的声音在他身后响起。

"我坐林哥车过来，"林无隅转过身，"我怀疑他四点就起床了。"

"说不定没睡，"许天博笑着说，"我刚看他黑眼圈儿重得很。"

"你也有黑眼圈儿了。"林无隅看了看他。

"我昨天没睡好，不踏实，"许天博拍了拍自己的脸，"早上差点儿睡过头。"

"加油好好考。"林无隅说。

"加油。"许天博笑笑。

刚忘了跟丁霁说"加油"，林无隅下意识地摸了摸兜儿，想起来手机已经被老林拿走了，估计丁霁的手机也已经没在身上。他犹豫一下，转了半圈，往三中考场的方向飞快地比了个"V"——加油！

窗外有蝉在叫。

阳光里这样的蝉鸣显得特别安静。

丁霁不记得今年夏天的蝉是从什么时候开始叫的了，很多事是不经意发生，甚至不经意就过去了。但今天的蝉鸣记得特别清楚，估计以后很多年，他听到蝉鸣时，都会想起这一天，他在一个满是阳光的日子里，趴在桌上紧张而又镇定地答着题。

——小神童，出来了没？

——出来了，刚拿回手机。

——我刚出来的时候算了一下，你考得不错啊。

——这话是不是得我说，你有什么本事算？

——我心算。

丁霁笑了半天，给林无隅打过去："对答案吗？学霸。"

"等我先吃了饭。"林无隅说。

"你去哪儿吃？"丁霁问，"在外头吃吗？"

"嗯，不然我还回学校食堂吃吗？"林无隅笑笑。

"你中午在哪儿休息？"丁霁赶紧又问。

"不休息，我没有午休的习惯。"林无隅说。

"行吧，"丁霁皱了皱眉，"那你边走边聊，先去吃饭。"

"……我以为得挂了电话吃完，我再打给你呢。"林无隅笑着说。

"我这刚考完晕得很，"丁霁叹了口气，"跟你聊会儿我……踏实些。"

Fan　Xing　Zai　Ye

繁　星　在　野

第 三 章

　　不知道是这次高考的题真的不算太难，还是因为这段时间复习得很拼命，丁霁考完英语，离开考场的时候，有种自己已经把附中学霸林无隅踩在脚下了的膨胀感，走路都很 Q 弹。今天老爸没有开车来接他，这是他强烈要求的。他想安静地慢慢走回去，然后跟爷爷奶奶舒舒服服地吃个饭。

　　"丁霁！"前方传来一声吼。

　　丁霁叹了口气，想要安静地慢慢走回去的计划泡汤了。

　　刘金鹏狂奔而来，一把搂住了他："怎么样！能考个本科吗？！"

　　丁霁非常后悔一直没跟刘金鹏提过自己在学校的那些事儿，每天吊儿郎当地跟他一块儿在小广场混着。

　　"你闭嘴，"丁霁瞪他，"能不能说点儿吉利的？"

　　"要多吉利啊？"刘金鹏倒是马上反应过来了，"吉利！把林无隅干翻！"

　　"可以。"丁霁拍拍刘金鹏的胳膊，满意地点了点头。

　　"晚上是不是回去陪你爷爷奶奶？"刘金鹏跟他一块儿往前走着。

　　"嗯，"丁霁点点头，拿出手机戳着，"你去吗？"

　　"我表叔一会儿要去机场，我得开车送他过去，"刘金鹏说，"明天吧，反正你考完了，想干吗就干吗，也没人管了吧？"

　　"我爷爷还是要管的，"丁霁给林无隅发了条消息，"你要是敢带我玩坏的，他打死你。"

　　"我什么时候带你玩坏的了！平时我都听你的好吗！"刘金鹏非常不服，"小时候你坑我我都没跟你计较！"

　　——出来了吗？

　　"我什么时候坑过你了？"丁霁看着他。

　　"你骗我脱裤子跑步，说减小阻力跑得快！"刘金鹏说，"有没有！害老子光个屁股追你半条街！"

丁霁笑得差点儿岔气："不是，这话你能信，我也很震惊啊。"

"我就是心大，要不早不跟你玩了。"刘金鹏白了他一眼。

"也不能这么说，这事儿说明你很有探索精神啊，"丁霁把胳膊搭到他肩上，"你不盲从，必须自己亲自试过之后才决定信还是不信，对不对？"

——出来了，先去吃饭。

"是啊是啊，我光着屁股试了半条街证明追不上你跟阻力没有关系，"刘金鹏叹气，又瞪了他一眼，"跟谁聊呢？"

"林无隅，"丁霁说，"我这两天考完了都跟他对答案呢，看谁错得少。"

——别自己吃啊，去我奶奶家吃。

"谁错得少？"刘金鹏问，"他不能比你错得还多吧？"

——你在哪儿呢？

"滚！"丁霁也瞪了他一眼。刘金鹏这个问题问得非常残忍并且犀利，他就跟林无隅对了语文答案，理综对了一半他就放弃了。倒是没有影响心情，但他确定语文和理综他的分应该没有林无隅高。这个人的脑子可能被玉皇大帝盘过。

出了考场之后，不少同学都一块儿要回学校，考试已经结束，无论考得好还是不好，起码这会儿大多数人是不在意的，或者说，刻意忽略掉了，大家就在走出考场的这一瞬间突然发现，似乎这一年都没有跟同学尽情相处过，而等高考结束之后，居然就要各奔东西了，很多人在这个暑假之后可能这辈子都不一定能再见。

——突然就有种强烈的依依不舍感。

老林在人堆儿里仰着个脑袋四处看，林无隅刚跟许天博聊了没几句，一转头就看到了老林，知道他是在找自己，于是抬手挥了挥。老林跟瞎了一样，目光从他脸上一扫而过，又往别处去了。

"我先回去了，"许天博说，"陈芒他们这两天叫聚呢，你这两天留出来啊。"

"放心。"林无隅笑着拍了拍他胳膊。

许天博家里直接开了辆面包车来接他，车门打开的时候林无隅看到车里一堆人，仿佛迎接天神下凡。许天博顿时就往后退，看样子是要拒绝上车，但下一秒就被他爸一把揪了上去。

林无隅没忍住，乐出了声音。

"鱼！"陈芒看到了他，挤了过来，"一会儿回学校吗？"

"不了，"林无隅说，"我跟朋友吃个饭去。"

"行吧，这两天我们要聚，许天博过两天要去旅游，这之前先聚了，"陈芒说，"你接电话啊，看微信啊，找你太费劲了。"

"知道了。"林无隅笑笑。

老林终于发现了他，挤过来把他拉到了一边："你不回学校？"

"不回。"林无隅说。

"考之前招生的就给你和许天博家里打了好几个电话，"老林说，"出了分估计得上门去面谈，你要不要听听各种优厚的条件，我听了都有点儿想去……"

"你不是复读了一年才上的省师大吗？去不了吧，"林无隅说，"我得先玩够了，而且我决定了的事一般不会随便改。"

"行吧，你够狠，"老林捂着胸口，一脸悲伤，还没忘了一通交代，"有什么动向给我打电话啊，给我打电话，跟我联系，有什么变动你都跟我商量着来，你不跟别人商量没事儿，你跟我商量。"

"嗯。"林无隅搂住了老林，在他背上拍了拍，"林哥，谢谢。"

"返校时间知道吗？"老林问。

"哎……知道。"林无隅有些无奈，"你怎么跟个老婆婆一样。"

"我有什么办法，"老林说，"我为你们操碎了心，我自己都没孩子，学校里的儿孙送走一群又一群……"

"我走了。"林无隅推开他。

"联系我啊！"老林笑着指着他。

林无隅转过身之后冲他挥了挥手。

丁霁怎么能是个学霸？

林无隅骑着共享单车在街角跟他会合的时候，他正坐在街边一辆破电动车上玩手机，面前一米不到就是一个垃圾桶，气质与街头完美结合，多一眼都不能看，看一眼就能上来揍你的那种。

"你是不是有鼻炎？"林无隅走过去，伸手在他手机上晃了一下，把共享单车停好了。

"嗯？"丁霁抬起头，笑得挺愉快，"我说怎么这么久，你挺有钱一个人，就不能叫辆车过来，你打辆摩的也行吧？这条路摩托能进。"

"为环保做点儿贡献，"林无隅拉着他胳膊把他从车上拽了下来，"你是不是没有嗅觉？"

"怎么了？"丁霁问。

"你怎么不趴垃圾桶上玩啊？"林无隅说。

"穷讲究，"丁霁"啧"了一声，"那我坐哪儿？这儿就停了这一辆车。"

"走吧，"林无隅看了看时间，"你有没有时间先陪我回去……"

"你家？"丁霁愣了愣，"又搬行李吗？"

"拿点儿东西，"林无隅说，"要不你先回去，我拿了东西再跟你联系。"

"那多不仗义，"丁霁把手机放到兜儿里，"走吧，先拿了东西再过去，反正来我家吃饭晚。"

这趟回家有点急，林无隅想赶在老爸老妈下班之前把东西拿出来。秋冬的衣服都可以不要，到时再买就行，他主要是想把他的无人机拿出来，那是他去年才买的新机，还没飞过几次。至于高考的情况，他觉得没有必要跟家里汇报什么，他们估计也没兴趣听，就算是宇宙第一学府打了电话过去，开出条件抢人，也并不能改变什么，毕竟他无论多优秀，父母都不愿意承认。在他们心里，他永远也不可能超过林湛。

那跟他们就没有什么聊的意义了。

林无隅走到楼下的时候先抬头看了看。

"你爸妈在家吗？"丁霁问，"你现在算是正常回家拿东西还是偷摸回家拿东西？"

林无隅犹豫了一下："偷摸。"

"行吧。"丁霁点点头。

"他们还没下班，"林无隅说，"得六七点才回来。"

"那还行，"丁霁松了口气，"要不我还得寒暄，多尴尬。"

林无隅看了他一眼："你这性格还怕跟人寒暄吗？"

"主要是你爸妈给我的第一印象太差了，"丁霁说，"我实在是不想寒这个暄。"

林无隅笑了笑，不过他在转动钥匙的瞬间，就知道自己判断失误了——门没有反锁，有人在家。

"他们好像在家。"林无隅低声说了一句，推开了门。

"啊？"丁霁立马紧张起来了。虽然他就是来帮林无隅拿点儿东西，但莫名其妙感觉就像回到了小学时代，几个小孩儿旷课去同学家玩，进门的时候发现本该空无一人、是个狂欢胜地的家里，杵着同学的父母。

丁霁跟在林无隅身后进了屋，还提前清了清嗓子，方便以礼貌并且圆润的嗓音问好。

屋里果然有人，而且是两个，他爸妈都在家。

看到他俩突然进来，林无隅的爸妈明显都有些意外，看着他们，好几秒钟没说话。

"我来拿点儿东西。"林无隅指了指自己房间。

"哦。"林无隅妈妈点了点头。

"叔叔好，阿姨好。"丁霁非常规矩地寒暄完还很有礼貌地笑了笑。林无隅的父母表面上看起来不如他爸妈和气，有种隐藏在笑容之下的严厉。看得出来，林无隅回家，他们除了吃惊，并没有什么别的情绪。

"这我朋友。"林无隅很敷衍地给他们介绍了一嘴丁霁。

"只是拿东西吗？"林无隅爸爸说，"你们林老师没跟你说这几天很多学校打来的电话吗？"

"说了，"林无隅进了卧室，"我还没考虑好。"

丁霁立马听出来林无隅这话是在回避争吵，以学霸嚣张的性格，怕是初中就已经知道自己要学什么报哪个学校了……

丁霁飞快地跟进了卧室："收拾哪些？"

"你帮我把柜子里的厚衣服随便拿两件吧，"林无隅从床下拿出了一个带轮的箱子，一看就不是普通的行李箱，高端得很，"我把无人机装一下就可以了。"

"哦。"丁霁点点头。伸手拉开衣柜门的时候，他回头扫了一眼门口，看到了林无隅的妈妈站在那儿，顿时有些尴尬。

林无隅卧室里有好几个柜子，春夏秋冬的衣服都是分开放的，他问都没问就直接一把准确地摸到了放厚外套的柜子的门……简直是在告诉林无隅的父母，上回你儿子离家出走，我就是帮手。

林无隅的妈妈果然皱了一下眉，但她开口说出来的话让丁霁有些措手不及，他没想到这个阿姨的思维跟他完全不在一个层面。

"这是你朋友？"林无隅妈妈问。

"嗯。"

"对你房间很熟悉啊。"林无隅妈妈堆出了一个非常标准的冷笑。林无隅往丁霁这边扫了一眼。丁霁跟他对视了零点五秒，把手从衣柜门上拿开，算是给他个提示。

"他上回帮我拿了行李。"林无隅说完就转身打开了放无人机的柜子，开始装箱。

哥哥！你自己拿衣服行不行啊？跟我一起拿也行啊！你这样我非常尴尬啊！丁霁瞪着林无隅的后脑勺，林无隅也没回头，挺了两秒，只好打开了柜门，从里头随便扯了两件厚些的外套出来：一件呢子短大衣，一件运动款的拉链厚卫衣——风格相差很大。

他又往衣柜里看了看：哎哟，学霸还有皮衣，很潮嘛。

他正伸手扯皮衣的时候，林无隅妈妈又开口了："看来你是打算一条道走到黑了。"

"今天别说这些，"林无隅一边装箱一边说，"没有必要。"

林无隅妈妈皱着眉："想来就来，想走就走？这不仅仅是你一个人的家，这也是我们的家！"

"这是我朋友，"林无隅转回头看着她，"你别把对我的情绪随便发泄到我朋友身上。"

"你妈妈对你有什么情绪？"林无隅爸爸走了过来，把他妈拉开了，"你带着偏见看我们，当然觉得我们有情绪。"

"我收拾完就走，"林无隅说，"忍一忍吧，你们不说话，我能快很多。"

丁霁看着林无隅，林无隅脸上是他从来没有见过的表情，除了没有愤怒，似乎什么情绪都有，但也正因为没有愤怒，看上去让人尤其不好受，也许他的愤怒都被自己吸收了吧。

丁霁感觉自己现在愤怒得像一颗爆裂牛丸，马上要炸了的那种……还挺好吃的，他每次消夜都要点这个……

"就算我有情绪也很正常，"林无隅妈妈说，"我对你失望透顶，你做出这样的事，还不让我有情绪？"

丁霁看了林无隅一眼，本来是想跟林无隅对一下眼神，但没等林无隅跟他对上，已经开了口："他做出什么样的事了啊？有什么可失望的啊？"

林无隅站了起来，门口的两个人愣住了，一块儿看着他。

时间仿佛停止了两秒，林无隅爸爸先开了口："这是我们家的事，你一个外人就不要多嘴了，很不礼貌。"

"那你们当着一个外人的面，对着自己儿子一口一个'失望'，"丁霁说，"这就很有礼貌吗？你们家的事，为什么要当着我一个外人的面吵？"

丁霁说完就觉得自己毛孔都张开了，说不出来是兴奋还是激动。不过，按他的计划，这时林无隅应该适时地拦住自己，推开他爸妈，把门关上，然后他们收拾完东西就可以走了，但林无隅这个冷酷的人，居然一言不发，只是站在旁边抱着胳膊看着他。

丁霁：？

丁霁扫了他一眼，他面无表情地迎上丁霁的目光，眼神里也没有什么暗示。

"没错，"林无隅妈妈看着他，"本来是不应该当着你这个外人的面吵架，但事情就是因为你而引起的……"

"阿姨，"丁霁打断了她的话，"这个我得提醒一下，事儿不是我引起的，事情的起因是你们对林无隅各种'失望'，跟我没有什么关系，换个人也是这个结果。"

林无隅偏开了头，丁霁很震惊地感觉他仿佛在笑。

"我们再回到'外人'这个点上，"丁霁没时间去分析林无隅，他被架在这儿了，不说完他都找不到下台阶的地方，"如果你们确定我有问题，并且因此而开始了这次吵架，那我就不是外人啊，阿姨。"

林无隅偏开的头猛地转了回来，林无隅的父母也震惊万分，一块儿瞪着他，嘴半张着，好半天都说不出话来。

"我不知道你们是怎么了，"丁霁说，"林无隅有多优秀你们看不到也就算了，不肯承认也罢了，这么优秀的学霸，只不过跟你们要求的不一样，怎么就让你们失望了啊？你们到底对'失望'有什么别致的理解啊，还是你们理解不了的就觉得失望？"

"丁霁。"林无隅终于出声了。

"叔叔阿姨，"丁霁赶紧顺着往下走，"冒犯了，因为我受到的教育、我接触到的人，不会这么简单地以自己的想法作为一个人是否优秀、是否变态的判断标准。"

林无隅没等他爸妈再说话，快步走过去把房门关上了，冲门外说了一句："我马上收拾完就走。"

房门关上的一瞬间，丁霁猛地松了一口气，一屁股坐到床沿上，缓了好一会儿才低声说一句："我……的天。"

林无隅没说话，走到他面前站住了。

"你一开始怎么不拦我啊，亲哥！"丁霁抬起头看着他，"你是真不怕事儿大啊。"

林无隅笑了笑："我就想听听你要说什么。"

"我要说什么你猜不到吗？"丁霁压着声音，"我这性格你也知道的，万一劲儿上来了，说跑偏了也不是不可能的！我都不知道我能说出什么话来！"

林无隅一下笑出了声音，退两步靠着书桌，笑得桌上的台灯都晃了。

- 23 -

林无隅在丁霁忍无可忍准备起身指着他开骂的时候，终于笑够停了下来，还抹了抹眼睛，眼泪都笑出来了……

屋里因为之前丁霁的慷慨陈词而变得尤其安静，客厅里也没有了动静，不知道一会儿出去的时候会不会还有什么状况。

丁霁坐在床边愣了一会儿，回想起刚才自己的台词，突然感觉有些尴尬。林无隅开始继续给无人机装箱之后，他又愣了一会儿才站了起来，打开衣柜，把里面那些皮衣拿了出来。

"谢谢啊。"林无隅说。

"谢个头。"丁霁说。

这些话，林无隅并不是不敢说，是已经懒得再说。

再早几年，他说过不少，每次冲突后的不欢而散以及一如既往，让他已经很疲惫，他只希望跟父母相互沉默，谁也不要说话，谁也不要看到谁，但丁霁今天很冲，像个蹿天猴。那些他早就不想也觉得没有必要说甚至觉得说出来都会有些无力且可笑的话从丁霁嘴里一气呵成说出来的时候，他突然感觉很爽——爽快，疲惫之后那种全身松弛、再也不想动的爽快。

他谢丁霁，并不完全是谢丁霁仗义执言，更多的是感谢他带给自己的这种嫩芽顶开泥土时的欢畅。

林无隅想拿的东西很多，如果老爸老妈不在家，他还想把他最喜欢的那几个手办带上，再把他以前到处去旅游时收集的新奇小玩意儿也拿上。但是今天这个场面实在有些出人意料，他只能先把最宝贝的无人机拿了，毕竟别的都是花钱得来的，这个能赚钱。

丁霁的父母虽然失职，但看得出爷爷奶奶对他非常宠爱，就几件衣服塞进行李箱都折腾不明白，衣服不是一个卷儿就是一团。

"你住哪儿啊？"丁霁一边把皮衣残忍地往箱子角落挤压一边问，"学校宿舍不能住了吧？"

"能，"林无隅说，"我们班主任帮我跟学校申请了，如果到时有什么情况，也可以住他家。"

"能住校就算了，住你班主任家多难受啊，不如住我奶奶家，"丁霁说，"还空一间房呢，我小姑以前住的，她结婚以后就一直空着。"

"那到时要是学校不能住了，我就找你。"林无隅也没跟丁霁客气，这人刚还浑身尴尬，才缓过来点儿，要是他拒绝了，估计还得继续尴尬。

他俩拖着三个箱子走出房间的时候，丁霁迅速往客厅里扫了一眼，发现林无隅的爸爸妈妈都坐在沙发上，看到他们出来，都没说话，林无隅的妈妈还把脸转开了，但是丁霁还是一眼就看到了她眼眶发红……这让他顿时就有些过意不去了。

刚才的话，他是不是说得过头了？就算不过头，大概也不是他一个第一次见面的小孩儿该说的。

林无隅应该是也注意到了，脚下的步子停下了。不过他并没有走过去，只是站在原地，似乎是想说什么，又开不了口。丁霁吸了口气，想要说点儿什么弥补一下，但林无隅就跟后脑勺长了眼睛似的，很快地抬了抬手，阻止了他说话。

也就两秒钟，他转身走到门口，打开门出去了。

丁霁赶紧跟过去，出门的时候还没忘了说一句："叔叔阿姨再见。"

林无隅已经按了电梯，站在那儿对着电梯门出神。

丁霁小心地跟过去站在他旁边，犹豫了一会儿才轻声说："我刚是不是……"

"不是。"林无隅简单地回答。

"哦。"丁霁应了一声。

不是说得太过分了？那是什么？

林无隅走进电梯之后才说了一句："他们可能有林湛的消息。"

"啊？"丁霁有些吃惊地转过头，"你怎么知道？"

"我妈肯定不是被你气哭的，她没有这么脆弱，她只为林湛哭，可能是想林湛了，也可能是……林湛有消息了。"林无隅说，听语气没有什么波动，"他俩都是工作特别认真的那种人，没有重要的事一般不会都在家……"

"那你刚怎么不问一嘴？"丁霁有些着急。

"我不敢。"林无隅回答得坦诚而直白。

丁霁没说话，看着他，一直到电梯到了一楼门打开。

"没事儿，"丁霁拍了拍他后背，"走。"

林无隅的行李没有拿去宿舍，因为有无人机，丁霁建议还是放他奶奶家，安全。

"我查了。"丁霁说。

"查什么了？"林无隅看他。

"查你这机子了，"丁霁说，"不过我弄不清型号，"反正就这种专业级的无人机，一套这个那个的什么电池啊设备的下来，少说也得好几万块钱，搁宿舍里太危险了，你还有两个。"

"有一个便宜的，"林无隅说，"那个续航短，拿来玩的。"

"你说的放假带我玩的是便宜的那个吗？"丁霁问。

"嗯，那个不用驾驶证，不过你得先练手，知道基本操作，"林无隅说，"所以我还拿了一个小的。"

"多小？"丁霁问。

"我半个巴掌吧。"林无隅说。

"……这个头儿能拍东西？"丁霁看了看自己的手。

"谁告诉你它能拍东西了。"林无隅说，"它除了飞，什么都做不了，而且还飞不稳……你就拿它先感受一下。"

"我能问问它多少钱吗?"丁霁问。

"一百多块钱。"林无隅一本正经地回答。

"……"丁霁愣了愣,然后就一挥手,"我不去了,你带别人去玩吧!"

林无隅笑了起来。

"笑个头啊,"丁霁很不服,"拿个玩具还是飞不稳的玩具糊弄我。"

"说了只是让你熟悉一下感觉,"林无隅笑着说,"又不是……"

"那先说好,我就熟悉十五分钟,"丁霁说,"多了是侮辱我。"

"不用,"林无隅说,"它续航只有十分钟。"

"那就十分钟。"丁霁说。

"嗯。"林无隅点头。

丁霁奶奶家在一个老小区,跟个迷宫似的,他们叫的车是个年轻司机开的,一路都在后悔,说不该进来,怕一会儿出不去。

"你放心,"丁霁说,"我保证你能出去。"

司机和林无隅都持怀疑态度。

车在丁霁指挥下开到一栋老楼前停下了,丁霁下了车,往四周看了看,突然一指车后头的路边:"过来!"

一个初中生模样的小孩儿一脸紧张地看着他:"干吗?"

"是不是要去那边超市帮你妈买东西?"丁霁问。

"是,"小孩儿点点头,"你怎么……知道的?"

"上车,"丁霁指了指车,"给司机指个路,到大街上你再下车。"

"我没有钱。"小孩儿说。

"谁让你给钱了,"丁霁在他后脑勺上轻轻推了一下,"让你白坐车呢。"

小孩儿上车指挥着车开走之后,林无隅看了看丁霁:"你在这边儿是不是人见人怕啊?"

"你开玩笑,我长得这么善良,"丁霁拖着箱子往楼里走,"这片儿谁不知道老丁家大孙子古道热肠……"

"大概是相处久了,才能透过现象看到本质吧。"林无隅说。

"我现象怎么了?"丁霁转过头指着自己的脸,"我看着不像吗?"

林无隅看着他:"你知道为什么我一直不信你是学生,更没想到你还能是个学霸吗?"

丁霁想了想,继续往楼上走:"这个倒是,你看看,我就是在这儿长大的,这儿的人差不多都我这个气质。"

"那不可能。"林无隅说。

"嗯？"丁霁回头。

"你挺特别的。"林无隅说。

"看出来了吧！"丁霁很得意。

"……早看出来了啊，"林无隅叹气，"就是幼稚得厉害。"

"我爷爷说了，小孩儿就要像个小孩儿……"丁霁很轻快地拎着箱子往楼上跑，"你不能快点儿吗？"

"要不你来拎一下我这个箱子？"林无隅说。

"不了，"丁霁说，"我想起来了，里头有好几坨电池。"

老式的房子排气似乎不是太好，加上一路上来，很多家都是把门开着的，楼道里满满都是饭菜香味。

林无隅本来没注意到自己饿了，一闻这些味道，走到丁霁奶奶家门口的时候，感觉自己眼睛都已经饿绿了。奶奶站在门口等着，看到丁霁的时候，张开了胳膊："我宝贝大孙子回来了，快来让奶奶抱抱！"

丁霁扑过去抱住了奶奶："我考得挺好的。"

"我就知道！"奶奶笑眯眯地搓了搓他的脸。

"这我朋友，"丁霁指了指林无隅，"林无隅。"

"奶奶好，"林无隅冲奶奶笑了笑，又探头冲屋里笑得很慈祥的爷爷笑了笑，"爷爷好。"

"好，好，"奶奶对着他招了招手，"你就是我们丁霁说的那个神仙吧？"

"嗯？"林无隅愣了愣，走到了奶奶跟前儿。

"学霸，"丁霁说，"跟神仙也差不多了。"

奶奶笑着伸手捧住了林无隅的脸："这孩子真俊啊。"

"……谢谢奶奶。"林无隅吓了一跳，但坚持着没动，让奶奶又在他脸上轻轻捏了几下。

奶奶高兴地进屋的时候，丁霁凑到他耳边小声说："看相呢，职业病。"

"看出什么来了？"林无隅摸了摸自己的脸，脸上还残留着奶奶手里的热乎，"能说吗？"

"一般不说，"丁霁说，"我奶奶就是喜欢看这些，问她她也不一定告诉你，说这是封建迷信，让你别信。"

林无隅笑着进了屋。

箱子都拿进了丁霁的卧室，把箱子放好之后丁霁在屋里转了一圈："欢迎，这是我长大的地方。"

"还挺大的。"林无隅看了看。屋里的家具都是旧的，老式的设计跟丁霁的气质明显不搭，但让他有些吃惊的是，丁霁的床和书桌，还有旁边的柜子，似乎都是红木的，难怪没换。

他凑到书桌前，弯腰盯着看了一会儿："这是黑酸枝吗？"

"可以啊，"丁霁过来，胳膊撑着书桌，手指在桌面上摸了摸，"你还能分清这些？"

"分不清，"林无隅说，"我们宿舍陈芒有一块黑酸枝镇纸，我就能认出这一种红木……"

"我爷爷做的，"丁霁很得意，"老头儿以前是个木匠，超级牛的那种，我小学的时候还有人专门上门来请他去做家具，这几年做不动才不干了。"

"你会吗？没学着点儿？"林无隅仔细地摸了摸桌子。

按说这桌子应该从丁霁很小的时候就归他用着了，但上面居然一点儿破损都没有，连笔划的道子都没有。

别的不说，丁霁应该很心疼爷爷奶奶。

"我真会，"丁霁说，"你后头的椅子就是我做的，全手工，没用电动的工具，全是我从木方开始做出来的。"

林无隅立马回头看了看，他身后的墙边放着一张小板凳，圆的，三条腿儿，大概到他小腿肚子那么高。

"就这个？"林无隅说。

"嗯。"丁霁点点头。

林无隅过去摸了摸，虽然很简单，但做工居然还挺不错，漆上得也很好，对一个小孩儿来说，算得上是……等等。

"你多大的时候做的？"林无隅问。

"高一的时候。"丁霁说。

"……那你嘚瑟个头啊？"林无隅忍不住笑了，"我以为你小学的时候做的呢。"

丁霁很不服地过去拎起了凳子："你看看这手工！这刨得横平竖直的……"

"你做这么个凳子干吗啊？"林无隅拿过凳子，放到地上，坐了上去，仰头看着他。

丁霁皱了皱眉，过了一会儿才叹了口气："给我爸做的。"

"那怎么在这儿？"林无隅愣了愣。

"他觉得我心思没在学习上，成天琢磨这些没用的东西，而且做得也不怎么样。"丁霁说。

的确做得一般，但这是丁霁的一份心，他爸说出这样的话很伤人。

"那会儿他们刚回国没多久，我跟他们关系挺……差的，就是别扭。"丁霁说，"有一天爷爷跟我说后天就是我爸生日，他的意思是想让我有点儿表示，缓和一下关系。"

"这样啊。"林无隅轻声说。

"我觉得行吧，爷爷开口了我肯定照办，"丁霁说，"其实我买点儿东西就行，但是想想，做的东西更有诚意些，就想做个木工活儿，我手艺不错的，就是时间太紧了，我还要上课，紧赶慢赶做出来的。"

林无隅叹了口气："后来就没送了是吗？"

"当场拒收。"丁霁说，"送个头，就没离开过这个屋。"

林无隅看了看丁霁，丁霁很快地偏开了头，看样子是想哭。林无隅有点儿着急，他要知道这凳子是这么个来历，根本就不会多问。为了快点儿转移丁霁的注意力，他想也没想就说了一句："要不你做一个什么东西送我吧。"

"嗯？"丁霁转回头看着他。

"比如……一个小书架什么的，"林无隅说，"搁书桌上放点儿书什么的？"

"行啊，"丁霁说，"不过得等啊，我得先去挑木头。"

"黑酸枝的吧，颜色好看。"林无隅说。

"你要不要脸？"丁霁说，"一个破书架你还好意思点名要木头！你知道这玩意儿多少钱吗？！"

林无隅笑了起来："那你看着办。"

"嗯，"丁霁点点头，"你什么时候生日？当生日礼物送你吧。"

"已经过了，"林无隅说，"上个月。"

"那明年……"丁霁想了想。

"别了吧。"林无隅赶紧打断他。

"那……"丁霁又想了想，"省状元的贺礼吧。"

"万一状元是你呢？"林无隅笑笑。

"那就是状元赐你的。"丁霁说。

"行。"林无隅点头。

"差不多吃饭了啊！"奶奶在客厅喊。

"来了！"丁霁应了一声，一边往外走一边问，"还有什么菜要我做的吗？"

"拍个黄瓜吧！"奶奶说。

"好嘞。"丁霁点头。

林无隅跟着他进了厨房，有些不知道该干什么，搓了搓手之后他随口问了一句："要不我来吧？你奶奶忙活这么半天，坐着等吃多不好意思。"

"也行。"丁霁立马同意了，从洗菜池里拿出洗好的黄瓜，放到了案台上，"我给你拿个盘子，还得弄调料……奶奶！"

"哎。"林无隅被他突然一声吼吓了一跳。

"别瞎占便宜，连老太太都愿意当啊，"丁霁瞪了他一眼，又冲客厅喊："奶奶——拍黄瓜搁点儿什么啊——"

"酱油！醋！香油！蒜泥！你想吃什么味儿就搁什么！"奶奶在外头回答。

"知道了。"丁霁开始准备调料。

林无隅洗了洗手，走到了案台前，看着砧板上的黄瓜，深吸了一口气，拿起了刀。他没做过菜，连看人做菜都没有过，毕竟他从初中就开始住校，他在家也不可能有在厨房看妈妈做菜的亲密经历。而且他根本也没吃过拍黄瓜，就算桌上有这个菜，他也不会注意到。有肉吃谁会吃黄瓜？不过这都不是问题，他起码知道这是道凉菜。

"用这个砧板，"丁霁递了个小砧板过来，放在了原来的大砧板上，"这个是切熟食用的。"

"嗯。"林无隅把黄瓜放了上去，然后瞄了瞄，先从中间切了一刀，把黄瓜切成了两半，短一点儿比较好操作，然后拿了半根儿，瞄了半天，切下来了一坨，还不错，厚薄均匀。

他信心满满地把半根儿黄瓜切成五坨之后，丁霁站到了他旁边："无隅哥哥。"

"嗯？"林无隅应着。

"你进过厨房吗？"丁霁问。

"怎么了？"林无隅看了他一眼，"进过，帮着端菜。"

"吃过拍黄瓜吗？"丁霁问。

"没吃过。"林无隅如实回答。

"你成天在外头大吃大喝，从早吃到晚，"丁霁有些吃惊，"没吃过拍黄瓜？"

"……没有。"林无隅说。

"拍！黄瓜，"丁霁叹气，"不是切！黄瓜。知道了吗？要拍！啪啪！拍！不拍叫什么拍黄瓜啊？你这样切出来就叫腌黄瓜段儿知道吗？"

"啊！"林无隅感觉自己大概刚才是脑子卡壳了，这会儿突然眼前闪过一张拍黄瓜的照片，"我知道了，得拍碎了……"

"拍吧。"丁霁点点头。

比切简单多了啊，林无隅很愉快地拿起刀，对着黄瓜一刀拍了下去，干脆利落，几段黄瓜腾空而起，落了一案台。

"……滑了。"林无隅有些尴尬。

丁霁没说话，把黄瓜都捡了，拿水重新洗了一下，放回了砧板上。林无隅凝神聚气，再一次干脆利落地手起刀落——哐！这回碎成两段，但是最大的那半根直接飞出去砸在了丁霁脸上。

丁霁眼疾手快地接住了黄瓜，看着他好半天，眼里的笑意收都收不住，最后乐出了声音："学霸！你也有这么蠢的时候！"

"它老打滑！"林无隅很无奈。

丁霁没再说话，把黄瓜再洗了一次放回砧板上之后就开始狂笑，乐得嘎嘎的。林无隅盯着几段黄瓜，最后做出了一个英勇的决定，放下了刀，直接抬手，一巴掌拍了下去。

"哎！"丁霁吓得一蹦。

林无隅迅速抬起手，有些激动："碎了！"

"哎哟，"奶奶震惊的声音从身后传来，"这是练上了啊？怎么还上手了啊？"

"牛！"丁霁冲林无隅一竖拇指，然后又冲奶奶一通狂笑，"他拿刀拍一下飞十个……"

"你讨厌不讨厌！"奶奶拍了他一巴掌，"让你拍黄瓜呢！你让人家拍！还笑！你第一次拍黄瓜都拍窗户外头去了你笑别人！"

"哎哎哎，"丁霁躲开奶奶，站到了林无隅旁边，往他身上挤了挤，"我来吧，你帮我拿盘子。"

"嗯。"林无隅点点头，让到了旁边。

丁霁拿起刀哐哐哐三下，砧板上剩下的几段黄瓜都被拍碎了："不能重复拍在同一个地方，那就不脆了，对吧奶奶？"

"就会一个拍黄瓜，"奶奶说，"还传授上经验了。"

林无隅笑着把盘子递过去，看着丁霁装盘，再手忙脚乱不知道轻重地往上浇调料。

这是很奇妙的经历，林无隅一直在笑。他从来没有在厨房里停留过这么长时间，也从来不知道做菜这么麻烦，更没想到……厨房里会这么有意思，关于林湛可能有消息而带来的不安和惶惑，居然会在忙乱的厨房里一点点淡去。

- 24 -

林无隅不太习惯在别人家吃饭，或者说，不习惯一家人一块儿吃饭，长辈和孩子，无论是谁的家人。就连许天博家他都不愿意去。长这么大，除了老林家，他没在任何同学、朋友家里吃过饭，去老林家吃饭那次还是跟班上的人一块儿，老林一个人在家。

今天他有些孤单，才会答应了到丁霁奶奶家来吃饭。

从考场出来的时候开始孤单的，无论考得好还是考得不好，无论是先回学校还是直接回家，身边的同学最终都是回家吃饭。

宿舍没有人了，这种空荡荡的感觉，跟周末完全不同，是突然之间，他整个高中生活都消失了。

——很孤单。

丁霁如果没叫他吃饭，他回家拿完东西估计不会回宿舍，找个酒店住一晚，先缓缓心情。

许天博一个小时前发了个消息问他晚上在哪儿，他拍完黄瓜才看到。

——跟朋友吃完饭回宿舍。

——有事说话啊，我这几天都闲的。

——那你继续闲着吧。

——你怎么这个亚子！

——我不跟大舌头玩。

林无隅笑着把手机放回兜儿里，看了看在丁霁的操作下已经变成一团黑色的黄瓜："你还好意思说我的是腌黄瓜段儿，你这个不也就是个腌黄瓜碎段儿吗？"

丁霁拿着香油瓶子有些犹豫："还要不要放香油啊？我觉得这个味儿现在闻着有些过于浓郁了。"

"就这样吧，"林无隅说，"汁儿太多了，你给倒掉点儿？"

"聪明。"丁霁点点头，拿了盘子，到水池边，小心地把搁多了的酱油和陈醋都倒掉了。

"这都要夸聪明，你这智商是不是有点儿残缺？"林无隅接过了盘子。

"拍个黄瓜能砸人脸的，"丁霁说，"有什么立场说我残缺？端出去！"

林无隅转身把拍黄瓜端了出去。

"哎哟，这么深沉，"爷爷看了一眼盘子里的黄瓜，"这个拍黄瓜小霁弄的吧？"

"嗯。"林无隅笑着点点头。

"这不是挺好的嘛！"奶奶在旁边说，"现在有几个孩子会做菜？厨房都不进呢，你看这个神仙孩子，拍个黄瓜拍得跟天女散花一样……"

奶奶果然很爱丁霁，为了帮丁霁撑腰，不惜"拉踩"第一次见面的林无隅。

林无隅笑了起来："我是完全不会。"

"这孩子脾气比鹏鹏好多了，"爷爷说，"要这么说鹏鹏，肯定就喊起来了。"

而爷爷为了给他找回面子，不惜"拉踩"刘金鹏。

刘金鹏好可怜，林无隅一直忍着笑。

"吃吧，"丁霁拿了碗筷出来摆上，把林无隅拉到他旁边坐下，"尝尝我奶奶和我的手艺。"

"你有个头的手艺。"奶奶说。

"文明点儿啊,"丁霁说,"这儿可有客人。"

"什么客人?"奶奶说,"还不就是小孩儿……小隅啊你别客气,我们家不讲什么规矩,吃就行。"

"好的。"林无隅点点头。

"多吃点儿,别不好意思啊。"奶奶又给他碗里夹了两块排骨,然后往丁霁碗里也夹了两块,"这阵儿太累了,现在算是累完了,就吃喝玩乐什么也不用管。"

林无隅不喜欢别人给他布菜,卫生不卫生倒不是最重要的,毕竟他也是拿了丁霁的瓶子就敢喝水的人,更多的是不自在。但在他想要礼貌拒绝的那一瞬间,又按下了自己想要抬起来的手。奶奶给他夹菜的样子,并不像是招呼客人,没有一丝客套,仿佛是在给自己的两个孙子夹菜,自然而亲切。他突然就觉得很温暖,不是朋友,不是同学,不是老师,是来自家人长辈那种不讲理的疼爱。

"你别管他,"丁霁飞快地从林无隅碗里夹走了一块排骨,"我跟你说,他是个无底洞,你要不拦着,这一桌也不够他吃的。"

"怎么还从人家碗里抢菜啊!"爷爷瞪了他一眼,"盘子里没有你的了吗!"

"我吃慢点儿就真没有了。"丁霁嘿嘿乐着,脸上带着撒娇一样的小无赖表情。林无隅有时候就觉得丁霁的确是非常细心而敏锐,自己刚才估计手都没有动,丁霁却还是发现了。在丁霁准备抢走第二块排骨的时候,林无隅对着他的手背啪地弹了一下。

"啊!"丁霁喊了一声。

"该!"奶奶说。

"一会儿肯定青一块儿你信吗?!"丁霁瞪着他。

"信啊,我弹的我还不信吗!"林无隅从他碗里把之前那块排骨夹了回来,冲丁霁笑了笑。

丁霁看了他一会儿也笑了,然后凑到他耳边小声说:"就这样,特别热情。"

"挺好的。"林无隅点点头。

为了庆祝高考结束,爷爷开了两瓶红酒,还按丁霁的要求提前一小时把酒醒好了,吃了几口觉得应该要喝酒,才想起来酒还没拿。

"我去拿。"奶奶起身。

"你别动了,"爷爷站了起来,"忙活一顿饭,现在还要静养呢。"

"静养就是一动不动啊?"奶奶说,"我跟你说就是一动不动才好得慢,我现在每天在屋里来回溜达一点儿问题都没有。"

"你听话。"丁霁摸摸奶奶的手。

"揍你也没问题呢。"奶奶拍了他一巴掌。奶奶看起来恢复得还不错,主要是年纪也不大，丁霁说她身体一直都很好，这会儿看看，除了走路慢一些，脸色倒是非常好。

"醒好的酒你放哪儿了？"爷爷问。

"阳台那屋。"奶奶说。

"可以啊，"林无隅有些吃惊，看着丁霁，"你家是不是总喝红酒，还有醒酒器呢？"

"有个头，"丁霁冲爷爷的方向抬了抬下巴，"用凉水瓶子醒的。"

果然，过了一小会儿，爷爷拿个一升装的那种敞口玻璃凉水瓶过来了，里面是酒。

"也没有红酒杯子，"爷爷说，"拿茶杯吧？"

丁霁拿了四个茶杯过来放了一排，然后拿过凉水瓶，倒了四满杯。

"你妈说倒个杯底儿那么多就行。"奶奶说。

"那还得总倒啊，咱们也就尝个味儿，谁品得出好坏来？"丁霁说，"要这么说的话，咱这杯子也不对，没有腿，手往上一拿，温度就把酒味儿给改变了。"

奶奶想了想，凑到杯口先嘬了一口酒，尝了尝以后，又双手握住杯子，等了几秒钟，拿起来又喝了一口。

"没什么改变啊？"她品了品。

爷爷和丁霁一下笑出了声，林无隅也没忍住，跟着笑成一团。

"所以说吧，咱们不懂红酒的就喝个意思，"丁霁边乐边说，"一会儿这个喝完了，还是得拿我爷爷藏床底下的那坛酒。"

"喝吧喝吧，反正小隅也不回家，"奶奶说，"别喝太多就行，喝吐了我可不帮你们收拾，你爷爷也不管。"

林无隅愣了愣，看了丁霁一眼。

"她的意思是你不用回家，不会被家里说，"丁霁小声说，"不是说让你住这儿，别紧张。"

"不是，"林无隅也小声说，"她怎么知道我不用回家？"

"我可没说啊。"丁霁赶紧摆手。

"我知道。"林无隅说。

"我奶奶有时候神着呢，"丁霁说，"不知道是瞎猜的还是真算出来的，不过你刚考完就拎着行李跑我家吃饭来……没几个人会这样吧，正常情况下应该就是不回家了啊。"

"……也是。"林无隅点点头。

奶奶做菜的手艺很好，当然，也有可能是林无隅的味觉储备里只有食堂和街上饭馆，对于家里做的菜，他的体验不算太多，老妈的手艺基本只能分在吃不死人的那一档。奶奶的菜不光好吃，分量也相当足，所有的菜都是堆起来的，有几个菜还用了汤盆儿装。

林无隅吃了不少。他跟爷爷奶奶一样吃惊，自己居然能在别人家里，吃得这么没有节制，而且还吃得很欢。爷爷藏的酒他也喝了两茶杯，不知道是什么酒，度数不算高，但是非常香。最后停筷子的时候，他忍不住小声说了一句："我好像吃多了。"

"你才知道啊？"奶奶在旁边有些担心，"你吃的都赶上一头猪的量了……小霁你去找盒那个消食片儿给他。"

林无隅靠在椅子上，笑了半天："奶奶你这什么形容？"

"吃这么多也不见胖，"奶奶捏了捏他的脸，"这要让小霁他小姑知道了，得给你跪下求个不长肉的方子。"

丁霁拿了一盒消食片过来，抠了几片递给他："赶紧的，吃了。"

"一会儿吧，"林无隅叹气，"我现在喝不下水。"

"这个是嚼的，不用喝水送。"丁霁说。

林无隅把药片儿咬进嘴里嚼了，皱着眉："不好吃。"

丁霁叹了口气，从兜儿里摸了根棒棒糖出来剥了，递到他嘴边："牛奶棒棒糖。"

"谢谢。"林无隅叼过了棒棒糖，缓一会儿感觉没那么撑了。桌上还剩了不少菜，今天要是没有他，这桌菜得剩一多半。爷爷奶奶实在是非常热情，所以才会有丁霁这样性格的孙子吧。林无隅站了起来，帮着丁霁把桌子收拾了，再站在洗碗池边，看着他洗碗顺便打下手。

"一会儿你别回宿舍了，"丁霁说，"也挺晚了，今天就住这儿吧。"

"方便吗？"林无隅问了一句废话，问完没等丁霁开口，他自己就抢答了，"方便的。"

丁霁笑了起来："鹏鹏经常在这儿过夜，跟自己家一样，以前我还有别的同学离家出走了啊，考差了不敢回家啊，或者是邻居谁家孩子跟爹妈吵架了啊，都会躲过来，我爷爷奶奶都习惯了。"

"你家跟个江湖一样啊。"林无隅笑了笑。

"那还是比不了，都小屁孩儿，江湖指他们撑不起来，"丁霁递给他一个洗好的碗，"那你就睡我屋吧，我床大。"

"哦。"林无隅顿了顿。

"啊，"丁霁突然有些尴尬，"要不我睡我小姑那屋，你睡我屋。"

"嗯？"林无隅看着他。

"不是，"丁霁解释，"就是，你要是不愿意睡我屋，就……你去我小姑那屋……"

162

"刘叉鹏啊你那些同学、朋友、邻居啊，过来都睡哪儿？"林无隅问。

"都跟我挤一张床，"丁霁揉揉鼻子，"晚上聊天方便啊。"

"那你为什么给我支你小姑屋里去？"林无隅笑着。

"我那不是……怕你不自在吗？"丁霁说。

"我为什么不自在？"林无隅问。

"……谁知道你为什么不自在！"丁霁有点儿恼火，恶狠狠地把一个洗好的碗摞到了他手上。

那就是你不自在喽——要是平时，林无隅肯定会把这句话说出来。但今天没说，今天丁霁帮他撑完老妈之后就有些尴尬，他不想让丁霁继续尴尬下去。

天台喊话之后，熟悉的人都对他表达了宽容，但他收到的恶意也不少，最大的恶意甚至来自父母。

好在丁霁在洗完碗之后就恢复正常，只是又开启了酒后现原形的状态。

"我们去散会儿步啊！"他站在客厅里，跟爷爷奶奶说。

"去吧。"奶奶摆摆手，"我看见头晕。"

"走！"丁霁冲林无隅一挥手，林无隅跟着他出了门。

下楼之后他看了看四周，这种老小区都有些拥挤，路灯也是坏的多，晚上十点出来，四下都没人了。

不过他抬头看了看，今晚的星星特别多，还挺舒服。

"去哪儿散步？"林无隅问。

"平时我陪我奶奶散步就是从那边口子出去，走到大街上，然后顺着街绕一圈儿再从今天咱们打车进来的那个口子回来。"丁霁比画着。

"行。"林无隅说。

丁霁走了几步，伸了个懒腰："哎——平时这会儿正准备开始熬夜呢，现在突然就这么清闲了，真是有点儿不习惯。"

"那要不找点儿题来做？"林无隅拿出了手机。

"你有病吧！"丁霁迅速往旁边连躲了好几步，"你是还没被虐够吗？"

林无隅笑了起来："是你不习惯啊。"

"我长这么大还没这么用功过呢，"丁霁说，"也不知道最后出分能是个什么成绩。"

"怎么也得是个前三。"林无隅说。

"你怎么不说状元？"丁霁"啧"了一声。

"因为有我呢。"林无隅笑了笑。

"真嚣张，"丁霁看了他一眼，"你志愿怎么填啊？这几天你爸妈应该接不少电话了吧？"

"嗯。"林无隅应了一声。

"H大吗？"丁霁问。

"你是不是打算报H大啊？"林无隅问。

"应该吧，我一直没什么想法，哪儿都行，我爸妈都H大的，他们肯定希望我去，"丁霁说，"这事儿我不打算跟他们犟，反正我也没有别的想去的学校了，做个人情吧。"

林无隅笑了起来："你这话说得。"

"你呢？"丁霁又问了一次，"应该也就是H大了吧。"

他的确想知道林无隅会报哪儿，他希望能跟林无隅报一个学校，但又有些担心，林无隅这人很有计划，也很有想法，谁知道他会不会不按常理出牌。

"也不一定，万一我出国呢？"林无隅说。

丁霁愣住了，盯着他看了一会儿才"哦"了一声："出个头的国，到现在了都还没点儿动静，你也就能出个省。"

林无隅笑得停不下来。不过这反应倒让丁霁知道，他应该还是按常理出的牌，不说就不说吧，老追着问好像自己对这人有什么兴趣似的。

"什么专业啊？"林无隅问。

"谁？"丁霁没反应过来。

"你报什么专业啊？"林无隅笑了笑。

"工程力学。"丁霁说。

"啊。"林无隅挑了挑眉毛。

"怎么？你对这个专业有了解吗？"丁霁问。

"你没有了解就报了吗？"林无隅也问。

"我就觉得听着挺有意思的，"丁霁说，"不过出分之后我得再琢磨琢磨。"

"是挺有意思的。"林无隅拍了拍他的肩膀。

两个人在街上也没按着丁霁之前计划的路线走，胡乱转了几圈就回到了楼下，跟鬼打墙了似的。

"这就回来了？"林无隅有些迷茫。

"带你去看星星吧？"丁霁往上指了指。

林无隅抬头："天台上看吗？"

"是，"丁霁点头，"我爷爷在天台占地运动里抢了一小块儿，种点儿辣椒什么的，收拾得挺干净。"

"走。"林无隅很有兴趣。

天台挺大的，乍一看毫无情趣，各家拉的晾衣绳扯着，还有不少空花盆和半空的花盆，乱七八糟，不过走到西南角的时候，一下就舒服了。这是丁霁爷爷占领的地盘，用铁艺的花架隔出来一小块空地，除了辣椒，还有些不知名的植物，中间有一个小木桌和两张竹躺椅。

　　"怎么样？不错吧。"丁霁从桌上拿了个打火机，把桌子下面的几盘蚊香都点了，转圈围着一张躺椅放好，然后坐了上去。

　　"不呛吗？"林无隅感觉有点儿好笑。

　　"我挺得住，"丁霁晃了晃椅子，指着天空，"看到没？北斗七星。"

　　"嗯。"林无隅坐到椅子上，看着天空，"你对星相有研究吗？"

　　"没有，我们江湖蒙事儿神教跟星相隔行如隔山。"丁霁说。

　　林无隅笑着没说话。

　　丁霁看了一会儿星星，坐了起来，转头看着他："我刚才算了个字。"

　　"什么字？"林无隅问。

　　"无。"丁霁说。

　　"然后呢？"林无隅枕着胳膊。

　　"你专业是不是也打算报工程力学啊？"丁霁问。

　　"这怎么算出来的？"林无隅也坐了起来。

　　"刚我说的时候，"丁霁掐着手指，"你那个反应明显就有点儿吃惊，然后还加一句'是挺有意思的'，这个实在不难算了，而且这专业跟无人机也有关联……我要不是今天喝了点儿酒，刚才我就算出来了……"

　　"你管这叫算？"林无隅忍着笑。

　　"啊，"丁霁点头，"算对了没？"

　　"你到底会不会算命啊？"林无隅笑着靠回了躺椅上。

　　"我会啊，"丁霁笑着说，"但是我也会观察啊，能看出来的还算什么，心里有个分析了，再算再解都会往这个方向去找的。"

　　林无隅笑着没说话。

　　"夏天是看星星的最好季节了，"丁霁说，"呼啦啦一大片。"

　　"你总看吗？"林无隅问。

　　"也不总看，有几个小孩儿愿意不去玩，仰个脑袋看星星啊，"丁霁说，"我就有时候没人玩了，上来看会儿……除了北斗七星，你还能看出哪些来？"

　　"狮子、室女、天蝎、人马，"林无隅说，"还有个南斗……"

"你这背的还是看的啊？"丁霁一脸不信。

"这都是夏天能看到的星座，"林无隅闭上了眼睛，一边乐一边说，"南边儿能看到红色星宿二，有句诗……"

"人生不相见，动如参与商。"丁霁说，"行吧，就算你是都看到也都能认出来。"

"我有几次跟人航拍，"林无隅枕着胳膊，还是闭着眼睛，"山里过夜，看得特别清楚，星星都又大又亮。"

"有蚊子吗？"丁霁问，"得让咬死了吧。"

"你这关注点，"林无隅笑了起来，"下回我再去得带上你，牺牲你一个，造福全队人。"

"我从小就招蚊子，"丁霁笑了笑，"小时候跟我奶奶在楼下乘凉，蚊香都得放我边儿上，一边呛，一边还挨咬……我奶奶一晚上得往我身上甩四五十巴掌的……"

"那就别去了啊，"林无隅说，"在家待着就没那么多蚊子了。"

"那不行，还是得去，"丁霁说，"我爷爷奶奶吧，没什么文化，他们就觉得，教不了我什么，就带着我看看人生……每一个人，他说的话、他做的事、他的动作、他的表情……就是他的人生，你看一晚上，能看到很多东西……"

林无隅没说话，难怪丁霁的观察力如此之强。不过他就不太回忆童年……没什么可回忆的内容，大多数时间里他都在看书和发呆。

丁霁的话痨模式开启之后，就一直没有关闭。到后来丁霁说了什么，他已经听不清了，只觉得有人在自己耳边说悄悄话一样，模糊而舒适。半夜的时候爷爷的声音倒是听得很清楚，跟平地惊雷似的。

"你俩下楼去睡！"爷爷说，"怎么还跑天台上睡起来了？这椅子能睡吗？明天你们后背都得疼！"

"嗯？"林无隅一激灵坐了起来，转头的时候看到丁霁缩在躺椅上，爷爷晃了他好几下都没把他晃醒。林无隅搓了搓脸，起身过去拉着丁霁胳膊把他从躺椅上拽了起来："丁霁。"

丁霁坐起来之后缓了半天才回过神："我睡着了？"

"你俩在这儿睡了一个多小时，"爷爷说，"你奶奶就知道肯定在这上头……赶紧回屋洗洗，回床上睡去！"

林无隅感觉自己跟在丁霁身后下楼的时候脚底下都是飘的，奇妙经历又多一个，居然在天台上看着星星睡着了。

回到屋里，丁霁飞快地扯了两条新的毛巾和一把新牙刷给他："你先去洗吧。"

"哦。"林无隅犹豫了一下，"我行李里没有内裤，你给我一条。"

"我找找。"丁霁抓了抓脑袋，拉开了抽屉，翻了能有一分钟，在抽屉角落翻出一条还没拆的新内裤。

林无隅洗完澡才发现这条内裤是个老头款的宽松平脚大裤衩，站浴室里愣了好一会儿，最后也不得不套上了。

回到屋里的时候，丁霁正在玩手机，一抬眼看到他的裤衩，震惊了好一会儿才开口："你穿了个什么玩意儿啊？"

"你问我？"林无隅也很震惊，低头扯了扯裤衩，"这不是你给我拿的吗？这玩意儿穿上，我连外裤都套不上去了。"

"我不知道啊，"丁霁瞪着眼睛，过了几秒就笑得倒在了床上，"这可能是我爷爷的，被我奶奶塞我这儿了。"

"还有别的款吗？"林无隅满怀期待地问，"平脚三角都没事儿，只要不是裙裤就行。"

"没有了，"丁霁无情地回答，"就这条我还是翻了半天才找到的，你要不……穿我的？"

林无隅跟他对视了一会儿："算了。"

"穷讲究，"丁霁一边乐一边拿了衣服往外走，"那你就穿裙子吧，内裤洗了晾外面阳台就行，明天肯定也干了。"

丁霁挺喜欢跟林无隅聊天的，很轻松，既不用想法找话题，也不会出现聊天双方搭不上频道的尴尬局面。但是今天有点儿遗憾，他俩都喝了酒，要不是爷爷上去吼一声，估计直接就睡到太阳升起来了。这会儿虽然回了屋，但洗澡都没能让他清醒过来，依旧是困，林无隅已经躺床上睡着了，而且一点儿礼貌都没有地睡在了正中间，大概是因为床上唯一的枕头就在正中间。丁霁叹了口气，从柜子里扯出一个枕头扔到床上，然后把林无隅往边儿上推，推了两下林无隅都没动静。

"你还不承认自己是猪？"丁霁咬着牙又掀了他一把，他才总算是翻了个身，侧到了另一边。丁霁又过去抓着他的头发往上一拎，把枕头塞到了他脑袋下面。林无隅睡得还挺死，被人揪头发、扔脑袋也没什么反应，还是老实地侧身睡着。

"睡觉挺老实啊。"丁霁把另一个枕头放好，躺了下去。

关掉灯之后，睡意很快席卷而来……

林无隅翻了个身，躺平之后胳膊一伸，砸到了丁霁脸上。

"你想死啊！"丁霁吓了一跳，把他的胳膊扔了回去，林无隅没了动静。

但这一晚上，丁霁都在反省自己对人判断不准。林无隅睡觉挺老实的结论，一晚上被他用实际行动推翻了六千多次，这人睡觉何止不老实，根本就跟打架一样，胳膊、腿、手，永远都不在自己那一半儿待着，半夜至少还踢了他七八回，这要是在练功，林无隅早就已经是武林第一高手。

华山论剑都不用比了，没人敢去。

"我给你个忠告啊。"早上起来的时候，丁霁站在床边，很严肃地看着林无隅。

"告吧。"林无隅打了个呵欠。

"你以后要是跟人睡一张床，"丁霁说，"先拿根儿绳子把自己拴一下。"

"怎么了？"林无隅问，"我梦游打你了？"

"你没梦游也打我了。"丁霁说。

"是吗？"林无隅有些茫然。

"是！非常是！"丁霁过来往他身上甩了好几掌，"就这么打的，一晚上我借着酒劲儿都没睡踏实！"

"……我这么可怕？"林无隅很震惊。

"你一点儿都不知道？"丁霁也很震惊。

"不知道。"林无隅说。

"那你现在知道了？"丁霁问。

"知道了。"林无隅点点头。

"请我吃个早点。"丁霁说。

爷爷奶奶一早出去散步了，他们起床的时候，爷爷奶奶还没有回来。

"平时都我奶奶做早饭，"丁霁说，"我放假她就不管了，跟我爷爷每天去湖边听人拉二胡，到中午才回。"

"感情挺好啊。"林无隅笑笑。

"也吵架，"丁霁说，"而且我爷爷还还嘴，年轻点儿的时候体力好，他俩还能打架呢，但是过两天就好了。"

林无隅听丁霁说这些家长里短的时候总觉得很有意思，他们宿舍的人有时候也聊家里的事，他也爱听，但丁霁家的这些事儿更有吸引力，也许是他从来想象不到的那种烟火气，很原生态，没有任何修饰，就像是直接从泥土里长出来的叶子，带着泥土，充满活力。

老居民区早点的选择相对来说要丰富得多。

喝了酒之后第二天总觉得饿得慌，别说林无隅，就连丁霁也一副大胃王的样子，两人点了一桌子，什么包子饺子面条油饼的。

"今天你有什么计划？"丁霁边吃边问。

"早上我同学发消息过来了，"林无隅说，"中午我们碰头，下午去玩，然后叫上班主任出来吃饭。"

"我也差不多，"丁霁说，"趁着出分之前狂欢。"

"东西我就先放你这儿了啊？"林无隅问。

"嗯，"丁霁点点头，"你宿舍还有什么贵重物品，笔记本电脑什么的，你要不用就也拿过来，一放假都走了，进去个人也不知道。"

"谢谢。"林无隅说。

"别老谢，"丁霁叹气，"至于嘛，就放几个箱子。"

"那万一到时我还想去住呢？"林无隅说。

"那就住呗，"丁霁想了想，"你还是住我小姑那屋吧，我怕跟你睡一张床，我撑不到去报到就让你打死了。"

林无隅笑了半天："我真不知道。"

"你一直自己睡吗？没跟你爸妈……"丁霁说到一半突然反应过来，赶紧摆摆手，"算了当我没问，我睡糊涂了。"

跟许天博和陈芒他们约的是十一点在学校门口集合，林无隅吃完早点回到学校的时候，刚十点半，好几个都还没从家里出发。

林无隅在门口站了两分钟，回了宿舍。

高三的宿舍基本已经全空了，地上还有一些散落的杂物，还有卷子和书，不多，但看得出大家离开时的匆忙和混乱，还有愉悦。

林无隅走在走廊里，只能听到自己的脚步声。

以往无论多安静，都能听到各种声音，哪怕是深夜，也会有几个呼噜大王发出让人踏实的声响，到考试之前，还会有亮到很晚的灯光。

现在这些声音和场景，都只在回忆里存在了。

林无隅伸了个懒腰，叹了口气。

他们宿舍也同样空了，陈芒他们为了保护他没拿走的行李的安全，在柜门外面堆了桌椅。他搬开这些东西，看了看柜子里的东西，除了衣服，也没什么需要防盗的了，笔记本电脑倒是应该拿去丁霁家，那是个游戏本，比较贵。在宿舍里愣了一会儿，他听到门口有人走了过来。有点儿佩服自己的听力，他能听出他们宿舍几个人的脚步声，还有隔壁许天博的。

"就知道你在宿舍。"许天博推开了宿舍门。

"你怎么也来这么早？"林无隅问。

"我爸送我过来的，"许天博说，"他还有事要办。"

"我以为明天才玩呢，"林无隅说，"这帮人居然不需要睡上一天一夜？"

"如果是平时肯定睡了，"许天博说，"我是睡不着，这不是普通放个假，这帮人以后就难得再见一面了，让我半夜出来我也来。"

林无隅笑了笑："咱俩还能见面的。"

"你确定专业了吗？"许天博说，"工程力学？"

"嗯，"林无隅点点头，"确定了。"

"那咱俩H大见，"许天博笑笑，"不知道离得远不远，不远的话还能一块儿吃烧烤去。"

"抓紧吃，"林无隅想了想，"等你有女朋友估计就带人家吃了。"

"还不一定谁先呢，"许天博说着又收了笑容，"鱼啊。"

"嗯？"林无隅看着他。

"就是……谨慎点儿，"许天博说，"不要为了谈恋爱而谈恋爱，或者因为孤单什么的……你懂我意思吧？"

"懂。"林无隅点头。

他俩的手机同时响了一声，陈芒在群里发了消息，说在门口了。

"走吧，"许天博站了起来，"浪去。"

丁霁的同学今天其实没有活动，他们明天才出门。

他今天的假日活动是跟刘金鹏一块儿打老六。

刘金鹏斗志满满："怎么打？你一句话！"

"随便吓唬几下，"丁霁说，"你还想给他打成什么样啊？主要就是逼他还钱……让你找他写的借条写了吧？"

"搁家里了，"刘金鹏说，"不过说实话，这要真告他，他也还不上啊。"

"那他就坐牢去！"丁霁说。

"我下个月上班了。"刘金鹏突然说了一句。

"去哪儿上班？"丁霁有些意外，刘金鹏之前一直都是帮着表叔进进货、卖卖东西、跑跑腿儿。

"我表叔给找的，说还是有个稳定点儿的工作好一些，"刘金鹏说，"他朋友弄了家宠物店，挺高端的。"

"那还挺合适你，"丁霁说，"你不是挺喜欢狗啊猫的吗？"

"是，活儿也不多，"刘金鹏挺高兴，"早晚还能牵着一堆狗出去遛……"

话还没说完，他往前面一指："在那儿呢！"

丁霁都还没看清老六具体是在什么位置就先拔腿冲了出去，跑出去十多米了才看到老六正在前面狂奔。

论跑步，老六不是丁霁的对手，连脱了裤子也追不上丁霁的刘金鹏也比不了，人没跑出多远就被丁霁和刘金鹏追上了。

"还钱！还钱！还钱！还钱！钱！"刘金鹏跟在他后头对着他的肩膀就是一通捶。

"我还啊！我还的！"老六边跑边喊，"我还钱的！"

"少给老子！"刘金鹏继续捶他，"装可爱！"

"我装什么可爱了！"老六被捶得有点儿糊涂，刘金鹏一直捶的是他的肩膀，他边跑边抱住脑袋，"我跟着你说的！"

"老子说的是还钱！还钱！钱钱钱钱钱钱钱！"刘金鹏吼。

"我又没说不还！"老六抱着脑袋直接蹲下了，"你打吧打吧，打死了我也不用还了！"

"你想得美！"丁霁往他脑袋上拍了一下，"以后每天提醒你一次！什么时候还了钱什么时候停！"

"听到了没！"刘金鹏对着他的屁股就是一脚。

"钱你弄哪儿去了？"丁霁也蹲下了，看着老六，"你也不赌钱，烟都只抽五块钱的，钱呢？"

"这个与你无关。"老六闷着声音。

"与我'无瓜'！"丁霁跳起来也踢了一脚他的屁股，"你坑了小爷两万八，你说与我'无瓜'！"

"霁，"刘金鹏说，"少刷微博。"

丁霁看着他。

"他说的是'与你无关'。"刘金鹏字正腔圆地说。

"是吗？"丁霁停下了。

"是啊！"老六喊。

"我管你是不是，"丁霁说，"你今儿不告诉我钱哪儿去了，我给你脑袋抽成南瓜！"

"我女朋友看病急用，我给她了，"老六还是抱着头，"过段时间就能还你。"

"你哪儿来的女朋友？"丁霁震惊了，"你还有女朋友？有没有天理了啊？"

"怎么没有！"老六拿出了手机，"真的……你看。"

刘金鹏一把抢过手机，看了几眼之后问老六："微信恋情？"

"她出院了就来看我！"老六说。

刘金鹏抬起头看着丁霁："报警吧霁。"

"你个傻瓜！"丁霁瞬间反应过来，指着老六，"你出生的时候是不是脑子被蛤蟆啃了！"

丁霁和刘金鹏押着老六从派出所出来的时候，感觉简直无法形容。

老六一脸遭受了惨无人道折磨过后的苍白表情，丁霁都懒得再打他。

"这钱不一定能追回来了，"刘金鹏指着他，"你最好现在开始刨钱，我会盯着你的，你跑不了。"

丁霁的手机响了一声，他很快地拿出手机看了一眼，是林无隅。

——小神童，明天有空吗，给你介绍个活。

——什么意思？

——该开始还钱了。

- 26 -

林无隅的这条信息，在丁霁正手刃老六的时候到达，实在是让人非常没有面子，没想到自己有一天居然还能深陷连环债。

"你鹏哥的话你听清了没？"丁霁瞪着老六。

老六看了刘金鹏一眼："他比我小好几岁呢。"

"我就是还在娘胎里，我也是你鹏哥！"刘金鹏瞪眼。

"都听清了没？"丁霁问老六，"刨钱，以及他是你鹏哥。"

老六麻木地点了点头。

"滚吧。"丁霁推了他一把。

老六行尸走肉般地缓步离开之后，刘金鹏有些嫌弃地"啧"了两声："他还真爱上了啊？"

"不是装的吗？"丁霁说。

"这装得出来吗？他有这个演技？"刘金鹏说，"这反应就是以为遇到真爱打算生死相随的时候一个晴天霹雳让王母娘娘一鞭子抽出一道银河来了。"

丁霁看了他一眼："王母娘娘用的是金簪。"

"金簪？"刘金鹏说，"银河不是银色的吗？为什么是金簪？"

"那就银簪。"丁霁。

"不管什么簪！"刘金鹏指着老六离去的方向，"就老六这种，他配吗？他就是欠抽，就得一鞭子抽过去！"

"我也挺佩服他，"丁霁说，"就这陷入爱河，陷进去就是呛水杀脑子了吧，一点儿智商都没有呢？"

"这你就不懂了，"刘金鹏摆摆手，"爱河里可不是水，爱河流的都是酒，下去就都醉了。"

"我喝醉了也不能这么没智商啊。"丁霁说。

"就一个比喻！"刘金鹏喊了一嗓子，大概对于自己说出这么哲学的一句话没有得到应有的赞美而愤怒，"就你这智商，不掉爱河里也没高到哪儿去！"

丁霁笑得不行："你今儿怎么这么妙？"

"爱上一个人了就这样，"刘金鹏叹气，"我也是爱过的人啊……当然！我跟老六可不一样！他那个爱河里掺了'脑残片儿'。"

"我知道我知道，"丁霁把胳膊搭到刘金鹏身上，"不过你恋爱有点儿太闪电战了，我头天知道你爱了，第二天你就爱过了……"

"体会过就行，"刘金鹏说，"你这种小孩儿理解不了，那感觉还是很美的。"

"说说。"丁霁晃了晃他肩膀。

"说什么啊？"刘金鹏皱着眉，一边很不愿意的样子，一边又一秒不停地说上了，"就是你老想着她，看到什么都想起她，别人一句'吃饭'你就能回忆起跟她喝奶茶的事儿，她不联系你的时候你就不踏实，老看手机，手机要是响了，是她吧你就激动，不是她吧你就想骂人，甭管你今天什么安排，她说一句'我们出去玩吧'，你今天立马就啥事没有……"

丁霁听得一路都想乐，但是咬牙忍了。刘金鹏的爱情他是真的感觉没太注意就已经过去了，那姑娘他只见过一次照片，还是在刘金鹏忆往昔神志不清的时候给他看的。他是没有过这种感情经历，倒也不是说不觉得哪个姑娘漂亮、哪个姑娘好，他们班长就又漂亮又招人喜欢，他还挺喜欢看的，但也没有更多的感觉了。

但刘金鹏的话他并不全信，这人见一个喜欢一个，隔三岔五就能听到他夸某个姑娘又善良又细心还漂亮，每一次都说得特别真诚，仿佛下一秒就要往爱河里跳，这么多年也就跳了一次，刚沾水还就让浪给拍回岸上了。

刘金鹏抒发完感情，请他去吃饭，算是庆祝自己就业成功以及他高考顺利。丁霁想起来上回以庆祝为借口吃饭，还是三模结束的时候了。别人一句"吃饭"你就能回忆起跟她喝奶茶……

啧。

在饭店里坐下，刘金鹏去挑鱼的时候，他给林无隅打了个电话。

"消息也没回我，"林无隅接起电话，"我以为你打算开始赖账了呢。"

"刚有事儿呢，现在进饭店了，"丁霁听到林无隅那边挺吵的，应该是跟一帮同学在一块儿，"你们也吃饭呢？"

"是，"林无隅说，"吃完还要去 K 歌，心累。"

"年轻人 K 歌不是很正常吗？"丁霁说，"你哪儿来的老年人啊？"

"你一个用咖啡伴侣瓶子喝金银花茶的人……"林无隅笑了起来。

"这几天没喝了，我奶奶没给我泡茶。"丁霁说。

"明天有时间吗？"林无隅问。

"你给我找了个什么活儿啊？"丁霁问，"听着怎么这么不纯洁呢？"

林无隅笑着没出声，丁霁还记得林无隅那句话，听着他这么笑简直有种要被拉入魔窟的错觉："到底是干什么啊？"

"明天我一早要去航拍，"林无隅说，"一部纪录片的……"

"无人机吗？是不是带我去玩？"丁霁赶紧问。

"你想得美，"林无隅说，"我是去赚钱，你是去打工还我钱，不过你要是明天有事儿的话，就下次……"

"有空的。"丁霁说。

她说一句"我们出去玩吧"，你今天立马就啥事没有……丁霁突然觉得有些无奈，自己居然能被刘金鹏几句话说得跟洗脑了似的，刘金鹏进来的时候，他对着刘金鹏的屁股踢了一脚。

"疯了你！"刘金鹏捂着屁股瞪着他。

"那行，"林无隅在那边说，"明天你到你奶奶家那个超市门口等我吧，车绕过去接你……"

"但是我不会啊，"丁霁有些担心，"我去了能干什么啊？"

清晨四点，丁霁站在孤单的路灯下，脚边放着林无隅的无人机大包，眼里满含连打七个呵欠的泪水，看着从路尽头开过来的越野车，再看着车停下，林无隅从车上跳了下来，一把拉开了后备厢的门。

"这些就是你今天要干的活儿，"林无隅说，"把包拿上来。"

丁霁拎起包走过去，没睡够的脑子让他觉得此时此刻这个场景要是有辆警车过来，他立马就会把双手举过头顶。

后备厢里放着不少东西，有一个银色的包，跟林无隅这个黑的长得一样，都是硬壳的一个大背包样子，估计也是无人机，他把黑包摞了上去。旁边的东西他扫了一眼，大致能看出来：线缆、好几个笔记本电脑、电池箱……

"走，上车，"林无隅关上后备厢的门，拍了拍他的后背，"今天你的工作就是给我打杂，帮我拿东西，跟着我走。"

"……哦。"丁霁应了一声，上了车后座，调了五个凌晨四点的闹钟，起来给人打杂？这债欠得……

"奔哥，这我助理，小丁，"林无隅上车给司机介绍了一下丁霁，又指了指司机，"我认识很多年的大哥了，奔哥。"

"奔哥。"丁霁打了个招呼。

"你小子，"奔哥笑着看了一眼林无隅，"刚还跟我说是朋友，这会儿成助

174

理了。"

丁霁迅速盯着林无隅。

"官方说法，"林无隅很平静地说，"这活儿他要分钱的，我带个朋友过来怎么分？"

奔哥笑着把车开了出去："行，小丁助理，你先睡会儿吧，得开一个多小时才到地方，我看你还没睡醒的样子。"

"啊，"丁霁揉了揉眼睛，"我高考复习都没起过这么早。"

"睡吧，"林无隅说，想想又问了一句，"还是吃点儿东西再睡？"

"有什么吃的？"丁霁问。

"煎饺，"林无隅说，"刚买的，还很香酥。"

"我闻到了，"丁霁吸了吸鼻子，"我先吃点儿吧。"

奔哥笑了起来："还是吃重要，果然是林无隅的朋友。"

林无隅从副驾驶座上拿过一个大圆饭盒打开了，递到了丁霁面前："给。"

"你们吃过了吗？"丁霁捏了一个煎饺。

"吃了，"林无隅说，"这个是我路上的零食。"

丁霁看着他，好一会儿才说："你真得感谢国家繁荣昌盛，就你这胃口，搁过去都活不到十岁。"

林无隅一下笑得靠到了椅背上。

奔哥一边开车也一边乐："这小子打从我认识他那天起就知道，有他飞那天，吃的得按多两人去准备。"

"吃吧，"林无隅笑着冲丁霁抬了抬下巴，"都你的了。"

丁霁本来想客气一下，给林无隅留点儿，毕竟这是人家的零食，路上没零食吃，饿死了怎么办。但这个煎饺不知道在哪儿买的，皮儿煎得非常棒，咬一口又香又酥嚓嚓响，比里头的大肉馅儿都抢戏，丁霁吃了三个才注意到里头的馅儿是纯肉的，一丁点儿配菜都没有，不愧是没吃过拍黄瓜的林无隅的零食。最后这一盒煎饺他只给林无隅留了四个，也算是友谊长存了。

吃完饺子，心满意足，丁霁只盯着奔哥后脑勺看了三秒，连话都没再跟林无隅说一句，眼睛就合上了。

往旁边林无隅身上倒过去的时候，他残存的意识里看到林无隅反应很快地拿起一个小小的腰靠放到了肩上，他的脸砸到腰靠上之后立马就睡着了，还抓紧时间做了个梦。

车到地方之后，林无隅从后备厢里变出一个大小堪比直升机的无人机，让他坐上去，告诉他今天他的活儿是试飞。然后他上去，飞上天之后，魔法消失，直升机变回了无人机，就他屁股那么大，他一边号叫一边在颠簸的气流中保持平衡，抽空还对着林无隅骂了一串粗话。

"哎。"脸上被人拍了一巴掌之后，丁霁醒了过来，同时发现车正在蹦。林无隅一手托着他的脸，一手抓着他的胳膊，脸上全是嫌弃："你睡觉是怎么睡成这样的？"

"怎么了？"丁霁赶紧坐直了，这才看清车已经开出了城，正在一个全是坑洞的破土路上跑着。

"颠了十分钟了就是不醒，"林无隅松开了手，"我要不是拽着你，你都跪地下给我磕十几个头了。"

"不好意思。"丁霁抹了抹嘴。

"不至于。"林无隅说。

"什么？"丁霁问。

"不至于颠出口水来。"林无隅说。

"你闭嘴吧！"丁霁瞪了他一眼。

"坚持一下，"奔哥在前头说，"就这段儿路差，过去就是省道，再有半小时就到了。"

"还睡吗？"林无隅拿着那个小腰靠问他。

"不睡了，"丁霁抓过腰靠捏了捏，是个黄色的小海星，还挺软乎的，"车上还放这玩意儿呢？"

"林无隅的车载睡觉枕。"奔哥说。

"嗯。"林无隅点点头，"我抓了十几种娃娃才挑出来的。"

"……你很闲啊。"丁霁说。

"有些拍摄挺累的，车上时间比干活儿的时间长得多，没个好枕头不行，"林无隅把小海星贴在车窗上，脑袋靠了上去，"看到没，大小软硬正合适，哪儿都能睡。"

丁霁笑了起来——幼稚。

奔哥的估算很准，半小时之后他们的车跟另两辆越野车在省道上会合了，然后往前又开一会儿，拐进山道，不大一会儿前头没路了。

"到了。"奔哥说。

"走。"林无隅拍拍丁霁，打开车门下了车。

丁霁跳下车，闻到了很浓的一阵草香，也不光是草香，还混杂着泥土味儿，在带着点儿潮气的空气里，让人第一感觉就是干净。

"这个你背着。"林无隅打开后备厢忙活了一会儿之后，把黑色的那个无人机包递给了他。

丁霁接过包的时候就愣了愣："怎么这么重了？"

"相机、笔记本电脑、电池，"林无隅说，"都在里头了。"

面前是债主，丁霁老实地还是把包背上了："那你拿什么？"

"我背另一个，备用的，"林无隅说着把银色的那个背上了，"你背上那个是我最贵的设备了，弄坏了我杀了你。"

债主也要背东西，平衡了。

"放心吧，"丁霁调整了一下背包的带子，"我是谁。"

这次拍摄活动不拍日出，如果拍日出，他们昨天晚上可能就得出发。

丁霁二十分钟之后才反应过来，他们是坐车来的，但后面还有四十分钟的山路，到了山顶才拍，听意思是要一个从最高处往下的镜头。

"你饿吗？"丁霁忍不住小声问旁边的林无隅，有点儿后悔把他的零食都吃了，就四个煎饺怕是不够支撑大胃王这四十分钟山路。

"不饿，"林无隅在兜儿里摸了摸，拿出了一条巧克力，"给。"

"嗯？"丁霁愣了。

"你饿了就吃这个。"林无隅说。

"我不饿，我又不是你！"丁霁压着声音喊。

林无隅笑了起来："今天好玩吗？"

"玩了什么了？"丁霁问。

林无隅笑得更愉快了："徒步啊。"

"……行吧。"丁霁叹气。

"东张西望，"林无隅说，"看看这个树、那个草、对面的山头，就没那么无聊了。"

"嗯。"丁霁点头。

林无隅往右转头，指了指路边一棵灌木："这个叫扎死鸟。"

"什么？"丁霁赶紧转头，看到了灌木上长长的刺，"这么形象？"

"老乡的叫法，"林无隅又往左，指着一丛开着小黄花的植物，"这个，老乡叫它顶顶草。"

"顶顶草。"丁霁有些好奇。

林无隅指了指奔哥。

"啊？"丁霁瞪着前面正背了个包埋头走路的奔哥。

奔哥在这时也转过了头："林无隅你又扯我下水？"

"没，"林无隅冲他笑了笑，又弯腰从山道旁边揪下一根带着茸毛的小草，"这个知道是什么吗？"

"什么？"丁霁看着草。

"痒痒草，微毒，碰到皮肤上会痒痒，"林无隅说着一抬手就拿草在他脸上蹭了一下，"不过只要没破皮，很快就能好。"

丁霁吼了一声，瞬间就觉得自己脸上痒了起来："林无隅我看你是皮痒了！"

"一会儿就好，"林无隅看了看表，"上回我蹭上大概一分钟就好了。"

丁霁在脸上抓了起来，感觉跟被蚊子咬了一口似的，又拿出手机，点开拍照对着自己看了看，没有什么变化，只有几道被自己抓出来的红印子，松了口气。

"是不是很有意思？就这么东张西望的，就没什么感觉了，"林无隅说，"再走几分钟就到顶了。"

"嗯，"丁霁看着他，"你总来吗？知道那么多莫名其妙的植物。"

"我哪儿认识。"林无隅说。

"嗯？"丁霁没听明白。

林无隅说："我又不是植物爱好者，上哪儿认识这么多植物，还能知道它们的小名儿啊？"

丁霁震惊了："林无隅你骗我呢？"

"是啊，"林无隅笑了起来，"怕你太无聊了。"

"那个扎死鸟，蒙我的？"丁霁问。

"嗯。"林无隅点头。

"那……那个顶顶……"丁霁看着他，"我应该给你录下来啊，让附中全体师生看看，他们的学霸背地里什么德行！"

林无隅笑着喝了口水。

"那个痒痒草呢？"丁霁问，"我刚脸真痒了。"

"小神童五岁的时候就玩过的伎俩，"林无隅拍了他肩膀一下，"怎么忘了？"

"行吧，心理暗示。"丁霁冲他抱了抱拳，"你牛。"

林无隅的确厉害，痒痒草要是直接扫他一下，他肯定马上能反应过来是想玩心理暗示，可前面一连好几个铺垫，还把奔哥拿了出来……

"到了！"前面有人喊了一声。

"来。"林无隅轻轻撞了一下丁霁，往前面走过去。丁霁跟着他一直往前，越过别的人之后，到了山顶的边缘，一个当初就建得很凑合，如今已经是凑合兼残破了的观景台。

"看。"林无隅一挥胳膊。

"挺壮观。"丁霁看着眼前浓淡不一的绿色，之前挨着的山头已经在他们身后，这一面一片开阔，有盘根错节铺出去的水路和远处整齐的大片农田。

"知道我为什么喜欢无人机吗？"林无隅说。

"只要一点点角度的改变，"丁霁说，"景色就完全不一样了。"

"是啊，"林无隅笑笑，"就活这么一辈子，能多看就多看。"

"嗯。"丁霁转头看着他。

"看我也算。"林无隅点点头。

"滚。"丁霁说。

Qi　Luo　Shen　Shang

起　落　参　商

第 四 章

丁霁本来以为，这次助理的工作就是跟着林无隅飞无人机，毕竟林无隅之前说过带他出来玩，但没想到的是，会有这么多人。这些人相互熟不熟的都没太介绍，总之各自一动起来就差不多知道是干吗的了：扛摄像机的、摆弄大炮筒相机的、调试无人机的。他空手往那儿一站，就知道是个打杂的。

林无隅熟练地从包里拿出无人机，拿着笔记本电脑跟一个男人边说边比画地商量了一会儿，然后在他旁边蹲下了。

"要开始了吗？"丁霁问。

"嗯，"林无隅点点头，"显示屏给我。"

"显示屏？"丁霁赶紧往包里看了看，包的一个侧袋里放着一个比巴掌大一些的屏幕，挺厚的，像个游戏机，他拿了出来，"是这个吗？"

"对，真聪明。"林无隅接过去，把电池装上了。

"别瞎夸。"丁霁"啧"了一声。

林无隅把显示屏装到了遥控器上。

丁霁凑过去看了看："这一会儿要是太阳大了，看不清吧？"

"这是高亮屏，"林无隅说，"一般不会看不清，真要看不清，拿件衣服罩脑袋上就行了。"

"……哦。"丁霁点点头，"我还有什么要做的吗？"

"你可以开始学了，"林无隅笑笑，"小神童。"

丁小神童在旁边找了找，想找块石头坐坐，但没找到，这是个土山，全是泥，没有能坐的大石头，最后他找了根烂树桩子坐下了，不到一分钟就觉得水浸透了自己的裤子，只得又赶紧站了起来。

"我包里有两根杖。"林无隅说。

"你要？"丁霁一边翻他的包一边莫名其妙。

"可以坐。"林无隅把无人机放到了平坦的地上，低头看着屏幕。

丁霁从他包里拿出一根手臂长的短杖时，无人机发出低低的嗡鸣声飞了起来。他拿着杖也顾不上琢磨用这个棍要怎么往屁股上杵着才能坐了，赶紧往前走两步，看着林无隅的操作。屏幕上已经有了回传的画面，风景和人都很清晰。

"我们找找西瓜仔在哪儿……"林无隅说着动了动遥控器上的小柄。空中的无人机慢慢地转了个方向，丁霁一眼看屏幕一眼看无人机，都快忙不过来了。屏幕上出现他和林无隅的时候，这个状态特别明显。林无隅看上去悠闲淡定得很，而他一看就是凑热闹的，还凑得很忙碌。

"回传画面怎么样？"林无隅转头问了刚才那个男人一句。

"清晰，"男人说，"开始吧？"

"好。"林无隅点了点头，看了丁霁一眼，"把杖给我。"

丁霁拿过杖递给他，林无隅接过去一甩，杖一下变长了，上粗下细，看着还挺结实，林无隅再在上面这头一掰，一截金属套管横了过来，他回手把这个"丁"字形的杖往身后一撑，靠坐在了上面。

丁霁看得有些茫然："你这是懒到什么程度了啊？站一会儿都不行？"

"那多难受。"林无隅笑笑。

无人机转了半圈，往前飞出了悬崖外面。

丁霁拿起另一根杖，研究了一下，学着林无隅的样子撑在屁股下边儿。居然感觉还不错？他迅速把杖又拿过来拍了个照，这个可以推荐给刘金鹏，每次他陪他表姐逛街都找不着地儿坐……不过林无隅居然带了两根。他抬眼看了看林无隅，有点儿小感动。这人相当细心啊。

林无隅没看他，低头看着眼前的屏幕。

旁边的男人跟他说话："左边开阔地给个镜头，对，好极了，再往前飞一段……能再拉高吗？好就这样……"

丁霁拎着杖，杵到悬崖边儿上坐着，往外面看了看，无人机已经是一个小黑点了，眨眼快一些都看不清。几个扛着相机的人开始往山后面绕过去，丁霁坐了一会儿，看到人比刚才少了，才又走到了林无隅身后，越过他的肩膀看着屏幕。

登高望远是件很美妙的事，他从小喜欢爬天台就是因为这个，看得远，看到的东西多。而现在屏幕上出现的画面，却是站在山顶上也看不到的。

大片的田、闪着微光的河水、土黄色的道路，还有田间走着的人和车，转瞬间又抬起了头，飘在空中跟高高的山头面对面，不知道这是旁边的哪个山头，有一座小小的庙，香火还挺旺，一大早就能看到青烟。

丁霁突然知道林无隅为什么喜欢这东西。

有了这个，他就能飞起来了。

"回来的时候能从山南这边低一些过来吗？"男人问，"会不会挡信号？"

"可以，"林无隅说，"这边儿距离还行，远的话夹角不能这么大。"

"那好，"男人点头，"一会儿回来了再从那头下去，从他们拍云的那个位置下。"

"行。"林无隅应着。

有手机铃声响起，丁霁下意识地摸了一下自己的手机。

"左裤兜儿里，帮我接一下，"林无隅说，"说我有事儿，晚点儿回过去。"

"嗯。"丁霁从林无隅的左裤兜儿里摸出了手机，屏幕上来电名字是朱丽。

"朱丽。"丁霁小声重复了一下名字，想确定一下这个电话方不方便他来接。

林无隅顿了顿，低声回了他一句："我妈，接吧。"

丁霁愣住了，林无隅他妈妈？不！我不接啊！我不想接！上回闹得那么尴尬！我还接电话？这要是接了，在林无隅父母眼里，就是狐朋狗友形影不离啊！

"我接？"丁霁挣扎着又问了一遍。

"可能有事儿。"林无隅说。

听这个意思，林无隅平时不见得每次都接他父母的电话，但一早打过来电话，这个时间应该是有事……万一跟高考有关系……旁边还有个陌生人，加上林无隅现在是工作状态，拿人家钱的，还要分钱给他……丁霁没再多问，退到一边，吸了一口气之后接起了电话。

"喂，阿姨您好。"丁霁劈头第一句就先问了好。

"你是谁？"那边传来了一个男人的声音。

这就很尴尬了！这谁啊！

丁霁犹豫了一下："叔叔您好，林无隅现在有事接不了电话，晚点儿给您回过去。"

"你是谁？"男人又问。

丁霁听出来了这是林无隅他爸的声音，沉默了两秒之后他说："我是他的工作助理。"

"助理？"林无隅他爸冷笑了一声，"那天到家里来的时候不还是朋友吗？"

没想到林无隅他爸耳朵不错，居然能在电话里听出他的声音。

"不工作的时候就是朋友。"丁霁说。

"让林无隅接电话，"林无隅他爸说，"现在。"

丁霁回头看了一眼，这段拍摄还没有完，男人正指着屏幕跟林无隅说着什么。他往旁边又走了两步："叔叔，他现在正在飞无人机，拍着呢，真的接不了电话。"

林无隅他爸停顿了一下："行吧，你让他马上回过来，告诉他，是他妈妈病了。"

"啊，"丁霁赶紧应着，"好的。"

没等他再说话，电话已经挂断了。

林无隅看着无人机落稳在地上，然后跟导演又确定一下另一面要拍的路线，算了一下距离和高度，今天风有点儿大。丁霁拿着他手机过来的时候，他指了指无人机："拿上跟我过来。"

"你爸……"丁霁一边往无人机旁边走，一边想要跟他说电话的事，但林无隅转身快步走开了。

电话号码是老妈的，但丁霁说的是"你爸"，老爸为什么要用她的手机打电话过来？今天也不是周末，他俩不应该在一个地方。因为……林湛的事吗？林无隅皱了皱眉。

他今天的活儿挺麻烦的，地形复杂，导演要求也多，不想自己情绪被影响，虽然一直心里卡着件事儿也不舒服，但就怕万一是说林湛的事，今天一天的心情都得被干扰。

丁霁追了上来，他正要开口让丁霁先不要跟他说的时候，丁霁已经开了口："不是林湛。"

林无隅看了他一眼。

"就不乐意听这个是吧？"丁霁说，"跑得这叫一个快，我再不出声，我怕你得从前头悬崖那儿出去跟你无人机一块儿飞了。"

"那是什么事儿？"林无隅笑了笑，"怎么是我爸打来的？"

"说你妈不舒服，"丁霁没用"病了"这个词，怕惊着林无隅，"让你一会儿打过去，本来是让你马上接电话的。"

"现在有几分钟时间，"林无隅说，"我先打过去问问吧。"

林无隅把机子又检查了一遍，放好之后安排助理小丁守着，拿着手机走到旁边，找了个信号强些的地方，先拨了老爸的号码——老爸的号码不在服务区。

林无隅赶紧又拨了老妈的号码，响几声之后接通了。

"你到底是不是真的有这么忙？"老爸说，"飞个无人机也要带着那个……算了，我实在是不愿意说这个……"

"我妈怎么了？"林无隅问。

"你马上回来一趟，"老爸说，"我刚跟你妈从医院回来。"

"怎么了？"林无隅再次追问。

"让你回来！马上！现在！立刻！"老爸提高了声音，"你妈病了让你回来一趟就这么难吗？是觉得病得不够重？"

"我现在不在市里，我在郊外，在山上，"林无隅说，"我东西没拍完怎么走？就算我自己要走，也没有车。"

"我不管你怎么回，"老爸说，"你妈妈现在情绪很差，你作为儿子，居然……"

"我有点儿担心，她看到我情绪会不会更差？"林无隅说。

"你以为她是什么小病吗！"老爸突然吼了起来，"是乳腺癌！你听懂了吗！癌症！早上知道消息在医院坐了一个小时才缓过来！现在才刚到家！她这么多年情绪总是很压抑，我就担心有一天身体会出问题！现在，林无隅你肯回来了吗？"

林无隅没有说话，那边老爸把电话挂掉了。

丁霁蹲在无人机旁边，远远地一直盯着他。以丁霁的观察力，这会儿肯定已经猜到了这不是个普通的电话，林无隅也没藏着自己的情绪，低头用胳膊抱着脑袋，手在头上胡乱扒拉了两下。过了一会儿，丁霁的鞋出现在他面前。

"看好我机子啊，"林无隅还是抱着头，"设备好几万块钱呢。"

"我让奔哥帮看着呢，"丁霁说，"出什么事儿了啊？你妈病得重吗？"

"我爸说她确诊乳腺癌了，"林无隅说，"具体什么情况也没说得太清楚，就让我马上回去。"

"……啊，"丁霁愣了，这个病实在是超出了他的预判，"你现在怎么回啊？"

"现在回不去，"林无隅说，"得到中午了，我这部分还有几个镜头，拍完了还要再补点儿素材。"

"那怎么办？"丁霁问。

"你帮我分析一下呢？"林无隅抬起头，看着他笑了笑。

丁霁没说话，咬了咬嘴唇，又回头往一帮人那边看了看："我先说分析的结论吧，拍完再回。"

"嗯，"林无隅点了点头，"好。"

丁霁愣了愣："你其实已经决定了吧，就想让我给你说出来……还需要我说分析的过程吗？"

"说吧。"林无隅说。

"这么多人，我刚听那个意思，动静还挺大，后面还有好多个地方要跑，这里拍完肯定很难再回头，"丁霁说，"如果你不拍你这一部分就要走，损失很大，你拿不到钱是不是还得赔人家损失？口碑也要受损。"

林无隅笑了笑："嗯，所以我不明白为什么非逼着我现在马上回去，这没有什么意义，我妈现在在家里，我爸也在家。别人家的话，回去陪着，安慰一下，妈妈心里会踏实些……我们家……"

"我觉得其实他们不是真的需要你马上回去，他们对你也没有这个情感需求，"丁霁说，"只是你妈妈突然确诊这样的病，他们很难受，又害怕，但是一时半会儿也没办法宣泄，只能冲你开火，你不能马上回呢，就一通骂；马上回去了，也未必没有别的理由骂。"

"你为什么要报工程力学？"林无隅说，"你没考虑一下心理学吗？"

"你有空想想回去怎么安慰你爸妈吧，"丁霁皱了皱眉，"这个病也不是很可怕，发现得早的话治疗手段还是很多的。"

"嗯。"林无隅应了一声。

"你先别想太多啊，"丁霁拍拍他的肩膀，"别难过。"

"我是不是有点儿冷血？"林无隅看着他，"我很吃惊，也有点儿担心，但是……我不怎么难过。"

"感情没到那份儿上吧，"丁霁叹了口气，"跟冷不冷血没什么关系。"

林无隅控制情绪的本事让丁霁刮目相看。他收起手机走回他的无人机旁边拿起遥控器的时候，整个人就回到之前的状态里，谁也看不出来他接到了这样一个电话。林无隅说他不怎么难过，丁霁倒是相信的，但他爸刚才电话里估计说得不太好听，又不是普通的病，说情绪一点儿没受影响，肯定不可能。

不过说到不怎么难过……丁霁想想这话，却觉得林无隅很可怜。

拍摄时间跟林无隅之前估计的差不多，稍微晚了一点儿，补镜头的时候突然刮了大风，等到风小了才继续补完，耽误了差不多一个小时。

收拾了东西下山的时候，林无隅没说几句话，沉默地低着头走路。

这几句话还是丁霁跟在他旁边，中途问他要了一块巧克力，又拿痒痒草逗了他一次，他才说出来的。

"我都没饿呢，你饿了？"

"幼稚。"

"看路别摔了，欠我的钱加上机子坏了，你得还债还到大学毕业。"

上了车之后林无隅跟奔哥说了一句："先送小丁回去……"

"先送你，"丁霁马上说，"送我得绕路。"

"行吧。"林无隅没有跟他客气。

到了家楼下，林无隅空着手下的车，所有的设备都让丁霁带回奶奶家先放着了。从电梯里出来的时候，他才想起来没有拿家里钥匙。小时候偶尔会忘了带钥匙出门，每次回家敲门都会被严厉地教训，之后这么多年，他始终没有再忘过，今天实在是没有想到会回家。

他叹了口气，在门铃上按了一下。

老爸给他开的门，看到他的时候表情很不愉快："赚钱大过天是吧。"

"我妈呢？"林无隅看了一眼客厅，没有看到老妈。

"躺着休息呢。"老爸说。

"睡了？"林无隅问。

"这种时候她睡得着吗！"老爸压着声音。

林无隅没再说话，走进老爸老妈的卧室，看到了靠在床头发呆的老妈，眼睛红肿着，眼眶里还有泪水。

　　"妈。"他走过去，叫了一声之后却不知道该说什么。他可以在任何场合说话，可以一个磕巴都不打，唯有面对父母时，常常会找不到可以说的内容。

　　"你爸凶你了是吧？"老妈转过头看着他。

　　这句话让林无隅猛地一愣，在他的记忆里，老妈就没这么跟他说过话。

　　"你这几天忙吗？"老妈又问，"接了活儿？"

　　林无隅非常不适应她这样温和的语气，也非常不适应这普通的家常的母子间的谈话内容，但震惊中还是感觉鼻子有些发酸。

　　"没，这几天都没事儿，"他声音都有些不稳，"志愿填完以后才有别的活儿了。"

　　"那你去跑一趟好吗？"老妈突然一把抓住了他的手腕，"你不是打算报 H 大吗？有时间也可以提前去看看学校环境……"

　　"怎么了？"林无隅愣了，全身猛地一僵。

　　很多年以来，他跟父母完全没有任何肢体接触，老妈这猛地一抓，他感觉自己气儿都快喘不上来了。

　　"你看看照片，真的是你哥哥，"老妈说着就哭了起来，从枕头下拿出了一张照片，拼命往他手里塞，"肯定是你哥哥，无隅啊你去看看吧，你帮我们去看看……我真的害怕我死之前见不到他了……"

- 28 -

　　这么多年，林无隅从来没有恨过林湛，在他们相处并不算多的那些日子里，在林湛身边是这个家里唯一能给他提供喘息和安宁的地方。但在眼下这一瞬间，他还是恨了。

　　他恨自己来到这个世界上的原因。

　　他恨以永不再回来的决绝跑掉了的林湛，哪怕林湛当年只是个少年。

　　这一瞬间的恨意不需要理智，也没有逻辑，只是他有比父母更无处宣泄的委屈。

　　林无隅不想接过那张照片，也不愿意去看那张照片上的人。

　　他记得很多东西，自己说过的话、看过的书、经历过的事，唯独模糊的就是林湛的脸。

　　他不知道林湛长什么样，他已经不记得了。

　　太久了，久到似乎从来就没有存在过。

老妈哭得很伤心，也很大声。

　　林无隅听得出她哭声里的想念和不舍，听得出她这么多年的痛苦，也感觉得到她害怕"永不再见"真的来临。

　　回来的路上他查了一下资料，老妈的病应该跟她这么多年来一直心情压抑有关系。在林无隅的记忆里，她比老爸更强势凌厉，唯一的温情都给了林湛，林湛消失以后，林无隅几乎没有再见过她笑，也没有见过她哭。老妈这突如其来的情感爆发，让他下意识地感到害怕，想要躲开。但老妈抓着他的手，很用力，他从来不知道老妈有这么大的力量。

　　看了一眼自己紧紧攥着的手，老妈还在努力地要把照片塞进他手里，最后他不得不松了劲。老妈跟着也松了手，照片就那么放在他手里，正面冲下，一个角卡在他指缝中间。

　　"医生让我马上住院，"老妈轻声说，声音抖得厉害，"浸润性的，发现得稍微有点晚……你爸这阵儿肯定也走不开……"

　　林无隅没有说话。

　　他知道这不是老妈的全部理由，甚至也可能不是真实的理由。

　　为了林湛，她是舍得下命的。

　　她是不敢去。

　　这么多年了，一点儿消息都没有，所有曾经以为的线索那头都是失望。

　　林湛的父母已经没有办法再去面对，害怕不是，也害怕真的是。

　　对不确定的恐惧已经包裹住了他们。

　　林无隅没有再说什么，离开老妈床边的时候已经压下了自己所有的情绪。

　　"照片哪儿来的？"他关上卧室的门，在客厅里问老爸。

　　"你还记得于阿姨吗？你妈大学的闺密，"老爸说，"小时候经常过来带你哥出去玩的。"

　　"不记得。"林无隅回答。

　　"她看到的，但是追过去的时候没看到人了，"老爸说，"只拍到这张照片，很模糊但是……很像。"

　　"如果这个人真的是林湛，"林无隅看着老爸，"你有没有想过为什么追过去的时候就没看到人了？"

　　老爸看着他。

　　"他不想被找到，"林无隅低声说，"他不想回来。"

　　"但是你妈必须见到他，"老爸说，"必须……"

　　"如果见不到，"林无隅问，"最终就又是我的错，是吗？"

老爸停顿很久，最后重重叹了一口气，转身走到沙发边坐下了。

林无隅很少会觉得脑子里乱，在高考最紧张混乱的日子里，脑子里所有的东西都依然有条不紊，需要的时候随时可以清晰读取，今天却乱得很，从家里出来的时候就感觉闷。他回过神来的时候已经骑上了一辆共享单车，正在往学校慢慢蹬着……他什么时候扫的码呢？他居然不记得了。可能是辆锁坏了的车，也可能是忘了锁的车，到学校门口锁车的时候他才确定，码是自己扫的。

转身准备进校门的时候，他看到了一个熟悉的背影。丁助理正顺着校门右边的墙往前走着，步子迈得还挺大，跟赶路似的。他愣了愣，之前明明已经把丁助理送回家了，这不到两个小时，居然能在学校门口又见着？

他站在原地没动，想喊一声，但是犹豫着又不知道该不该开口。

以他对"朋友"这个概念的理解，他跟丁霁算是挺好的朋友，他愿意跟丁霁一块儿聊天吃饭，也有心情跟他斗嘴，但现在丁霁如果是来找他的，他除了很感动之外……也会觉得丁霁对他的关心，超出了关系不错但认识时间并不长的好朋友的程度。如果丁霁家里出了跟他一样的事，他会发消息问，会打电话问，丁霁需要的话，他也会马上过去，只是不会就这么直接出现在丁霁家门口。

不过……林无隅拿出手机，在手里一下下转着。也许是因为这会儿他脑子本来就很乱，他对自己的判断有些拿不准。丁霁跟他接触过的所有人都不一样，他对丁霁的了解是千面小鸡，也正是因为千面，他才不能确定，丁霁跟朋友相处的方式到底是什么样的。毕竟丁霁的朋友刘金鹏肯为了他不管不顾，背着他替他扛下两万多元的债……

在丁霁的身影快要消失在路尽头的时候，林无隅拿起手机拨了丁霁的号码。丁霁的身影停了下来，林无隅能看到他掏手机，但没有马上接电话，而是直接猛地转过了身，林无隅冲他那边招了招手。

丁霁接起了电话："我以为你今天不回宿舍呢？"

"怎么可能。"林无隅说。

丁霁挂了电话，开始往回走。

中邪了。

啧。

丁霁把手机塞回兜儿里，心里有些郁闷。

他没有去林无隅的宿舍，只在校门口站了一秒钟就决定离开。

从小到大，他的朋友不算多，同学交情都止于同班同学，隔壁班的人他都认不全，朋友就小广场那些，一不小心还能打一架的那种。只有刘金鹏，从小一块儿长大，忍得了他不耐烦，受得了他的恶作剧，也能无视他偶尔的疏离。

他对于自己会对林无隅的事儿这么上心有些不爽，毕竟他仗义也好，心软也好，都没有过这么主动地热情似火……换个人也就算了，偏偏林无隅还跟别人的情况不一样，他真怕林无隅会误会自己对他有什么多余的想法。

这算什么事儿？

"你不是回家了吗？"林无隅问，"怎么又跑过来了？"

"家里没人，"丁霁叹气，"鹏鹏上班了，就周日能出来，我待着无聊。"

林无隅看着他，没说话。

"你……家里情况怎么样？"丁霁问。

"我妈要我去找林湛。"林无隅说。

"什么？"丁霁很吃惊，声音都没控制好，"找林湛？"

"嗯。"林无隅点点头，转身慢慢往学校里走。

"怎么找？闻味儿吗！"丁霁有些莫名其妙，想想又吓了一跳，"她的病是真是假啊？"

"是真的，"林无隅说，"明天就得住院。"

丁霁不知道为什么松了口气，也许是因为他爸妈至少没编个病把林无隅骗回去让他当个嗅探犬吧。

"为什么突然让你找林湛？这么多年也没说让你找，"丁霁皱皱眉，"是因为病了吗？"

"大概吧，我妈的意思是怕死之前见不着他了。"林无隅说。

"这病没那么可怕，不至于就临终凤愿了，"丁霁说，"是有什么线索了吗？要让你怎么找啊？"

"我妈的朋友，"林无隅说得有些艰难，"拍到了一张照片……"

丁霁震惊了："在哪儿拍的？照片呢？能确定是他吗？"

"我……还没看。"林无隅说。

丁霁猛地闭了嘴，林无隅大概并不愿意或者也不敢去找。

两个人沉默地进了校门，穿过学校的路。

这会儿还没有放暑假，高一、高二的学生都还在上课，能听到自习课的教室里传来的嘈杂声，还有远处操场上的喊声和笑声、篮球打在地面上的嘭嘭声。林无隅带着丁霁走进宿舍，也许舍管大爷已经知道了他的情况，所以丁霁跟着进去，大爷并没有多问，只是说了一句："小林同学回来了啊？"

"嗯。"林无隅笑着应了一声。

丁霁这是第二次来林无隅的宿舍，跟上回来的时候差别很大，满满的都是别离。

"喝可乐吗？"林无隅问。

"冰的才喝，"丁霁说，"不冰的喝着没劲。"

"冰的要等一会儿。"林无隅说。

"哎不用不用，"丁霁赶紧说，"别跑了，我不渴，什么也不用喝。"

林无隅没说话，打开柜子，拿出了两听可乐，还有一个纸箱。把可乐放进一个小脸盆里之后，他把纸箱里的东西倒到了桌上，是一个看着像冰袋一样的东西。

"干吗呢？"丁霁问。

"给你做冰可乐。"林无隅说着拿起一个冰袋往桌上摔了一下。

"用意念吗？"丁霁又问。

林无隅把手上的冰袋扔给了他，他接住的时候发现冰袋居然是冰的，有些吃惊："这是暖宝宝冰冻版吗？"

"算是吧，蓄冷剂和凝胶，冰敷用的，"林无隅说，"一会儿剪开了冰可乐更快。"

丁霁觉得挺有意思的，他俩站在桌子跟前儿，拿起冰袋摔一下，然后捏捏，冰袋开始冰了之后，剪个口子把凝胶倒进小盆儿里，跟做游戏似的。凝胶把两听可乐埋掉之后，他俩一块儿看着盆儿。

"这个温度，"丁霁把手指戳进去试了试，"还挺冰啊！能坚持多长时间？"

"什么坚持多长时间？"林无隅愣了愣，"你手指吗？"

"我说这玩意儿能冰多长时间！"丁霁说，感觉林无隅应该是情绪不好。

"半小时，"林无隅说，"所以我说喝冰的得等。"

"一个冰袋多少钱啊？"丁霁问。

"大概两三块钱吧？"林无隅想了想。

"可以，"丁霁冲他竖了竖拇指，"不愧是人家会专门请的专业无人机驾驶员，有钱，就放的这些冰袋，够买两箱可乐了吧。"

林无隅突然像是想起来什么，拿出了手机："我忘了给你劳务费了。"

"不急，"丁霁有些不好意思，"我也没干什么，就跟着玩了。"

林无隅在手机上按了几下，跟着他的手机就响了。

"谢了啊。"丁霁拿出手机打开了消息，发现林无隅给他发的是个红包……这个助理的日工资是不是有点儿太少了？坐了快两个小时的车，还爬了四十分钟山，在山顶还……算了，自己也说了是玩，丁霁点了一下红包："其实你直接从我借的钱里……"

一元？他猛地抬起头看着林无隅。林无隅已经撑着桌子正在无声狂笑，看样子从他拿手机的时候就已经笑上了。

"我真佩服你。"丁霁瞪着他。

"不要就还给我。"林无隅边乐边说。

"要，"丁霁把手机放回兜儿里，"干吗不要。"

林无隅又笑了一会儿，才收了笑容，轻轻舒出一口气，没再说话，盯着小盆儿里的一堆凝胶和可乐。

丁霁跟着盯了一会儿之后，冲他伸出了手："我看看。"

"什么？"林无隅还是盯着盆儿。

"林湛的照片，"丁霁说，"我看看。"

林无隅定了半天，才从兜儿里拿出一张照片，放到了他手上。

"自己打印的吗？"丁霁看了看。

"应该是吧。"林无隅说。

丁霁没再说话，往旁边走开一步，坐到了床边。

照片很模糊，拍照片的人应该很急，边走边拍的。照片背景是一个地铁口，丁霁看到了站名，离 H 大应该很近……他看了林无隅一眼，大概这也是林无隅父母让他去找林湛的原因，同一座城市。地铁口人很多，来来往往都是人，一眼看过去都不知道拍的是谁，又盯了两眼之后他才确定拍的应该是一个正在下楼梯的年轻人——瘦高，只有一个模糊的侧脸。

单看这个侧脸，他不会有任何联想，但如果先预设了这是林湛，就能看出来了，鼻子跟林无隅很像。

"挺模糊的，可能很熟的人才能判断出来，"丁霁给出了很中肯的分析，"说实话如果说这是我哥，我就这么看过去，没准儿也会觉得像我。"

林无隅转头看了他一眼。

"要看吗？"丁霁在照片上轻轻弹了一下，"其实你妈让你去找，是不是他俩不敢？"

"我也未必就敢。"林无隅走到他面前，拿过了照片。

丁霁看着他的脸。林无隅这个掩饰情绪的技能大概十几年都勤于修炼，之前明明连照片都不敢看，现在看着照片却能做到脸上什么表情都没有，连手都不哆嗦一下，仿佛在看他万年不变第一名的成绩单。

"是吗？"丁霁打破了沉默，再不开口，他担心林无隅要像上回复习那样突然睡过去了。

林无隅过了两秒才抬起眼睛，没等说话，一颗眼泪突然就从他左边眼角滑到了下巴尖儿上。丁霁甚至没有看到泪水在眼眶里聚集打转，连眼眶都没有来得及红，这颗眼泪的出场方式就像是偶然落在林无隅脸上的雨滴。

"应该是。"林无隅说。从声音里也听不出他哭了。

丁霁有些手足无措，林无隅说过别人哭的时候他不知道该怎么哄，其实都一样，丁霁自己虽然因为感情充沛经常会哭，但也同样不知道该怎么面对别人哭，特别是哭得还这么……不经意。他想给林无隅拿张纸巾，但飞快地在自己仅有的两个裤兜儿上按过之后，他知道自己身上没有这玩意儿，于是赶紧往左右看了看，又往桌上扫了一眼，都没看到能跟纸巾有相同功能的东西，最后只得站起来，揪起林无隅的衣服下摆，扯上去在他脸上蹭了两下。

"脏不脏啊？"林无隅说，"山上滚了一天的衣服。"

"您也没换衣服啊，怪谁呢？"丁霁叹了口气，扯起了自己的衣角，"行吧，我换衣服了。"

"谢谢。"林无隅按下了他的手，丁霁没说话。

林无隅从他手里扯走了衣服，低头用衣服在眼睛上按了按。

丁霁简直感觉匪夷所思："你脑子是被扎死鸟扎过吗？"

"你手太重了，"林无隅说，"刚蹭得我脸疼。"

"你这脸皮厚得……"丁霁"啧"了一声，"你有那么嫩吗？"

林无隅笑了笑："可乐应该有点儿冰了吧，喝吗？"

"再等会儿，"丁霁说，"万一没冰，还又搁回去吗……"

"行吧。"林无隅拉了张椅子坐下了，低头又看着照片。

"现在敢看了啊？"丁霁问。

"嗯。"林无隅点头。

"不哭了？"丁霁看着林无隅，要不是亲眼所见，现在根本不会相信这人半分钟之前刚流过眼泪。

"我爸妈为什么非让我去找？"林无隅说，"这如果真是林湛，他们知道林湛是不会见他们的。"

"但是如果你去，"丁霁说，"真碰到的话，他可能不会躲，是吧？"

"也许吧。"林无隅说。

"那你要去吗？"丁霁问。

"去，"林无隅说，"我报完志愿就走，反正也要去，早去晚去都一样。"

"那要不……"丁霁开口之后就后悔了，林无隅开口之后他就更后悔了。

"不用，"林无隅说，"我自己去就行，你还得打工还我钱。"

刘金鹏左手拉着四只柯基，右手拎着铲屎套装："我也想去啊，我要不是因为刚上班得好好表现，我肯定请假去了。"

"你老实点儿吧，不是刚上班也别瞎请假，"丁霁说，"人林无隅是去办自己家的事儿，我跟着去算怎么个意思？"

"怕尴尬？你俩不是关系挺好的吗？"刘金鹏说，"我如果去办我表叔的事儿，你跟着我去不是很正常吗，这有什么怎么个意思的。"

"是吗？"丁霁看他。

"不是吗？"刘金鹏弯腰给一只三花柯基铲屎。

"林无隅又不是你！"丁霁说，"我跟他关系没好到咱俩这程度！"

"哎——这话对喽，"刘金鹏很大声地说，"这话我爱听，这话是摸着良心说的了……但是你俩关系也算非常好了，超不过咱俩那是正常，咱俩多少年的交情，不过你的朋友里除了我，也就是他了。"

丁霁没说话。他没跟刘金鹏说得太细，只说林无隅家里有事，他提前过去，也没说林无隅都没等他要去的话说完就拒绝了他，但刘金鹏的话还是挺有道理的。他就是担心林无隅一个人过去会碰上什么事儿，其实找不到人的概率很大，找不到人也是最好的结果，如果能找到，谁知道林湛现在是什么状况，是好人还是坏人，他跟什么人在一起，他对林无隅又是个什么态度？林湛出走的时候也就是个初中生，这么点儿的孩子，如果没出事一直在外面就这么混下来了，再没学好……还真不一定是林无隅对付得了的，得他丁霁这个江湖人士保驾护航。

"你要是去不带我，我肯定不高兴……来小柯往这边儿走，别绕圈儿！绳子绞上了！"刘金鹏拎着屎，一边指挥完全没听他说话的几只狗，一边自我代入，"我长这么大还没看过升旗呢，我想去看升旗……小基慢点儿，不许咬基基！"

丁霁转头盯着他。

"这家四只狗！小柯、小基、柯柯、基基！真的！"刘金鹏跟说绕口令似的，"也不知道这些主人起名儿怎么这么没有创意，店里还有只金毛叫毛毛，一只泰迪叫迪迪……"

丁霁笑了起来。

"反正吧，你要不带我去，我争口气自己也得去，我拍一百个升国旗的视频发朋友圈，我气死你……"刘金鹏说。

"你大老远去一趟就看个升国旗啊？"丁霁说。

"我就打个比方。"刘金鹏白了他一眼。

出分填志愿要到下旬，这中间还隔着十天，丁霁晚上靠在沙发上看电视的时候，就有种预感，林无隅等不了这么长时间。

"老太太，"丁霁用脚在奶奶胳膊上轻轻点了一下，"你帮我算……"

"打不死你个没规矩的！"奶奶飞快地在他小腿上甩了一巴掌。

"哎哟，"丁霁收回腿，一边搓一边乐，"这反应，哪像个老太太啊。"

"这就是你训练出来的，成天招你奶奶。"爷爷在旁边说。

"怎么说话呢！"奶奶瞪着他，"谁训练啊，我是狗啊训练！"

"我没说啊，"爷爷说，"舍不得骂你孙子，绕一圈儿过来骂我。"

"你舍得骂啊？"奶奶说。

"我爷爷舍不得骂，"丁霁跷着脚，脚尖一下下晃着，"他是舍得打。"

"挑事精，你个挑事精！"小姑过来在他肚子上戳了两下，"从小到大你就成天撺掇你爷爷奶奶打架，你斗蛐蛐儿呢！"

"哎！"丁霁抓住小姑的手，"你说谁蛐蛐儿啊！"

"说你！"小姑拍了他一下，从兜儿里拿了红包出来，"拿着，一会儿我走的时候又忘了。"

"钱啊？"丁霁接过红包，"谢谢小姑，爱你哦。"

"多少？"奶奶马上凑了过来，"少了不要。"

小姑笑了起来："多！保证多，不多都不敢当你面儿给他！"

"等小霁工作了，就该给小绿豆拿红包了，"奶奶笑着说，"少了也不行！让小绿豆闹他。"

丁霁跟着嘿嘿一通乐，但又有些难受。小绿豆是小姑的女儿，现在上小学，按理说小姑给他拿红包，相对应的关系应该是老爸给小绿豆拿红包，但奶奶没提他。这儿子养得……不能说不优秀，不光儿子优秀，儿媳妇也非常优秀，但越优秀就离自己越远，最后就没了。

"你刚让我算什么啊？"奶奶问。

"会还是不会。"丁霁说。

"自己算，"奶奶很不屑，"这也要我算？"

"你算得准。"丁霁说。

"会不会拿状元？"小姑猜。

"你别猜！"奶奶说，"你一猜就不好算了！"

小姑笑着坐到椅子上："哎呀，那这是算不成了？"

"他才不会算状元，"奶奶跟小姑说，"要面子，真想算这个，早自己躲屋里算了，不会让我给他算。"

"还真是。"小姑点头。

"会。"奶奶拍了拍丁霁的腿。

"我这两天出去旅个游吧，"丁霁说，"行吗？"

"行啊，有什么不行的？"爷爷说，"跟同学吗？还是跟鹏鹏去？"

"跟林无隅去。"丁霁说，他没好意思说自己是一个人去，人林无隅不带他。

"林无隅谁啊？"小姑问。

"省状元预备'跑'。"奶奶说，"附中的小神仙。"

"……奶奶，你别跟着鹏鹏乱给人起外号行吗？"丁霁笑了起来，"我说的是预备役，鹏鹏说预备'起'，到你这儿成了预备'跑'。"

小姑笑得不行："那你俩去啊？有钱吗？"

"你给？"奶奶马上问。

"你给啊，他又不是我孙子，"小姑笑着说，"我暑假要带小绿豆出个国，你钱准备两份儿啊。"

"真是太讨厌了，"奶奶皱着眉指挥爷爷，"给他俩拿点儿钱。"

林无隅出发前只发消息告诉了丁霁，知道这事儿的人只有丁霁，丁霁没再说要跟他一块儿去，只告诉他东西可以放到爷爷奶奶家。不过林无隅看了看，除了自己随身带的，放在宿舍的基本只有衣服了，没什么需要专门保管的。

收拾了简单的行李之后，他站在宿舍里，有些茫然，突然一点儿着落都没有了。除了这些行李，他感觉自己来无来处，去无去处，甚至连盼着暑假快点儿结束开始新生活的急切都没有。在这之前林湛的消息和老妈的病，都是他还没有跨过去的关卡。

车站的人很多，能看到很多兴奋的年轻面孔，高考结束了出去玩的学生，有跟父母一块儿的，也有跟自己三五个同学一起的。林无隅看了看四周，不希望碰到自己的同学，没什么心情一路上跟人聊天，心想早知道应该买机票。

丁霁还问他为什么不买机票过去，他告诉丁霁因为钱都借给对方了。丁霁给他回了一串大拇指。林无隅现在想起来都还有点儿想乐。他低头看了看自己的票，进站口有点儿远，得走一段，不过稍微提前了一点儿过来，听说车站有一家麻辣烫很好吃……手机响了一声，是丁霁发过来的消息。

——注意安全啊，打瞌睡之前把手机收好。

——放心吧，我又不是第一次出门。

——但是你秒睡啊。

林无隅拿着手机笑了笑，给丁霁回了条"知道了"。一直到他找到那家麻辣烫，排队买完、吃完，丁霁都没有再回消息过来。林无隅坐在座位上，喝了两口麻辣烫的汤，才意犹未尽地站了起来，往进站口走过去。也许那天丁霁说想要一块儿去的时候，他拒绝得太快也太干脆，丁霁是个敏感的人，无论这是不是他对朋友关心的方式，都肯定会伤自尊。

林无隅叹了口气。如果这事儿是他想多了没处理好，回来的时候给丁霁带份礼物，再请对方吃个饭吧。

身边一块儿往前走的人很多，嘈杂的声音也很多，说的、笑的、喊的，林无隅不反感这样的声音，他曾经还能在这样的环境里背书，特别是现在，在这种乱七八糟里，他反倒感觉踏实，甚至有心情去细细听那些声音。

"跟你说不要带这么多东西……"

"我跟我姐说好了，到时她去车站接就行……"

"……别哭了！掉了就掉了！烦死了！"

"我还没进站呢……"

林无隅顿了顿，猛地抬头往前看了一眼，虽然有些难以置信，但这个声音他实在太熟悉了。丁霁之前一直没回消息，怕是忙着过安检吧？

"你真够意思啊，"丁霁拿着手机，"我车都没上，你清单先给我列出来了。"

"也不知道能不能买着，"刘金鹏说，"万一这些店太分散了呢，你可不得从一到地方就开始找吗！"

"鹏鹏？"丁霁说，"我是去旅游的还是去给你代购的啊？"

"不算代购吧，"刘金鹏说，"我又不给钱。"

"……行吧。"丁霁点了点头。

"你跟没跟林无隅说你也去了啊？"刘金鹏问，"一会儿要是提前碰上了，他会不会觉得你不够意思？而且你还是成心打算气人。"

"他不够意思在前，"丁霁说，虽然打算到了就跟林无隅联系，但这会儿还是认真配合刘金鹏，"我怕个头！"

说完，他却还是往四周看了看，毕竟并不愿意现在就碰到林无隅："人很多，我估计我专门去找他都找不着，而且我提前来的。"

"那万一他也提前呢？"刘金鹏说。

"他那个性格，不是提前半小时到车站杵着的人，"丁霁说，"他又自信又有计划，肯定找一个最靠谱的方案让自己卡着检票的时间到。"

"你看人还是准，"刘金鹏说，"记着啊，拍几个视频，发朋友圈儿——风轻云淡老子旅游呢，这才最气人。"

"嗯，"丁霁继续低头往前走，"我差不多到口子了，一会儿上车了……"

前面有人挡住了他的路，他往旁边错了一步："一会儿上车了我再……"

那个人也往旁边移了一步，有时候就怕这种惊人的同步率，两个陌生人一块儿左左右右的，有时候左右让了半天都还能撞上。

"上车了我再……"丁霁干脆停下了，抬起头，打算等这人走开了再继续往前走。就这一抬头，他立马在深深的尴尬中，体会到有些话不能随便说得太肯定，也认识到了自己分析人还真不一定准，特别是林无隅这种人。

"电话先挂了。"林无隅扶着行李箱的拖杆站在他面前，声音不高地说了一句。

"你这一连串说什么呢？"刘金鹏在电话那边莫名其妙，"行了我知道了，上车再跟我说。"

"嗯，"丁霁看着林无隅，"挂了啊。"

那边刘金鹏把电话挂掉了。

"这么巧？"丁霁把手机放回兜儿里，说了一句。

林无隅大概对于他能把这么生硬的台词说得如此理直气壮有些意外，张了张嘴没说出话来，直接笑了。

"笑啥？"丁霁瞪着他。

"巧不巧你不知道吗？"林无隅说。

"我去看升旗。"丁霁说。

林无隅没出声。

"行吧，"丁霁叹了口气，"我说实话，我就是觉得你跑去办这事儿不靠谱。"

"嗯。"林无隅应了一声。

"林湛是住在那附近，还是偶尔经过，你不知道，"丁霁说，"他愿意见你，还是不愿意见你，你也不确定，他现在是个什么样的人，混得是好是坏，有没有麻烦，你更不知道。说白了，你甚至都不敢百分百确定那就是他。"

林无隅没说话，手往兜儿里一插，靠着旁边的柱子看着他。

"脏啊，"丁霁皱着眉指了指他身后，"不是还看我在垃圾桶旁边不爽吗？这会儿自己都快坐垃圾桶上了吧。"

林无隅离开柱子，走到了他面前。

"找不到其实最好，要是老天爷疯了真让你碰上这么巧的事儿，"丁霁说，"有个人在边儿上肯定比你自己强，很多事儿不完全是你能不能处理的问题，而是一个人扛事儿会……很孤单。"

林无隅依旧没说话，沉默了一会儿，伸手在他肩膀上拍了拍，又很用力地抓了一下。

"吃麻辣烫吗？"林无隅问。

"……什么？"丁霁还沉浸在自己的话里。

"车站有家麻辣烫很有名，你不知道吗？"林无隅说，"好几家分店，只有车站这家最好吃，我请你吃。"

"啊。"丁霁只想给林无隅作个揖，这人到底对吃有什么样的执念，可以在这么感动的剧情里凭一己之力突然出戏。

"在这儿吃可能没有时间了，"林无隅边往回走边说，"排队的人挺多的，买了你捧着边走边吃吧。"

"等等，"丁霁拉住了他的行李箱，"你刚吃过了吧？你不可能没吃。"

"吃了啊，"林无隅说，"我提前半小时过来就是为了留时间吃。"

丁霁冲他抱了抱拳："我不吃，我要检票进站。"

要做个笔记，分析林无隅的任何行为时，都要考虑"吃"这个变量。

"行吧，"林无隅想了想，"那回来再吃，我本来也想回来请你吃东西。"

"一顿麻辣烫打发不了我。"丁霁说。

"随便你点。"林无隅说，走了几步他又顿了顿，"那天不好意思啊，我不是说不让你去，我是觉得……"

"我知道，"丁霁打断了他的话，"但你以后能等我说完了再拒绝我吗？那么着急，话都不让说完，我很没有面子的。"

林无隅没说话，在他背上轻轻拍了拍。

他俩的车次倒是一样，但是车厢隔了两节。

丁霁站在黄线前抱怨："这下舒服了吧，非不让我去，这下好了，隔两个车厢，这一路连个聊天的人都没有！"

"我要没碰到你，你这一路也没人聊天。"林无隅说。

"但现在碰到了啊，"丁霁瞪了他一眼，"没碰到这个假设已经不存在了。"

"那一会儿跟人换换呗，"林无隅说，"多大事儿啊。"

"我在车上最烦别人跟我换座，"丁霁说，"特别是要换到别的车厢，还得扛着行李挤过去。"

"那去餐车聊天得了。"林无隅叹了口气。

丁霁一下笑了起来："是你的风格。"

换座还算顺利，丁霁旁边是个女孩儿，一个人去亲戚家，问了一下是八中高二的，很爽快地就同意了换位置。

"哇，"女孩儿看到拿着行李箱过来的林无隅时，有些吃惊，"林无隅啊？你是附中的林无隅吧？"

"嗯？"林无隅看着她，"是。"

"我听说过你，学霸啊，"女孩儿笑了笑，"以前市里新闻还报道过你呢，市里无人机什么什么年纪最小的专业指导。"

"听着怎么有点儿羞耻，"林无隅也笑了笑，"我帮你把行李拿过去吧。"

"不用不用，"女孩儿拎起了自己的背包，"我就这一个包，你坐着吧。"

林无隅还是坚持把女孩儿送到他那节车厢，把她带到位置上之后才回到了丁霁这边。

丁霁有些感慨，林无隅的性格在女孩那里，竞争力相当强啊。

"聊吧。"林无隅坐了下来，一拍腿。

"聊什么？"丁霁愣了。

"天儿啊，"林无隅说，"不是为这个才换的座吗？！"

"……生聊啊？"丁霁看着他。

林无隅笑起来，丁霁叹了口气，跟着也笑了。

"谢谢啊，"林无隅说，"我真的……没想到你会跑来。"

"人在江湖，"丁霁说，"讲究的就是'仗义'两个字儿。"

林无隅偏过头看了他一眼。

"不用谢。"丁霁说。

- 30 -

车开得很准时，坐下没几分钟就开了。丁霁看了看窗外，莫名有些兴奋，明明每年寒暑假都会跟爷爷奶奶或者小姑出去旅游，这会儿仿佛没出过远门儿似的，看着外面的站台都很新鲜，跟个傻瓜似的。

果然林无隅看了他一眼："你是不是没怎么出过门儿啊？"

"国我都出过一千多次了，"丁霁说，"门儿是每天都出。"

"我没出过国，"林无隅想了想，"其实我也没太出去旅游过，小时候没人带我去，初中、高中以后才自己出去玩的。"

"以后我出去玩叫上你，"丁霁说，"我跟鹏鹏……哎，这人现在上班了，也不能说走就走了。"

"这次就是旅游了。"林无隅说。

"可以，"丁霁点了点头，拿出手机，"吃的、玩的、买东西的地方，鹏鹏都给我列出来了，必去的地方能有一百个都不止。"

林无隅笑了起来："留着以后上学的时候慢慢玩吧。"

虽说是为了聊天才换的座，但其实也没聊太久，丁霁都不知道自己什么时候睡着的，睁开眼睛的时候脑袋靠在林无隅肩膀上，林无隅的脑袋靠在窗户上，脑门儿下面还垫着他的万用小海星。丁霁坐正了继续睡，没睡两分钟，他感觉自己脑袋一歪又枕到了林无隅肩膀上。他把脑袋摆正，刚一闭眼就又靠了上去，感觉跟拜山神一样，一个头接一个头地给林无隅磕着。一直磕到快到站，两个大叔因为拿行李吵了起来，他才终于从昏睡中醒过来，发现林无隅不知道什么时候已经醒了，正津津有味地看着大叔吵架，肩膀上顶着他的脑袋，中间还垫着小海星。

"这东西是挺好！"丁霁拿起小海星。

"我出门坐车都要带着，"林无隅凑近他小声说，"你说这俩大叔能打起来吗？"

"不能，"丁霁说，"马上到地方了，着急下车呢，这会儿打架不划算。"

"也是，"林无隅笑了笑，"马上要到了，你有地方住吗？"

"随便找个……"丁霁说到一半看了他一眼，"你是不是提前订房间了啊？"

"没。"林无隅摇了摇头。

"那你得意扬扬笑个头呢？"丁霁说，"我以为你订好房了跟我这儿嘚瑟呢。"

"我租的房。"林无隅说。

"……什么？"丁霁愣了。

"租了两个月，"林无隅说，"这趟不管找没找着人，我给我爸妈有个交代就行了，出分了回去跟我们班主任碰个头，事儿处理完了我就过来了，通知书他给我寄过来。"

"你这意思就是……"丁霁看着他，"这个暑假就不在家里待着了呗？"

"本来也没在家待，是在宿舍，"林无隅说，"我提前过来正好有时间跟奔哥的几个朋友见见面。"

"啊，"丁霁想了想，"你还得兼职赚钱呢是吧？"

"不像某些人，"林无隅说，"欠了好几万元的债还敢跟债主说他要去看升国旗。"

"……我一会儿下车就找地方洗盘子去。"丁霁说。

"堂堂三中第一，人称江湖小神童，"林无隅说，"给自己的定位就是洗盘子啊？"

丁霁认真地想了想："我跟你说实话，我生存能力都不如刘金鹏，他还能去卖西瓜做点儿小生意，我也就支个摊给人算命了。"

林无隅笑着没说话。

丁霁以前没太想过这些事儿，跟林无隅在一起的时候，有了比较，他的感觉才明显起来。虽然跟父母的关系都不好，但他至少有心疼他的爷爷奶奶和小姑；虽然父母的爱和关心缺席至今，但他感受到压力的时候还能有个藏身之所；他因为父母而缺失的安全感，可以在爷爷奶奶那里得到一些补偿，让他依然可以撒娇，可以要赖，可以不考虑很多事，就像身边大多数同学那样，做一个普通的高中生。但林无隅不同，林无隅身边是空的，前后左右，只有他自己脚下那一块，是实的，他只有一步一步踩下去，往前，不能退。

林无隅的性格算不上多开朗，但可以跟每一个人友好相处，给所有人留下印象，会利用暑假为自己以后的兼职先做好铺垫，而他只能去洗盘子。

差距啊！这就是。

丁霁叹了口气，还可以发传单、帮人遛狗、替人喂猫……

他什么时候才能还上那三万块钱！

林无隅过来之前已经跟房东联系好了，房东在视频里给他看了房子——套房，有独立卫浴，有一间简单的小厨房，能做些油烟不大的饭菜，屋子还挺新，就是有点儿贵，因为租期短。但林无隅还是租了，因为这房子就在照片上那个地铁口附近，走路过去不到二十分钟。

出了站丁霁就拿了手机，开始找酒店，林无隅按下了他的手："住我那个房子就行。"

卧室里的床是个双层的，下面是双人大床，上面有一个单人小床，应该是按一家三口的结构布置的。虽然他的计划里没有丁霁，但现在丁霁已经来了，他就不可能让丁霁自己去找个地方住。按丁霁的江湖规矩，这肯定太不仗义了。

"你租了个什么房子，能住下两个人啊？"丁霁问，"单间配套能住两个人吗？估计床都是单人的吧？"

"你可以睡地板。"林无隅说。

"……沙发也行吧，怎么就给我打发到地板上去了？"丁霁说。

"谁告诉你有沙发了？"林无隅说。

"谢谢了。"丁霁马上拿出手机，低头继续找房。

"走吧，"林无隅伸手过去把他手机按灭屏了，"不挤单人床，不睡地板。"

按房东给的地铁路线，他们在人群里裹挟着，还算顺利地找到了地方。出来的地铁口，就是拍到林湛的那一个，林无隅在外面站了一会儿，来来往往的人非常多，很多人一闪而过，根本没有机会看清就消失了。

"这要蹲守的话，"丁霁看了看四周，"只能杵这儿了，进了旁边店里都看不清人，就算他往这儿走，我们也不一定能认出来。"

"没事儿，每天来这儿站会儿就行。"林无隅说完，继续往前走。

丁霁跟了上来，过了一会儿才说："如果他真在这儿，又愿意被你找到，你杵两天他就该出现了。"

"嗯。"林无隅应着。

"他还能认出你吗？"丁霁说，"他走的时候你才八岁吧？你小时候长什么样？"

"很丑。"林无隅说。

丁霁猛地转过头："不能吧，小时候很丑的人怎么可能长成现在这样？"

"为什么不能？"林无隅问。

"没什么为什么，"丁霁指着自己，"我小时候，我奶奶说我小时候长得就特别可爱，像块小奶糕，所以我现在就帅。"

林无隅忍不住看了他好几眼。丁霁长得是挺帅，但身上藏不住的江湖气怎么也没法跟小奶糕产生什么关联，何况哪家小奶糕几岁就会骗人了？非要用糕来比喻，也就是块红糖年糕……

这么一想，突然就饿了，林无隅笑了起来。

"你再笑一个？"丁霁有些不爽。

"我觉得你像红糖年糕。"林无隅笑着说。

"我有那么黑吗？"丁霁看了看自己胳膊，"挺白的啊，你什么眼神儿，我觉得我比你白好吗？"

"好的神童小奶糕。"林无隅说。

"……你要非这么叫我的话我还是小年糕吧。"丁霁叹了口气。

林无隅拿出手机，边走边翻了好半天，最后把手机递到丁霁面前："看吧，这是我小学时候表演节目，老师给每一个孩子都拍了一张。"

丁霁马上接了过来，很有兴趣地看了看，然后皱了皱眉："我的天，真挺丑的，你是不是整容了？"

"滚。"林无隅说。

"还有别的照片吗？"丁霁放大了这张照片又看了看，看得出来是林无隅，但的确不好看，瘦瘦小小的，还有些怯生生的土气，也没点儿笑容。

"就两张，"林无隅说，"后面那张也是，跟……林湛的合照。"

丁霁犹豫两秒，往后滑了一下，看到一张合照，也是手机翻拍下来的，应该比前面那张更早些——小林无隅更瘦小些，土气依旧，旁边蹲着的应该就是林湛，看上去比林无隅好看多了。神奇的是，兄弟俩脸上都没有笑容，林湛看上去甚至有点儿忧郁，跟偷拍的那张照片也没法对比，毕竟也是十多年前的样子了。

"他有可能认不出来我了，"林无隅说，"我现在毕竟……"

丁霁点了点头，毕竟已经不是当年的土瘦小朋友，是个帅哥了。

"这么英俊。"林无隅说。

丁霁呛了一下，咳了好半天才笑出声："你什么毛病？"

"有点儿失落啊，"林无隅笑笑，"不知道是想找到他，还是希望找不到他。"

丁霁没说话，胳膊搭到他肩上晃了晃。

房东把钥匙留在了楼下门卫，对过身份证之后，他俩拿了钥匙直接进了楼里。他们从楼梯爬到了五楼，还行，不算高。房间跟之前视频里看到的一样，家具简单，收拾得挺干净。丁霁第一件事就是去看了看床："可以可以，居然有两张床，我睡上面那张吧。"

"嗯。"林无隅放下行李，站到窗边往外看了看。

"现在干什么？"丁霁看了看时间，"这会儿下班时间已经过了，如果他是上班族，估计已经进了地铁。"

"吃饭，"林无隅说，"我快饿疯了。"

"我能先洗个澡吗？"丁霁说，"换身衣服……"

"不能，"林无隅坚持，"我要吃饭。"

"……走走走走！吃饭！"丁霁很无奈，"吃吃吃吃吃！"

说是急着去吃饭，但出门他俩都下意识地往地铁的方向走，一直走到地铁口才停了下来。丁霁感觉林无隅大概自己都不清楚，其实他非常想找到林湛。

"去哪儿吃？"林无隅问。

"就这附近吧，别跑远了。"丁霁说。

"嗯，"林无隅往旁边指了一下，"刚我看到那边有个烤鸭店。"

"行。"丁霁很干脆。

店里人很多，林无隅想找张靠近窗口的桌子，已经没有位置了。他犹豫了一下，大概是找林湛的念头没能打过饥饿，最终还是在看不到街的桌子旁边坐下了。

林无隅点菜的时候，丁霁问他要了那张偷拍的照片，放在桌上，趴上去仔细看着，希望能再找到些线索。

服务员走开的时候，丁霁把照片推到了林无隅面前："我不太确定，你看看他是拿着个袋子吗？"

林无隅看了他一眼，低头盯着照片开始看。

说实话，这照片他始终没有仔细看过，他不敢多看。但丁霁提醒之后，他马上就看到了照片上疑似林湛的这个人右裤腿儿旁边露出了一个角，是个白色的塑料袋，裤腿儿另一边也能看到这个袋子，上面隐约有绿色的条纹。

"刚我们过来的时候，"丁霁说，"有家超市。"

"有吗？"林无隅看着他。

"有。"丁霁说。

"你确定？"林无隅问，他一路走过来，也往旁边看了，倒是没太注意有超市。

"确定，你信我，我靠这些蒙人呢，"丁霁说，"地铁口前面有个大广告牌，广告牌再过去那个口就是超市，左边是家书店，右边是家文具店。从你租房那个地方出来所有的店我都能给你按顺序说出来。"

这一瞬间林无隅对丁霁的观察佩服得五体投地。

"超市的标志你看到了？"他问。

"连锁超市，白底儿绿字，"丁霁说，"很像。"

林无隅看着他。

"这超市到处都有，就一出来小区门口就有，"丁霁说，"这么密集的超市，如果是在这里面买了东西，就肯定住附近，谁不去个自己家楼下就有的超市买了东西再拎回去？"

林无隅感觉自己心跳一下加快了。

"但是还不确定，这个标志到底是不是，"丁霁说，"一会儿吃完……"

"我现在去看。"林无隅站了起来。

"哎哎哎哥哥，"丁霁抓住了他的手，"你别急啊，我还没说完。"

"说。"林无隅觉得自己脑子有点儿乱。

"还有一个可能，"丁霁看着他，"他只是用这个袋子装东西而已，如果是这样，他就不一定住附近。"

林无隅皱了皱眉，趴回桌上继续看照片，鼻尖都快顶到照片了。

"你眼镜呢？"丁霁问。

"哦。"林无隅这才回过神儿，从兜儿里拿出眼镜戴上了。

"林无隅，"丁霁小声叫他，"林无隅？"

"嗯？"林无隅看着他。

"你这会儿都不像学霸了啊。"丁霁在他手上拍了两下。

林无隅愣了好一会儿，抓过丁霁的手按在桌上，过了好一会儿才低声说："我有点儿慌了。"

"看出来了。"丁霁说。

"霁半仙儿，"林无隅说，"你给算一卦吧？"

"你说话注意点儿啊！"丁霁一下提高了声音。

"你给算一卦吧，"林无隅纠正了自己的称呼，"丁半仙儿。"

"算什么？"丁霁问。

"我能不能找到林湛？"林无隅闷着声音。

"这个算不出来，"丁霁说，"我只能算你这趟能不能有收获。"

"你们这些江湖小骗子，"林无隅抬起头笑了起来，"就不算准答案是吧？"

丁霁"啧"了一声，从兜儿里摸出了三个铜钱，排在了桌上："看见没，我把我奶奶的钱带出来了，我每次出门她都让我带着，我奶奶可不是半仙儿，这老太太是全仙儿。"

林无隅笑着点了点头。

丁霁看了看四周，把钱拿起来扔到桌上，几次之后就开始埋头琢磨。过了一会儿他抬眼看着林无隅："你会有意外收获。"

"意外？"林无隅愣了愣，"有多意外？"

"不知道。"丁霁收起了钱。

"收获个嫂子？"林无隅问。

丁霁笑了半天："也不是没可能啊。"

林无隅笑着没说话，感觉慢慢回到了之前的状态里。他的确有些慌乱了，不知道是因为老妈突然病了，还是因为林湛突然有了消息，也可能是因为这次让他真正感受到了孤单的行程，他这么多年无论发生什么都能压住的情绪会因为这一点点小小的细节就猛地失去了平衡。

如果没有丁霁在旁边，他这会儿真的不知道会是什么样的心情。

这顿饭吃得还是很愉快的，菜很好吃，从饭店出来的时候，林无隅摸了摸自己的肚子："这段时间没跑步，我可能要胖了。"

"就你这吃法，你得跑全马，半马都不够你瘦的。"丁霁皱着眉。

"去超市看看，顺便买点儿零食和饮料，晚上可以吃。"林无隅说。

"随便你，我现在听到吃的就想吐。"丁霁说。

往超市走的时候，林无隅仔细看了一下，丁霁之前说的店的确都对上了，超市也的确是白底儿绿字的招牌。这会儿熟食打折，超市里人还挺多的。

进了超市，丁霁去拿了个筐，想到林无隅的食量，又放下了筐去旁边推了辆车，正要往里走的时候，林无隅猛地转过了身，往门口看过去。

丁霁赶紧也跟着看过去。

有几个人正往外走，看背影是三男一女，看不出是不是一块儿的，几个人都拎着超市的袋子，看样子买了不少。丁霁不知道林无隅为什么会看这几个人，看不到脸，连个侧脸都没有，唯一能确定的就是三个男人里有两个都是瘦高个儿。

"是吗？"丁霁把车放了回去。

"不知道。"林无隅往回跑过去。

丁霁嗖的一下冲到了他前边儿，正想往前接着嗖地过去的时候，超市的工作人员拦住了他："无购物出口在那边！"

"不好意思。"林无隅说，又转身往出口跑过去。

丁霁跟上，两个人很快地跑出了超市。

但就这会儿工夫，外面的街上已经看不到那几个人了。天已经黑了，路灯下来来往往的人还有很多，每一个人都脚步匆忙，几个同样脚步匆忙的人汇入人群，连一秒钟都不用，就消失了。

林无隅站了一会儿，莫名觉得轻松了很多——陌生的环境、陌生的人群、陌生的嘈杂声响，甚至连人群里的气息都是陌生的，空气也是陌生的。他所熟悉的一切都消失在陌生里了——很轻松。

"怎么办？"丁霁问。

"买零食啊，"林无隅转身又走回了超市，"给你买根棒棒糖吧。"

"一根棒棒糖打发我？"丁霁瞪着他。

"一包。"林无隅笑笑。

- 31 -

林无隅跟末世到来了似的，拿了差不多一车的各种零食。

"你进货呢？"丁霁说。

"谁到超市来进货？"林无隅说。

"这么多吃得完吗？"丁霁翻了翻，"我棒棒糖呢？"

"底下，最先拿的就是棒棒糖，"林无隅说，"巧克力和牛奶的。"

"谢谢，"丁霁笑笑，"我其实也不是说多爱吃，这玩意儿吧，就跟……"

"就跟安抚奶嘴儿差不多。"林无隅说。

丁霁看了他一眼："这么说也行。"

"我小时候就是啃指甲，"林无隅放轻了声音，"手指头都啃破了。"

"……小可怜儿，"丁霁弯腰看了看他扶在推车上的手，"现在看不出来了，什么时候开始不咬了？"

"不记得了，"林无隅说，"上初中之后吧。"

"变得英俊之后吗？"丁霁看了他一眼。

"嗯，"林无隅一本正经地点了点头，"我初二开始长个儿，也越来越……"

"可以了啊，"丁霁说，"不要再继续吹。"

拎着装满零食的超市袋子往外走的时候，林无隅试了一下速度，从收银台出来，正常走路差不多就是刚才看到的那几个人的速度。如果真的是林湛，那应该没有刻意加快步伐躲开，或者是并没有发现他的存在。

行，就这样了。

林无隅决定今天不再思考这个问题，他理不清自己的想法，那么就先放到一边，切断联系，等缓过来了再琢磨。他一直以来都习惯用这样强行短暂遗忘的方式来让自己的情绪保持稳定，而反过来也能让他更好地处理各种情况。熟练掌握这种技能之后，他就可以战不无胜，没有他解决不了的麻烦，没有他不知道该怎么办的问题。

"怎么办？"丁霁问。

"……不知道。"林无隅回答。

回到出租房，他俩碰到的情况很突然。他和丁霁在超市除了零食，还买了一提啤酒，打算回来找部电影，边喝啤酒边看的。

房东跟他说了房间里有电视，但没跟他说电视坏了，得明天才有人过来修。

"能开亮吗？"丁霁围着电视机转悠，"能亮的话试一下能不能拿手机投屏看？"

"没有反应，"林无隅按了几下开关，又检查了一下插头和几根线，"感觉根本就不通电呢。"

"本来吧，"丁霁杵在电视机前，"如果没有之前的想象，吃、喝、看电影，这会儿也不会有什么感觉……但是现在突然知道没了，就很郁闷！很郁闷！"

"走吧。"林无隅转身往门口走。

"干吗？"丁霁问。

"看电影去，"林无隅说着拿出了手机，"查查附近的电影院……"

"我不去！"丁霁发出了震惊的拒绝，"我不想动了，你要说去地铁口转转，我肯定陪你去，你这会儿突然要去看电影，你自己去吧。"

"那怎么办？难受的是你，"林无隅说，"又不是我，我给你找解决方案呢。"

丁霁没有说话，直接过去把放在电视柜上的电视机搬到地上，趴地上检查半天，最后捏着电线："我的直觉告诉我，这条电源线这么松，肯定是它的问题。"

"……所以呢？"林无隅看着他一脸严肃的样子有点儿想笑。

"很简单啊，"丁霁开始一个个抽屉拉开往里看，"如果有一把改锥、一卷胶带，我就能看电视了。"

林无隅叹了口气，坐到了沙发上。

屋里没有找到改锥，丁霁居然跑下去到门卫那儿借了个小工具箱回来。

"你真牛，"林无隅坐在沙发上一边吃着小鱼干一边喝了口啤酒，"你这强迫症是不是有点儿严重了？"

"我这人就这样，我现在就是轴劲儿上来了，"丁霁说，"我就要把我能做的都做完了，再不行就不怪我了。"

林无隅没说话，看着丁霁。这种想法还有另一种表达——我要做到无可再做才会停止。

但丁霁明显不是这个意思，小神童的过去给他留下了很多不经意的痕迹。无论什么样的父母，无论他们在或者不在，都会给你留下贯穿一生的痕迹，或好或坏，或冷或暖，或者让人前进，或者让人永远倒地不起。

林无隅有时候很想知道，父母在林湛身上留下的是什么，他们截然不同的感受，会是什么样的一种呈现，带着隐隐不甘的好奇。

丁霁把电视机后壳拆了，发现电源线断了一半。他把线皮剥了，把线重新接好，不过工具箱里没有绝缘胶带，在厕所里找到点儿用剩下的生料带缠上了，折腾半天，插上电源发现还是不亮，又趴地上看了半天，最后在电源板旁边看到了一小片焦黑。

丁霁撑着地板："这是短路了啊。"

一直在沙发上大吃大喝、冷血无情地参观他干苦力的林无隅没有应声。

他转过头看了一眼，发现林无隅已经吃空了两包小鱼干，人不在沙发上了。这会儿他才想起之前林无隅似乎是去洗澡了，于是往卧室里看了一眼，震惊地看到林无隅已经洗完澡换了身衣服，在上面那张小床上睡着了，看样子都已经开始做梦了。

丁霁非常无语地指了指林无隅："你就是猪变的！吃了睡，睡了吃！上辈子就是头猪！没出栏就先把自己撑死在猪圈里了！"

林无隅毫无反应。

丁霁原地愤怒地愣了一会儿之后，决定去洗澡然后睡觉。

林无隅把大的那张床留给他了，看在这一点上，他就不多骂了。

丁霁今天其实也有点儿累，坐车还凑合，虽然时间长点儿，但就坐着也没什么消耗，不过因为他和林无隅并不是真的来旅游，林无隅心里压着事儿，他跟着也有些费神，这会儿折腾完电视，也困了。

洗完澡躺到床上的时候，他觉得挺舒服。

这一觉睡踏实了，明天是去玩还是去蹲林湛都没问题。

但是这一觉并没有睡踏实，半夜的时候他醒了一次，迷糊中突然看到自己脸上方倒悬着一颗脑袋，他当场吓得连喊都喊不出声儿来，对着这颗脑袋一巴掌拍了过去，然后听到了林无隅迷糊的声音："啊……"

"啊，"丁霁腾地坐了起来，"你睡觉能不能像个人啊！你怎么不下个腰劈个叉呢？是不是柔韧性不够啊！"

林无隅没理他，继续呼呼大睡。

丁霁本来不想管，就让他大头冲下挂到明天早上，但躺好之后又觉得实在吓人，万一再醒过来一次，又得被吓得一激灵，只好又爬起来抓着林无隅的头发把他推回了枕头上。

丁霁觉得跑到林无隅这里来住大概还是失误了，虽说不用费事找酒店，但感觉这一个晚上转瞬即逝，他都没觉得自己睡着了，林无隅就已经把他拽了起来。

"你干吗？"丁霁都快悲愤哭了，拼命想躺回去。

"你不是要去看升旗吗？"林无隅站在床边，拽着他胳膊不松手，"现在不出发就晚了。"

"现在几点啊？"丁霁闭着眼睛挣扎着还要往下躺，谁要看升国旗了？

刘金鹏你去看升国旗啊！

"三点四十分，"林无隅说，"我查了一下，今天升国旗的时间是五点零六分，我约的车四点到，希望能赶上……"

"现在几点？"丁霁整个人都被吓精神了。

"三点四十分，"林无隅说，"我本来应该三点半叫你，但是我起晚了。"

"为什么啊？"丁霁问。

"你不说你想看升旗吗？"林无隅说。

"我不想看了，"丁霁说，"我现在想看降旗……"

林无隅愣了愣，松手让他躺回了枕头上："是不是起不来啊？"

丁霁没说话，闭着眼睛，但能感觉林无隅还站在床边。

"那要不……明天吧，"林无隅说，"你睡吧。"

几秒钟之后丁霁突然没了睡意。

林无隅执着地想要叫他去看升旗，甚至能三点多就起来叫他……虽然看升旗只是他随口一说，但往往一个人在突发情况下脱口而出的，都是真实想法，可能林无隅就是这么想的，觉得他想看升旗，其实他只是因为刘金鹏跟念经似的说了三百多遍升旗……

"走。"丁霁嗖地坐了起来，然后跳下了床。

"嗯？"林无隅正拿着手机往上铺爬，大概是准备取消了行程去睡回笼觉。

"看升旗，"丁霁冲进了厕所，"约的车别取消啊！"

"嗯？"林无隅还是有些迷茫，"你醒了啊？"

"我都要出门了！"丁霁在厕所里喊。

林无隅是个细心的人，他这么大老远地陪着林无隅过来"小蝌蚪找哥哥"，别说是看升旗，他想去升旗估计林无隅都会想想办法。丁霁其实挺感动的，特别是醒过来脑子清楚之后。

他俩手忙脚乱地收拾完，抓了手机就出了门，司机倒是到得很准时。

"赶得上吗？"林无隅问。

"差不多，"司机说，"这会儿不堵，用不了一小时能到，不过别人都三四点就在那儿排队等着了，你们……"

"没事儿，"丁霁马上说，"我们就感受一下气氛。"

林无隅看了他一眼。

丁霁在旁边打了个呵欠，非常大的呵欠，还带着响儿。

"你睡会儿吧，到了我叫你。"林无隅说。

丁霁摆了摆手："睡不着，兴奋着呢。"

"我有点儿……饿，"林无隅摸了摸肚子，"刚出来的时候应该带点儿吃的。"

丁霁往裤兜儿里掏了两下，揪出来两个巧克力派，放了一个到他手上："我拿了。"

"……你可以啊。"林无隅顿时觉得心情愉悦，撕开包装袋，一口就把巧克力派塞进了嘴里。

丁霁拿着刚撕开的另一个，看着他，过了几秒，把这个也递了过来："给你吧，我不吃了。"

"不用。"林无隅塞着一嘴含混不清地说。

"我怕你一会儿饿死在国旗前，"丁霁坚持把派放到了他手上，"太有损我们祖国的形象了。"

林无隅笑了起来，也没客气，拿起这个派两口就吃了。

司机大哥的话没错，他们到的时候，所有的游客都已经进场了，几个观看点都已经挤满了人，放眼望去全是脑袋和手机、相机。

"还是来晚了。"林无隅叹了口气。

"这会儿高考完的都出来了，估计要想看，"丁霁说，"咱们昨天晚上就得在这儿杵着才行。"

"我们可以在这儿杵着等降旗。"林无隅说。

丁霁笑了起来："你快得了吧，我说了，我感受一下气氛就行。"

"那行吧，"林无隅找了个稍微松快点儿的地方，"听个动静。"

"我来录个脑袋，"丁霁拿出了手机，"让鹏鹏看看这场面。"

林无隅也拿出了手机。

他很少发朋友圈，出门旅游也不爱拍照，身处其中时，更愿意用眼睛去看、用耳朵去听，比起举着手机到处拍、回家了再翻出来看要更有意思。但今天他打算拍几张照片，如果这算是旅行，这次旅行还挺别致的。

升旗的时间很短，他们也没看到什么过程，但周围所有的人都安静看着国旗、唱着国歌，感受还是很强烈的。

丁霁小声说："这比在学校升个国旗感觉酷多了。"

"那肯定，"林无隅笑了笑，"接下来有什么行程安排吗？刘金鹏是不是给你规划了路线？"

"一堆呢，"丁霁说，"不过以后有的是时间，这次咱们还是把你这件事儿办了，无论这人能不能找到，都得找，就是为这事儿来的。"

"好，"林无隅点了点头，"那先去吃早点。"

林无隅来的时候就没有具体计划，毕竟只有一张照片。来了之后跟丁霁一块儿商量着，也没商量出什么计划来，毕竟只有一张照片。他们唯一能做的"找"，就只有等。

林无隅无所谓，只觉得有些对不住丁霁。丁霁大老远陪着他过来，每天都坐在地铁口，比旁边举着个二维码讨饭的大爷都敬业，实在是有些……在地铁口连续蹲了两天半之后，林无隅决定今天放假。

"我们去游乐场吧。"他站了起来。

"你没去过游乐场啊？"丁霁有些不屑。

"我们去爬长城吧。"林无隅想了想。

"……现在都中午了，"丁霁说，"是不是有点儿太想一招是一招了？"

"那我们去逛胡同吃东西。"林无隅一拍腿。

"你第一条就应该说这个，"丁霁说，"这才是你。"

林无隅笑笑："走吧，看看刘金鹏的清单，我们按上面的内容一个一个吃。"

"你……"丁霁看着他，"放弃了？这才三天没到呢。"

"休息一下，"林无隅说，"你跟我一直蹲在这儿算怎么个事儿。"

"我就是来蹲这儿的，"丁霁说，"不为蹲这儿我还不来呢，我后边儿得在这儿待四年，我再考个研又得几年，我要玩我差这几天？"

"那……"林无隅皱了皱眉。

"你不用想那么周全，"丁霁拍拍他肩膀，"跟朋友你想那么多干吗呢。"

"你总这样吗？"林无隅看着他。

"哪样？"丁霁问。

"二话不说就帮忙。"林无隅说。

"你当我是傻瓜呢，"丁霁"啧"了一声，"也就鹏鹏能让我做到这个地步，现在加一个你。"

林无隅想了想："你跟刘金鹏认识多久了？"

"我俩发小。"丁霁说。

"有点儿羡慕，"林无隅叹了口气，"我从小到大，没有过这么铁的朋友。"

丁霁没说话。他的思路还卡在之前的对话里。除了刘金鹏，能让他这么拼命帮忙的，就只有林无隅。可他跟林无隅才认识多久，怎么就能好到这个程度？但丁霁知道这不是自己卡着的原因，卡着的原因是……林无隅为什么要这么问。

那天在附中校门口时那种隐隐的不安和尴尬再次慢慢出现。

不过并没来得及完全淹没他，就被林无隅吓跑了。

"是那天超市的那几个吗？"林无隅突然说。

"哪儿？"丁霁猛地就想蹦起来，但又很快控制住了自己，没有动。

"从地铁口出来了，"林无隅说，"往我们这边儿过来。"

　　丁霁还没看到人，就已经感觉心脏跳到了舌头根儿。他一眼扫过去，看到了一男一女正往他们这边走过来，他们身后还有一个男人，戴着口罩，再被前面这俩一挡，几乎看不清脸。

　　"那天是四个人，"丁霁垂着眼睛，在余光里盯着过来的人，"前面这个肯定不是，这人是个狮子鼻，林湛不是吧？"

　　"不是。"林无隅说。

　　"看后面那个戴口罩的，"丁霁压着声音，瞄了一眼林无隅，"别太明……"

　　别看得太明显，让人家发现了。但话说了一半没能再说下去，林无隅何止是明显，就差拿个放大镜贴人脸上去了。这种盯着人看的状态，走在前面的两个人一点儿也不意外地注意到了他们，一块儿都看了过来，但看表情都挺平静，那个女孩儿甚至还冲他俩微微笑了笑。这个笑容让丁霁有些迷茫，估计林无隅也很迷茫。他俩就那么跟傻瓜似的一块儿瞪着人家，而唯一有变化的，是后面戴着口罩的那位。口罩男绕到前面那个男人的外侧，拉开了跟他们之间的距离。

　　丁霁就在这一瞬间跳了起来："我问一声去。"

　　林无隅拉了他一把，没拉住。

　　丁霁不想错过这个机会，与其继续猫人家后头观察猜测，不如直接挑明了，林无隅就因为这件事，十几年不得安宁……但没等他靠近，中间的狮子鼻已经转身拦在了他身前。这个动作让林无隅头皮一阵发麻，他冲过去一把拽过丁霁，挡了半边身体在前头。不过狮子鼻并没有进一步的举动，只是很礼貌地问了一句："有什么事吗？"

　　有什么事吗？林无隅猛的一下竟然不知道应该怎么回答。

　　"那个人。"丁霁指着也已经停下的戴口罩的男人。

　　"嗯？"狮子鼻回头看了一眼口罩男，"怎么？"

　　"他认识我吗？"林无隅问。

　　狮子鼻愣了愣，过了两秒才开口："粉丝？"

　　林无隅有点儿想转身走人，狮子鼻这话问得他都不知道该怎么答，长这么大他还是第一次这么尴尬。大街上被人拦着问是不是粉丝？但这人就算是个有粉丝的人，也肯定不是什么大明星。谁家明星出门就带两个人？前几天还一块儿跑超市买菜，那会儿没戴口罩也没见有人多看一眼。

　　"不是。"林无隅如实回答。

"哦，"狮子鼻应了一声，又重复了一遍，"那有什么事儿吗？"

"我要跟他说话。"林无隅看着狮子鼻身后的口罩男。

狮子鼻又回看了看口罩男。

口罩男没有动，只是看着林无隅。

"你是叫林湛吗？"丁霁问了一声。

林无隅相信这一瞬间他和丁霁同时都在注意这几个人的反应，但三个人听到"林湛"这个名字的时候，都很平静，看上去都对这个名字陌生得很。

"你认识林无隅吗？"丁霁坚持又问了一句。

林无隅一直盯着口罩男的眼睛，但就算戴着眼镜，他也看不太清。

他已经不太记得林湛的样子了。

在他认为自己看过就不会忘，经历过就永远记得的那些记忆里，以及他跟林湛并不算多的那些记忆里，林湛的脸已经很模糊。他无法凭借现在这一双眼睛判断这是不是已经十年没有见过面的林湛。

"林无隅？"女孩儿看了看狮子鼻，又看了一眼口罩男，最后回过头看着丁霁，"没听说过，你们认错人啦。"

"他为什么戴口罩？"丁霁也顾不上礼貌不礼貌的了，"他是什么大明星吗？"

女孩儿和狮子鼻都笑了起来。

"他感冒啦。"女孩儿对同伴说："走吧。"

口罩男转身继续往前走了，狮子鼻和女孩儿也跟上，笑着边走边聊着，走了一段儿还回头往他们这边笑着又看了看。

"可能是认错了。"林无隅说，声音有点儿沙哑。

"等我三秒。"丁霁说。

"你别……"林无隅赶紧拉他。

但丁霁话没说完就已经冲了出去，林无隅拉了个空。丁霁很快就追上了三个人，女孩儿最先发现，回过头的时候吓了一跳："怎么回事？！"

丁霁把手里一张字条塞到了她背包开着的侧兜儿里："我电话号码，别扔，留着有用。"

"给我的？"女孩儿很吃惊。

"嗯。"丁霁在他们再说话之前转身跑了。

回到林无隅身边的时候，林无隅盯着他："你干什么了？给她什么了？"

"我电话。"丁霁说。

林无隅叹了口气："没用，估计真不是……"

"就算不是，"丁霁说，"万一那女孩儿看上我了呢？她长得还挺好看的。"

"……你神志还清醒吗？"林无隅往那边看了一眼，几个人已经走到了路对面，很快消失在了人群里。

"你神志还清醒吗？"丁霁拍了拍林无隅的脸，"你以前踢我场子替我分析心路历程的那些脑子呢？都哪儿去了？"

"怎么？"林无隅皱了皱眉。

"我觉得可疑……"丁霁说，"你叫李大山吗？"

"什……李大山？"林无隅愣了愣。

"不是所有人都会在这种情况下重复别人提到的名字，但他们的反应过于平静了，就像是太突然根本没想好该怎么回答，"丁霁说，"再提'林无隅'的时候他们又重复了一遍这个名字，还挨个儿眼神交流……"

"如果两个名字他们都没听过，"林无隅说，"为什么会有完全不同的两种反应，你是这个意思吗？"

"嗯，"丁霁点点头，"他们知道'林湛'这个名字，但不知道'林无隅'。"

林无隅没再说话，原地站了很长时间都没动。

在丁霁想开口打破沉默的时候，他抬起头笑了笑："去吃点儿东西吧。"

"吃什么？"丁霁问。

"你那儿不是有清单吗？"林无隅说。

"不守别的人了？"丁霁问，"这些只是猜测，他戴口罩，那女孩儿说是感冒了，但狮子鼻为什么问你是不是粉丝？这人估计有点儿小名气，所以碰到我们这样的突发状态，有这种跟普通人不一样的反应也正常。"

"嗯？"林无隅看着他。

"所以有可能真的就不是他们啊，可以再看看别人。"丁霁说。

"你为什么比我还执着？"林无隅问。

"你要放弃了吗？"丁霁笑了笑，"你才没有，你只是体会了一把面对他有可能不愿意认你而已，你害怕了，对吧？"

"出了分你报心理学吧。"林无隅说。

"我答应我爸妈了，"丁霁"啧"了一声，"话说出去就得算数。"

林无隅笑了起来。

"那先去吃东西吧，"丁霁想了想，"缓缓劲儿。"

这么多年，林无隅并没有刻意去寻找过林湛。除了龚岚提到，线索又在本地的时候，他才会去看看，但也只是找个地方坐着，看、听、琢磨，时间差不多了就会离开。

他现在能确定自己想要找到林湛，但也确定自己一直以来都认为，他再也找不到林湛了。

这张偷拍的照片出现的时候他也是同样的想法。

现在这个人跟照片里的人到底是不是同一个人他甚至都不能确定，可那几个人的反应和丁霁的分析，又让他觉得似乎真相已经在眼前，来得太快、太简单，也来得太快、太突然。

十年和三天——这样的时间对比让他根本没法适应。

吃饭的时候，林无隅接到了他离开家之后老爸打来的第一个电话。

他接起电话的时候觉得指尖发麻。不是昨天，也不是明天，就是今天，他甚至有些怀疑这是父母和孩子之间的心电感应，虽然他跟父母从未感应过。

"这几天怎么样？"老爸问。

"还行。"林无隅说。

"找人的事，有什么进展吗？"老爸又问。

"你不会真的觉得，就拿着那么一张照片，我过来就能找着这个人吧？"林无隅说。

"还是有希望的，"老爸说，"你妈昨天梦到他了……"

"没找到，"林无隅说，"没有任何线索，我能做的就是在地铁口等着这个人出现，但是他没有出现，我再等三天，碰不到我就回去了。"

"你……"老爸似乎不知道该说什么了。

"就这样吧，"林无隅说，"我是他弟弟，不是他爸，我能做的就这些了，就到这里了。"

没等电话那边有反应，他挂掉电话，然后关了机。

丁霁托着下巴看着他："再等三天就回吗？"

"嗯，"林无隅点了点头，"前后一星期时间，正常情况下一个人如果住在这附近，一星期时间怎么也得出现一两次；如果没有，说明他不住这儿，我再待下去也没有意义。"

"嗯，"丁霁点头，"如果是那个口罩男呢？你有没有想过他不认你可能只是因为你小时候太丑了，他现在认不出是你？"

林无隅眯了一下眼睛。

"你小时候真的很丑。"丁霁坚持。

"那他也应该问问我们跟林无隅是什么关系。"林无隅说。

"不再会会他了？"丁霁问。

"你电话都留了，真想会，他会找你，"林无隅说，"没必要在这里等，浪费时间。"

丁霁双手伸过去在他面前鼓了鼓掌："就是这样子，我还是喜欢你冷酷无情的样子……"

林无隅看了他一眼，很快目光又移开了。丁霁的手在空中僵了一下，收了回来："这种样子的时候就表示你已经冷静下来做好决定了。"

"嗯。"林无隅点点头。

丁霁对自己这个找补不是很满意，但一时半会儿也没有什么更好的说法了。

林无隅的父母有一种神奇的能力，说不上是好是坏，他们能在一秒钟之内把林无隅的迷茫和慌乱都清空，一键召唤出那个冷静果断的学霸来。那个电话打完之后，林无隅这几天来的恍惚就消失了。每天在地铁口等着的时候，丁霁感觉得出来他状态跟之前几天不一样了，看东西的眼神也不同。丁霁每天都把手机抓在手里，就希望有电话或者信息进来。

这种日子很无聊，跟以前他在小广场发呆还不一样。发呆的时候他可以天马行空各种琢磨，现在得一个一个盯着来来往往的人，脑子里还要不断翻出那张糊得不行的照片反复比对。就算旁边的人是他最铁的哥们儿刘金鹏，他也不能忍，但又偏偏因为旁边的人是只认识了几个月的林无隅而忍了。

不，甚至完全谈不上忍不忍，他莫名其妙觉得挺有意思。

"我们来赌吧。"林无隅说。

"赌什么？"丁霁问。

"左右脚，"林无隅说，"我面前这根砖线，输了的去买奶茶。"

"行，"丁霁点头，"那个妹子，小黑裙长腿妹子。"

林无隅看了过去，两秒钟之后，两个人同时开口："右脚。"

丁霁看着他。

"你换个脚，"林无隅说，"你换成左脚。"

"不，肯定是右脚，"丁霁拒绝，"要换你换。"

林无隅斜了他一眼没吭声。

小黑裙长腿妹子右脚跨过了他们面前的砖线。

"再来，"林无隅看着左边，"挑个远的啊，那边那个蓝 T 恤的大哥，一、二、三……"

丁霁再次跟他同时开口："右脚。"

"这还赌个鬼，"林无隅有些无奈，"你得跟我不一样！"

"那我就一样了怎么办？"丁霁说，"正确答案就一个啊。"

蓝 T 恤大哥不负他俩所望地用右脚跨过了线。

"换一个方式，"林无隅搓了搓手，"我先说……绿鞋子的美女二十七步跨线。"

丁霁看了看那个绿鞋子美女："没错。"

"啊……"林无隅抓着他的肩膀晃了晃,"你换个人说!"

"拎菜的奶奶,"丁霁说,"三十三步跨线。"

绿鞋子美女和拎菜奶奶一前一后跨了线,分别是二十七步和三十三步。

"这还怎么玩?"林无隅抱住了头,拉长声音叹口气站了起来,"我去买奶茶,你喝什么的?"

"什么都行,给我加点儿椰果。"丁霁说。

林无隅走了几分钟之后,丁霁的手机响了一声,他赶紧收了笑容看一眼手机屏幕……自己居然一直笑着?

他点开了消息,是刘金鹏发过来的。

——你怎么回事!你就看了一个升国旗吗?!别的地方没去吗?!
——没有。
——那你每天都在干什么啊?
——看街景。

丁霁看着拎着两个外卖袋走过来的林无隅。

——你有病吧?

以前没有留意过,林无隅的脸在这种正午的明亮阳光从上到下拉出的阴影里,居然很帅气。这种混杂着本身气质的帅气没有攻击性,温和而坚定……这是什么形容?但丁霁实在也想不出别的词儿来,总之就是舒服,愿意看。直到林无隅站在他面前,伸手贴着他的鼻尖打了个响指,丁霁才猛地回过神,蹦了起来。

"我以为我走的时候给你催眠了呢。"林无隅说。

"没,"丁霁揉了揉鼻子,"我走神儿了。"

"不在这儿盯了,"林无隅皱了皱眉,"玩去。"

"最后一天了。"丁霁说。

"走。"林无隅转身就走,丁霁顿了顿,跟上了他。

明天的票已经买了,就在屋里放着。他俩来了这么些天,除了升国旗,还有就是今天出去玩了一趟,而且不是吃东西。

林无隅在刘金鹏给的清单里挑了一个公园。他俩在公园里转了一下午,甚至还划了船。湖挺大,湖面上有不少小船,都是小情侣在划,就他俩是另类。

"我拍个照,鹏鹏还骂我这几天哪儿也没玩……"丁霁举起手机,准备自拍。林无隅犹豫一下，往旁边躲了躲。丁霁迅速变方向，转半圈儿，换了个背景，但是自拍的心情突然没有了，随便拍了几张，就把自己一脸不爽的照片发到了朋友圈里。

刘金鹏第一个回复："这什么表情，是被抢了吗？"

丁霁看着又没忍住乐了。

林无隅跟他一直一前一后坐着，这会儿看着朋友圈里丁霁这几张苦大仇深的脸，又有些不好意思。犹豫一会儿，他往前跨了一步，坐到丁霁旁边。

"挡你了？"丁霁看着他。

"没，"林无隅拿出手机，举了起来，"我拍个……"话还没说完，镜头里的丁霁突然出了画面，坐到后排去了。林无隅转头看了他一眼。

"干吗？"丁霁问。

林无隅不知道该说什么，最后直接对着丁霁拍了一张照片，依旧是苦大仇深的表情。

"丑吗？"丁霁问。

"嗯？"林无隅看了看手机，"不丑，挺跩的。"

"我看看。"丁霁往前凑了凑。

林无隅把手机递到他面前。

"还行。"丁霁点了点头，靠回了椅背上。

从公园出来的时候太阳已经落山了，余晖很美，丁霁对着夕阳又拍了一通。转过身走的时候，看到地上他和林无隅的影子被拉得很长，并肩往前走的时候节奏一致地轻轻晃着，看上去有种很隐蔽的奇妙感觉，像是有什么轻巧松软的东西从身上跳过。

林无隅的影子抬起了手，停在他脑袋上方，做了个狗头——非常像。

丁霁没有这个技能，小时候爷爷这么逗他，他也学过，但不知道为什么，总是不像。林无隅走到他身后，拿出了一把钥匙捏在手里，又在他头上做了只小鸡。这就不能忍了——这鸡比狗更像。

"你注意点儿啊！"丁霁偏过头。

"嗯。"林无隅应了一声，但手没有放下来，影子里的小鸡在丁霁的脑袋上啄了啄。

丁霁忍不住笑了，拍开他的手："你幼稚不幼稚？"

"无名火起的人才幼稚。"林无隅笑笑。

丁霁扫了他一眼，没说话。

220

房东把电视机修好之后，他们每天回到出租房里都会吃着零食、喝点儿啤酒，一边聊天再一边看两部电影，今天还是一样，有一搭没一搭地边喝边聊。

　　林无隅能感觉到丁霁心里有事儿，但具体是什么事儿，实在没有办法猜到，丁霁并不善于掩饰，但也正是因为他把很多情绪写在脸上，才更让人分不清究竟哪一份才是真实的。

　　"鹏鹏这人真是春光明媚，"丁霁拿着手机晃了晃，"刚给我发了张他们店里收银妹妹的照片，夸得天上有地上无的。"

　　"偷拍的吗？"林无隅问。

　　"不是，正经合照，"丁霁给他看了看照片，"还挺可爱的，估计这小子动心了。"

　　"他是不是总动心？"林无隅笑着问。

　　"是，"丁霁点头，"三天两头就动一动，他肯定不会有心脏问题，人虽然不爱运动，但是心脏一直很活泼。"

　　林无隅笑了半天："你这什么形容？"

　　"真的，"丁霁说，"我就佩服他这个小马达一样的动心频率，一般人比不了。"

　　林无隅笑着没说话。

　　"哎，"丁霁用胳膊碰了碰他，"问你个问题啊。"

　　"我跟朋友闹矛盾那事儿吗？"林无隅问。

　　"不是。"丁霁说，"如果，我是说如果，如果你暗恋一个人，会跟人这么说吗？"

　　"不会。"林无隅回答。

　　"啊，"丁霁搓了搓脸，"这样……"

　　林无隅捏了捏啤酒罐子："我会害怕。"

　　"害怕？"丁霁愣了愣，"你害怕什么？怕暗恋落空吗？"

　　"暗恋怎么会怕落空？暗恋本来就是落空的，"林无隅笑了起来，"我害怕的是喜欢本身。"

Cong Mang Yuan Jing

匆 忙 愿 景

第 五 章

我害怕的是喜欢本身。

这句话丁霁没太听明白，也没好意思多问，毕竟聊的是林无隅聊胜于无的感情经历……虽然他自己连聊胜于无这一点都没有，但还是要保持礼貌，不能没有节制地探究别人的隐私。不过林无隅也没有给他机会多问，收拾好行李之后就洗漱睡觉了，上床之前还喊了一嗓子："你差不多得了啊，明天坐车要早起！"

听着跟他爷爷似的。

"知道了！"丁霁应了一声。

躺到床上之后他闭上眼睛，听呼吸能知道林无隅在上铺还没睡着。

"你填完志愿就马上过来了吗？"丁霁问。

"嗯，"林无隅说，"待着也没什么意思，说不定还会被学校拉着这个那个的。"

"对啊，"丁霁睁开眼睛，"你到时省状元一拿，是不是电视台还会给你做个专访？"

"……别了吧，多难受啊。"林无隅"啧"了一声。

"好惨啊。"丁霁感慨。

"你以为你躲得过吗？"林无隅说，"你这种吊儿郎当的，平时看着连学生都不像，只要进了前三，肯定当典型宣传。"

"我未必能进。"丁霁说。

"肯定进，"林无隅的胳膊从上铺垂了下来，手伸到他面前，"信学霸。"

"得状元。"丁霁跟他握了握手。

林无隅笑了，骂了一声。

"你学坏了啊，"丁霁笑着叹了口气，"我是不是头一回听到你说脏话？"

"是，"林无隅翻了个身，"我都跟着你挨过打逃过命了，也不在乎这一句了。"

丁霁无声地笑了半天。

今天晚上林无隅睡得还算老实，脑袋没再挂到床外头，但是丁霁酒喝多了，晚上起来上厕所的时候还是撞到了他挂在床外的一条腿。这人不应该睡床，就只配打地铺，随便滚。不过论准时起床，还是林无隅厉害，丁霁都没听到闹铃响，这几天起床都靠林无隅拽他，今天拽他起来的时候林无隅都已经洗漱完了。

丁霁半死不活地晃进厕所，刷牙之前挣扎着问了一句："你不困吗？"

"困，"林无隅说，"但是如果误了车，我车票钱你给报吗？你还背着我的债。"

"……你车票是我买的！"丁霁含着一口牙膏沫，都没顾得上吐，探了脑袋出来瞪着他。

"哦对，"林无隅点了点头，拿起手机，"那我记一下，从欠的钱里扣除……"

"不用！"丁霁喊。

"喷我一地牙膏。"林无隅说。

丁霁有些无奈，又回了厕所，刚把牙膏沫吐掉，林无隅又在后面说了一句："你这还债之路，道阻且长啊。"

丁霁没说话，拧开水龙头捧了水泼到自己脸上。

可以，清醒了。

这次买的车座号是挨着的，丁霁上车先抢了靠窗的位置："你的小香蕉借我……"

"嗯？"林无隅看着他，"颈枕？"

"海星，"丁霁说，"我说错了！小海星！你的小海星借我用用。"

林无隅从包里揪出了小海星递给他："有眼睛的那一面儿冲外。"

"哦。"丁霁看了看。

"下车那天就洗干净了，"林无隅说，"但是冲脸这边还是固定住，比较干净。"

"你这么讲究，"丁霁垫着小海星靠在窗边，"那会儿怎么拿了我的水就喝啊……"

"吃这方面我很粗鲁的。"林无隅说。

"……行吧。"丁霁点点头。

小海星拿来睡觉是很不错的，丁霁感觉自己这几天也没干什么，但在车上一晃，就觉得好像一星期都没好好睡过觉似的，车还没开出市区他就睡着了。中间林无隅叫醒过他一次，拿了一盒饭和一罐牛奶给他。他吃完往窗上一靠，又睡着了，睡着之前还有个疑问，不知道林无隅会不会靠他肩膀上睡觉？林无隅没有小海星会不会睡得不舒服？这个疑问在快到站的时候得到了解答。

丁霁醒的时候林无隅还在睡，睡姿跟他在床上的时候判若两人。这会儿他坐在位置上，抱着胳膊，坐得笔直，脑袋稍微往后仰着，下巴上还兜了不知道干吗用的口罩。

学那个口罩男吗？那还不一定是你哥呢。

丁霁盯着他看了一会儿，发现这人是真的睡着了，明明可以坐这么直打瞌睡，还要什么小海星到处靠呢……林无隅的小海星没准儿就是个安慰剂。

侧面座位突然闪了一道光，丁霁迅速往那边扫了一眼，发现两个女孩儿正趴在小桌板上，相互你挤我、我挤你地头也不敢抬，手里还抓着手机，估计是偷拍忘了关闪光灯，太不专业了。

被偷拍的应该是林无隅，丁霁判断了一下自己的形象，脸上被小海星压出来的皱痕都还在，估计半边脸都是红的，抓了抓脑袋发现头发还是竖着的。林无隅就不一样了，丁霁又瞄了他一眼，真的很帅，侧脸从额头到眉骨再到鼻梁，线条清晰分明……丁霁移开了视线，他怕林无隅突然醒过来睁开眼睛，那这真有点儿说不清了。

我害怕的是喜欢本身。

丁霁脑子里随着林无隅侧脸的残影莫名其妙地响起了这句话。

喜欢，有什么可怕的呢？

丁霁觉得这话对别人可能适用，对林无隅这么嚣张的人来说，并不适用，他根本不在乎。那他害怕什么？

丁霁拿过水喝了一口，或者他这话……说的并不是他自己？

这个念头让丁霁心里一惊，手里的瓶子没拿稳，差点儿掉了，晃出来的水洒在了林无隅手上。

"嗯？"林无隅睁开了眼睛。

"醒了啊？"丁霁放下水瓶。

"快到了吧？"林无隅伸了个懒腰。

"刚广播说快到了，"丁霁看了他一眼，"你兜个口罩干吗？"

"这么坐着睡觉仰着头，容易张嘴，"林无隅扯下了口罩，"拿这个勒住下巴……"

"你偶像包袱是不是有点儿太重了啊学霸？"丁霁很震惊。

"我垫着小海星就不用这样了，"林无隅扫了他一眼，"不是被你拿了嘛。"

"还你！"丁霁把小海星扔到他腿上。

林无隅把小海星塞回了包里，顺手又拿出一根棒棒糖："吃吗？"

丁霁犹豫一下，接过了棒棒糖："怎么还带着这个，不是一直扔在客厅吗？"

"这个买完第二天就放了几根在包里，"林无隅说，"万一你焦虑了可以随时叼一根儿。"

"我哪那么容易焦虑。"丁霁叼着棒棒糖，舌尖在棒棒糖的圆球上裹了裹，觉得踏实多了。

从车站出来的时候，丁霁才突然回过神。他跟林无隅一块儿混了一个星期，之前居然一直没什么感觉，这会儿看到林无隅往出租车排队的地方走过去的时候，才猛地感觉有些舍不得。但如此无聊的行程为什么会让他有舍不得的感觉，他有些想不通。以前放暑假他跟爷爷奶奶出去旅游的时候，会想刘金鹏，还会从外地给刘金鹏寄卡片和信，但那种小朋友式的思念，在长大之后就没有了。

他跟刘金鹏有时候连着几天混在一起他都会烦，刘金鹏到他家住的时间超过三天，他俩有时候还能为点儿小事就打起来……丁霁盯着林无隅的后脑勺，闷闷地跟在他身后。

"叫两辆车还是一辆车？"林无隅犹豫了一下，"叫一辆车吧，绕一段儿送你回去，然后我回学校。"

不用了！叫两辆车！分头回去！

丁霁很果断地想着，然后点了点头："行，那坐一辆车吧。"

明明还在同一个城市，之后应该还会在同一个学校上学，但上车之后，丁霁老感觉分别的气氛很浓。这让他有些焦虑，往林无隅那边看了一眼。

"嗯？"林无隅看着他。

"你要回家吗？"丁霁本来想问他再要根棒棒糖，想想又换了词儿，"你爸妈知道你回来了吧？"

"明天再回去，"林无隅说，"我今天晚上顺顺思路，我回家跟他们聊，不光是林湛的事，还有我妈的病，我帮不上什么忙，但也不打算完全不闻不问。"

"有件事儿我之前没好意思问你，毕竟我还……"丁霁压低声音，"还欠了你钱。"

"那你现在就厚着脸皮问吧。"林无隅说。

"……就，"丁霁还是小声说，"你学费，自己出吗？你跟家里僵成这样，他们能给你拿钱吗？"

"我有。"林无隅也小声说。

丁霁点了点头，没再多问。林无隅只说他有，没说家里到底能不能出钱，也没说自己到底有多少钱，他也不好打听，就觉得自己压力剧增。

车先到爷爷奶奶家，丁霁下了车，隔着车窗犹豫一下，不知道该说点儿什么。

"给爷爷奶奶问个好，"林无隅说，"我走之前给你打电话，得过来拿东西。"

"好。"丁霁点点头，很利索地转过了身，快步走进了楼道里。

林无隅这话说得丁霁很不爽，直接把出分填志愿这段时间都略过了，他出发之前，没有再跟自己见面的意思。丁霁突然就觉得自己很没劲，之前来回琢磨的那点儿心思现在想想跟个傻瓜一样——还小神童呢？这智商哪儿"神"啊？

丁霁回家之后情绪倒是还扬起来不少，看到爷爷奶奶他就开心。

"给你们在超市买了点儿乱七八糟的吃的，"丁霁往沙发上一倒，"也不知道都是什么。"

"不知道是什么你还拿！"奶奶埋怨地拍了他一下。

"不是我拿的，都是林无隅拿的……钱也是他给的，"丁霁说到这儿的时候，对林无隅的不爽稍微下去了点儿，"我也不知道他拿了什么，你打开箱子看看吧。"

奶奶说着浪费，但还是很高兴地打开了箱子，把里面塞得乱七八糟的东西往外拿："这个是糖，这个是果脯……哎哟，这是什么？我看看啊……这个是老头儿用的扇子吧，还挺好看……"

"这个小盒儿是什么？"爷爷问。

"这盒儿真漂亮啊……"奶奶说，"这个不是我们的，这肯定是小霁买了送人的，谁给老头儿老太太这么时髦的盒子。"

"什么啊？"丁霁凑了过去，他不记得有个什么时髦的盒子。爷爷把一个红色的方盒子递给了他。这盒子他真没见过，超市里也没有这东西。他有些好奇地打开了盒子，看到了一层半透明的纸，接着就瞬间反应过来了。

这应该是个泥人儿。

他跟林无隅转悠找东西吃的时候，路过一家泥人儿店，里头有很多可爱的小泥人儿，他跟林无隅吹了半天，说自己小时候用橡皮泥捏小动物特别厉害。……这是林无隅送给他的。但林无隅什么时候去买回来的，他是一点儿都不知道，顿时觉得心里说不上来什么滋味儿。他很小心地掀开了里面的那层纸，看到了一只小小的泥……鸡。

丁霁把盒子往茶几上一放。

爷爷奶奶拿过盒子往里看了一眼，顿时笑得收都收不住。

"这是小神仙送你的吧？"奶奶笑着问，"多可爱啊，快拿屋里放好，一会儿碰地上摔了。"

丁霁很不情愿地站了起来，拿过盒子进了自己屋里。

在书桌前站了一会儿，他打开台灯，把泥鸡拿出来放在台灯下面，仔细看了看。

这只小鸡的确很可爱，圆头圆脑的，脑袋上还顶着一溜红色的小冠子。

嗯，是只公鸡。

丁霁把小鸡放到了书桌的小架子上，下意识地摸出了手机，想要拍张照发给林无隅。但握着手机愣了半天，他又放下了——算了，先就这么着吧，等哪天把林无隅的那个小书架做好了再说。

林无隅回宿舍之后一直没有回家，手机上老爸的电话他也一直没有接，电话进来他就按下静音，放在桌上，让电话一直响到自动挂断为止。

老妈的手术时间已经安排好了，住院的事也都顺利，去找林湛的事他也已经不如实地汇报了，没有找到人，连相似的人都没有看到。他现在完全不需要再接老爸的电话，也不需要再跟他们有任何交流。

　　还有两天就能查分了，林无隅看了一眼放在床边的一个大箱子，里面是他剩下的衣服，别的东西都在丁霁那里，填完志愿他就可以轻松离开了。无论林湛是找得到还是找不到，林无隅都不想再让自己的生活里有父母的影子。

　　每天待在宿舍对林无隅来说并不算难受，看书、玩手机、去操场转转，没人的时候到篮球场投几个球。让他唯一有些奇怪的是，丁霁一直没再联系他。

　　他塞在箱子里的那只小鸡，丁霁肯定看到了，但也没有跟他说……总不能因为送了一只小鸡，就生气了吧？

　　丁霁脾气挺急的，不至于为这样的事儿生气，那就只能是因为自己的某些态度了。林无隅也没打算找丁霁，这人敏感细心，在这种时候他拿不准丁霁的想法，不知道丁霁的态度，不知道丁霁做出这种反应的原因，也不知道是应该维持原状还是应该打破僵局，他甚至不能确定丁霁是否还要继续他们的友谊。

　　——就……先这样吧。

　　出分这天林无隅起得很晚，自我感觉镇定而嚣张，也不知道自己为什么这么能睡，醒过来还是因为手机一直在响，吵得他没法再继续睡下去了。

　　电话是老林打来的，林无隅拿起手机，刚接通就听到了老林破了音的嘶吼："林无隅！你查分了没有！"

　　林无隅一听这动静，就知道老林肯定已经查了他的分，他资料什么的都在老林那儿，而且听老林这走调了的动静，自己的成绩应该很好。

　　"你查了就告诉我呗。"林无隅笑了笑。

　　"你还挺平静？"老林喊，"你要知道你多少分你就不会这么平静了！"

　　"多少？"林无隅一直以来对自己的成绩都很有把握，也没太去担心分数。一直到现在，到这一秒，他才像是睡醒了似的，突然紧张了，拿着电话的手都开始控制不住地抖。

　　"你不自己查一下吗？"老林说，"万一我老眼昏花看错了呢？"

　　"你孩子都还没生出来，"林无隅说，"不至于就昏花了吧……"

　　"732！亲爱的！"老林没忍住，话都没等他说完就吼出了分数，"宝贝儿！'爸爸'爱你！听到了没！732！今年状元是你了！是你了是你了是你了！"

　　"……听到了。"林无隅说，感觉再不出声老林就要唱起来了。

　　"你在宿舍吗？"老林问。

　　"在。"林无隅说。

　　"你等我，别走啊！"老林声音有点儿喘，"我现在就过去找你，你在宿舍等我！"

"嗯。"林无隅应着。

电话挂掉之后，他在宿舍里站了能有十秒才回过神，把手机狠狠地往床上一砸，然后扑到桌子前，对着桌面哐哐哐地拍了能有十多下，接着又转身在宿舍里一边踢床腿儿一边转圈儿跑。跑了几圈儿之后，他跳到旁边空了的床上，在床板上用力又蹦又跺脚，床板被他跺出了断裂的咔嚓声，最后扑回自己床上，狠狠砸了几下床板之后，把脸埋在枕头里，放肆地哭出了声。他哭得很大声，自己都觉得自己很吵，一边哭还一边又蹬了几下腿，撞到铁床柱了才停下来。

- 34 -

老林冲进宿舍的时候，林无隅已经洗了脸，坐在椅子上了。

"没有鱼！"老林一脚踢开门。

林无隅跳了起来，要不是知道老林是为什么来的，都感觉这是要打人。

"来，"老林进门就张开了胳膊，"'爸爸'抱抱。"

"差不多得了啊，林哥，"林无隅跟他拥抱了一下，"便宜占得没够了。"

"你肯定能考个高分，我还是有心理准备的，"老林在他胳膊上一直激动地拍着，"但能考这么高我是真没想到。"

"你觉得我应该考多少啊？"林无隅笑笑。

"725？"老林说，"或者728？不过想想也不意外，'学霸'不是白叫的……这回好了，前三个咱们学校的，不，都是咱们班的！前十我还没打听……"

"还有谁？许天博？"林无隅再次紧张起来，"还有一个是三中的吗？"

"许天博720应该是第二了，分还没打听全，估计前三不会有并列的分了，"老林说，"三中的那个孩子算黑马，以前好像没拿过年级第一，课都不一定能保证去上……"

"多少分？"林无隅打断了老林的话，这个描述一听就知道是丁霁。

"719，叫丁霁，"老林说，"刚我三中的同学跟我说的。"

林无隅猛地松了一口气，靠到身后的桌子边。虽然他认为以丁霁的脑子，应该能考得更好，但毕竟这人前面几年吊儿郎当的并没有认真学，冲刺都还是在医院走廊和天台上冲的，最后拼这一把就能黑马直逼许天博，"小神童"没白叫。

"这几天你可能事儿会有点多……"老林点了根烟。

"掐了，"林无隅拿出了手机，想着是给丁霁打个电话还是发个消息，"这可是学生宿舍。"

"怎么你还想拍个照留证据啊？"老林过去把宿舍门关好，打开窗户，"我偷偷抽，这么激动人心的时刻……而且你们这层都没人了，你也毕业了，现在属于社会闲散人员，咱俩谁也管不着谁。"

"我又闲散人员了？不是你执教生涯的吹牛资本了？"林无隅问。

打电话吧，打个电话比较快。

"各种角色看情况转换嘛，"老林笑笑，"学校希望你能写个致辞或者感言或者什么玩意儿的，你懂吧，学霸的心声……"

"你帮我写吧。"林无隅对这种事实在没有兴趣，"还有什么？快说，我要打电话。"老林看了他一眼，接着说："然后会有一些采访……"

"你替我去吧，以一手培养出学霸的年轻有为的班主任身份，"林无隅说，"我真的……你也知道我这人，这种事儿我一丁点儿都不愿意配合。"

"还得给我张照片！"老林瞪着他，"一张帅点儿的生活照！我那儿只有你的证件照，还有高一你打篮球的时候一脸泥的照片！这总可以了吧！能办到了吧！"

"能，"林无隅马上低头在手机里翻着，"我发给你，你打出来就行。"

差不多了吧，我有个电话要打啊林哥。

"你还说我不是你'爸爸'？"老林叹了口气，"我是不是还要帮你收你的通知书，然后再给你寄过去，还得提心吊胆地怕寄丢了？"

"谢谢哥。"林无隅说，"真的，这几年谢谢你了。"

"不说这些，"老林摆摆手，"你放假了敲锣打鼓回来看我就行。"

"那肯定。"林无隅点点头。

"开心点儿，"老林说，"让自己轻松点儿，很多压力是可以扔掉的，这个年纪就应该活得像个傻瓜才对。"

"嗯。"林无隅放下了手机，老林这深沉的语气一出来，没有二十分钟停不了。

"我的天！"刘金鹏的声音在电话里听着跟炸了一样，都带着毛边儿，"这是你的分？真是你的分？719？719？"

"嗯。"丁霁晃晃椅子，忍不住有点儿小得意。

"我的天！我怎么这么不能相信呢？"刘金鹏吼着，"我看着你长大，成天没有个人样儿……"

"你说话注意点儿啊，"丁霁说，"我在小广场也是有头有脸的人。"

刘金鹏继续吼："我真没想到啊，我还老觉得你这么聪明个脑瓜子，成天游手好闲的也不求个上进！没想到你还挺上进？"

"滚，"丁霁笑了，"你懂个头。"

"这分儿是三中第一吧？能拿状元吗？"刘金鹏问，"三中全省最牛了吧？"

"想多了，市第一附中都不答应。"丁霁"啧"了一声。

"附中怎么了！附中不就一个林无隅……哦对，他多少分啊？"刘金鹏问。

"732。"丁霁说出林无隅的分时，有种莫名的骄傲，仿佛穷鬼向穷鬼炫耀自己的有钱朋友。

"多少？732？"刘金鹏非常震惊，"他是不是开无人机偷卷子了？"

丁霁笑了半天："他应该是状元了，这分是真的高。"

"让他请客吃饭啊，"刘金鹏说，"这必须请朋友吃饭庆祝吧？你719分请我，他732分请咱俩……"

"滚！"丁霁说，"请你吃个锤子。"

"你好意思请我就好意思吃。"刘金鹏说。

"不跟你扯了，我这儿老有电话进来，"丁霁说，"等我有空了过去你店里找你。"

"行。"刘金鹏很干脆地挂掉了电话。

丁霁自从查了分之后，心情就有点儿忽上忽下的。他感觉自己能有个710分，但没想到能差一分就720了。看到分的那一瞬间，他松了一口气。自己是为了给爷爷奶奶争口气，才在最后这段时间里拼一把，算是圆满完成任务。无论老爸老妈对这个成绩是什么态度，他对自己都很满意了，爷爷奶奶比他更满意。他们对高考多少分算是什么程度完全没有概念，只知道这是三中目前出的最高分，对他们来说，这就够了。

哪怕是丁霁只考了200分，他们这会儿也会张罗着买好菜，晚上要给他做顿大餐。

丁霁坐在书桌前，又轻轻晃了晃椅子，手机一直拿在手里，一圈圈地转着。他倒是没骗刘金鹏，他手机一直在响，电话、短信、消息，没停过。班里的微信群也一直在刷屏，附中学霸林无隅的732分就是在群里看到的，群里的人反应都跟刘金鹏差不多，知道这个分的时候都讨论疯了。

但他到现在也没有等到林无隅的消息，这么牛的分，这么拉风的事，无论是电话还是微信，就连最老土的短信，林无隅都没给他一个。林无隅的分数他居然是在群里看到的，在那么多人都知道了以后。丁霁皱着眉，有些郁闷，更多的是觉得没有面子，非常没面子——我把你当朋友，我陪着你大老远的发了七天呆，你出了成绩居然不在第一时间里跟我分享喜悦？

渣渣！

丁霁偏过头看了一眼放在桌子旁边已经做了大半、基本成形的小书架，简直怒火中烧，伸脚过去就是一蹬。

这会儿又有电话进来，他看了一眼，居然是石向阳这个神神道道的家伙。

他按了静音，没有接电话。

石向阳考得不差，但距离他自己给自己定的标准有点儿远，这会儿估计非常不开心，丁霁自己现在也不怎么开心，不想再接个电话听别人诉苦。

渣渣！林无隅这个渣渣！

手机又响了起来，丁霁看了一眼，是个陌生的座机号码。他皱了皱眉，熟人电话都不想接，更不要说陌生号码了，把手机扔到了桌上，一秒钟之后又扑上去拿起了手机——这个电话的归属地？

他的呼吸顿时有些急促，那天把电话留给那个女孩儿的时候，根本也没抱多大的希望……

"喂？"他接起了电话。

"您好，请问是丁霁同学吗？"那边传来一个男声。

丁霁愣了愣，这声音听着能有五十岁，林湛成熟到这种程度了？

"我是，您哪里？"丁霁回答。

"我是宇宙国际大学招生办的李老师……"电话里的男人说，"你已经被我们学校录取了……"

丁霁一心一意想的是林湛那边有什么消息，这男人哐哐哐地一通都说到给他多少奖学金了，他才回过神来，顿时气儿不打一处来，跳起来对着电话吼了一嗓子："滚！你们是什么骗子！能不能专业一点儿！信息能不能准确一点儿！不会骗人就跟你同行学学！你知道老子多少分吗？你一个什么宇宙星际的你就敢给我打电话？"

没等那边出声，他就挂掉电话，把手机扔回了桌上，憋了一会儿还是不解气，恶狠狠地骂了一句脏话。

手机再一次响起的时候，丁霁连看一眼手机的兴趣都没有了，但又觉得林无隅怎么也不应该不跟他联系，万一就是这个电话……能不能有点儿出息了？丁霁？丁小霁你能不能跩一点儿了？林无隅算个啥啊？丁霁拿起了手机，扫了一眼之后心跳再次加快，突突突一通扫射。

他拿着手机，坚持到电话响了二十秒之后，才接了起来："喂。"

"查分了吗？"林无隅的声音从电话里传了出来。

"装什么装？"丁霁说，"前五名的分数全市高三学生都快知道了，你现在给我打个电话装什么？你傻傻不知道呢？"

"我刚起床，"林无隅笑了笑，"刚知道分。"

"那你要不要我配合你表演一下啊？"丁霁没好气儿地说。

"好。"林无隅说。

丁霁愣了愣："什么？真来啊？你是不是傻？"

"查分了吗？"林无隅问。

"……查了。"丁霁不知道自己为什么要配合。

"多少？"林无隅的语气突然变得有些期待又有些好奇。

入戏这么快？丁霁被他这状态带得也有些莫名激动起来，就好像真的这会儿自己刚查完分。

"你先说你的，你多少？"他站了起来。

"说出来怕吓着你。"林无隅声音里带着笑。

"快说！你好歹是个学霸，考个满分我也不奇怪。"丁霁说。

"满分不至于，"林无隅停了停，"732。"

"……我的天！"丁霁喊了一声。虽然他已经知道了林无隅的分数，也已经吃惊过了，甚至已经在群里围观了很长时间别的同学的吃惊表演，但在亲耳听到林无隅说出这个数字的时候，他才真的感觉到了吃惊和激动，甚至手都有些发抖。

"多少？"他又问了一遍。

"732，"林无隅说，"我对得起自己，也对得起任何一个人了。"

林无隅的这句话，猛地戳在了他心里不知道的什么地方，激动、兴奋、释然，还有一些小委屈，就这么突然地感受到了林无隅说出这句话时的心情。丁霁不知道自己的鼻子为什么会突然酸得厉害，眼前的东西在这一瞬间突然都隔在了一层水雾之后，只不过眨了一下眼睛，想要看得清楚些，眼泪就从眼睛里流了下来。

"太好了，"丁霁没有林无隅的本事，没有办法让自己出声的时候不带哭腔，只能带着重重的鼻音，还吸了一下鼻子，"你太牛了林无隅。"

"丁霁？"林无隅有些迟疑，"你哭了？"

"嗯，"丁霁应了一声，"这就是我脸小的原因。"

"我脸也不大啊。"林无隅说。

"谁知道你有没有背着人偷摸哭！"丁霁抓过纸巾在眼睛上按了按。

"你多少分啊？还没告诉我呢。"林无隅坚持要把戏演完。

"719。"丁霁说。

"所以你是气哭的吗？"林无隅问，"分没我高，小神童气哭了。"

"滚啊，"丁霁挂着眼泪没忍住又乐了，"我是真的觉得……你这次这个分，算不算是给自己个交代，可以不那么压着自己了？"

"嗯，"林无隅笑笑，"出来吃个饭吧。"

"你除了吃饭还有没有别的创意了啊？"丁霁说。

"那出来溜达一会儿吧。"林无隅说。

"……去哪儿？"丁霁问。

"小广场吧？我们过去都近。"林无隅说。

这个时间小广场没有什么人，太阳大，温度也高，整个小广场就只有篮球场那一块儿有人在打球。

林无隅到的时候看到丁霁刚在平时他总待着的那个台阶上坐下，跟头疼那次见面的时候一样，脚边放着那个大玻璃瓶，里面是菊花茶。

"你到时是不是还得把这个瓶子带去学校啊？"林无隅走过去。

"嗯。"丁霁点点头，拿起瓶子，打开喝了一口。

林无隅看着他还有些发红的眼睛，心里说不清是什么感觉。他知道丁霁会为他的成绩激动高兴，丁霁就是这么善良真诚的人，但他怎么也没想到丁霁会哭。

"先去奶茶店坐会儿吧，"丁霁说，"这儿晒死了，杵这儿跟有病似的。"

"你请客吗？"林无隅问。

"我不请客，"丁霁指了指他放手机的那个裤兜儿，"你给我记上。"

"奶茶也记？"林无隅看着他，"你们社会青年都是这么还钱的吗？"

"我们社会青年，还能还你这钱就不错了，"丁霁"啧"了一声，"你看老六那个假女朋友，现在也没找着人呢，我怕是指不上他那儿给我钱了。"

"我催你了吗？"林无隅问。

"我知道你没催，"丁霁皱了皱眉，"那我也不能就不着急这件事儿了啊。"

"怕我没钱上学吗？"林无隅笑笑。

"是有点儿怕。"丁霁说。

"我那边已经接了活儿了，"林无隅说，"时间都定了，我填完志愿就过去。"

"你可以啊。"丁霁看了他一眼，"还是……先住在租的那个房子吗？"

"嗯，"林无隅点点头，"我走之前去你那儿把东西拿了。"

"你东西挺多的，"丁霁想了想，"你要拿不了就放着，我过去的时候帮你带过去，我小姑父肯定要送我去。"

"好。"林无隅继续点头。如果按之前的状态，丁霁可能会跟他一块儿提前过去玩，毕竟说了带丁霁飞无人机，可除了那次跟着打下手，他也一直没带丁霁飞过。但现在丁霁肯定不会有这样的想法，回来之后一直都没再联系他，如果现在连行李也不让丁霁帮着拿一些，林无隅感觉他俩这朋友接下去的走向就该是无疾而终了。

奶茶店还是那些吃的喝的，丁霁在收银台前点东西，听着梁春一个劲儿地夸他："天哪，丁霁，真是没想到啊，听刘金鹏说你考了特别高的分，419？太牛了啊！"

"你一个小姑娘家的成天想什么呢？"丁霁叹了口气，"719，刘金鹏这嘴也太快了吧。"

"厉害！今天这顿我请了啊，你随便点。"梁春一挥手。

"你就别破费了吧。"丁霁说。

"成本也没几个钱，"梁春笑着说，"别把关系处得这么假啊！"

"那我随便点了。"丁霁在单子上一通指，点了一堆吃喝，按他的食量，这些吃完，饭是吃不下了，但林无隅肯定可以。丁霁回头看了一眼坐在阳伞下面的林无隅。林无隅正看着他，冲他笑了笑。丁霁拿了奶茶走过去的时候，脑子里一直想着梁春的那句话——别把关系处得这么假啊。

就是这个感觉。假了吗？他和林无隅的关系。

他没好意思跟林无隅说他也想跟着过去，玩也好，去熟悉一下学校也好，去给林无隅帮忙也成，总之他就是想去，但他不能说，说出来就很奇怪。

林无隅也差不多。

他不相信林无隅真的不记得自己答应了给他做个小书架，但林无隅一直没提这茬儿，是担心自己没给他做，问了尴尬呢，还是不希望他做了？

丁霁靠在椅背上，手指弯着撑住下巴，看着林无隅。怎么这关系就这么别扭了呢？他还从来没有过跟谁把关系处得这么莫名其妙的。

"想什么呢？"林无隅问。

"你不要那个书架了吗？"丁霁问。

丁霁的这个问题问得有些突然，跟他们一路过来聊着的内容也完全没有一点儿关联，林无隅差点儿反应不过来，不知道丁霁跳脱的思维是怎么突然就蹦到那儿去了。

那个小书架。

"你真的做了吗？"林无隅问，"上回说的那个小书架？"

"你如果不要，就没做。"丁霁揉揉鼻子。

林无隅没说话，过一会儿才往前又凑了凑："真的做了？"

丁霁皱着眉看了他半天，最后才点了点头："差不多做完了。"

"要啊，"林无隅马上说，"我要。"

丁霁托着下巴，眼神里全是探究，盯着他。林无隅往回靠到了椅背上，喝了口奶茶。他对于丁霁的这个反应并不意外，因为他自己的反应就有点儿奇怪，大多数人对待"我给你做个礼物"这样的事不会是这样的态度。

几秒钟之后，聪明敏锐如丁霁，果然开口问了一句："无隅哥哥，你是不是没收过别人给你做的手工礼物？"

林无隅想了想，清了清嗓子："手工贺卡还是有的，小学的时候，有一次老师要求大家给同桌做一个贺卡。"

丁霁一下乐喷了，笑得手里拿着的奶茶都挤了一手。林无隅也笑了笑，扯了张纸巾给他。他在丁霁面前不会掩饰自己，也不介意丁霁知道他某些不愉快的过往，虽然说起来的时候他内心也不是一点儿波动都没有。

丁霁笑了一会儿，拿纸巾把手上的奶茶擦干净之后，突然一收笑容，看着他："小可怜儿。"

"说话注意啊，"林无隅说，"我在我们当地享有一定的社会地位，你注意点儿。"

丁霁顿时再次笑喷："你是不是偷看我发朋友圈那个表情包了！"

"那个应该是我的专属表情包。"林无隅冷酷地说。

"你何止在当地享有一定社会地位，"丁霁边乐边说，"你在我们省，说不定在全国都要有一定社会地位了，你搞不好是今年全国状元。"

"那就不必了。"林无隅说。

丁霁又笑了好一会儿，才抹了抹眼睛："哎。"

"书架还有多久能做好啊？"林无隅问，"要上漆吗？"

"不上漆，上漆就不好看了，"丁霁说，"我打磨好就可以，保证光滑不刺手，十年不会坏。"

"谢谢。"林无隅说。

丁霁"啧"了一声。

林无隅是个有礼貌的人，但没有这么认真地说过"谢谢"，这句"谢谢"里包含的，不仅仅是礼貌这么一点简单的内容。

林无隅没收到过手工礼物并不奇怪，那都得是关系好的朋友才会花心思去做的东西。他这个性格，跟所有人都能自然地聊天、开玩笑，每一个人都会觉得他是个温和、好相处的人，还会惊喜地发现他自信里带着嚣张的另一面，没有什么明显的缺点，人人都爱林无隅，但大多数人也仅止步于此，无法更接近。如果林无隅没说这句"谢谢"，丁霁的猜测也就到这儿了。可林无隅说了"谢谢"，还很认真，加上之前的两个"真的"。

丁霁觉得，除了没收到过手工礼物之外，林无隅大概就没期待过有人送他这样的礼物，小书架被他刻意忽略不提了，如果他不说，林无隅说不定永远都不会再问……真是个小可怜儿啊。

"那我带着过去吧，"林无隅吃了一口酥饼，"行李箱里能放下吗？"

"够呛，"丁霁说，"就算是个小书架，它也是要放书的，不是特别小的架子。"

"那我扛着。"林无隅点点头。

丁霁起了几次头想说"要不我跟你一块儿去，东西一次就都能拿完了"，但最后还是决定算了。他得再多陪陪爷爷奶奶，这一走就得过年才回来了，长这么大，他还没跟爷爷奶奶分开过这么长时间。

这么一想，他甚至有些不想去学校了。

出分之后就准备填志愿，同学之间各种相互打听、一块儿发愁，暗恋日久的男孩儿、女孩儿们已经哭昏三百多回合，还有一次次的毕业聚会和毕业旅行。

大家都很忙。

相比之下，丁霁就很轻松，老爸老妈最近没管他，特别是在知道他决定报H大和他们同样的专业之后。他安心猫在家里天台上打磨那个小书架。

"我有假了去看你啊。"刘金鹏蹲在旁边给他打下手。

"嗯。"丁霁点头。

"要不要带爷爷奶奶过去？"刘金鹏又问。

"你带啊？"丁霁看了他一眼，"我怎么不太放心呢？"

"这是什么话，"刘金鹏很不高兴，"你要连我都不放心，那你也没什么能放心的人了。"

"有还是有的。"丁霁顺嘴说了一句。

"林无隅呗，"刘金鹏撇撇嘴，"那他也不可能带爷爷奶奶过去啊，他跟你关系铁到咱俩这份儿上了吗？"

没等丁霁说话，他又抢答了："没有嘛，对不对。"

"重点难道不是他人不在这边儿，没法带吗？"丁霁说。

"你在别人跟前儿有没有这么帮我说过话？"刘金鹏皱着眉问。

"有，"丁霁点头，"都不知道多少回了。"

"丁啊，"刘金鹏叹了口气，"我知道林无隅这人很好，性格好，又聪明，本事也大……"

"干吗？"丁霁打断了他。

"你也是这样的人，聪明，性格招人喜欢，"刘金鹏说，"而且你俩都有文化，学霸，上名牌大学，学我听都听不懂的专业……"

"刘鹏鹏？"丁霁看着他。

"你俩是很配……"刘金鹏说。

"什么?"丁霁眼睛一下瞪大了。

"不是配,不是,是……"刘金鹏皱着眉,"就很合拍吧反正。"

丁霁不知道为什么自己会松口气。

"但是!"刘金鹏一拍腿,丁霁手里拿的砂纸让他吓得扔到了地上。

"你也不能把我这个朋友扔了,"刘金鹏说,"虽然以后咱俩肯定不是一路人,但是……"

"你想太多了,"丁霁搂了搂他的肩膀,"林无隅吧,我是挺……但是也不表示我不要你这个朋友了啊,你俩是不一样的知道吗?咱俩一块儿长大,除了你,我没第二个这样的朋友了,你是我亲哥,你是我爷爷奶奶的亲孙子,知道吗?"

"先说好,就这些,我可不是你爸亲儿子。"刘金鹏马上说。

"那必须不是。"丁霁说。

的确不是。刘金鹏是他铁瓷,是他发小,是从小再嫌弃也愿意一块儿玩的朋友,一块儿欺负人,一块儿被人欺负,一块儿相互欺负……主要还是他欺负刘金鹏,一块儿长大,亲人一样的感觉。林无隅不一样。林无隅不是亲人,但说是铁子也不是那个感觉,说朋友似乎又远远不够。那到底是什么呢?

"是我对你深深的爱,"老林拍了拍放在桌上的包,"你跟你家里这关系,出去上学他们估计也不会给你准备什么了,准备了你也不要,我可不就得想着点儿吗?"

"嗯。"林无隅笑笑,伸手想拿过那个包来看看。

"行了,先办正事儿!"老林指了指面前的电脑屏幕,"再看一遍!再检查一次,再想想清楚,然后再提交。"

"就这点儿内容,要想多久啊?"林无隅说。

"慎重点儿没错。"老林说。

"好。"林无隅点点头,又看了看自己志愿填报的内容,然后点了提交。

"退出再进去一次。"老林指挥他。

"为什么?"林无隅退出,再次登录。

"万一没提交成功呢!得再确认一次啊,"老林凑到屏幕旁边看了看,"行,没问题了,等通知书吧,你和许天博的应该一块儿到。"

"嗯。"林无隅伸了个懒腰,拿出了手机。

许天博上午已经给林无隅发消息说填完了,宇航工程,要不是老林让林无隅必须等他回家了再到林无隅家里来填,林无隅上午也已经填完了。

他拿手机，对着屏幕拍了一张照片，发给丁霁。

　　——我填完了。
　　——我也填完了。

丁霁点了一下提交志愿——工程力学，然后拿手机也拍了张照片发给了林无隅。

　　——退出再登录检查一下报上了没有。
　　——哦。

丁霁按林无隅说的又退出重进了一次，检查确认之后才关了电脑。

　　——密码别让别人知道。
　　——能让谁知道啊。

丁霁笑了笑。

　　——你爸妈，小心点没错。

林无隅说得很直白，丁霁对于林无隅如此不相信他爸妈的行为没有任何不爽，甚至有些开心。

　　——我很小心的，放心吧。
　　——我一会儿去拿东西，明天一早的车，我得今天晚上收拾好。

丁霁这回没有犹豫，他长这么大也没这么纠结过，来来回回也没琢磨出个所以然来，他决定随便，谁愿意琢磨谁琢磨去，反正他是不打算再想了。

　　——你晚上就住我家行了，行李能少搬一次，明天一早我还能送你。

"奶奶——"丁霁靠着椅子，往后仰着头冲客厅喊，"晚上弄点儿好吃的，小神仙过来，晚上不走了，明天一早我送他去车站——"
"他怎么这个时间去？"爷爷在客厅里有些奇怪地问。

240

"他接了活儿得过去做，就那个无人机，"丁霁说，"赚钱呢。"

"啊？"奶奶走了过来，"这就上班去了？他落榜了？"

"瞎说什么呢！"丁霁喊了一嗓子，"他一个省状元，这榜往哪儿落起啊？"

"状元状元状元，"奶奶"啧啧"了好几声，"你是状元吗？你一个探花，成天把'状元'挂嘴上，状元又不是你。"

丁霁嘿嘿嘿地乐了半天："这话说得，状元怎么了，状元一会儿来我家蹭吃呢，还要蹭床蹭我枕头。"

林无隅打辆车带着行李到了丁霁家楼下，比约好的时间提前了差不多半小时。他站楼下犹豫着是在这儿杵一会儿还是直接给丁霁打电话。

他没想到今天路上一点儿都不堵。

"嘿——"楼上传来了一声吼，是丁霁的声音，在几栋楼回荡着，显得尤其洪亮。林无隅抬起头，看到了丁霁从窗口探出来的脑袋。他想回应一声，但没好意思这么吼，只能是抬手挥了挥。

"怎么不给我打个电话——"丁霁继续喊。

"不知道你号码呀——"不知道哪栋里有人应了一声。

"滚！"丁霁笑着骂了一句，又冲楼下吼："你等着啊，我下去帮你拿！"

"不——"林无隅想说不用了没有多少东西，自己上去就行，但是开口喊了一嗓子之后觉得实在有些不好意思，于是闭了嘴，听上去这个拒绝非常地无情。

丁霁的脑袋缩回窗户里，林无隅想想又觉得让邻居听到这样无情的拒绝会让丁霁没面子，于是他清了清嗓子，抬起头："丁鸡——"

一嗓子出来之后，他立刻闭了嘴。也许是这辈子他都没这么大喊过，还是仰着头，扯着嗓子眼儿，"霁"字破音了不算，连调都不知道拐哪儿去了。

丁霁的脑袋瞬间又从窗口探了出来，这回一块儿探出来的还有丁霁的胳膊，他指着林无隅，压着声音吼："你给我闭嘴！"

林无隅点了点头，十多秒之后听到了丁霁的脚步声，咚咚咚地从楼道口里传出来，听动静，一层楼梯最多两步就蹦下来了。

"林无隅你是不是要打架？"丁霁从楼道口里风一样卷了出来。

"不是，"林无隅忍着笑，"我不是故意的，我嗓子不好……"

"你等我下来不就行了，你非得再喊一声干吗呢？"丁霁瞪着他。

"我是想说不用你下来，我自己拿上去就行，东西也不多。"林无隅继续忍着笑。

"那你直接上去不就行了，咱俩中间就能碰上。"丁霁说。

"你下这么快，我估计就上一层你就到了，"林无隅说，"那不是得多跑嘛。"

"我要不是为了下来骂你，我也不会跑这么快！"丁霁拎起他的箱子，转身往楼道里走，走了几步突然笑了起来，"你平时说话声音很好听啊，怎么能吼出那个动静来？"

"不知道，"林无隅清了清嗓子，"是不是这两天上火了？"

"一会儿喝点儿菊花茶，我奶奶泡的，也不知道是个什么菊，苦得我想哭，你帮我喝一半儿。"丁霁说。

"行。"林无隅点点头。

"小神仙来啦，"奶奶在厨房里一边忙活一边喊，"桌上有水果，先吃点儿，爷爷还给你们买了一堆小吃。"

"好。"林无隅靠到厨房门边，看了看里面，"要帮忙吗？奶奶。"

"哎哟你可别帮忙了，"奶奶赶紧摆手，"上回你拍黄瓜拍得房顶上都有黄瓜渣儿，丁霁架个梯子上去才擦干净了。"

"……不能吧？"林无隅非常震惊。

"你俩玩去吧，你俩进一回厨房我得收拾三个月。"奶奶很嫌弃地把他推回了客厅。

"先收拾好东西，"丁霁进了小姑那个屋，"你的无人机在这儿。"

林无隅跟着他进了屋，手伸到书包里掏了掏，摸到了那个小纸袋，但是没有马上往外拿。

"干吗？"丁霁看着他。

"我给你做了个东西。"林无隅说。

"什么东西？"丁霁立马走了过来，"你做的？手工？"

"嗯。"林无隅点了点头。

"贺卡吗？"丁霁问。

林无隅笑了起来："你这人怎么这样。"

"那是什么？"丁霁有些好奇地扯了扯书包，"拿出来我看看。"

林无隅拿出了那个纸袋，没有马上给丁霁："这个吧……做得不太好，失败了很多次。"

"给我。"丁霁伸手。

"颜色也不好挑，拿不准，"林无隅没给他，拿着纸袋继续说，"我以前也没做过这种手工，就小学手工课我都不及格。"

"给我。"丁霁抖了抖手。

"别笑啊，"林无隅说，"跟你的小书架是真比不了……"

"给我！"丁霁吼。

林无隅把纸袋放回了书包里，看着他。

"快给我。"丁霁搓了搓手。

林无隅笑笑，把纸袋放到了他手上。

丁霁小心地先掂了掂，纸袋就一个巴掌大小，有点儿小重量，而且是个圆形的东西，把纸袋撑鼓了，他隔着袋子捏了捏。

"哎，"林无隅马上在他手背上弹了一下，"别捏。"

"嘬……"丁霁抽了口气，"轻点儿！"

林无隅没说话，低头打开纸袋，看到了里面有一坨黑色的东西，上面还有绿色和红色的点缀。在看清这东西是什么之前，他已经闻到了特殊的气味，这气味他相当熟悉了，毕竟吹过牛。

"橡皮泥？"他伸了手指到袋子里夹住了那黑坨坨，"你捏的？捏了个什么？"

"你看吧。"林无隅说。丁霁有些激动地把黑坨坨拎了出来，放在了自己手心里，但没看出来是个什么——黑的，圆坨，上面有一条红色，还有一小坨黄色和对称的两坨绿色。

"什么东西？"丁霁皱着眉把手举到了眼前，左右看着。

"压扁了……"林无隅伸手小心地捏了捏黄色的那一小坨，给它捏了个尖儿出来。

丁霁瞬间反应过来，慢慢抬起头看着他："林无隅？"

"我不是故意的啊，"林无隅说，"主要是我试了一下别的，都太复杂了，就这个可以搓个圆，而且上回送的那只泥人小鸡，可以参考……"

丁霁没说话，瞪他几秒之后，拍了拍他的肩膀，鼻子又开始发酸："谢谢。"

林无隅也伸手在他肩膀上轻轻拍了两下："不客气。"

丁霁叹了口气，松开胳膊："你这也太客套了吧？"

"你先说的'谢谢'。"林无隅说。

"你这捏橡皮泥的手艺，一看就是包个饺子能碎一锅的那种，"丁霁看着手心里的小黑鸡，"能这么几天就捏出个……提示一下差不多能猜出是什么的东西来，不容易。"

"你这到底是夸还是损呢？"林无隅看着他。

"想夸又忍不住损，"丁霁笑了，"实在是……太难看了，你搓个面团儿都不至于是个多边形吧？"

"那你给改改。"林无隅笑笑。

"不了，"丁霁说，"改了就不是你做的了，我让我奶奶看看去。"

丁霁捧着那只橡皮泥鸡去了厨房，接着林无隅就听到了奶奶的笑声。

"哎哟，小神仙这手艺，"奶奶边乐边喊，"老丁头儿你看看，能看出来这是什么吗？"

"芝麻汤圆儿？"爷爷说。

林无隅没忍住，在屋里跟着也笑了。

"是只鸡！没想到吧！"奶奶很得意。

林无隅笑着走到客厅的时候，她又补了一句："看看，还是只乌鸡呢。"

丁霁瞬间爆发了一通狂笑，直接捂着肚子倒在了沙发上。林无隅笑得也有点儿控制不住，坐到沙发扶手上，笑得眼泪都出来了，低头抹了抹眼睛。

"哎……"丁霁笑了半天，总算缓过来一些，慢慢坐起来的时候脸都笑红了，凑到林无隅身边，小声说，"那个，我奶奶没有嘲笑你的意思……"

"我知道。"林无隅说完，忍不住又笑了好一会儿。

"我还有个疑问啊，"丁霁看着小乌鸡，"你说你送我鸡就送吧，一只接一只地送我也不跟你计较了，我就想问问，它为什么是黑的啊？"

"我觉得黑的……酷一点儿，"林无隅说，"你不是小广场伪一霸嘛。"

"什么霸？"丁霁问。

"小广场一霸。"林无隅纠正了自己的说法。

"……伪就伪吧，不跟你计较，"丁霁摆摆手，拿着小乌鸡往自己房间走，"红的是鸡冠，黄的是鸡嘴，对吧？"

"嗯。"林无隅跟着他。

"绿的这两小坨呢？"丁霁进屋把乌鸡放在了那只正经小泥鸡的旁边，对比之下，本来提示了还能猜出是只乌鸡的橡皮泥鸡，顿时再也找不到作为一只鸡的痕迹。

"翅膀或者……眼睛。"林无隅看了看房间里，没有看到丁霁做的小书架。

"这俩还能共用？"丁霁有些吃惊。

"本来是想做翅膀，但是贴得太靠上了，而且再往上做眼睛就太挤了，揪又揪不下来了，"林无隅比画了一下，"所以就共用了，反正就是一个圆，身体和脑袋都是共用的，眼睛和翅膀当然也可以共用。"

"行吧，真是有理有据，"丁霁点点头，"看看书架吗？弄好了。"

"好，"林无隅说，"搁哪儿了？"

"天台，打磨呢，木工活儿你不会以为我要在屋里干吧？"丁霁说。

小书架就放在爷爷的圈地里，还有把用绳子一圈圈地捆好撑在旁边的大阳伞，伞上印着某冰激凌的广告。

"伞不错。"林无隅说。

"楼下冰棍儿批发点送的，"丁霁过去把小书架拎到了桌上，"看看我的手艺。"

林无隅走到桌子前，伸手在小书架上摸了摸。这个书架比起之前在丁霁屋里看到的那个小板凳，简直不像是一个人做的，这对比就跟他做的乌鸡和那只正经小泥鸡一样强烈。

　　"你……"林无隅弯下腰，细细地看着书架的每一个细节，"真是出人意料啊。"

　　书架的造型就是最普通的那种，三层隔板，但所有的木边和弯角都是圆润的，摸上去光滑里带着细细的阻力，最上一层的背板还做出了一排波浪形状。难度最大的应该是下层的抽屉，会有抽屉是林无隅没有想到的，最下层隔板的右半边是一个带锁的小抽屉，拉出来时他看到轨道只是木槽和细木线相扣，但推拉时却相当顺滑。

　　"这抽屉放不了什么东西，我就是觉得一个光架子有点儿单调。"丁霁说。

　　"这架子是不是没用钉子？"林无隅问。

　　"嗯，但是我用胶了，"丁霁说，"水平不够，不用胶有些地方卡不紧，所以一直放这儿散味儿呢。"

　　"现在闻着没什么味儿了。"林无隅手指在架子上弹了两下。

　　"喜欢吗？"丁霁问。

　　"这种废话就不要问了吧，"林无隅笑了笑，"我当然喜欢啊，我明天能带走吗？"

　　"……别了吧，"丁霁有些犹豫，"你一个人，扛个架子……会不会有点儿奇怪？"

　　"你意思是说你跟你小姑父两个人，扛个架子就不会奇怪了？"林无隅问。

　　丁霁笑了起来："随便你，不过这上头还有个小秘密，你还没发现，不知道要多久能发现。"

　　"一秒。"林无隅拎起架子，翻过来，在架子最下层的隔板下面发现了几个烙上去的小字——"小神童，某年季夏。"

　　林无隅只见过手相书上小丁霁的字，再就是算卦的时候丁霁胡乱写在纸上的圈圈点点，这还是第一次看到丁霁正经写下的字，意外地很帅气。

　　"字儿不错吧，"丁霁说，"虽然没你的字儿好。"

　　林无隅看了他一眼。

　　"之前你在医院复习的时候，我看过你卷子。"丁霁说。

　　"那都是随便写的。"林无隅说。

　　"别一捧就飞行不行！"丁霁说，"谦虚点儿能死啊。"

　　"我才不拿事实瞎谦虚。"林无隅说。

　　"行，"丁霁冲他竖了竖拇指，"就喜欢你这一点。"

　　奶奶做了一大桌菜，林无隅已经能很自如地跟丁霁一块儿端菜拿碗筷了，还能跟爷爷奶奶贫几句，感觉很放松。

"你俩要能在一个学校还真挺好，"奶奶说，"相互有个照应。"

"我们一个专业，"丁霁说，"一个学校还真不一定照应得了，学校那么大。"

"你多照顾照顾小神仙，有什么事儿你帮着点儿，"奶奶说，"你打小就在外头昏天黑地的，小神仙一看就是个乖孩子，连个黄瓜都拍不好。"

"……奶奶，我不至于。"林无隅叹气，一盘拍黄瓜大概让奶奶直接把他归到生存废物那档里了。

"人家都能开小飞机赚钱，"爷爷说，"你不懂别瞎说。"

"开小飞机怎么了，开小飞机也不代表生活上能自理啊！"奶奶说，"照顾一下应该的，小霁虽然不开飞机，你把他扔出去他也死不了。"

"是，"爷爷点头附和，"要说没用，还是鹏鹏。"

"那可不。"奶奶点头。

林无隅笑了起来，刘金鹏真是命苦，从小跟着丁霁一块儿挨打，还总被"拉踩"。

"你们过分了啊，"丁霁说，"人鹏鹏现在班儿上得好好的，一个月挣不少钱呢。"

"他又不在，"奶奶说，"他在的时候我再夸他，你记得让他休班的时候过来吃饭，上回说要吃油饼，我面都买了他也不来！"

"我骂他！"丁霁说。

"什么油饼？"林无隅虽然吃着排骨，但听到油饼的时候还是有点儿馋。

"炸的油饼，里头有红豆馅儿，"丁霁比画着，"做出来就这么点儿，一炸，哗——就能变这么大，外皮是酥的，里头又香又软。"

"……哦，"林无隅强忍住了想咽口水的冲动，扒拉了一口饭，"挺好吃的吧？"

"必须好吃啊，"丁霁说完以后，笑着凑到他旁边，小声说，"不难做，你求奶奶，她明天早点就能给你做。"

林无隅犹豫了一下，没好意思开口。

"没事儿，"丁霁用胳膊碰了碰他，"在我们家这个不算过分要求。"

"奶奶。"林无隅叫了奶奶一声。

"哎，怎么了？"奶奶看着他。

林无隅又说不出口了，这是丁霁的奶奶，又不是他奶奶，他跟老太太统共也没见过几回面儿……

"哎哟，"丁霁拍了拍桌子，"他想吃油饼！明天早上给他做吧？"

"行啊，"奶奶说，"现在给你炸俩都行啊，又不麻烦，这孩子……"

"不用不用不用不用，"林无隅吓了一跳，赶紧摆手，"现在不用，这一大桌的菜呢，奶奶明天早上给我炸油饼吧。"

"行。"奶奶笑着点头。

丁霁笑着看了看林无隅，放轻声音："怎么样？提要求的感觉爽吗？"

"爽。"林无隅笑笑。

丁霁一直觉得林无隅在很多事上都自信得带着嚣张，但就这种完全没有"交换条件"的"正式"请求，对林无隅来说，似乎是件很困难的事，开口的时候跟个做错事的小孩儿似的。给奶奶提出请求得到同意之后，林无隅比平时吃得更多，就像是为了表达对奶奶做的饭菜的喜爱，虽然奶奶的菜的确做得很好吃，但林无隅这个陡然增加的食量，还是让丁霁有些扛不住，没等林无隅吃完，他起身把林无隅的碗给收走了。

"你干什么！"奶奶瞪着他，"还有不让人吃饭的啊！"

"光饭都吃了三大碗了，还吃了那么多菜……"丁霁皱着眉。

"把你钱吃没了是吧？"奶奶说，"把你们家米缸吃空了是吧？"

"我吃不下了，"林无隅一只手捂着肚子，一只手冲奶奶摇了摇，"我是真……"然后打了个嗝。

"看到没？"丁霁"啧"了一声，"再吃一口他就得炸一地瓢！"

"这嘴！"爷爷指了指他，"这八条街就剩你这一张嘴了。"

"哎，"林无隅笑了起来，"别逗我笑，肚子疼。"

收拾完桌子之后，林无隅承担了洗碗、搬桌椅的活儿，以便消食，但是作用不大，于是丁霁又跟他一块儿出去转了七八圈儿，这才算是缓过来了。

"我感觉明天早上我吃不下油饼了。"林无隅说。

"跟个傻瓜一样。"丁霁说，"你们附中的学霸就这点儿出息。"

"不要忌妒，"林无隅说，"三中这回前五十可拼不过附中，状元、榜眼可都在附中。"

"欸，我还想问呢，第二是谁啊？"丁霁说，"你熟吗？"

"许天博啊，"林无隅说，"我们隔壁宿舍的，挺熟，我在学校关系最好的朋友了。"

"就差一分，"丁霁"啧"了一声，"我选择题随便对一题就好了。"

"你选择题说不定是全对呢。"林无隅说。

丁霁笑了起来。

"说实话你真对得起'小神童'这个称呼了，"林无隅看了看他，"许天博不是书呆子型的学霸，人挺聪明，但一直也都挺认真的，不玩游戏的时候都在学习，最后你就比他少一分，郁闷的应该是他啊。"

"他郁闷了吗？"丁霁问。

"不知道，"林无隅笑了，"开学问问吧，他报了我们隔壁宇航工程。"

"你好歹还有个关系熟的同班同学，"丁霁皱了皱眉说，"我都不知道我们学校……"

"你跟我不熟吗？"林无隅说，"咱俩都一个专业了，你还管什么你的同学。"

"……也是，"丁霁点点头，猛地松了一口气的样子，"你要是最后改了志愿，我估计会有点儿郁闷。"

"没拿定主意，我一开始就不会告诉你。"林无隅在他肩膀上捏了捏。

今天晚上林无隅大概是因为吃多了，行动不便，一晚上睡觉居然都挺老实，没甩胳膊也没蹬腿儿，就是把枕头睡到地上去了，丁霁早上起来的时候在自己枕头上看到了林无隅的脑袋。

"你以后弄个睡袋睡觉行吗？"丁霁推了他一把。

"几点了？"林无隅噌地坐了起来。

"你闹钟刚响，"丁霁说，"一惊一乍的，我奶奶说这么起床容易暴毙，起床得慢慢的。"

林无隅没说话，又躺了回去，闭上了眼睛。没等丁霁问他要干吗，他又睁开眼睛，然后伸了一个懒腰，接着以极其缓慢的动作，用了至少十秒，才坐起来，一边慢动作往床边蹭，一边说："这样应该能多活好几天了。"

丁霁笑了半天："有病。"

奶奶已经做好了油饼，还煮了一锅粥，爷爷又出去买了一壶豆浆回来。油饼的确好吃，又酥又软的外皮，里面半透明的软糯面饼裹着红豆馅儿，林无隅一口咬下去，感觉心情都扬起来了。

"好吃吧？"奶奶问。

"嗯。"林无隅点头。

"多吃两个，"奶奶说，"这个放一会儿就没那么酥了，没法让你带上车，现在多吃点儿。"

"吃完这个就行了，吃一肚子油，一会儿该在车上拉肚子了。"丁霁把林无隅的行李拖了出来。

"书架呢？"林无隅问。

"你好拿吗？"丁霁说，"这儿两件行李了，再加个架子……"

"好拿。"林无隅说。

"行吧，"丁霁转身回去，把小书架拿了出来，"这个抽屉得塞包里。"

到车站的时候，时间差不多正好，再有五分钟就能进站了。

丁霁把自己拿着的那个行李箱放到林无隅手边："那你路上注意点儿安全。"

"嗯，"林无隅背了个背包，一手拖行李箱，一手拎着书架，看上去还算应付得过来，"你回去吧，别跟这儿站着了。"

"没事儿，"丁霁说，"不差这几分钟。"

林无隅没再说话，两人一块儿看着已经排成了一片的队伍。平时他俩能说的话不少，就算林无隅不出声，丁霁也能找着话题，这会儿却突然无话可说了。

沉默了一会儿之后，丁霁感觉有些尴尬，说了一句："你不过去排着吗？"

"这会儿过去就是最后一批了，"林无隅说，"排与不排也没什么区别。"

"嗯。"丁霁应着。

又没话了。

林无隅看了他一眼："你回去吧，咱俩这么站着，我有点儿不好受。"

"嗯？"丁霁愣了愣。

"就这种送行的感觉，"林无隅说，"好像我这一走就得十年起步，生死两茫茫……"

"你想得是不是有点儿多？"丁霁说。

"这第一次有人给我送站，我不太适应。"林无隅笑笑。

"那行吧，"丁霁想了想，"马上也进站了，到地方了给我发个消息。"

"好。"林无隅点头。

"那我走了。"丁霁冲他挥挥手，转过身。

"丁霁。"林无隅又叫住了他。

丁霁回头，林无隅递了根棒棒糖过来："没想到吧。"

"……这个没想到就没想到呗！"丁霁笑了起来，"你得意什么呢？"

"走吧。"林无隅挥手。

丁霁把棒棒糖放进嘴里叼着，挥了挥手，转身往出口走了。他没有回头看，林无隅不说那句他还没注意，说了之后他现在莫名其妙有种强烈的舍不得的感觉。

以前刘金鹏说过，车站是个特别神奇的地方，任何人往那儿一站，看着旁边的人，离别之情顿时就会油然而生，这会儿他算是体会到了——油然而生的离别之情。

明明最多也就一个月，他就也去了，跟林无隅一个专业，说不定还能同一个宿舍，但眼下这种感觉还就是怎么都挥之不去了。

林无隅出站的时候，之前约好的车已经到了，直接把他拉回了租的房子那边。路过地铁口的时候，他往窗外又看了好几眼，地铁口没什么变化，就连来来往往的人也没什么变化，依旧陌生一片。

倒是丁霁过目不忘记下来的那一溜儿商店，林无隅跟着也都记下来了，这会儿看着，略有些熟悉，最熟的应该是他和丁霁猜步数的那个台阶……还有台阶前面那一小段路，他在那儿变成了不知道谁的粉丝。

林无隅笑了笑。

那天丁霁塞给那个女孩儿的电话号码，一直也没有后续，看来那次偶遇并不是奇迹，只能算是一个小插曲。那个戴口罩的不是林湛，而那个女孩儿也没看上丁霁……

林无隅进了屋子，把行李什么的都放好，小书架放在了茶几上，想想又拿起来放到卧室里。卧室没有桌子，床头柜又太小，林无隅转了两圈，把书架放在上层的床上。为了显示出它是一个书架，他还从行李里拿了一本《夏洛的网》放上去。

家里还有不少书，他都没有拿，只从宿舍拿了这一本，拿多了也没地方放，以后有地方放了再慢慢买吧。

这本书第一次是蹲在书店看完的，他还躲在角落哭了一小会儿，然后拿零用钱买了。买回家之后就没再看过，但住校的时候他都会把书放在宿舍，虽然没在扉页上写"小学霸的书"，也没在书里做过笔记、吐过槽……

收拾好东西他又看了一眼手机，快下车的时候他给丁霁发个消息，丁霁回了他一张油饼的照片，说是刘金鹏去了，奶奶炸了一堆。

这会儿饭点，本来就饿，林无隅看着油饼的照片，感觉想把手机吃掉。

——我一会看看外卖有没有油饼。
——没有，谁家外卖送这玩意，顶多早点摊上能买到。
——那我明天早上出去找找。
——那也没有我奶奶炸的这个好吃。
——？
——我替你吃吧，然后给你描述一下。
——绝交吧。

丁霁发过来一个大笑的表情包之后就没再说话，估计替他吃油饼去了。

林无隅叹了口气，拿了衣服去洗澡，正洗得舒服，放在架子上的手机响了，不是消息提示音，是电话。

"哎。"林无隅拿过毛巾擦了擦脸，看了一眼手机，是丁霁打过来的，还是个视频电话。他犹豫一下，把电话挂掉了，刚擦干手想回个消息告诉丁霁自己在洗澡，但丁霁的电话马上又打了过来。

"哎！"林无隅只能又挂掉，然后飞速地打了一个字——"澡"。

还没等他按"发送"，丁霁的电话就又打了过来。林无隅基本没打过视频电话，感觉自己的手机平时反应也没这么快，今天怎么就这么灵敏了，是不是房东家的网络更先进些？

丁霁这么着急打电话，说不定是有什么事儿，林无隅低头看了一眼自己，这个角度接通了应该只能看个脸，于是他点一下手机，接通了电话，手机屏幕上很快出现丁霁的脸。

丁霁满脸笑容，正叼着一个油饼，一接通就喊上了："来来来，无隅哥哥，这是我帮你吃的……"话没喊完，他脸上的笑容就凝固了，接着就迅速左右看了看，瞪着眼睛压低了声音："你在洗澡？"

"啊。"林无隅应了一声。

"你这个德行，你还敢接视频？"丁霁压着声音喊。

"怎么了？"林无隅赶紧看了一眼旁边小框里的自己，也看不出什么问题。

"我还好没叫我奶奶过来看你！"丁霁瞪着眼睛，虽然只有脑袋和肩膀，但是毕竟这一看就能看出来是在浴室，的确有些不合适。

"怪我吗？"林无隅点了一下屏幕，把镜头翻转了过去，"我挂了你又打，挂了又打，我以为……"

丁霁那边眼睛都快瞪出去了，镜头一通晃，看着应该是跑进了卧室里："转回去！衣服穿好，奶奶过来了！"

"怎么了？这样不是看不见了吗？"林无隅说。

"你对面是镜子，你没戴眼镜的时候这么瞎吗？"丁霁吼了一声。

林无隅猛地一抬眼，看到正前方的一面镜子，里面是一个英俊的学霸拿着手机，因为以为拍不到人，腰间只有一条浴巾。

震惊之下，他都顾不上别的了，直接往手机上一通戳，视频终于在那边丁霁的狂笑声中结束了。他是知道这儿有面镜子的，之前洗澡还总因为不习惯而背对着，大概就因为老是刻意忽略，这会儿居然就忘了。

"啊……"林无隅把手机扔回架子上，撑着墙用脑袋往墙上磕了两下。

洗完澡出来，他从桌上拿了根丁霁没带走的棒棒糖叼着，手机上有好几条刚才收到的消息，都是丁霁发来的，不用想他都能猜到内容。

　　——哈哈哈哈哈哈哈哈哈哈哈哈哈哈。
　　——林无隅你要笑死我了。
　　——早知道我应该录下来哈哈哈哈哈哈哈，学霸绝密洗澡视频。
　　——哈哈哈哈哈哈哈哈哈奶奶还问怎么就挂了，她也没看着你。
　　——还好没看着，要不我怕爷爷打你哈哈哈哈哈哈。
　　——太好笑了，我跟你说，每个哈都是我亲自打出来的哈哈哈哈哈哈哈哈。

林无隅看着这一溜儿消息，没忍住跟着笑了半天，然后才回了一条。

　　——洗完了。

丁霁又发视频请求过来，他叹口气，接通了。
　　"洗完了啊？"丁霁一看到他，顿时又笑得脸都皱了。
　　"给钱啊。"林无隅说。
　　"给什么钱？"丁霁边笑边问。
　　"白看啊？"林无隅说。
　　"不白看还能怎么啊！"丁霁瞪着他。
　　"你以为我只靠无人机赚钱吗？"林无隅说。
　　丁霁愣了愣，过了好一会儿才用手指着摄像头："林无隅你就说你这么个玩意儿居然是学霸？"
　　林无隅笑了笑："你这一个接一个的视频发过来就为了让我看你吃油饼吗？"
　　"是啊，"丁霁一抬手，一个油饼瞬间占据了整个屏幕，"看到没，我刚去拿的，刚出锅，你凑近了还能听到嗞油的声音，唰啦啦啦啦嗞儿嗞儿……"
　　"求你了，"林无隅说，"我还没吃饭。"
　　"你下车有一会儿了吧？"丁霁愣了愣，把油饼放下了，"我以为你这种大胃王在路上就已经叫好外卖了呢。"
　　"没想好吃什么呢，"林无隅说，"要不你帮我想一个。"
　　"想啥啊，你们那个小区对街有间小吃店，走两步出去随便吃两口得了，"丁霁说，"晚上饿了再叫外卖吧。"
　　"行。"林无隅点了点头。
　　丁霁那边的视频里出现一个人影，晃两下就到了丁霁旁边，接着屏幕上就出现了刘金鹏的脸。

"我的天，林无隅啊？"他说，手里拿着个油饼，咬了一大口。

"嘿。"林无隅跟他打了个招呼。

"嘿，"刘金鹏冲他挥了挥油饼，然后离开了画面，声音从边儿上传过来，"你俩聊吧……我以为你跟哪个女朋友聊呢……"

丁霁脸上的笑容僵了僵，眼睛往旁边扫了一眼："滚。"

"你先吃饭吧，"林无隅说，"奶奶都做好了吧？我去小吃店随便吃几口。"

"嗯，"丁霁点了点头，"那我挂了啊？"

"挂吧。"林无隅说。

"有事联系啊。"丁霁说了一句，然后抬手在屏幕上戳了一下，屏幕上他的脸定格了两秒之后消失了。

林无隅拿着手机愣了一会儿，感觉有些不知道该干什么了，过一会儿才想起来自己要出去吃东西。起身要走的时候，发现沙发一角有一团白色的东西。这屋子他住进来的时候房东收拾过，抹布都没给他留一块，这一团不知道什么玩意儿，之前他和丁霁在这个沙发上待了好几天居然没看到？

他伸手捏着这东西，拎起来才发现是件T恤……丁霁的。

这件衣服他记得，最后一天他俩蹲守的时候丁霁穿的就是这件T恤，纯白的，就背后印着两个字——"帅哥"，旁边一个往上的箭头。这人也不知道怎么收拾的行李，衣服都没收全。林无隅拎着这件衣服，不知道到底是洗了没拿走，还是脱下来就扔这儿了……犹豫几秒钟，他小心把T恤拎到鼻子旁边，用手扇了扇，没闻到味儿，于是又小心地凑上去闻了闻，没有闻到什么汗臭味儿，但也没有闻到想象中丁霁身上的味儿。但是他看到了衣服上的皱褶，是穿过的。

啧。

他把衣服扔进了阳台的洗衣机里。

"鹏鹏！"丁霁站在浴室门口，"鹏鹏！鹏鹏！"

"干什么你！"刘金鹏打开了门，探出脑袋，"我应了七八声，你聋了吗？"

"你拿了我哪件衣服啊？"丁霁问。

刘金鹏也没关门，直接转身从架子上扯下一件T恤冲他抖了抖："这件！怎么了！不能穿啊？哪个姑娘送的啊？"

"行了行了，我就有件T恤找不着了，"丁霁挥挥手，"关门，一会儿奶奶过来看到了。"

"我发了工资买一件送你，"刘金鹏关上了门，"一件T恤还打扰我洗澡。"

丁霁没理他，回了自己屋，又去阳台看了一眼，晾着的衣服里没有那件，真神奇，比没事儿就丢内裤更神奇，这么大一件衣服还能不见了……不见就不见了吧，反正有没有这件衣服他都是帅哥。

在床上躺下之后，刘金鹏走了进来："偷看我洗澡。"

"我还用偷看你吗？"丁霁说，"就你身上那点儿配件，我哪个没看过？别说我看过了，这条街没看过的都不多。"

"都是你害的！"刘金鹏指着他，"你还有脸说？"

丁霁嘿嘿嘿地乐了半天。

刘金鹏晾完衣服回来往他床上一倒，拿了手机就开始玩游戏，丁霁在旁边看了一会儿觉得没意思，于是也拿了手机出来，翻了翻朋友圈，准备睡觉。本来想给林无隅发个消息，但看了一眼时间，估计林无隅坐一天车，这会儿已经睡着了，他把手机扔到了旁边，躺到了枕头上。闭上眼睛的瞬间，镜子里的林无隅从眼前一闪而过，他顿时忍不住又笑了起来。

刘金鹏转头扫了他一眼："疯了吧你。"

不知道为什么，他就算当面儿看着刘金鹏给他裸舞一段，也不会有什么感觉，但这会儿想到林无隅的时候，老有种尴尬的感觉，好像真偷看了人家洗澡似的。

"关灯睡觉。"他粗暴地命令刘金鹏。

刘金鹏拿起放在床边的衣服往墙上一抽，关掉了灯，也没再玩游戏，而是翻了个身开始说话："丁啊。"

"嗯？"丁霁应了一声。

"你说我约虫虫去看个电影会不会有点儿突兀？"刘金鹏说。

"什么虫虫？"丁霁转过脸，"你们店那个收银的妹子吗？"

"对。"刘金鹏说。

"不突兀吧，"丁霁想了想，"你这就是摆明了想追她，如果她觉得突兀了，说明对你没什么感觉，那你就正好识趣点儿别骚扰人家。"

"我为什么要跟一个从来没喜欢过谁的人讨论这个？"刘金鹏说。

"因为我有智商，"丁霁说，"还愿意配合你说。"

刘金鹏笑了起来："哎，我也不乐意跟别人说这些。"

"你要不先请她喝杯奶茶缓冲一下吧，"丁霁说，"直接看电影不合适，空间太私密了，一般女孩儿就算对你有好感，可能也不好接受直接去电影院吧？"

"有道理。"刘金鹏点点头。

闭上眼睛，刘金鹏在他旁边絮絮叨叨地说着这个虫虫，丁霁也没细听，就知道姑娘很可爱，刘金鹏心潮澎湃，反正聊这些的时候，刘金鹏也并不太需要他说什么，就这么听着跟催眠似的，虫虫的四大优点他只听到第二大点第四小点就睡着了，几乎是从他第一个梦的一半开始，林无隅就没再离开过他的梦境。

而且视频里的画面反复出现，林无隅光着上半身站着的背景分别为浴室、三中的跑道、三中礼堂、奶奶家楼下的小路、他们蹲守了好几天的地铁口，最后一个背景眼看就要换成升国旗，丁霁吓了一跳，赶紧终止了这场莫名其妙的梦。

醒过来的时候他躺在床上愣了好一会儿，没觉得尴尬，梦里似乎也没太注意林无隅穿没穿衣服，倒是感觉心情挺愉快，就像他和林无隅蹲在地铁口百无聊赖却依旧愉快的那种愉快，甚至有些不愿意醒过来。

遇见林无隅之前他有过无数假期，还从来没有像现在这么无聊过。同学聚会不想去，刘金鹏还上班了，他连最后一点儿聊都没有了。虽然舍不得爷爷奶奶，想多陪陪他们，但他也还是会无聊。每天睡到中午起来，陪奶奶去楼下转转，跟爷爷一块儿在街口看看别人下棋，然后就踩着平衡车去小广场猫着，打打篮球，听听大东他们摆地，偶尔弹吉他的没在的时候他帮着扒拉几下。

林无隅这阵儿挺忙的，每天都有活儿，还有过连续三天都住在野地里拍东西的时候，显得他格外无聊，还不敢老给林无隅发消息。因为他发现，林无隅其实并不是一个能秒回消息的人，他很多消息都只是看一眼就完事了，但林无隅会给他回，所以他不敢多发，怕影响林无隅工作，毕竟他欠着债主三万元还不上，债主还靠这个赚钱呢。

篮球场那边有人吹了两声很亮的口哨，丁霁抬眼看了看，几个人正冲他这边挥手，让他过去打球。

丁霁伸了个懒腰，跳下台阶，踩着平衡车往对面的小超市过去了，冲球场那边喊了一声："我先买瓶水，谁要带的——"

"都要——"几个人一块儿喊。

丁霁说："等着！"

刚到小超市门口，手机在兜儿里响了起来，他拿出来看了一眼，一个陌生号码，想也没想就直接静音放回了兜儿里。这阵儿诈骗电话一个接一个地来，什么助学贷款的、奖学金的、出国留学的……他进了超市，在货架中间来回溜着，兜儿里的手机又响了。他有些不耐烦地拿出了手机，发现居然还是之前的那个号码，于是想也没想就给挂掉了，静音都懒得按。

但把手机塞回兜儿里往前溜了不到一米，他又猛地停了下来，掏出手机，点开未接来电又盯着那个号码看了几眼。这个手机号长得跟诈骗电话的号码不太一样，看着像个正常号，而且尾号是 4 个 6……

他犹豫两秒，回拨了过去，把手机拿到耳边的时候他突然开始紧张，那边接通了，振铃响一下之后就有人接起了电话："丁霁？"

这是一个年轻男人的声音。

"是，哪位？"丁霂控制着自己的情绪。

那边停顿了一小会儿："林湛。"

丁霂不知道林无隅听到这个名字的时候会是什么感觉。

他听到电话里"林湛"两个字时，就觉得一阵喘不上来气儿，手都有些抖了，站平衡车上晃了两下，差点儿摔下来，手扶了一下货架才没倒。

"当心点儿啊，"一个工作人员看了他一眼，"站不稳就下来吧。"

"不好意思，"丁霂也顾不上买水了，直接一倾身体，飞快地从货架中间穿过，离开超市，停在拐角一个没人的墙边，然后又确认了一遍，"你是林湛？"

"你跟林无隅是什么关系？"林湛没有回答，"同学还是朋友？"

"朋友，"丁霂说，"我跟他不是一个学校的。"

"他哪个学校？"林湛马上问。

丁霂顿了顿："附中，他是附中的……"

"他为什么找我？"林湛没等他说完，接着又问了一句。

"我不知道该怎么说，你应该问他，"丁霂说，"但这次找你是你爸妈让他去的。"

"嗯。"那边只是简单地应了一声。

丁霂感觉自己手心里已经全是汗了，找林湛就像是在森林里找人参娃娃，看到了一点儿痕迹就要小心过去，生怕惊动了会跑。

他现在就怕自己会说错什么，让林湛不再出现。

"你刚说林无隅是附中的什么？"林湛回到了前一个问题。

"学霸。"丁霂说。

"是嘛。"林湛说。

丁霂听到了他很低的一声笑，于是赶紧趁着机会补充了一下："他是今年高考全国状元，732 分。"

"这么厉害啊。"林湛说。

"我把他号码给你吧，"丁霂说，"你给他打个电话……"

"先不了。"林湛很干脆地拒绝了他。

丁霂愣住了，好几秒都不知道该说点儿什么。他不知道是不是自己哪句话说得不合适，会让主动打了电话过来的林湛拒绝跟林无隅直接交流。

"谢谢。"林湛又说了一句。

丁霂一听这句就急了，这是要挂电话？

"等一下，等等等……"他一连串地说，"你不跟林无隅联系，你打电话过来干吗呢？你知道你家现在的情况吗？你知道林无隅因为你过的什么日子吗？你十年没见他了，你不想知道他……"

"我不喜欢打电话。"林湛说。

"那你给我打电话干吗！"丁霁怒了。

林湛语气很平静："难道我还过去找你面谈吗？"

丁霁张了张嘴没说出话来。

"我知道林无隅现在住哪儿。"林湛说。

"你怎么知道的？"丁霁顿时紧张起来，"你跟踪他了？"

"没，"林湛说，"我还以为你们跟踪我了呢。"

"那这个号码是你的吗？"丁霁问，"我能把你电话告诉林无隅吗？"

"可以。"林湛说。

但是林湛未必会接，丁霁判断。

"我想好了会找他，"林湛说，"谢谢。"

没等丁霁再说话，那边已经挂掉了。丁霁拿着手机愣了几秒，这才哆里哆嗦地拨了林无隅的电话——占线。

"啊——"丁霁原地转了个圈儿，马上给林无隅又发了个消息。

他没敢提林湛的名字，怕林无隅正在干活儿，会影响情绪。

"那明天我就不用去了，"林无隅站在小吃店门口打着电话，自从那天丁霁提示他可以到小吃店随便吃两口之后，他每次回来都会过来随便吃两口，"最后素材不够的话我再跑一趟，我感觉是够了。"

"我也感觉挺多的，角度都全，"那边玲姐说，"那你先歇着了，素材补不补的我这两天都先给你结了尾款的。"

"谢谢姐。"林无隅说。

"是不是又在等吃的呢？"玲姐问。

"是。"林无隅笑了笑。

"奔哥说给你备着点儿零食还真是……"玲姐笑了起来，"行了，你去吃吧，等这边弄清了我联系你。"

"好。"林无隅应了一声，挂掉电话之后手机又响了一声，估计是老林，这几天通知书应该快到了。

他进店里拿了打包好的一份汤、一盒蒸饺，往小区里边走边点开了消息——丁霁。

——马上给我打电话。

林无隅看了一眼时间，下午四点，这会儿能有什么事儿？他拨了丁霁的号码，还没听到响铃的声音，那边就接了起来，丁霁的声音有点儿喘："林无隅！你现在在干吗？"

　　"刚忙完回来，"林无隅愣了愣，"怎么了？"

　　"刚我接了个电话，是林湛打过来的。"丁霁说。

　　林无隅猛地停下了脚步："林湛？"

　　"对，我留的那个电话！他打过来了！"丁霁声音一下提高了不少，听着有些激动，"那天我们看到的那个戴口罩的肯定就是他！"

　　"说什么了？"林无隅问。

　　"没说太多，他就问了一下咱俩什么关系，为什么找他，"丁霁一连串地说着，没给他打断的机会，"我跟他说了你是附中学霸和今年的全国状元！他挺高兴，但是我说把你号码给他，他不要……"

　　林无隅感觉自己呼吸有些不太顺畅，站在小区门口动不了。身后有车按了一下喇叭，他才勉强走开，进了大门，在路边不知道谁扔出来的一张破椅子上坐下了。

　　"他为什么不要？"他问，感觉自己嗓子发紧。

　　"不知道，他说他不喜欢打电话！想好了会找你，我说把他号码给你行不行，他同意了，但是我听他这意思，你打过去他未必会接，"丁霁语速跟机关枪似的一直突突着，"你听我说，林无隅，他肯定就住在附近，他肯定离你很近！"

　　"为什么？"林无隅一下坐直了。

　　"他说他知道你住在哪儿。"丁霁说。

　　"他跟踪我了？"林无隅下意识地往四周看了看。

　　"我也是这么问的，他说没有，"丁霁终于平静了一些，"有个重点，他说，‘我还以为你们跟踪我了呢’，这话什么意思你想想！"

　　"他以为我住在这里是因为找到了他住的地方。"林无隅马上反应过来。

　　"是的，"丁霁说，"除了地铁口，我们肯定还在小区去地铁口这一段路上碰到过他，只是我们没发现，但他看到了。"

　　"而且应该是在地铁口碰见之后，"林无隅说，"否则他不会对我们有印象。"

　　"没错，肯定是这样，"丁霁说，"你这种时候脑子还转这么利索呢？"

　　"还行，不过这种时候我就顾不上体会你拍我马屁的事儿了。"林无隅说。

　　"拍什么马屁？我直接拍你……"丁霁说了一半停下了，很快又接了下一句，"我把他电话发给你。"

　　"不用了，"林无隅说，"我拿着也不会打。"

　　"……行吧，"丁霁说，"你是不是也不喜欢打电话？"

林无隅笑了笑："跑的又不是我。"

"那你这阵儿留意一下四周的人吧，说不定还能碰到，"丁霁说，"也没准儿他会去找你。"

"也许他一直没想好，"林无隅说，"不管了，随便吧。"

"要告诉你爸妈吗？"丁霁问。

"不了，"林无隅想了想，"等他想好了再说吧，你跟他说了我妈的病吗？"

"没有，他给我打的这个电话统共也没说够两分钟，"丁霁说，"他只问了你在哪个学校，为什么找他，没提父母。"

"知道了，"林无隅站了起来，"丁霁。"

"嗯？"丁霁应了一声。

"谢谢。"林无隅说。

"谢什么？"丁霁问。

"谢谢你把号码塞过去。"林无隅说。

"这有什么可谢的，"丁霁"啧"了一声，"顺手的事儿，万一呢，对不对？"

"嗯。"林无隅点点头。

他是会放弃很多东西的，自我保护也好，觉得没有意义也好，甚至是习惯性不对某些事抱以太大的希望，他只想最大限度地处理好自己能完全把握住的事。丁霁却不一样，除了"小神童"这个称号，他似乎不会放弃任何东西。真是只可爱的小鸡……

林无隅一夜没睡踏实，因为睡不踏实，所以就会饿。第三次被活活饿清醒的时候，他看了一眼时间，凌晨三点半。

他坐了起来，打开手机，试着看了一下，居然发现有好几家外卖都还在营业。他点了两个汉堡、两对鸡翅外加一杯柠檬茶。外卖送过来得半小时，他起身去客厅拿了根棒棒糖，这东西不顶饿，但能骗骗嘴。

他坐在沙发上，舌尖顶着棒棒糖，裹过来，小棍往右一指，裹过去，小棍往左一指，不过没有丁霁指得灵活，毕竟练了十几年。

肚子叫了一声，他叹了口气，打开朋友圈看了看，想分散一下注意力，却看到了最新一条朋友圈，是丁霁刚发的。

——起床打个呵欠再睡。

他笑完了之后又忍不住看了一眼手机上的时间，确定了现在是凌晨三点半，手指都已经落在屏幕上，点开了丁霁的对话框，但最后还是退了出来，把手机放到了一边。

这会儿丁霁应该已经打完呵欠准备继续睡了，就算没睡，他现在发条消息过去也不合适。

深夜聊天这种事，还是控制一下，哪怕他现在真的很想找个人聊聊。

不，他现在就是真的很想跟丁霁聊聊。

好在送餐小哥救他于水火，提前十多分钟打了电话过来。

"你能下楼来取餐吗？"小哥问。

"有电梯，你不用爬楼，坐电梯上来就行。"林无隅说。

"我能放在电梯里，你把电梯叫上去吗？"小哥又问，"我怕不安全。"

"你怕谁不安全啊？"林无隅让他说愣了。

"我啊。"小哥说。

"……行吧，"林无隅有些无奈地站起来出了门，看到电梯在一楼，"你放电梯里吧，我警告你啊，人千万别跟着进来，你要是上来了我马上就抢劫了啊。"

小哥笑了起来："不好意思啊。"

"辛苦了。"林无隅按了一下电梯。

深夜里空无一人的电梯慢慢上来，停下，打开，里面放着一兜儿汉堡……林无隅盯着电梯门，不知道自己为什么会有种错觉，电梯门打开的时候，里面说不定站着林湛。

电梯门打开了，里面只有一兜儿汉堡。

他叹了口气，拎起汉堡回了屋里。

接下去的两三天里，林无隅都有些不踏实，丁霁感觉比他更不踏实，一天好几个电话打过来，问林湛有没有找过他。

"没有。"林无隅每次都是一样的回答，但自己能感觉到，相同的回答里慢慢地带上了一些情绪——失望。他是希望能找到林湛，希望林湛能来找他的，就连每天进出小区的时候他也会格外仔细地往四周看看，希望哪一眼扫过去，就突然看到了林湛。但是三天了，林湛始终没再有消息。

"要不直接打个电话去问问吧，"丁霁说，"我打，我就问问他这算是什么意思，没想好就别骚扰人，甩个电话过来玩什么欲言又止、欲擒故纵的，又不是追妹子。"

林无隅让他说乐了，笑起来的时候觉得自己突然轻松了不少。

"通知书快到了吧，"他换了个话题，"你说咱俩的通知书谁的先到？"

"我的，"丁霁说，"领奖的时候都是第三名先上去。"

"收到了记得拍个视频让我看看，"林无隅说，"我的通知书还得等老林给我寄过来我才能看到了。"

"我帮你拿，"丁霁说，"然后再带过去就行。"

"你不怕弄丢了我找你麻烦吗？"林无隅问。

"那也得我弄丢了啊，"丁霁说，"这能随便弄丢吗？我又不是刘金鹏。"

林无隅没忍住笑出了声音："不是，'刘金鹏'这个名字在你们家使用率真是很高啊，谁要说点儿什么都得拿鹏鹏出来垫一下。"

"现在'小神仙'使用率也很高，"丁霁笑着说，"我奶奶跟人吹牛的时候算上你，吹牛资本一下就雄厚起来了。"

"让奶奶国庆过来，"林无隅说，"我带她玩几天。"

"我也想呢，我小姑也想去，"丁霁说，"到时看看吧……"

林无隅正琢磨着到时能去哪儿，突然听到了"叮咚"一声响，他愣了愣："什么声儿？"

接着又是一声，叮咚。

"你门铃！"丁霁反应过来了，"有人按门铃！"

林无隅噌地站了起来。

"可能是林湛？"丁霁在那边说，"你门上有个猫眼，你去看看去看看。"

"嗯。"林无隅快步走到了门后，脚步很轻地没有发出一点儿声音，凑到猫眼前往外看了看。门外站着一个年轻男人，戴着棒球帽，脸被遮了一半，林无隅只能看到对方的鼻尖和嘴。林无隅的呼吸有些踩不上节奏，对着电话压低声音："好像是他。"

"好像？"丁霁有些疑惑，"林湛应该没什么变化吧，你认不出来了？"

"我看不清，"林无隅轻声说，"他戴着帽子……"

像是听到了他说话，门外的人突然一抬手，摘掉了帽子，手往猫眼旁边一撑，凑了过来："林无隅，开门。"

林无隅迅速用手按在了猫眼上："是他。"

"开门啊！"丁霁很着急。

"嗯，"林无隅应着，"我一会儿打给你。"

"好的。"丁霁说。

林无隅挂掉电话，深吸了一口气，打开了房门。门外站着的人立马比从猫眼里看到的清楚了很多。这张脸变化不大，依旧能在一瞬间就勾出他遥远的记忆，能在一瞬间就跟那张已经被自己刻意不再记起的脸重合。

一阵短暂而又漫长的沉默之后，林湛先开了口："你跟小时候完全不像了啊。"

"你还……一样，"林无隅犹豫了一下，让到一边，"进来吗？"

林湛没说话，走进了屋里。

林无隅关上了门，站在茶几旁边，不知道该说什么，甚至无法正确判断自己此时此刻的心情，脑子像是被清空了，读写的信息都只有当前。

过了一会儿他才走到饮水机前，拿起杯子接了杯水："我本来想给你打个电话……"

"我知道你不会打，你小时候就这样，"林湛走到窗边看了看外面，然后指了指前方，"我就住那儿。"

"什么？"林无隅愣住了。

"我拿个望远镜就能看到你，"林湛说，"晚上窗帘拉一下吧，谁知道还有没有别的变态。"

林无隅看了他一眼："别的？"

"嗯，拿个望远镜偷看自己弟弟，"林湛说，"感觉就挺变态的。"

林无隅没说话，顺着方向看过去，也不知道林湛说的具体是哪里。林湛也没再给他介绍，只是沉默地看着窗外，林无隅在余光里看着他的侧脸，感觉跟小时候的记忆不完全一样了。他记忆里的林湛的脸，大多数是他仰头看过去的角度。而现在，他已经比林湛高了小半头。

"上回跟你一块儿来的那个小孩儿，丁霁，"林湛说，"说你是今年的高考全国状元。"

"嗯。"林无隅突然有些不好意思。

在任何人面前，他都不会因为这个状元而觉得不好意思，他没有什么可不好意思的，他就是状元，他有这份自信，但这个人是林湛，这个人是"你哥"，这是从他有记忆那天开始，就不断地被否定、被忽略的根源……是他锁进角落不愿意再回想的记忆，却也是他曾经唯一感受并且依赖过的亲情。

"我其实，"林湛转头看着他，"不怎么吃惊。"

"嗯？"林无隅看着他。

"你从小就很聪明，"林湛说，"特别聪明，我跟他俩说过，你是天才。"

林无隅笑了笑。

林湛偏着头又看了他好一会儿，然后伸出胳膊抱了抱他，轻声说："对不起啊，小鱼崽儿。"

林湛这个拥抱很短暂，在林无隅还没有因为不习惯这种亲密接触而条件反射躲闪之前，他已经退开了。林无隅回手按了按自己后背迟到的僵硬，脑子里一直回荡着林湛的这个称呼。

父母叫他，大多数时间里是大名，心情还算可以的时候会叫他无隅，同学朋友对他的称呼基本都是鱼、没有鱼、学霸……只有林湛，除了无隅，有时候会叫他小鱼崽儿，在林湛觉得他受了委屈的时候。

"你现在有时间吗？"林湛说，"请你吃个饭。"

"好。"林无隅点点头。

"想吃什么菜？"林湛问。

"都行。"林无隅进了卧室，换件衣服出来，手机在裤兜儿里响了一声。

丁霁发过来的。

——怎么样？

林无隅飞快地在屏幕上点了几下。

——有点陌生，现在去吃饭。

——喝点酒！就不陌生了。

林无隅笑了笑，把手机放回了兜儿里。跟林湛一块儿站在电梯里的时候，有种很特别的感觉，遥远而又陌生的亲密感，让他有些不适应。

林湛走出电梯的时候问了一句："这事儿你跟家里说了吗？"

"没有，"林无隅看了他一眼，"之前没有确定，就没说。"

"现在也别说。"林湛说。

林无隅没说话，想到之前林湛提到父母的时候，用的是"他俩"这个表达方式。

林湛没有等到他的回答，于是停了下来，看着他："别说。"

"好。"林无隅回答。

林湛在他胳膊上拍了拍。

一辆黑色的福特野马停在楼下的停车位上，林无隅突然发现这辆车他有印象，之前就一直停在靠近小区大门那边的路边，这段时间他起码看到过三次。

"有本儿吗？"林湛打开车门的时候问了一句。

"没有。"林无隅说。

"有时间去考一个吧，"林湛上了车，"想开车就拿我这辆去开，我平时开得不多。"

"嗯。"林无隅也上了车。

很普通的一句话，甚至不能确定林湛是不是随口一说，他还是感觉到了一点点暖。这跟平时感受到的各种善意带来的暖都不一样，跟丁霁的仗义带来的温暖也不一样，这是在丁霁爷爷奶奶面前才会有那么一点相似的感受——亲情，说这话的人，是他的哥哥。

"你晕车吗？"林湛问。

"不晕。"林无隅说。

"那就好。"林湛点点头。

"怎么？"林无隅看着他。

"我车开得不怎么好，"林湛说，"晕车的坐我车基本都得下车吐。"

"是吗？"林无隅偏开头，看着窗外笑了笑。

"你是怎么上这儿守我来的？"林湛问。

"是……于阿姨看到你了，就在地铁口那儿，"林无隅轻轻叹了口气，"她拍了张照片。"

"偷拍？"林湛笑得有些不屑，"哪个于阿姨？"

"小时候总带你出去玩的那个。"林无隅看着车头的一小块硅胶垫，应该是放眼镜、手机的，除此之外，林湛的车里再也没有任何装饰，很多驾驶座上会放的腰靠或者颈枕也都没有。要不是车钥匙上的皮套一看就是精心挑的，这车光看内饰就跟租来的似的。

"不记得了。"林湛语气很平静地说。

林无隅忍不住看了他一眼。

"你记得吗？"林湛停了车等红灯，转过头去。

"我当然不记得，"林无隅说，"她也没带我玩过……"

林湛笑了笑。

从见到林湛的那一秒钟起，林无隅就有一个问题想要问，但总也没有找到合适的气氛和机会。

你为什么要走？为什么？为什么？！

这个困扰了林无隅十年的问题，此时此刻就卡在他嗓子眼儿里，不，就压在他舌根下，只要他开口时一不小心，就会嘶吼着跳出来。

林湛现在正在开车，而且据说技术不好，他不敢在这种时候让林湛分神。

可是你为什么要走？

可是你为什么不告诉我你要走？

林无隅靠着车窗，轻轻叹了一口气。

"别老叹气，"爷爷把茶壶放到茶几上，"一会儿你奶奶听到了又教育你。"

"知道了，小孩儿不能总叹气，叹气招游魂。"丁霁拿着手机一下下转着，又叹了口气。

"你是不是饿了？"爷爷问，"你去厨房吃点儿，我看红烧肉已经做好了。"

"没饿，你当我是林无隅呢，"丁霁按亮了手机，没有消息进来，"我这儿等消息呢。"

"什么消息？谁的？"爷爷很有兴趣地凑了过来。

"林无隅这会儿有个特别重要的事儿正在办，"丁霁说，"我等他消息告诉我办没办好。"

"你发个消息问问呗。"爷爷说。

"不方便，"丁霁把手机放到一边，托着下巴看着爷爷，"老丁头儿，你有没有过特别担心朋友的事儿？"

"有啊，"爷爷说，"你刘爷爷，以前我们一块儿混码头的时候，他一出门跟人干仗我就担心他会被人打死。"

丁霁没忍住，窝在沙发里一通乐，笑了半天："你这人怎么这样。"

"你没担心过鹏鹏老出去跟人发狠会被人打吗？"爷爷笑着问。

"没，"丁霁想想又乐了，"他其实挺机灵的。"

"是让你奶奶念叨傻的，"爷爷说，"成天说鹏鹏傻。"

丁霁边笑边揉了揉眼睛："哎，眼泪儿都笑出来了。"

"别担心，小神仙那么聪明，"爷爷拍拍他的手，"家里也不管他，这么多年他不也什么事儿都办得很好吗？这孩子靠谱。"

"嗯。"丁霁点点头。

——准备吃饭了。

手机上林无隅突然发了消息过来。

丁霁着急看消息的时候差点儿砸了脸。

——怎么样？感觉还可以吧？相谈甚欢了没？印象怎么样？

——这话问的怎么仿佛我在相亲……

丁霁笑了起来。

——林湛人怎么样？

——挺好的，吃完饭给你打电话。

——好。

丁霁又把简单的这几句对话看了一遍，才把手机放到一边，从沙发上跳起来，进了厨房："红烧肉——"

林湛挑的这个馆子藏在一条胡同里，不大，招牌上就两个字——"林间"，装修很朴素但看得出来有精心的设计，吃一顿不便宜。林湛应该是熟客，服务员看到他就直接给带到最里的一个双人小隔间里了。

"看看有什么想吃的。"林湛坐下之后说了一句。

林无隅翻开菜单看了两眼之后愣了愣，又仔细盯着看了十几眼，菜价倒没让他愣住，让他有些迷茫的是……

"这是个素菜馆？"他抬头问了一句。

"嗯，"林湛也看了他一眼，"你要吃肉吗？"

"……不，"林无隅赶紧摇头，"我就是问问。"

"我这阵儿胃不舒服，"林湛说，"他们家的菜味道还不错，尝尝吧。"

"你点吧，我没吃过，"林无隅说，"不知道该点哪个。"

"行，那我点了。"林湛把菜单合起来放到一边，直接给服务员报了几个菜名。服务员转身离开了隔间。

"你……"林无隅顺着之前的话题，"现在身体怎么样？"

"还行，"林湛说，"挺好的。"

"哦。"林无隅应了一声，感觉林湛并没说实话，他的脸色还是像小时候一样有些苍白。

"状元，"林湛看着他笑了笑，"报的 H 大吗？"

"嗯，"林无隅握住自己面前的杯子，"这两天通知书应该差不多到了。"

"厉害了，"林湛说，"小时候还老觉得自己脑子不好。"

林无隅看着杯子里的水，没有说话。水面微微有些细细的波纹，因为杯口小，波纹刚漾起来就消失了，一波比一波快。直到林湛握了握他的手，他才猛地反应过来自己的手有些发抖。

"怎么了？"林湛问。

"为什么？"林无隅抬起头看着他，"你为什么要走？"

林湛顿了顿，收回了手，并没有吭声。

"你为什么要走？"林无隅还是看着他，他不觉得现在是问这个问题最好的时机，但林湛的这句话，让他回想起太多不愉快的过往，而这些过往又因为林湛就在他眼前而变得格外清晰。

"你为什么一句话都不留？"林无隅的声音平静，语速也不快，但说出来的每一个字背后，都是在他自己都不一定能觉察的角落困扰了他十几年的痛苦，"你明知道他们觉得只有你这一个儿子，你明知道在他们眼里你就是这个世界上最完美的人！你明知道我是多余的，我是因为你才出生的！你为什么要走？你为什么把我一个人扔在那里？"

林湛看着他。

"为什么！"林无隅终于控制不住自己的情绪吼了一声，手在桌上重重地捶了一下，"林湛你告诉我为什么！"

"我害怕。"林湛说。

"害怕？"林无隅瞪着他，"你害怕？你是骄傲！你是天才！你是希望！你害怕？你有什么可害怕的！"

服务员推门进来，给他们端来了两盘点心和一壶果茶。

东西放到桌上，服务员离开的时候，林无隅和林湛同时开口说了一句："谢谢。"

林湛笑了笑。

服务员关上隔间的门之后，林无隅突然不想再说话，感觉自己有些失控了，这种无法掌控的状态让他不安。他靠在椅子上，低头看着自己的手，不再出声。

林湛也没再出声，跟他一块儿沉默着，过了很长时间，才突然问了一句："你晚上睡觉会醒吗？"

林无隅不知道他为什么这么问，但还是认真想了一下："一般不会。"

"我会，"林湛说，"我一晚上会醒好几次，到现在都是。"

林无隅抬起头。

"每天晚上我都会觉得有人站在我床边看我，"林湛说，"摸我的脸，每天晚上我都会吓醒。"

"是……"林无隅说得有些吃力，这个称呼在他注意到林湛会避而不提的时候，就变得很难说出口了，"是朱丽吗？"

"你知道，成为一个人的全部，所有，一切，"林湛没有回答，只是看着他轻声问，"是什么样的感觉吗？"

"不知道，"林无隅说，"我只知道什么也不是的感觉。"

林湛笑了笑，伸手在他脸上轻轻弹了一下。林无隅能猜到林湛的感受，虽然他明显是不愿意多说，就像自己也很抗拒跟人提起那些过去，这种感受……差不多能猜到吧。也许，不，其实并不确定，毕竟自己距离某个人的"全部，所有，一切"有着太遥远的距离。

"我希望我一开始跟你就没有配型成功，"林湛说，"我希望我在你出生之前就死了，这样我们就都好过了。"

林无隅心里轻轻颤了一下。

"但你是个小天使，"林湛说完想了想，"虽然丑点儿……"

林无隅愣了一秒之后没忍住笑了。

"我走的时候没有想到还会见到你，我没打算再回去，也没想再出现在你的生活里，"林湛说，"虽然我只是为了自己才走的，但我也想过没有我，你是不是能过得开心一些。"

"没有。"林无隅说。

"我顾不了这么多，"林湛说，"我不是天才，我也不是神童，我没有很聪明，我成绩也一般，我只是个普通智商的普通孩子，所以我害怕每天被他们盯着看着注视着，每一分每一秒。我甚至想过，如果有一天他们发现我并没有想象中的那么好，我弟弟才是真正的天才……我会不会被杀掉？"

林无隅有些吃惊地看着他。

林湛说的这些，他并不了解，他从来不知道父母疯狂的爱曾经给林湛留下这样的阴影。他更多的记忆，是从他们口中听到的一遍又一遍的"你哥"有多优秀，以及"你"是个废物。

"你问我为什么走，"林湛喝了口茶，"我就是希望我们的生活中永远都没有彼此。"

"那你为什么来找我？"林无隅皱了皱眉。

"没什么为什么，你叫了我八年哥哥，"林湛说，"如果那天没有碰上，或者丁霁没有把电话号码留下，我可能也就当没有发生过了。但电话号码就在我手边，我肯定想知道你现在怎么样，忍不住的。"

"我现在挺好的，我现在一个人，"林无隅说，"高考之前我已经……被赶出来了。"

"嗯？"林湛看着他，过了一会儿才说，"挺好的，不要回去了。"

"不回去了，"林无隅说完又最后确定了一次，"你不需要他们知道你的情况，也不需要知道他们的现状，是吗？"

"是，"林湛点头，"永远都不。"

"明白了。"林无隅说。

手机在手里刚振了一下，丁霁就睁开了眼睛，同时也已经把手机拿到了眼前，只看到了屏幕上一个"林"字，他就接起了电话："林无隅？"

"睡了吗？听声音有点儿迷糊啊。"林无隅的声音传了过来。

"刚睡着了，"丁霁感觉眼睛有些发干，看了看时间，其实也就刚十点，"你跟林湛聊完了？"

"嗯。"林无隅应了一声。

"怎么样？聊得好吗？"丁霁从床上坐了起来，"有没有抱头痛哭什么的？"

268

"我跟他十年没见了，他走的时候我才八岁，"林无隅说，"这种重逢到不了抱头痛哭的程度……"

"那聊得好吗？"丁霁问。

"挺好的，"林无隅说，"我总算是……知道他为什么就这么跑了。"

他的语气里带着轻松，丁霁一直提着的心跟着也猛地放了下来。林湛为什么要走，这是林无隅的心结，他知道林无隅一直就想知道原因，无论林无隅表现得有多么冷静，多么风轻云淡。

"那他是为什么啊？"丁霁轻声问。

"这个说起来有点儿复杂，"林无隅说，"以前我也没跟你说过他的病，等你帮我拿了通知书过来了再细说吧，反正就是……还挺好的。"

"哦，"丁霁下床，去客厅倒了杯水，"真是亲兄弟，欲言又止、欲擒故纵……"

"又不是追妹子，"林无隅笑着帮他把后面的话补全了，"是真的挺复杂的，我这会儿……也确实不想再聊这些，我就想跟你随便说点儿什么。"

"行吧，省得到时候我过去了咱俩没话可说，"丁霁"啧"了一声，"聊别的！"

"你知道他住在哪儿吗？"林无隅说。

"你楼上？"丁霁拿着杯子，"他就下了个楼来敲门？"

"那不至于，"林无隅笑了起来，"但是很近，跟我租房子的这栋楼隔了三栋楼，我这个是 17 栋，他那边是 20 栋。"

"这隔的是两栋楼，"丁霁冷冷地说，"学霸，你怎么拿的全国状元？"

"中间还有物业办公室的那栋楼，"林无隅笑了半天，"你怎么就这么不服气呢？"

"跟你商量件事儿。"丁霁犹豫了一下，突然切换了话题。

本来他还没决定好，但这会儿听到林无隅的声音时，他就不打算再多想了。

"是想拿了通知书提前过来吗？"林无隅问，"先住我这儿？"

"……能不能不跟我抢生意啊？"丁霁顿时就尴尬了，"你这毛病到底能不能改了？抢答显示智商是怎么着啊？"

"你刚鄙视了我的状元，我肯定得反击啊。"林无隅说。

"行吧，"丁霁叹了口气，"就这事儿，行吗？我实在是在家待着也没什么意思了，本来想再陪陪爷爷奶奶，结果刚我奶奶还问我为什么老窝家里也不出去，是不是没人跟我玩，看着心烦……"

"奶奶怎么这样，"林无隅笑着说，"不给我们探花面子！"

"你就说行不行吧。"丁霁说。

"有什么不行的，"林无隅说，"你拿了通知书就买票，我去接你。"

丁霄填完志愿之后就觉得高考已经离他远去了，录取通知书早到晚到什么时候到他都没什么所谓，倒是老爸老妈比他着急。丁霄不肯回家，他俩就每天几个电话打过来问，虽然对他的成绩谈不上有多满意，但好歹丁霄很听话地报了他俩的母校，还填的是他们的母专业……不过这两天丁霄就很急了，想快点儿拿到通知书出发。

"就怕票不好买，"爷爷说，"又不能提前买。"

"他小姑说了，票她负责，直接买机票飞过去就行。"奶奶说。

"那他小姑父就不用送了吧？"爷爷问。

"不送了，国庆节带我俩过去玩，"奶奶说，"咱俩算故地重游，上回去得是三十年前了吧？"

"差不多。"爷爷点头。

"我爸上学的时候你们没去看看吗？"丁霄问，"也没送他？"

"没看，你爸也不稀罕我们看，"奶奶说，"去了还得安排我们吃、住、玩，人家忙，没空接待。"

丁霄"啧"了一声："那我去的机票为什么小姑买？让他们买。"

"你马上就远走高飞了，别给自己添堵，"爷爷说，"你小姑给你买完票，有的是法子让她哥掏钱，你甭管了。"

"要说还是我小姑够意思。"丁霄叹了口气。

本来说起这些事，是会影响他心情的，但这会儿想着要走了，马上要见到林无隅，还能在他租的房子里吃喝玩乐、虚度光阴，基本也就没什么事儿能影响他的情绪了。

丁霄的通知书是早上十点到的，距离他开始强烈期盼通知书的到来已经整整四天，看到手机上是班主任老姐姐的号码时，他简直想要号叫，不过接起电话的一瞬间又猛地慌了。

"丁霄啊，"老姐姐声音里带着喜悦，"你通知书到了哦。"

丁霄平复一下心情，还清了清嗓子："是 H 大的吗？"

"是的，"老姐姐一下提高了声音，仿佛朗诵一样地念出了 H 大的名字，"没错！"

"我马上过去。"丁霄说。

挂了电话他就冲出了卧室，小姑正在客厅里跟奶奶一块儿看一个什么言情剧，母女俩一块儿正面带少女的微笑。

丁霄蹦过去冲她俩一通喊："通知书到了，我通知书到了！"

"什么什么什么什么你什么倒了？"小姑被他吓了一跳，跟着他也一通喊。

"哎哟，这熊玩意儿！"奶奶拍着心口，"什么鬼到了啊！"

"我录取通知书到了！H大的通知书！"丁霁没顾得上多说，往门口跑过去，一边穿鞋一边喊，"小姑给我买票！"

"啊！啊啊啊啊啊！"小姑反应过来，跳起来跑到了他跟前儿，一把搂住了他，在他后背上噼里啪啦地拍着，"我小霁的通知书到了！我的妈呀——"

"你妈在这儿呢！"奶奶拍了拍茶几。

丁霁笑着回过头的时候，看到她抹了抹眼睛。

"奶奶奶奶……"他赶紧又跑了回去，蹲到了奶奶旁边，把脑袋放到了奶奶腿上，"你这哭什么啊？多高兴啊。"

"走开！"奶奶在他肩膀上拍一下，"烦人。"

"我这就去学校，拿了通知书回来让你合个照，然后照片给你打印出来带身上，"丁霁说，"出门你就给你那些老姐妹嘚瑟去。"

"你奶奶才没那么肤浅。"小姑也抹了抹眼睛，说话带着点儿鼻音。

"我特别肤浅。"奶奶说，又看了看小姑，"你别跟着添乱！怎么还哭上了？他还能不能出门拿通知书了啊！"

"谁起的头啊！"小姑喊。

"行了，"丁霁笑着站了起来，"我先去学校了啊，等我爷爷回来记得跟他说。"

"知道了，赶紧的，"小姑说，"去吧，再不去咱几个要抱头痛哭了。"

丁霁出门打了辆车直奔学校，本来想告诉林无隅一声，顺便问问他的通知书到了没，但林无隅今天有个活儿，去不知道什么原始的地方，一早手机就没有信号了。

丁霁只能是在车上给他发了个消息。

路上有点儿堵，丁霁盯着前方的车屁股，也就是爷爷奶奶家是老小区，怕快递寄丢了，要不他也不会让学校统一代收，还得跑一趟，急人。

车好不容易到了学校门口，丁霁跳下车就看到了学校门口的喜报，大概就是"庆祝我校高考再创辉煌""庆祝我校丁霁同学高考取得全省第三的优秀成绩"……还好前两天已经放暑假，现在学校里只有今年高三的可怜孩子，他不用接受目光的洗礼，就是在冲进校门的时候，听到门卫大叔喊了一声："丁'齐'啊！你厉害啊！祝贺你啊！你们校长办公室……"

丁霁也没听清他后面喊的是什么，头也没回地喊了一嗓子："谢谢叔！"

丁霁经过校长办公室，刚想上楼的时候，老姐姐从校长办公室里跑了出来："丁霁！丁霁！这里！"

丁霁这会儿才反应过来门卫大叔说的是什么。校长室门里门外好些人，还有人扛着摄像机……

"这干吗？"丁霁下意识就往后退。

"没事儿没事儿，"老姐姐拉住他，"就是拍一下通知书，咱们学校的第一份通知书就是你的，你配合一下随便说两句感想就可以了。"

丁霁只好硬着头皮，一脸假笑地龇着牙在记者的安排下走进办公室，从校长手上接过快递，然后龇着牙高兴地拆开了，拿出通知书举在胸前。

"我觉得很开心，"他浑身难受，咬牙切齿地说着，"感谢学校对我的培养……大家加油。"

说完之后，他就抓着通知书埋头冲出了办公室，风一样卷着走了。出了校门他才又打开通知书仔细地看了看，打车往附中去的时候，他在车上拍了张通知书的照片发了朋友圈——"拿到了！"

几分钟之内他手机的消息提示音就没停过，他有些得意地笑了笑。林无隅还没有回他消息，他打了个电话过去，还是接不通，估计得到下午或者晚上了，所以还是得直接去趟附中。如果林无隅的通知书到了，他就算不能拿走，也能先看看，再拍张照。他要第一个把通知书的照片发给林无隅。

附中的阵势跟三中差不多，校门口也摆着红色的喜报，进去之后宣传栏上还有林无隅的照片。他凑过去看了看，林无隅这张照片不知道什么时候拍的，是在他们学校图书馆里，身后是大排的书，林无隅笑得温和而自信，非常帅了。接着他看到了下面还有第二名的照片，许天博。

丁霁发现这个人他见过，就在林无隅他们宿舍门口……第二名居然是这个长得像他堂哥的人，堂哥是他二叔的孩子，二叔去世之后很多年没见了……就这小子，高了自己一分！

第三名是个女生，丁霁没看清她长什么样，旁边有几个附中的学生拿着手机在拍，他怕被认出来，于是转身想走，顿了顿又想起来自己并不知道附中的结构，只好又转回身："不好意思，同学，我想问一下……"

"什么事？"一个男生问。

"之前教高三的林老师，他办公室在哪里？"丁霁问。

"直走右转，三楼，"一个女生给他指了一下，"应该在办公室，刚我在楼下还碰到他了。"

"谢谢。"丁霁笑笑，转身快步往那边过去。

"这个是不是三中的那个……"男生在身后说。

"啊！好像真是，"女生小声喊，"丁什么，丁霁吧？黑马，差点儿把许天博的第二压了啊……"

黑马？黑个鬼的马，问问你们学霸，我是只……乌鸡？

丁霁一想到林无隅捏的那只鸡，顿时就忍不住了，一个人边走边乐，到办公楼跟前儿才收住了笑。

这几天开始出通知书，办公室里不少老师都在，丁霁一个一个办公室看过去，走到三楼第三个办公室的时候，一个人从里面走了出来。丁霁看清这人的脸的时候愣了愣，是他刚参观过的照片上的人，许天博。

许天博也有些意外地看着他："你是……丁霁吧？"

"是。"丁霁点点头。

"我们之前应该见过，"许天博笑着伸出手，"在宿舍，我昨天看新闻的时候才知道你就是丁霁。"

"你好，"丁霁也伸手，跟他握了握，"你通知书也到了？"

"还没有，"许天博说，"我是过来帮我们班主任搬东西的……林无隅的通知书到了。"

"是吗？"丁霁顿时一阵兴奋。

"记者跟着快递员一块儿送过来的，"许天博说，"毕竟是状元的通知书。"

"在你们老林那儿吗？"丁霁问。

"嗯，"许天博点点头，指了指办公室，"你是要去看看吗？"

"是，我就是来看的。"丁霁马上往办公室里走。

"林老师，"许天博在他身后帮着介绍了一下，"这是没有鱼的好朋友，三中的丁霁……"

"林老师好。"丁霁跟里面一个男人打了个招呼，看着挺年轻的，林无隅叫他"哥"也差不多。

老林看到他愣了愣："你就是丁霁啊？"

"是的。"丁霁回头看了一眼，许天博已经走了。

"你要是早半小时过来，记者得高兴死，刚就逮着一个第二名，"老林笑着说，"有事儿吗？"

"我想看林无隅的通知书。"丁霁说。

"……哦，替你们三中的父老乡亲打探消息？"老林从抽屉里拿出了一个快递袋，举起来给他看了看，"就这个。"

丁霁立马伸手想拿，老林又把快递袋放回了抽屉里。

"我要拍，"丁霁说，"谢谢林老师。"

老林犹豫了一下，把快递袋又拿出来，冲他晃了晃："拍吧。"

丁霁只好对着老林连人带快递袋一块儿拍了下来："我能拍一下里面吗？"

"还没拆呢，"老林说，"得寄给他啊。"

"我帮他拿过去……"丁霁话还没说完，老林已经把快递袋光速收回抽屉里，他只得赶紧补充说明，"我明天再来拿，他现在电话打不通，等他有信号了让他给您说。"

"我刚打他电话也没打通，"老林笑了笑，"不是信不过，这毕竟是 H 大的通知书啊……你也是报的 H 大吧？通知书是不是到了？"

"是，"丁霁拿出自己的通知书，"我跟林无隅报的一个专业。"

"可以啊，"老林凑过来看了看他的通知书，"H 大的通知书是别致啊，还搞机关……"

"赶紧回去洗个澡，"陈大哥把车停在了楼下，回过头看着林无隅，"你这一身，要是换个洁癖的，都死七八十回了。"

"你这车散味儿都得散好几天，"林无隅扯了扯自己的裤子，打开车门跳了下去，"谢谢陈哥。"

"我一会儿就跟财务申请一下，给你加点儿服装费，"陈大哥说，"这拍个两小时的景儿还把人拍水沟里去了……"

"没事儿，"林无隅笑着说，"我先上去了啊。"

"赶紧的。"陈大哥挥了挥手。

林无隅快步进了楼里，还好这会儿没到下班时间，电梯没什么人用，进了屋第一件事就是先洗手，再把兜儿里的手机捏了出来，把身上的衣服都脱了，犹豫一下之后拿个袋儿装了。

他也不知道那个水沟是不是跟哪个粪池连着，总之味儿非常大，这衣服他都下不去手洗。不过洗澡之前他先拿起了手机，回市区以后手机就响了好一阵，他有预感，是通知书到了。但那会儿身上臭得不行，手怎么擦都有味儿，他不想碰手机。

消息有一大排，林无隅扫了一眼，差不多的内容。

　　——你通知书……
　　——鱼你通知书……
　　——你电话怎么打不通……

在一众"通知书"里，他一眼就看到了丁霁的消息，好几条，跟别人的都不一样。

——你丁小爷的通知书到了！

林无隅笑了笑，在一堆消息里最先点开了丁霁的。

——看我的通知书！
——我现在去附中了，我估计你的也到了。
——林无隅！快看！我是不是第一个给你发你通知书照片的！
——虽然只拍到了快递袋！
——你们班主任还强行入镜，简直了！
——他不让拿走，也不让我拆！你记得给他打电话！
——告诉他！赶紧把你通知书交给这个英俊的少年！

　　林无隅一边乐一边飞快地看了一眼时间，发现丁霁的最后一条消息是五分钟之前才发过来的，马上拨了丁霁的电话。那边几乎是秒接，丁霁的声音跟雷一样炸了出来："我的天，你总算是有信号了！"

　　"你跑我们学校去了？"林无隅笑着问。

　　"是啊，我拿到我的通知书就感觉应该是一块儿寄的，"丁霁说，"我就过来了！果然！真是一块儿到的！"

　　"你还在林哥办公室吗？"林无隅问。

　　"我已经出来了，"丁霁说，"不过我一看到你打电话过来，立马就回头了，现在正在上楼。"

　　"你把电话给林哥，"林无隅说，"我跟他说。"

　　几秒钟之后，老林的声音传了过来："林无隅！你的通知书到了！"

　　"给丁霁吧，"林无隅说，"他这两天就过来了，正好帮我带过来。"

　　"行，"老林说，"我刚都没敢让他拆，你也没跟我说一声。"

　　"我忘了，"林无隅说，"你让他拆，现在就拆。"

　　"行，"老林说，"不过你什么时候里通三中的？许天博都没说帮你带过去，三中小黑马跑过来说要拿走。"

　　"通了有一阵儿了。"林无隅笑了。

　　"拆了拆了啊，"那边传来了丁霁的声音，"先挂了，你接我视频，我拍给你看。"

　　"好。"林无隅挂掉了电话。

　　丁霁很快发了视频过来，林无隅接通了，看到丁霁愉快地扬起来的眉毛时，忍不住心情跟着也扬了起来。

　　"你是光膀子接视频有瘾吗？"丁霁瞪着他，"你们班主任在呢，你能不能讲究点儿？又洗澡了？"

"没，"林无隅笑了起来，"太热了，我把衣服脱了。"

"太热了你开空调啊……"丁霁叹了口气，"来来来，先不管了，来拆快递，林老师亲手帮你拆。"

丁霁的脸从镜头前消失了，换成了老林的脸，然后是他拆快递的手。

林无隅一直笑着看着屏幕，其实在出成绩的那一刻，就感觉已经达到了自己想要的目标，之后填志愿、等通知书，只是一个过程而已，已经没什么可兴奋的了。但现在他看着视频里老林小心地拆开快递袋，拿出他的录取通知书，丁霁接过来放在桌上，前后左右、里里外外拍了一遍给他看的时候，他发现自己还能再激动一回。丁霁就是这样的一个人，能把他觉得已经不会有什么特别的事，来回折腾一下，又折腾出新鲜的乐趣来。

从老林那儿拿到了通知书之后，丁霁先回了家。

林无隅把衣服扔到楼下垃圾箱再回来洗了个澡，刚吃完外卖，丁霁的视频又发了过来。

"你怎么比我还兴奋？"林无隅接了视频。

"不应该吗？"丁霁说，"我后天就要走了，又不是你后天要走。"

"后天吗？"林无隅下意识地接了一句，"我以为明天呢。"

"我也想明天，我小姑找人给买票，明天的来不及了，最早得后天一早，"丁霁说着突然笑了起来，"你还一副不兴奋的样子，是不是觉得后天才去有点儿失望啊！"

"我这阵儿忙来忙去挺累的，"林无隅笑笑，"等着你来了我正好休息几天，你不是要虚度光阴吗？"

"是不是很期待跟我一块儿虚度！"丁霁说。

- 41 -

林无隅已经把丁霁归在了"对关系好的朋友热情似火"那一类里，所以在丁霁说出这句话的时候，本该自如地呛回去，就像以前那样。但丁霁的态度又明显跟以前不一样了，以前他俩能呛三百回合，不分出个输赢来不会停，现在丁霁却沉默了。林无隅能感觉到丁霁的尴尬，甚至能感觉到丁霁因为感受到他的尴尬而更加尴尬，很后悔没有在第一时间反击，没给丁霁一个可以化解第一波尴尬的台阶……林无隅第一次因为这种错综复杂而又完全无法把控的微妙的人际关系而手足无措，就连跟十年没见的林湛面对面时都没有过这种感觉。

"是啊。"他回答。

276

虽然对自己情商一向自信，眼下他也找不出更合适的回答了，只知道再不出声，丁霁会很没有面子。

这个回答他没有多想，就是顺着丁霁的问题，给出自己现在唯一的答案——是啊。就是挺期待和你一块儿虚度，你来了有人可以一直聊天到半夜，有人一块儿看电视，还能一起吃饭、逛景点，时间到了还能一块儿去学校报到。

"那等着，"丁霁的语气已经恢复，带着惯常的小得意，"再熬一天，等我去解救你。"

"好，"林无隅笑笑，"鸡哥救救我。"

"你说话注意点儿啊！"丁霁提高了声音，"就你这样的我一手揍俩知道吗？"

"知道了知道了，"刘金鹏边走边点头，"我只要是有空，就先去看爷爷奶奶，要扛什么、买什么、搬什么随叫随到，你别管了。"

"国庆他们要是来玩，"丁霁说，"你有空就一块儿来，我带你去看升旗。"

"有这话就行，我去不去都踏实了，"刘金鹏拍拍他的肩，"上了H大也不能忘了跟你一块儿裸奔的朋友。"

"是不能忘了我裸奔的朋友，"丁霁纠正他，"是你，不是我。"

刘金鹏叹了口气："我突然很舍不得你，怎么办？"

"赶紧去买张票，"丁霁指了指那边的柜台，"跟我一块儿走。"

"滚，"刘金鹏笑了起来，转身张开了胳膊，"来，抱一个的。"

丁霁放下行李箱，抱住了刘金鹏。

"好好的，"刘金鹏拍拍他，"碰上什么麻烦了，谁欺负你了，你一句话，马上杀过去给你撑场子！"

"这话我记着了。"丁霁笑着说。

刘金鹏把他送到安检口，目送着他排队，两人还隔着老远喊着聊了几句。他进去了刘金鹏才挥了挥手，转身走了。

丁霁在原地站了一会儿。

他挺舍不得刘金鹏，他俩一块儿长大，还没有分开过这么长时间，虽然见面总会打架，一想到这么久见不着面，又觉得很舍不得。跟刘金鹏说出"想你""舍不得你"之类的话，他是不会尴尬的，坦然得很。可同样的感受放在林无隅那儿就不行了，做贼似的，说出来就更觉得别扭，偏偏感受又是真实的。林无隅因为他的尴尬而尴尬，他又因为林无隅的尴尬而尬上加尬……

机场没有什么好吃的，林无隅早到了半小时，把机场里所有能吃的店都转了一遍，最后只吃了一碗面，不太满意。不过经过一家卖伴手礼的店时，他被门口可爱的棒棒糖吸引住了。棒棒糖被做成了各种小动物和字母，看上去都很萌，林无隅犹豫了一下，决定买几个当作接机礼物。

挑的时候没想到棒棒糖也能做成小鸡……他拿起那只小黄鸡三次都又放下了，最后挑了一条生肖小龙，还有 D 和 J 两个字母。

出口有很多人，林无隅站在各种来接机的人群里有种新奇的感觉。

这是他有生之年第一次接机。

看到显示屏上出现丁霁那班飞机的航班号时，身边的人有一阵小小的骚动，尽管知道距离丁霁出来至少还得有二十分钟，但他还是不由自主地跟着人群往前，挤到了隔离带旁边，一边掏手机一边往里盯着。

旁边好几个手机都响了，还有人在打电话——"到了没""下来了没"，林无隅看了一眼手机，丁霁还没有消息发过来。他只能抓着手机，继续往里盯着，明明知道这会儿出来的人里根本不可能有丁霁，也还是下意识地往里看。

直到这趟航班的乘客开始出现，手机上也没有丁霁的任何动静，林无隅忍不住拨了丁霁的号码——不会是还没开机吧？

还好，电话接通了，不过响了七八声也没有人接，林无隅都怀疑这人把手机落飞机上了，那边丁霁才终于接了电话，含混不清地不知道是"哎"还是"喂"地喊了一声。

"快出来了吗？"林无隅问，"我已经在出口这儿了，占据了中心位，你应该能一眼看到我。"

丁霁笑了起来，笑声依旧含混不清。

"你是不是吃东西呢？"林无隅问。

"吃什么呢，"丁霁大着舌头，"我拿着你两箱东西还有你的宝贝无人机，我哪还有手接电话？我叼着手机呢！"

"是谁说有人送要多拿点儿行李的，"林无隅笑了，"电话挂了吧，你跑出来。"

丁霁那边稀里哗啦好半天才把电话挂掉了。

没两分钟林无隅就看到了背着个包，一只手推着两个行李箱，一只手拎着另一个包的丁霁。

他冲丁霁挥了挥手，丁霁没法挥手，只是蹦了一下就开始跑。

林无隅挤出人群，绕到隔离带的开口，迎上了跑出来的丁霁。

"嘿！"丁霁把行李箱往他面前一推。

林无隅用脚拦了一下滑到他面前的行李箱。

"只晚点了十分钟！"丁霁在他耳边喊。

"嗯，"林无隅点点头，"还不错。"

"你是不是吃好几顿了？"丁霁在他背上拍了拍。

"就一碗面，"林无隅说，"你饿了没？一会儿就去吃东西。"

278

"我飞机上吃了面包，"丁霁嘿嘿乐着，"我把旁边姐姐的面包也吃了。"

"走。"

"包你拎吧，"丁霁说，"我现在就开始虚度光阴了，我不想拎东西了。"

"等等，"林无隅从兜儿里拿出了那三根棒棒糖，"给。"

"我的天，"丁霁很惊喜地接过去看了看，"这接机也接得太周到了吧？这怎么舍得吃……"

"那个店是连锁的，"林无隅说，"吃没了可以再买。"

"你这思维，"丁霁叹了口气，"你要是谈恋爱，估计真会有波折。"

"行吧，"林无隅笑笑，"这三个留着，我另外再买给你。"

"怎么没买鸡了啊？"丁霁把棒棒糖放进包里，"我以为你气我有瘾呢。"

"控制住了。"林无隅说。

"叫车了吗？"丁霁问。

"已经到了，"林无隅拎起包，放到行李箱上推着，"走吧。"

丁霁心情很好，上车之后给爷爷打了个电话报了平安，又发了几张机场照片给刘金鹏，然后再发了个九宫格到朋友圈，这才算是完成了下机任务。

"我真是服了你了，"林无隅在旁边看着他一通忙活，"你这一天天的，朋友圈里哪儿来那么多话可说啊？"

"说明我的生活丰富多彩，"丁霁收起了手机，伸了个懒腰，"哎……对了，通知书！"

"到家了再给我，"林无隅说，"我现在没地方放。"

"行吧，"丁霁往椅背上一靠，偏过头看了看他，"怎么感觉你有点儿憔悴啊？活儿是不是接太多了？"

"是有点儿，有两个活儿一开始没想到这么麻烦，就都接了，"林无隅搓了搓脸，"有两天通宵没睡拍夜景。"

"这么拼干吗呢……"丁霁说到一半，林无隅就转过了脸看着他，他马上反应过来，"啊啊啊行了，我知道，钱都借给某个老也还不上钱的西瓜仔了。"

林无隅没说话，笑了半天。

丁霁也没出声，看着林无隅好一会儿，不知道是不是有日子没见着，他以前没注意过林无隅笑起来很好看，带着一丝平时不会有的幼稚气质。

林无隅看过来的时候，他收起了思绪，拍了拍腿："有件事儿差点儿忘了跟你说了，我那天去拿你通知书的时候，碰到一个人……你猜是谁？"

"许天博。"林无隅说。

"……我发现跟你玩一点儿意思都没有。"丁霁叹了口气。

"那重来。"林无隅说。

"你猜是谁？"丁霁问。

"谁啊？"林无隅想了想，"这哪猜得到？"

司机一边开车一边乐了。

丁霁也笑了起来，但还是坚持把戏演完："我告诉你吧，是……"

"许天博！"司机笑着喊了一嗓子。

林无隅和丁霁一块儿愣了，丁霁反应过来之后笑着给司机竖了竖拇指："大哥可以，大哥太厉害了！"

"猜对了？"林无隅还没有出戏。

"猜对了，"丁霁点点头，"我碰到许天博了。"

"他好像是去帮林哥搬东西，"林无隅说，"他家离学校近。"

"他居然认出我了，"丁霁说，"当然，认出我也正常，我也认出他了，你们学校把照片都贴公告栏上了。"

"是吗？"林无隅笑了笑。

"他是不是上回我去你宿舍的时候碰到的那个，还跟你打了个招呼的？"丁霁问，"就我说他跟我堂哥有点儿像。"

"嗯，是他。"林无隅点了点头，心里又有点儿想笑，丁霁到现在也没意识到许天博是长得跟他有点儿像，作为一个神童，实在是太神奇了。

在这一点上，司机大哥的反应就很正常了，他想了想："跟你堂哥长得像，不就是跟你长得像吗？一般堂兄弟都长得像。"

"嗯？"丁霁愣了愣，半天才回过神，"是啊？"

林无隅实在没忍住，低头一通笑。

"是啊，我就说怎么看他有点儿眼熟……"丁霁"啧"了一声，"我居然完全没往这上头想。"

"你那天说像你堂哥的时候我就想问了，"林无隅凑到他耳边小声说，"就你这样也能算个小神童？"

"我？"丁霁转头瞪着他，"你这报复心真是悠长啊，就说你一句怎么拿的状元，你憋了这么多天在这儿等着我呢？"

"没，真不是故意的，"林无隅笑了，"善于抓住机会而已。"

车开进小区，经过林湛住的那栋楼时，林无隅看了一眼，林湛的车就停在路边。他正想给丁霁指一下的时候，丁霁已经靠了过来："那辆黑色的车，是林湛的车吧？"

"嗯，"林无隅看了他一眼，"怎么看出来的？"

"算的。"丁霁掐着手指。

"装吧你就,"林无隅推了他一把,"下车!"

进了电梯之后丁霁才笑着说:"林湛的电话号码尾数是 4 个 6,刚那个车牌,是 3 个 3 连着,你又说过他就住旁边,就感觉应该是他的车。"

"本来今天怕堵车想让他送我去机场的,"林无隅说,"但是没好意思。"

"是不是还有点儿不太熟的感觉啊?"丁霁问。

"是,"林无隅走出电梯,"其实你想想,我跟他在一块儿就八年时间,还得算上之前我没有记忆的那三四年。"

"要这么算的话,他对你的感情应该比你对他要深,"丁霁叹气,"有你的时候他已经懂事了。"

"是吧。"林无隅打开房门。

"啊——"丁霁进屋把东西一扔,张开胳膊伸了一个绵长的懒腰,然后倒在沙发上,"你换沙发罩了?"

"没换,就是加了一层在上面,"林无隅说,"要不躺着感觉不干净。"

"讲究。"丁霁打了个呵欠。

林无隅打开冰箱,拿出一杯奶茶递给他:"喝吗?"

丁霁一下坐了起来,接过奶茶看了看:"你还有这个?昨天喝剩下的吗?"

林无隅骂了一句,又说:"早上出门之前叫的外卖。"

"学霸你是真学坏了啊,现在这么不文明,"丁霁笑着晃了晃奶茶,"这是给我准备的吗?"

"不然给谁准备的啊?"林无隅说,"我点了两杯,一人一杯,还有麻辣烫,微波炉里叮一下就可以吃了,怕你万一饿得不行等不了出门吃。"

"你得了吧,那是你。"丁霁说。

"那你吃吗?"林无隅问,"我帮你叮一下?"

"先不了,"丁霁躺了回去,又拍了拍沙发,"聊会儿。"

林无隅拿了奶茶,把他的腿往沙发里面推了推,坐了下去。

"你哥是不是什么明星啊?"丁霁喝了口奶茶,"我那天就想问你,但是又觉得你思绪万千的,这个也不是什么需要重点关注的问题,就憋到这会儿才问了。"

"憋死你了吧,"林无隅看了他一眼,"也不是什么明星,算是个网红吧……"

"网红?"丁霁愣了愣,"哪种网红?不会是每天在街上捏女孩儿嘴,给姑娘提裤子扯衣服的那种吧?"

林无隅笑得差点儿呛着:"你成天都看些什么玩意儿啊?"

"怪我吗?"丁霁说,"鹏鹏每天看,还老给我分享合集……那他是干吗的?"

"他有个自己的工作室,"林无隅说,"是个微缩模型高手。"

"这么牛？"丁霁有些吃惊，"叫什么？没准儿我还看过他视频呢？我有一阵儿特别想做木头小房子，看过很多视频。"

"他好像不只做小房子，"林无隅想了想，拿出手机，翻出了一个之前他存下的林湛的视频，"还有这种，设计感比较强的，得过什么什么大奖……"

丁霁拿过手机看了一眼："TrES-2b？这是林湛吗？NASA发现的那颗最黑的行星是不是就叫这个，开普勒1b什么的？"

"是，"林无隅看着他，"你还什么都知道啊？"

"也不是，就这名字太别致了，我当初就是被这个名字吸引……"丁霁说，"那林湛这也算是个名人了啊，难怪问是不是粉丝……可惜圈子小众了一点儿，要不你爸妈早能发现了吧？"

"他视频都不露脸，"林无隅停了两秒，"也还好，没让他们发现。"

丁霁把手机放到茶几上，过了一会儿才说："他是不是不想见你父母啊？"

"嗯。"林无隅点了点头，"也不让我告诉他们找到他了。"

"那很决绝了，"丁霁皱了皱眉，"为什么他要跑？"

"有些爱太过了，人就受不了了吧，旱的旱死，涝的涝死，"林无隅喝了两口奶茶，"我爸妈对林湛的感情，不仅仅是父母爱孩子的那种，还有……怎么说呢？全力以赴，全身心投入，睁眼要看到你，闭眼会想着你，时刻要能碰到你、把控着你，你就是我活着的全部……大概是这种感觉吧。"

丁霁没说话，觉得有点儿发毛。

"林湛小时候突然生病，生我是为了有脐带血救他，"林无隅说，"我没有这段记忆，后来我爸妈也闭口不提了。"

"脐带血？"丁霁愣了好一会儿。

"嗯，急性淋巴细胞白血病，我以前不知道，这次林湛才告诉我的，"林无隅点点头，"他那会儿还小，还可以试一下脐带血……"

"那配型要是不成功也不能用啊。"丁霁说。

"我妈的意思就是……不惜一切代价也要试一试，"林无隅笑笑，笑容里有些说不上来的情绪，"还好成功了，要不我生下来就没用了。"

丁霁皱了皱眉，一下下捏着奶茶杯子，有些后悔着急着一见面就问了林无隅这个问题，搞得他俩久别……十几天也算久了吧，搞得他俩久别重逢聊天的气氛都沉下去了。

"我爸妈心里，大概想的就是，"林无隅靠到沙发上，"生我是为了给林湛治病，养我是为了以后能照顾他，计划得特别周全，结果，林湛跑了……"

"我打断一下啊。"丁霁说。

"已经说完了。"林无隅偏过头看着他笑了笑。

"你自己明明清楚得很，"丁霁说，"你不是为了谁生为了谁活的。"

"嗯。"林无隅应着。

"你就算是为了什么，也是为了自己，"丁霁说，"而且退一万步，你说过，你来都来了。"

"记这么清呢？"林无隅勾了勾嘴角。

"也不只有你一个人过目不忘、过耳成诵的，"丁霁挑了挑眉，"来都来了，就别想那么多了。"

"好。"林无隅点头。

其实话是这么说，林无隅这么多年也都是这么做的，但毕竟他一开始承受这些的时候，还只是一个小朋友，就现在这样的想法，也是从那么多年的伤害里得到的经验。

小可怜儿啊。

丁霁拍了拍他的手，以示安慰。林无隅看了看他，也没有太大的动作，只是抽手拍了回去。丁霁低头扫了一眼，笑了。

丁霁认为此时此刻自己应该尴尬，但没想到的是突然忍不住笑了起来："你干吗呢？至于吗！"

"你干吗啊？"林无隅也笑了，"占我便宜。"

- 42 -

丁霁把林无隅放在家里的东西都带过来了，虽然不多，但挺值钱。

"你还给垫了这么多海绵啊？"林无隅检查了一下无人机，把东西往卧室唯一的柜子里慢慢收拾着。

"怕磕坏了，"丁霁说，"我不能债上加债啊。"

"你说你是不是自找的？"林无隅笑笑，"结果你小姑父也没送你。"

"他得快开学那会儿才有假，提前过来就没办法送了……你开学以后这房子退吗？"丁霁往柜子里看了看，"衣服都挂上了啊？"

"退不退都行，"林无隅说，"我毕竟……不回家，东西多，总得有个地方放。"

"可以放林湛那儿啊。"丁霁说。

"不了吧，"林无隅想想，"没熟到那份儿上，再说我也不知道他现在什么情况，有没有女朋友，或者结没结婚。"

"结婚不至于吧，他才多大？"丁霁说。

"大我五岁，"林无隅说，"也不是没有结婚的可能，他初中就自己出来混了……我也没问问他这些年是怎么过的。"

"为什么没问啊？"丁霁帮着他把东西放进柜子里，"就当是关心一下也可以问啊。"

"感觉像是在打听隐私，"林无隅皱皱眉，"反正我也不希望他问我这些年是怎么过的。"

"他问了吗？"丁霁问。

"没有。"

丁霁点点头："行吧，你俩有些方面还是看得出来是亲兄弟的。"

林无隅笑着看了看手机："你洗个澡吗？洗完了出去吃点儿东西。"

"我行李也要打开放，"丁霁说，"我有两件外套不能压。"

林无隅把柜子里挂着的衣服往旁边哗地一扒拉："这一半儿都归你，随便挂。"

"也不用这么客气，"丁霁打开箱子，拎出自己的外套抖了抖，"我就两件衣服，用不了这么大的空间……"

他一眼就看到了柜子里那件写着"帅哥"的T恤，猛地转过头："这是不是我的？"

"嗯，"林无隅喝着奶茶靠在门边，"你上回没带走。"

"我在家找了它好几天，"丁霁一脸迷茫，"怎么会把它忘在这儿了呢……不能啊……我一件件都收拾好了啊……"

"那就是我留下做纪念的，"林无隅打断他，"赶紧收拾，我饿了。"

"行行行，"丁霁扯下那件T恤，又拿了条裤子，"我洗个澡就去吃饭，你以后也别纠结是为谁生为谁活了，你就是为了吃的，少一口晚一秒你就要死了。"

林无隅靠着门笑了半天。

丁霁进了浴室，飞快地脱衣服，拧开喷头，回头拿洗发水的时候，看到了墙上的镜子，眼前顿时闪过林无隅那天视频里的画面。那种又想笑又觉得说不上来的不好意思混杂在一起的感受让他迅速转回了身，一边冲水一边笑了好一会儿。

为了不让林无隅饿死，丁霁洗澡比平时在家里洗得快了不少，基本没有站着兜头哗哗冲水只为了舒服的环节，洗完澡出去的时候，林无隅正坐在沙发上玩手机，脚蹬在茶几边儿上。

"脚放下去！"丁霁一手拿着毛巾擦头发，一手指着他的脚。

林无隅把脚放回了地上："洗这么快？你是不是没用沐浴液啊？"

"用了！我不是怕你要饿死了吗！洗得跟快进一样，"丁霁"喷"了一声，"吹风筒呢？"

"衣柜下面的抽屉里。"林无隅说。

丁霁站在卧室里吹头发，看了一眼客厅，林无隅又低头继续看着手机。这让丁霁有些好奇，说实话，林无隅算是他见过手机使用频率最低的人，手机除了接电话和偶尔发消息，基本不会拿着玩，比起手机，林无隅应该是更愿意看书，但这会儿看手机还看得挺起劲。

"看什么呢？"丁霁吹完头发出来问了一句。

"嗯？"林无隅放下手机抬起了头。

"手机啊，看什么呢，"丁霁说，"这么老半天，有什么好玩的让我看看。"

"有人给我发消息，"林无隅笑笑，"就看了看。"

"这人给你发的是论文吧？"丁霁有些不屑地扫了他一眼，"不想说就不说，瞎编什么呢。"

"真的，"林无隅说，"顺便又看了看他朋友圈……"

"你还会专门看人朋友圈呢？"丁霁更难以置信了，"这是个什么人啊？"

"你可以算算啊。"林无隅说。

"你又不饿了？"丁霁问。

林无隅笑着没说话。

丁霁犹豫一下，掏出了奶奶的铜钱："我要是算准了你别不承认就行。"

"这个应该不好猜。"林无隅。

"我算的！"丁霁提高声音，把铜钱往茶几上一扔，"不是猜的！"

林无隅很有兴趣地凑了过来，托着下巴看着他。

"你别这么盯着，"丁霁推了他一下，"你这样我紧张。"

"你成天给别人算，还紧张啊？"林无隅说。

"这个不是不能猜吗，"丁霁摆摆手，"纯靠算，我怕算错了，你往后靠靠。"

林无隅靠回了沙发里，抱着胳膊看着他。

丁霁扔完铜钱，皱着眉开始琢磨。

"算出什么了？"林无隅问。

"这人对你是有帮助的，"丁霁看着他，"不过你只求维持现状。"

林无隅挑了一下眉："还有吗？"

"这人有所图，但是主动权在你手上，"丁霁拿了一枚铜钱，在指缝里来回翻着，"只要你动，无不利。"

"有点儿意思。"林无隅笑了笑。

"准吗？"丁霁问。

"你觉得呢？"林无隅问。

"差不离，"丁霁收好铜钱，站了起来，"下面是我瞎猜。"

"开始你的表演。"林无隅说。

"这卦跟你现在接的活儿有关，但不完全是工作，"丁霁在屋里慢慢溜达着，

"如果只是工作,你肯定早都跟我说了,你接的几个活儿我连司机姓什么都全知道……你不愿意轻易跟我说但也不完全抗拒告诉我,需要我先猜个差不多才有可能跟我说的……"

林无隅嘴角一直带着笑不出声。

"是感情问题,"丁霁想了想,走到他面前,凑近了,"无隅哥哥,有人在追你,工作里认识的,这人估计人脉还不错,能帮到你。"

"丁霁?"林无隅看着他。

"但是你不太愿意,想维持现状,"丁霁说,"如果单纯只是工作,以你对外的性格,没有搞不定的关系,你不会有维持现状这种想法。"

林无隅盯着他看了好半天。

"服不服?"丁霁问。

"服。"林无隅拿出手机点了几下,打开了记事本,"现在马上把你欠我的钱减掉一千元。"

"我以为你让我看看那个人是谁呢。"丁霁愣了愣。

"看人、减掉一千元债务,"林无隅说,"你挑一个。"

"一千元,"丁霁指着手机,"给我减了。"

林无隅笑得差点儿呛着:"你怎么这么可爱?"

"你别跟我说今天才发现,"丁霁说,"我十几年前就已经发现了。"

林无隅收了手机,站起来很认真地看了他一眼:"跟你待一块儿真挺舒服的。"

丁霁突然有些不好意思,瞬间感觉自己耳根要红,赶紧在林无隅肩膀上拍了拍:"真诚。"然后快步走进浴室洗了把脸,出来的时候林无隅已经站在了门边,一副马上就要饿死了的表情,手还摸了摸肚子。

"你让我算的!"丁霁瞪着他,"你别想把锅扣给我。"

"走,"林无隅打开门,"吃大餐去,小区后面有个烤肉自助,林湛推荐的,我还没去吃,就等着你来了一块儿呢。"

"大热天儿的,你倒是胃口好。"丁霁跟着他出了门。

"你可以看我吃,"林无隅说,"我不怕人看。"

丁霁"啧"了一声。

"想什么呢?"林无隅把他推进了电梯。

"什么样的啊?"丁霁一迷糊,顺嘴就问了一句。

"什么?"林无隅按下按钮。

"就是那个谁。"丁霁看了他一眼。

林无隅清了清嗓子没说话。

丁霁有些吃惊："这么神秘？"

"有点复杂。"林无隅用手遮了一下嘴，低声说。

"啊，"丁霁愣了愣，"有多复杂？"

"很麻烦。"林无隅说。

"这有多麻烦？"丁霁一下提高了声音。

"你不喊不会说话了是吧？"林无隅飞快地捏住了他的嘴。

丁霁拍开他的手，抹了抹嘴："哦。"

"哦个头。"电梯门打开，林无隅把他推了出去。

丁霁走了几步，感觉这事儿还是让他觉得特别……不得劲儿。

"这人……多大啊？"他问。

"三十多吧。"林无隅说。

丁霁皱眉，恶狠狠地说："吃嫩草？"

"嗯。"林无隅点头。

"不是什么好玩意儿！"丁霁继续恶狠狠。

"……人还行，不坏，"林无隅笑了笑，"就是……"

"林无隅？"丁霁猛地转过头，"你不是吧，什么就人还行了啊，你这么不专一吗？"

"什……我怎么就不专一了啊？"林无隅愣了。

"你别忘了啊，你有喜欢的人！"丁霁提醒他，"你可是有暗恋对象的！"

林无隅看他半天，笑了起来："已经暗恋失败了啊，你不是给我算出来了吗！"

"失败又怎么了，失败了你就不暗恋了吗？"丁霁说。

"人都拒绝了，我还暗恋个鬼啊，"林无隅笑着说。

"暗恋啊，"丁霁说，"什么叫暗恋？就是暗中喜欢，你悄悄喜欢，他又不知道！"

林无隅停了下来，转头看着他："霁哥。"

"别说我没警告你。"丁霁说。

"小霁。"林无隅换了个称呼。

"说。"丁霁皱着眉。

"我不喜欢悄悄喜欢，"林无隅说，"很累的，特别是明知道不可能了，还坚持喜欢，没有意义，退回来，大家都舒服。"

"这么严肃。"丁霁说。

"因为你很凶啊，"林无隅说，"而且骂我不专一。"

"我凶你了吗？"丁霁问。

"啊。"林无隅继续往前走。

"我怎么不觉得。"丁霁说。

"那就没凶。"林无隅说。

"本来就没凶……"丁霁说。

林湛不愧是林无隅亲哥，估计在吃这件事儿上都很下功夫，他推荐的这家烤肉自助餐厅，味道很不错。别说林无隅，就丁霁这种平时食量正常、对食物的渴求也正常的人，都一趟趟过去端了好几盘肉回来。

"怎么样？"林无隅把烤好的两片五花肉夹到了他盘子里。

"我明天得开始跑步了，"丁霁边吃边说，"我发现跟你住一块儿我要是不注意着点儿，身材肯定得毁，我纵横江湖这么多年，一直都……"

"我还能天天带你这么吃吗？"林无隅说，"你想得真美啊。"

"我本来就是过来吃喝玩乐的，"丁霁看了他一眼，"你不管我？"

"你跟我出去飞几趟就能瘦了，"林无隅说，"开学报到之前我还能接两个活儿，到时你还是给我打打下手吧。"

"一天一块钱是吗？"丁霁说，"要不我给你一天两块钱，你给我打下手吧？"

林无隅笑了起来："这么记仇。"

"毕竟过目不忘。"丁霁指了指鱿鱼，"无隅哥哥麻烦给烤点儿这个。"

"好。"林无隅夹了鱿鱼慢慢烤着。

"给你打下手没问题，给一块钱也无所谓，"丁霁看着嗞嗞响着的鱿鱼，"你什么时候专门带我玩一次啊？你答应我了的。"

"后天，"林无隅说，"上回去拍景的那个地方挺合适的，我们包辆车过去就行，早上去，晚上回来。"

"远吗？得留出时间玩啊。"丁霁说。

"你想玩多久？"林无隅笑了笑，"一般就半小时左右续航，给你玩的大概也就十几分钟，算上换电池，两小时吧。"

"行吧，"丁霁想了想，"能玩就行。"

林无隅今天心情挺好的，因为丁霁。他虽然几乎没有亲密朋友，但一直以来都住校，除了周末，身边永远都有同学。这段时间他在一个陌生的环境里一个人生活，一个人干活儿，多少还是有些寂寞。在机场接到丁霁，听到他声音的时候，那种熟悉的感觉，带来了很大的安慰，而且丁霁话还挺多。舒服。

他挺喜欢听丁霁说话，完全不需要有什么谈话内容，随便东拉西扯，他也会觉得轻松自在。

吃完饭，他俩去了趟超市买零食和饮料。

"随便买点儿得了，"丁霁捂着肚子，"我现在都顶到嗓子眼儿了，我看着这些吃的，哪一样都不好吃。"

"今天吃不了可以明天吃啊，"林无隅哐哐地往购物车里扔着，"晚点儿要是饿了呢，看电影的时候嘴里没点儿东西也不舒服啊。"

"我看电影的时候没有这种需求。"丁霁说。

"那你别吃。"林无隅看了他一眼。

"买买买买买……"丁霁帮着他往购物车里又扔了好几盒不知道什么玩意儿，"我就看你吃吃吃吃……"

回到出租房的时候，其实也不早了，快晚上十点了，丁霁感觉睡觉之前能把肚子里那点儿肉消化掉就不错，吃是不可能再有空间吃了。林无隅走到窗边，往外看了看。

"林湛住的是哪栋？"丁霁也走了过去，站他旁边往外看着。

"那栋，"林无隅指了指，"就对着我们的那个窗口，没亮灯的那个。"

"那他不在家？"丁霁说。

"应该是，"林无隅拉上了窗帘，"我看他朋友圈，吃饭之前还在工作室。"

"挺忙，"丁霁走到沙发旁边躺了上去，"弄个不吓人的片儿来看看，恐怖片儿不要，看了晚上睡不着，厕所也不敢上。"

"你可以叫我，我陪你去。"林无隅笑着坐到了他旁边，推了推他的腿，"腿收一下。"

"啤酒饮料矿泉水，"丁霁把腿收了收，又伸长了塞到了林无隅屁股后头，"鸡爪泡面火腿肠……"

"我找个片子啊，"林无隅划拉着手机，"不看恐怖片儿……那看什么呢……悬疑？科幻？还是……"

"咱能看个喜剧片儿吗？之前我陪你看了那么些恐怖、悬疑的了，你能不能回报我一下，"丁霁叹了口气，"我不怕说出来，我胆儿挺小的，不经吓，小时候看喜羊羊我都能被吓着。"

"好，"林无隅笑着看了他一眼，在他腿上拍了拍，"我找部喜剧。"

这种好吃懒做的日子还是很舒服的，丁霁枕着胳膊，看着正在找片子的林无隅。这人的侧脸的确是好看，特别是在专心看东西的时候。丁霁有些想象不出来，这样的林无隅，暗恋一个人的时候是什么样的状态，会偷看人家的朋友圈吗？会偷拍照片吗？会没话找话给人家发消息吗？琢磨了一会儿，他忍不住弓了弓腿，往林无隅背上拱了一下："哎。"

"别急。"林无隅说。

"不是，"丁霁看着他，"我问你个问题。"

"嗯，"林无隅应着，"问。"

"跟你闹矛盾的是谁啊？"丁霁问，"你同学吗，还是朋友？"

林无隅在手机上划拉着的手停下了动作，偏过头看着他。

"不方便说就算了，"丁霁有些不好意思，感觉自己一晚上都在打听林无隅的私人问题，"我就随口一问。"

"你在附中见过的。"林无隅说。

"嗯？"丁霁愣了愣。

林无隅低头继续看着手机："长得像你堂哥的那个。"

- 43 -

林无隅认为自己之所以到现在都还能凑合把丁霁的很多表现和反应都归类到"丁霁对好朋友就这样"的范围里，就是因为丁霁在这些方面惊人地迟钝，宛若傻瓜，没有一丁点儿小神童的意思。

本来按丁霁的智商和他超强的观察能力，第一眼就应该看出来那人跟他长得像，虽然自己从来没有在他面前提过那人，对那人也没有过任何一个字的讨论，但以丁霁的能力，完全是可以倒推出来的。

为什么你会注意到我？为什么会跟我说话？因为我跟那人长得像。而你跟那人可能不只是普通同学或者好朋友。如果只是好朋友，你不会绝口不提，碰到个长得像自己好朋友的人，聊天都会随口提起，所以大胆推测……而丁霁直到现在才想起来要问。林无隅真是完全没想到，想要单方面撤销他"小神童"的称号。

"所以，"丁霁看着他，"就这样了？"

"嗯。"林无隅点点头，现在也没有什么好看的喜剧片。他不喜欢挠痒痒肉逗人笑的喜剧，偏偏一眼过去能看到好几部。难找。

丁霁真是个小孩儿。

"那对方是怎么知道的？你这一点儿技巧都没有啊。"丁霁说。

林无隅听乐了，转头看了他一眼："这跟技巧有一毛钱关系？"

丁霁很痛心地拍了拍腿，想想又看着他："所以你是跟对方说了？"

"也不能算跟对方说吧，"林无隅仰头靠到沙发上，"我是跟全校说的。"

"什么？"丁霁愣了，接着震惊地拉长了声音，"我——的天！"

林无隅往丁霁腿上弹了一下："小点儿声。"

现在他可以确信丁霁的确是个连上课时间可能都不在学校待着的人，他天台喊话那次，传得挺开的，三中还有人来打听过。

"我突然知道了，"丁霁指着他，"是不是年初的时候！你们附中有个天台活动，我们班有女生说来着，什么天台大事件的……"

"别指我，"林无隅抓住他的手指，按到他腿上拍了拍，笑着说，"好好说话，你这跟找我算账似的。"

"这个大事件就是你吧？"丁霁凑到他旁边。

"嗯。"林无隅应了一声。

丁霁看着他，然后又往后用力躺回了沙发里，还弓起腰用屁股往沙发上砸了一下："你也太嚣张了！我真没想到是这么回事儿！居然是你？"

"你干吗呢？"林无隅被他这一套动作逗乐了。

"表达对你的崇敬之情，"丁霁又弹着坐了起来，劲儿太大，脑门儿都撞到了他肩膀上，"你是怎么说的？"

"也没怎么说，"林无隅放下了手机，这电影是没法找了，"就说我喜欢一个人。"

"但是你没表白。"丁霁说。

"嗯。"林无隅笑笑。

"那对方是什么态度？"丁霁问。

林无隅说："说我们永远是朋友。"

"这人还可以，"丁霁想了想，"没装傻也没特别生硬。"

"嗯。"林无隅应着。

"你这个性格……总是很稳的样子，'靠谱本谱'，"丁霁抱着膝盖看着他，"所以是不是也挺享受这种突然很冲动的感觉？在你能把握的范围里享受失控？"

林无隅转头笑着看了他一会儿："丁霁。"

"嗯？"丁霁应着。

"跟你聊天挺轻松的，"林无隅说，"不光是放松的那种轻松，是聊什么都很容易。"

"我也不是跟谁都能聊成这样的，"丁霁说，"跟鹏鹏就不能一直聊，聊十分钟就得干点儿别的，要不他就得挨骂。"

"那你是怎么忍的？"林无隅笑着问。

"不知道，我跟他一块儿长大，他也有很多优点，我很喜欢的，"丁霁说，"喜欢多过烦躁，就能忍了。"

"我呢？"林无隅顺嘴问了一句。

脱口而出，完全没有多想。

丁霁明显愣了愣，过了一会儿才问："你吗？"

"是啊。"林无隅说。

"我操心你的事儿比我自己的事儿都上心了,这待遇也就鹏鹏能挑战了,"丁霁声音低了一些,"这还问,你骂我呢?"

丁霁躺回了沙发里,拿着手机开始玩自拍。

林无隅随便点了一部新上的喜剧,投屏之后把手机扔到茶几上,开了一罐椰汁儿喝了几口,挺爽,还带着冰。

丁霁笑点很低,看部一点儿也不好笑的喜剧,十分钟里能笑好几回,嘿嘿嘎嘎的。

林无隅对电影没什么感觉,光听丁霁笑都够了,丁霁的笑声很有感染力,他一嘿嘿嘎嘎,林无隅就忍不住想笑。

"我以为你多深沉呢,"丁霁说,"看这么傻的片儿也还是会笑啊。"

"啊,"林无隅点点头,"没想到吧。"

"没想到,"丁霁看着他,"哎,林无隅。"

"说。"林无隅拿了一小包牛肉干递给他。

"其实你真是个挺有魅力的人,"丁霁说,"靠近你的人都会很喜欢你。"

"我吗?"林无隅笑了起来,"我怎么觉得这是在说你自己呢?"

丁霁说:"咱俩这个相互吹捧是不是有点儿太明显了?"

林无隅把椰汁儿罐子伸到他面前,丁霁拿着牛肉干跟他碰了碰"杯"。他不知道丁霁突然说这么一句话是什么意思,但会忍不住把这句话跟许天博那条消息联系在一起,感觉上像是相同的作用,只是……余光里丁霁边冲着电视乐着边啃牛肉干,看上去放松而自然。算了,想太多很累。

晚上林无隅还是睡的上铺。

丁霁在下铺躺下之前专门交代了一句:"你晚上睡觉能不能老实点儿?半夜把脑袋挂床外头到底是怎么做到的?还能一直不醒。"

"不知道,"林无隅说,"我都不知道我睡着了什么状态。"

"你今儿晚上再挂一次我就拿水滋你脸。"丁霁说。

"行。"林无隅笑着点点头。

可能滋水这种威胁太软弱了,林无隅答应是答应得挺好,半夜里也的确是没往床边儿挂脑袋了。但丁霁万万没想到,这人居然能半夜滚下床来!

感觉到上铺有动静而且动静不小的时候,丁霁猛地睁开了眼睛。有一瞬间他看到了林无隅在上铺张牙舞爪地挣扎着,没等反应过来这是在干吗,林无隅已经从天而降,摔到了他身上,只留给了他把手往下伸过去护一下的时间。说实话,就护这一下根本没啥用,林无隅一米八多的个子,又不是瘦弱型的,这砸下来,哪怕他已经用手撑了一下床板,那重量也依旧是丁霁两只手护不住的,两个枕头还差不多。

"啊——"丁霁号了一声。

"砸哪儿了？"林无隅迅速用膝盖和手把自己撑了起来。

"这儿。"丁霁弓起身体。

其实还行，没砸到正地方，但他就想演。

"我看看？"林无隅赶紧一巴掌拍亮了床头的灯。

"你看什么？"丁霁惊醒了。

"不是砸……了吗？"林无隅说。

"那你还想看什么啊？"丁霁仰面躺着，看着他，"看看砸没砸青一块儿，再给揉揉？"

林无隅撑着床板挺了一会儿，这姿势太诡异，于是跳下了床，往客厅快步走过去："疼吗？要不要冰一下，冰箱里有冰块儿，拿毛巾包起来……"

"不用了，"丁霁一看这动静有点儿大，赶紧坐了起来，"不用了！"

林无隅没说话，丁霁能听到他打开冰箱拧制冰盒的声音。

"林无隅？"丁霁跳下了床，一边走一边说，"那什么……不用了，没那么严重……"

林无隅拿着一盒拧松的冰块儿走回来，盯着他看了一眼，突然勾了勾嘴角："你是不是装的？"

"没！"丁霁赶紧否认，"我就是……"

林无隅没等他说完，就把半盒冰块倒进了他衣服里。

丁霁喊了一嗓子，一路蹦着进了厕所："你完了林无隅！你完蛋了我跟你说！"

"大半夜的敢骗我！"林无隅在客厅没跟过来，说话声音里还带着笑，"刚吓得我腿都软了，以为给你砸伤了呢……"

"那你大半夜的砸我身上，"丁霁把冰块儿都抖掉，走出了浴室瞪着他，"我胆儿这么小，也未必不会让你吓到。"

"还砸哪儿了没？"林无隅从上到下往他身上扫了一遍。

"没，"丁霁"啧"了一声，转身回卧室，"现在你知道你晚上睡觉是个什么状态了吧？"

"你睡上面吧，"林无隅说，"我本来是觉得上铺小，怕你睡不舒服。"

丁霁没说话，爬到上铺躺下了，闻到一阵香味儿，还记得这是林无隅他们宿舍的舍香。

"你睡宿舍的床没掉下来过？"他问。

"没，"林无隅在下铺躺好，关了灯，"宿舍的床有栏杆啊，这张床没栏杆，可能是拆掉了，只有几个洞。"

"你以后用睡袋吧，"丁霁叹气，"四个角系床上。"

林无隅笑着没说话，过了一会儿又问了一句："怎么样？"

"你说呢！"丁霁往床板上拍了一掌。

"看着不错。"林无隅说。

"滚！"丁霁翻了个身。

晚上折腾这么一通，早上丁霁又起不来床了。林无隅洗漱完了叫他的时候，他还在梦里，居然还是跟林无隅一块儿蹲守在地铁口的梦。

"起得来吗？"林无隅站在下铺床上看着他，"起不来的话就明……"

"起得来。"丁霁立马睁开了眼睛，说好了玩无人机，半个暑假都过没了，他也没摸过一次遥控器。

"还有半小时车到，"林无隅说，"再不起来没时间吃早点了啊。"

"起了。"丁霁坐了起来，打了一个绵长的呵欠。

早点还是有时间吃的，丁霁觉得跟林无隅这种一顿不按时吃到嘴里就会死的人待在一块儿，最大的好处就是无论怎么样都能吃上东西。他洗漱和换衣服的时候，林无隅居然跑下楼，去小区对面的小吃店买回了早点。他吃早点的时候，林无隅已经收拾好了今天要带出去的两架无人机，一架带摄像机的，一架光杆儿司令，还有备用的电池，用一个大包都装上了，出门的时候又递给他一个小一些的包："你背这个。"

"这里头是什么？"丁霁拎着包掂了掂，不算沉，但也有点儿重量了。

"吃的，还有水，"林无隅说，"中午可以在附近的农家乐吃，但是万一没到饭点就饿了，或者下午回来的时候饿了，也得备点儿。"

"你这按着逃难准备的吧。"丁霁有些无奈。

"嗯，"林无隅点头，小跑着出了门，然后转头很紧张地跟他说，"快！"

"怎么了？"丁霁赶紧跟着跑了出去。

"现在开始逃难了，"林无隅关上门，跑到电梯门口，小步原地跑着按下了电梯钮，"现在毁灭世界的大灾来了，我们得赶紧逃，跑到郊外去！"

"那我们是不是得走楼梯？"丁霁立马配合，也小步原地跑。

"楼梯……"林无隅看了一眼逃生梯，"就算了吧，跑下去挺累的，我们现在是趁着大灾到来之前，电梯还能用的时候逃跑。"

"行。"丁霁点头。

电梯门打开，他们嗖地跑了进去，里头有个大姨站着，他俩暂时停止了逃难状态，一块儿站好盯着楼层数。到一楼电梯门一打开，他俩就马上继续，跑了出去。往前跑一段，林无隅突然放慢了脚步，看着路边，丁霁跟着他看过去，发现那辆黑色的"333"就停在路边，车门打开了，一个男人正准备上车。

"林湛？"丁霁马上问了一句。那天林湛戴着口罩，他也没看清林湛什么样子，今天这么一看，跟林无隅长得有点儿像，但比林无隅清秀些。

"是。"林无隅冲林湛笑了笑："去工作室？"

"嗯，"林湛笑着点点头，又看了一眼丁霁，"过来了啊？"

"是啊，"丁霁说，"提前过来玩。"

"去哪儿？"林湛问，"是不是来不及了？我送你们吧。"

"逃难。"林无隅说。

林湛愣了愣："什么？"

"你傻吗？"丁霁小声说。

"逃难呢，"林无隅坚持，一边往前跑一边说，"我们车就在小区门口。"

丁霁有些尴尬，不知道是应该跟着林无隅跑还是再跟林湛说两句。林湛看看林无隅，又转回头看了看他，过了一会儿才点了点头："行吧，你俩逃吧，不用管我了。"

"……哦。"丁霁赶紧往林无隅那边追了过去。

"你是不是有病啊，"丁霁边跑边乐，"林湛肯定让你弄蒙了。"

"不管，"林无隅说，"你有没有过这种感觉？就是世界都要毁灭了，你还活着，你往一个未知的目的地跑，就算快死了，你也还有目标。"

"没有，"丁霁想了想，"我境界可能不够高。"

"啥境界啊，"林无隅笑了起来，"我小时候偶尔会这么玩，给自己安排一个特别惨、特别寂寞的行程，星际旅游，或丛林探险，没有人，没有同伴，只有一个目的地，学校宿舍、食堂什么的，旁边的人都是怪物……"

"那现在你有个同伴，"丁霁说，"会不会影响你发挥？"

"不会，"林无隅很干脆地回答，"一般有个拖后腿的猪队友，才能方便把剧情扯下去，以前都太轻松了。"

"你滚，"丁霁"啧"了一声，"我现在有物资在手，得食物者得天下。"

"我们交换，"林无隅说，"我有装备，能找到路，我带你逃，你把吃的分我三分之二。"

"凭什么啊！"丁霁喊了起来。

"凭我吃得比你多。"林无隅说。

快跑到小区门口的时候，林湛的车开了上来，跟他俩并行开了一会儿，还放下车窗看了好几眼，然后说了一句："一分钟之后我会把你们的车炸掉，你们要是一分钟跑不到地方就没车可用了。"

没等他俩回答，林湛关上车窗，车"嗖"的一声往前开走了。

丁霁笑了起来："快！一分钟！"

一分钟之内他们跑到了门口，上了车。

司机看着他俩上车之后就一通喘，有些莫名其妙："不用这么急啊，我提前到的，离咱们约的时间还有五分钟呢。"

"不是，"林无隅笑笑，"开车吧。"

司机把车开了出去。

丁霁靠着椅子，不喘了以后偏过头小声在林无隅耳边说："你小时候要是认识我就好了。"

"嗯？"林无隅看着他。

"你太寂寞了，"丁霁说，"你要是那时认识我，我可以带你玩。"

"现在认识也不晚啊。"林无隅说。

- 44 -

林无隅已经很多年没有这么玩了，以前也只是偶尔会在心里给自己安排点儿剧情，这么玩并没有什么怀旧的意义，但还是兴致勃勃地拉着丁霁一块儿跟傻瓜似的玩了一通，也许是因为丁霁昨天晚上的那句话。虽然他并不确定自己的猜测，也不打算确定答案，可还是不自觉地用这种看上去自在自如、完全随心的方式强调了"朋友"的这层关系——一起玩、一起闹、一起犯蠢、不尴尬。

气氛到位了，他俩都舒服。

丁霁一路上都在玩手机，查无人机具体的型号和操作方法，全部的注意力都集中在了"我终于能飞无人机了"上面。

"一会儿我教你，"林无隅说，"不用查得这么麻烦。"

"其实把这东西飞起来再控制一下方向，应该不难，"丁霁说，"是吧？"

"是，"林无隅点点头，"要不哪儿来那么多爱好者，上手很容易的。"

"但是操作到你那种出神入化的境界，就得练了。"丁霁说。

"我保证今天让你玩到所有电池都空才结束，"林无隅说，"不用这么专门拍我马屁。"

丁霁看他："发自肺腑好吗，我平时轻易不夸人。"

"谢谢。"林无隅笑着说。

"不用客气，我已经收回了。"丁霁摆摆手。

林无隅找的这个地方挺开阔的，离村子都挺远，电线也不多。司机把车停在了路边，在车上休息，丁霁跟着林无隅顺着一条小路往旁边的开阔地里走。

"你们来这儿拍什么？农田？"丁霁问。

"风光宣传片，"林无隅说，"上那边的小破山头拍的，就不带你爬上去了。"

"这路有点儿烂啊，"丁霁看着脚底下的黄土路，旁边还有一条没水了的土渠，"这要是碰上个手脚不协调的，很容易就会滑下……"话没说完，丁霁脚底下被一个什么突起的东西硌了一下，接着就猛地感觉到脚下空了，还没来得及伸手往林无隅身上抓一把，就已经顺着旁边的土坡跟坐滑梯似的摔进了渠里。

林无隅回头第一眼都没看着他。

"这儿呢！"丁霁吼。

林无隅低头，看到他的时候先是愣了一下，然后就蹲下开始笑："这要是碰上个手脚不协调的……"

"闭嘴，拉我一把！"丁霁试了一下，土坡上的土疙瘩都是松的，往上一使劲就稀里哗啦往下滚，他爬了几下连一米都没上去就又回到了坡底，"这怎么上得去？"

林无隅伸了伸手，如果不趴平在地上，他俩的手根本碰不着。他看了看四周，这条路前后都这德行，可能要走到挺里头才有矮的地方能上来了。

犹豫了两秒，他把背包拿了下来，往坡下一滑。

"干吗？"丁霁接住了包。

"让让，"林无隅说，"我下去陪你，反正这会儿是上不来了。"

丁霁很愉快地给他让出了位置。

重新背好包之后，林无隅没带着丁霁再顺着路走，跨过水渠之后，前面有一片很稀的树林，能看到树木那边有空地，似乎还有水。虽然丁霁只是随便玩玩，大机子能飞起来就行，也不指望拍出什么东西来，但毕竟回传视频是会看的，他还是想尽量找找看着舒服的景，让丁霁能有飞起来的感觉。

没多大一会儿他们就到了水边，这水不怎么太清，水面也很小，不过旁边有草地，远处山上还有已经开始呈现各种秋色的树林。

"就这儿吧，"林无隅把包放下，拿出了一个掌上无人机，"你先试这个，这个你掉水里了也没关系，坏了就扔。"

"我不至于吧？"丁霁说。

这话说完五分钟之后丁霁差点儿被自己打脸，这个迷你小不点儿无人机飞起来之后速度还挺快，本来他很潇洒地把机子悬停在水面上，左右摆着、摇头晃脑地往林无隅那边飞过去想嘚瑟一把。结果机子突然往下一落，他想拉起来的时候不熟悉操作搞反了方向，小不点儿直接一脑袋就往水面上扎了过去。好在他反应快，要不他欠林无隅的钱估计又得增加，就是姿势有点儿不好看，身体都跟着一块儿使劲，不知道的得以为这是什么高级的穿戴遥控。

"碰水了没？"丁霁冲林无隅那边喊了一声，把机子悬停在他眼前。

"没，"林无隅说，"操作挺好的，可以跳舞了。"

"跳什么舞？"丁霁问。

"你刚晃来晃去不就是吗？"林无隅说。

"行吧，我试试。"丁霁想了想，把无人机往后退了两米，然后上下晃了晃，"这是鞠躬！"

林无隅没说话，给他鼓了鼓掌。

无人机慢慢靠近林无隅，在他胸口高度停下，四个小螺旋桨带起来的风把林无隅前额的头发吹得扬了扬。

"学霸！"丁霁提高声音，"请你跳个舞！"

林无隅有些茫然地看了他一眼，过了几秒笑了："怎么跳？"

"跟着我啊，我给你示范！"丁霁说着，试着让无人机往右一移，又很快地回来，机身往左歪了歪，"看到没！跟上！"

这对林无隅来说，实在是种挑战。长这么大，他别说跳舞，课间操都没认真做过，这会儿就这么看着无人机随便晃晃，就要他跟着做出个什么舞蹈动作来，基本是不可能的事。但丁霁情绪很高，十分钟不到能把机子操作得这么稳也的确挺牛，"小神童"的称呼可以还给他了。

林无隅犹豫了一下，咬牙把右腿往旁边一伸，勾起脚尖，身体也跟着往右一弯，算是完成了一个动作。

丁霁拿着遥控器站在他对面，好一会儿都没动静，无人机也跟着他，在空中发愣。

"下一个动作！跳吧！"林无隅感觉这也不算太难，决定继续挑战。

但是丁霁没动，两秒钟之后爆发出了狂笑，无人机都差点儿失控扫到林无隅胳膊上。

"我给你说没说过！"林无隅指着他，"别老跟着机子动！"

"你这叫跳舞吗？"丁霁还是笑得不行，一边把无人机往回退开，一边乐，"做早操都比你像跳舞吧！"

"那不跳了。"林无隅说。

"跳跳跳！"丁霁赶紧把无人机又凑到了他面前，反方向做了个相同的晃动，"快！无隅哥来跳舞！"

林无隅觉得也就是周围没别人，但凡再有一个人，哪怕是个盲人，他都没勇气继续下去了。他咬牙伸出左腿，勾起脚尖，身体往左一歪，为了让自己的"舞"跟广播操有所区别，他还叉了一下腰，无人机终于被丁霁笑得落了地。

"也没电了，"林无隅捡起机子看了看，"一会儿你玩大的吧，我买的第一个比较好的无人机，就是画面不够完美，不是那么高清。"

丁霁躺在草地上，笑完了之后才问了一句："那能拍吗？"

"能。"林无隅走到他旁边，把机子拿了出来，坐在他旁边慢慢安装，"这个我带的电池够你玩一个半小时的，操作差的话可能一小时多一点儿。"

"你当初为什么会想玩无人机？"丁霁问。

"我想飞啊。"林无隅说。

丁霁枕着胳膊，转过头看着他。

"你信吗？"林无隅也看了看他。

"信啊，"丁霁说，"我第一次看你玩的时候，就觉得像在飞。"

"其实是有人跟我说这东西能赚钱，"林无隅笑了，"而且有专业驾驶证的人不多，我就去学了。"

"得了吧，"丁霁说，"那开挖机还赚钱呢，工头对开挖机的大哥都小心求着，你怎么不去学？"

林无隅笑了起来："你就这种时候最逗了。"

"不用拍我马屁，"丁霁看了看无人机，"弄好了吗？"

"好了，"林无隅把遥控器递给了他，"这个显示屏不是原装的，是我后加的架子，有点儿松，你拿的时候稳着点儿。"

"好，我稳着呢。"丁霁拿着遥控器站了起来。

这个他之前帮林无隅收拾东西的时候就见过，架子上还有胶带，无人机的机身上还贴着电话，肯定是林无隅的宝贝，但没想到是跟着他这么多年的宝贝。他忍不住又认真地看了几眼。林无隅当初拿着辛苦攒下的一点儿钱，买下了第一个非入门款的无人机，算是给自己以后的日子找到一点儿保障。

那会儿林无隅还只是个初中生。

这么一想，林无隅的父母算得上是相当牛，逼得两个儿子都在初中的时候就能自食其力了……

丁霁找了块平地把无人机放好，这机子比之前的掌上小机要大了很多，重量也增加了不少。

"你不过来指点一下？我怕我……"丁霁回过头，看到林无隅还坐在原地没动，手里多了一块蛋糕。

他有些无语："你晚一分钟吃是不是就饿死了。"

"上手，"林无隅冲他抬了抬下巴，"我对你有信心。"

"不是，"丁霁皱着眉，"这个遥控器比刚那个复杂了啊！"

"就多了个油门通道，摇杆都一样，"林无隅边吃边说，"对好频了也校准过了，遥控我都设置好了，你看着显示屏操作就行，云台设置不要动，不懂的看问号，小神童加油。"

丁霁只得转回头，拿着遥控器和显示屏开始研究。

这种东西的操作方法并不难记忆，看几眼就能记住摇杆的功能和屏幕上的一些辅助按钮，难的是飞起来之后的具体配合。丁霁埋头研究，林无隅也没多管，埋头吃喝。如果换个人，从来没玩过的，他根本不会让人碰他这些无人机，但丁霁就不同，他对丁霁的智商和手眼协调能力非常有信心，而且丁霁看着很急切，恨不得马上就飞个几千米的，但其实在他真的弄透之前，他根本不会起飞。

林无隅看着丁霁的背影，觉得他像只看着急躁其实挺稳的小乌鸡。

果然过了差不多十分钟，林无隅才听到无人机启动时发出的嗡嗡声，接着就看到他的宝贝无人机慢慢升了起来。

"拉高点儿，往空的地方飞，"林无隅说，"这个可控距离是五千米。"

"这个航点飞行是不是你之前用过的那种自动飞着拍的？"丁霁试着拉高，然后往前飞了出去。

"是，"林无隅说，"你可以设定三点，要我帮你弄吗？"

"不用，我会了。"丁霁说。

林无隅笑了笑没再说话。

"我弄个浪漫大片，"丁霁回头看了他一眼，"你赶紧吃完，一会儿要拍到咱俩的。"

"你先把航线设明白吧。"林无隅不急不慢地吃着。

无人机先是飞到右边远处的山边，停一会儿之后又慢慢飞了回来，停在他们头顶，接着在头顶绕了半圈，又往左边飞走了。

"看看这优雅的远近交错，"丁霁盯着屏幕，"就是看得有点儿费劲，这个空间感我一时半会儿适应不了，转个头我有时候就分不清左右了。"

"你这已经很不错了，"林无隅说，"很多人第一次玩是乱撞的。"

丁霁低头又折腾了一会儿，然后抬眼看了看他："你还带谁玩过啊？许天博吗？"

"没，许天博只喜欢玩游戏，"林无隅看着他，"我就带你出来玩过，你当我那么闲吗？我教人飞是收费的。"

丁霁笑了笑："那还行，我占便宜了是吧？"

"嗯，"林无隅把剩下的蛋糕塞到嘴里，"占吧。"

无人机航线设定好了，也已经飞到了起始点，丁霁跑了过来："那边已经能拍到咱俩了！"

"嗯，"林无隅拍了拍手，"要怎么弄？你安排剧情了没？"

"没有，自然一点！"丁霁看着屏幕，"快，咱俩先假装看什么东西，一块儿先看上……"

林无隅跟着丁霁一块儿抬起了头，丁霁指挥着："再慢慢往右边看过去……"

一边说还一边抬起胳膊指着天空："看啊——"

"看什么？"林无隅仰着脖子问。

"假装飞过去一群鸟！"丁霁说。

"哇，一群鸟！"林无隅忍着笑。

"好好好，"丁霁看了一眼屏幕，"来了来了来了，冲镜头挥手，快！起来！"

林无隅只好站了起来，跟他一块儿冲着飞过来的无人机挥手。

"跳！跳！"丁霁边蹦边喊。

"……你这什么年代的片儿？"林无隅很无奈，但还是跟着他又蹦又挥手。

无人机盘旋半圈离开，丁霁哐地砸到了草地上。

"干吗！"林无隅被他吓了一跳。

"躺下！拍个享受夏日阳光！"丁霁张开胳膊拍了拍地面。

林无隅跟着他躺下了，一块儿看着天空。

这会儿阳光很亮，有些刺眼，但并不会让人难受，闭上眼睛就会感觉身边的空气都是金色的，整个人都裹在明亮的光晕里。

"你会剪视频吗？"丁霁问。

"不会，"林无隅说，"可以找林湛，他不是成天做视频嘛，他们工作室肯定有专业的。"

"有点儿不好意思，"丁霁说，"我感觉这个视频拍得太土了……"

"你还知道土啊？"林无隅很感慨。

"我也就是一时兴起，"丁霁说，"也不知道想拍成什么样，就是觉得这玩意儿挺好玩，不拍一段可惜了。"

"有什么可惜的？"林无隅说，"又不是飞这一次就不飞了，你想玩我们就出来玩啊。"

"那不是耽误你赚钱吗？"丁霁转头看着他。

"不至于。"林无隅也转过头。

"那下回你带你的厉害无人机出来，"丁霁说，"拍段高清的。"

"行。"林无隅笑笑。

"这段能不能发朋友圈啊？"丁霁问，"我第一次玩无人机……不行太土了……"

"你能先把它飞回来吗？"林无隅说，"一会儿没电了。"

"啊！"丁霁猛地坐了起来，抓过遥控器，"还有电还有电。"

无人机收回来之后，丁霁还是决定把这段视频随便"剪两刀"发到朋友圈。

林无隅吃完一个大鸭腿之后，他才总算把视频发了出去，截的是他俩躺在草地上，无人机从空中掠过的那一小段。相比之前他俩跟傻瓜似的又蹦又跳还挥手，这一段看上去比较正常。其实林无隅还是觉得这段有点儿说不上来的感觉，但不知道是什么，也没说，反正就是玩，丁霁一天发八百条朋友圈，有一条奇怪的也没什么奇怪的。

"发了，"丁霁转了转手机，"一会儿肯定一帮人喊'牛啊''羡慕啊'……"

"吃吗？"林无隅递了个鸭腿给他。

"不吃，"丁霁摇头，"我给你指点个赚钱的方向，你不飞无人机的时候可以考虑。"

"吃播吗？"林无隅说。

丁霁看了他一眼："你也知道你能吃到什么地步了啊？"

林无隅笑笑。

"肯定火爆，人又帅，吃相又好看，还是真吃不催吐，"丁霁说，"说不定比你飞无人机来钱还快，又不用出门……哎有回复了！"

"夸你了吗？"林无隅凑了过去。

"不知道，看看。"丁霁把手机往他面前伸过来，点开了朋友圈的小红点。

回复已经好几条了。

"无人机拍的吗？"

"这航拍啊，牛了。"

"这是哪里啊？风景还不错。"

"你旁边的那个是谁啊？看着眼熟。"

"丁霁你突然出道了？"

"我没看错的话，你旁边的是不是附中学霸？"

丁霁一边看一边乐，再往下一滑，看到了第一个回复。

刘金鹏大概是驻守微信，视频刚发出来他就回复了。

"你俩干吗呢？"

"我能把这个飞对面山上去吗？"丁霁放下手机，拿着无人机问。

"不能，"林无隅说，"你这目测能力是不是有点儿跟不上智商，那叫对面的山吗？"

丁霁看着他想飞的那座山，盯了一会儿之后点了点头："行吧，很远。"

"可以飞到那边田里，"林无隅说，"我其实很喜欢拍田，绿的、金色的，都

302

很漂亮，感觉一低头就能扎进毛毯里。"

"好。"丁霁兴致勃勃地拿着无人机起了身。

林无隅带的电池都用完了，时间跟他预估的差不多，一个多小时。说实话这时间也太短了，对于刚知道了怎么玩，又刚玩得稍微熟练一些了的丁霁来说，跟一瞬间似的。坐在回去的车上时他还有些不甘心："你电池就不能多备点儿吗？"

"你知道一块电池多重吗？"林无隅说，"都是我背着呢。"

"那下回你背机子，"丁霁说，"电池都给我背，带它十个八个的。"

"吃的呢？"林无隅说。

"你自己背啊！"丁霁喊了一声，"我一口都没吃！"

林无隅没说话，低头摸了根棒棒糖出来剥了，没等丁霁弄明白他为什么这种时候突然要吃棒棒糖，他已经把棒棒糖塞进了丁霁嘴里。

"嗯？"丁霁叼着棒棒糖。

"还说一口没吃？"林无隅说。

丁霁笑了起来，叼着的棒棒糖小棍对着林无隅上下左右一通指："你也就成绩好点儿，人聪明点儿，在不知道的人跟前儿装成个学霸，要放小广场，你半年就能混个恶霸。"

回到出租房的时候还算早，下午五点多，还没到放了东西就急着吃东西的时间，林无隅把东西收拾好，抢先进了浴室洗澡。丁霁也没跟他抢，从冰箱里拿了瓶昨天买的可乐，坐到沙发上灌了几口。

手机振了一下，他拿起来看了一眼，是小姑发过来的，问他有没有收到老爸转过来的钱。丁霁看了看，短信上收到了到款的通知，下午三点多收到的，他那会儿正跟林无隅拍视频……完全没注意到短信，挺没劲的。

老爸老妈在钱上算是没亏待过他，学费、生活费，过年过节都会给钱。丁霁一直想把这种给钱的行为在想象中转换成一种爱，但不太成功。太空洞了，空洞得连爷爷奶奶都感受不到，那些钱他们存着都没让他用。

他看了看卡里的余额，爷爷奶奶给的、小姑给的，加在一块儿差不多可以先还给林无隅一万元，平时有奖学金什么的，他也没有什么花钱的地方。

跟小姑聊完之后，他顺手又点开朋友圈，之前视频的回复又多了不少，点赞已经几大排了。这帮土人，没玩过无人机吧！

他看了看回复，都是差不多的内容。不过正要退出去的时候，他看到了一条回复，眉毛都被惊得往脑门儿上蹦了一下。他们班的一个女生的回复——"你旁边的那个是附中那个天台喊话的学霸吧？果然学霸的朋友还是学霸。"

丁霁一眨眼，回复已经又增加了，几个女生应和了这一条。

"是林无隅。"

"这么看你俩好帅啊哈哈哈哈。"

"这怕不是 H 大招生宣传视频。"

丁霁看了几眼，又有点儿想笑，最后他把手机扔到了一边——随便吧。

他拿过遥控器，打开了电视。

电视这会儿在播新闻，提了一句无人机产业。已经进卧室去吹头发的林无隅拎着吹风筒走了出来，把插头往电视机旁边的插板上一插，在电视跟前儿开始一边吹头发一边看上了。这电视没有多大，他往那儿一站，丁霁基本就只能看到一半。

"让开点儿！"丁霁说。

林无隅没动，这个吹风筒一打开，动静跟三台拖拉机有一拼，丁霁喊了两嗓子他都没听见，只能叹了口气放弃了，都怀疑他能不能听到新闻里的声音。丁霁躺在沙发上，从林无隅腰窝那儿看着一条电视屏，这会儿才猛地注意到林无隅是光着膀子的。这人怎么这么爱光膀子！屋里有空调呢，至于吗，热成这样！

不过说起来，林无隅也算是个奇葩，每天吃得比猪都多，但永远都是圈里唯一出不了栏的那一头。说实话他动得是不少，光出去飞一趟消耗也挺大的，但总感觉也没到能把那么些吃的折腾没有的地步。

这么好看的身材是怎么来的呢？丁霁盯着林无隅的腰，这腰的线条是真的很漂亮。他弓起身体，把胯挺高了，在自己腰上捏了捏……也还行，绷紧了的状态下，他腰上的线条也是很……

林无隅关掉吹风筒，转过了头，看到丁霁的姿势时愣了愣。

丁霁迅速把自己的屁股摔回沙发上，也看着他。

"干吗呢？"林无隅问。

"锻炼。"丁霁回答。

"臀桥啊？"林无隅说，"那你这姿势也不标准啊，窝着脖子不难受吗？"

丁霁往下挪了挪，把脑袋放平在沙发上，重新挺了起来。

林无隅看着他。

"看啥？"丁霁说。

"洗澡去！我刚换的罩子，"林无隅说，"一身土都蹭沙发上了，一会儿都沾我身上。"

"你喝我水的时候怎么没这么多讲究呢？"丁霁挺着没动。

"喝你一口水你能记八百年。"林无隅说。

"那没办法，谁让我过目不忘呢。"丁霁还是挺着。

林无隅没说话，过来直接胳膊往他腰后一兜，把他整个人都兜起来，让他跪在了沙发上。

"去洗澡，赶紧的。"林无隅坐下，拿了手机低头开始玩。

丁霁跪了一会儿，跳下沙发。拿了衣服走进浴室之后，他对着镜子站了好一会儿才叹了口气，感觉自己跟个傻瓜似的不知道怎么了。

洗完澡出来的时候林无隅居然坐在沙发上睡着了，手机扔在旁边。

"哎，"丁霁过去看了看他，"你回屋去睡啊。"

林无隅没有动静，丁霁犹豫了一下，也没再叫醒他，坐到旁边的椅子上，把电视声音调小了一些。现在刚过六点，睡到七点再叫他去吃饭也行，说不定一会儿这人自己就饿醒了，毕竟是吃播潜力股。刚看了没两眼，林无隅的手机在沙发上振了一下，"嗡"的一声，丁霁看了他一眼，林无隅还是没醒。这人之前手机一直是响的，不知道为什么这会儿要调成振动。

手机又振了一声，不知道是不是工作电话，丁霁站了起来，犹豫着要不要叫醒他的时候，手机连续振动起来，屏幕也亮了，丁霁看了一眼，来电显示是"萧哥"。

林无隅一直没醒，这个电话响到挂断了。

丁霁拿了根棒棒糖叼着，还没等坐下，电话又振了起来。

他过去弯腰看了看，还是那个萧哥……这不会就是那个"合作伙伴"吧？

丁霁皱了皱眉，响吧你！响到天荒地老吧你！没人理你！

没人……林无隅的手伸了过来，拿起了手机。

"这是打过来第二次了，"丁霁有些不好意思，"我看你睡觉了就没叫你……"

"没事儿。"林无隅看了看手机，没有马上接电话，而是打了个呵欠。

"是不是那个……那谁啊？"丁霁问。

"嗯，"林无隅捏了捏眉心，"刚说事儿说一半我睡着了。"

"那你接着睡呗，"丁霁说，"管他呢，就算是说事儿，那也不是工作时间了，吃饭呢，洗澡呢，睡觉呢，谁有工夫接他电话！"

林无隅看了他一眼，笑了笑，丁霁回到自己椅子上坐下了。

"萧哥，"林无隅接电话，"不好意思，刚睡着了……没有没有……您说……"

丁霁拿过遥控器，把电视声音调回了之前的音量。

"你真不过来吗？"老萧在电话里问，"跟这边负责人见个面，也不用你操什么心，吃饭就行。"

"我真不过去了，"林无隅看了一眼丁霁，丁霁正冷着个脸，盯着电视看广告看得一副全情投入的样子，电视声音还有点儿响，他都有些听不清老萧说什么，于是走进卧室，"这会儿都六点了，等我过去也就吃完了……"

"我叫人去接你，没事儿。"老萧说。

"别别别，我真不去，我不喜欢这种场合，不是必须到场，不到场就不给钱的情况我就不去了。"林无隅靠在柜子旁边，能看到丁霁还是摆个臭脸，感觉丁霁可能自己都没注意到自己熊熊燃烧的无名火。

"你也太直接了，"老萧笑了起来，"不过我是真喜欢你这个劲头。"

林无隅没说话，下意识地跟着丁霁一块儿冷了脸。

老萧看不到，但肯定能感觉到，于是又干笑了两声："你不是在躲我吧？"

"不至于，"林无隅说，"我从来不躲人，不想见的我会直说。"

"那就好，"老萧笑着说，"那你不来就不来吧，不过马拉松那个官方的航拍你要不要再考虑一下？能攒点儿经验，还能认识不少高手。"

马拉松航拍林无隅有些矛盾，好处是可见的，但是提前三四天就得去跟着了，距离不近，每天肯定回不来，得住酒店……

"我再想想吧。"林无隅说。

"明天答复我吧，"老萧说，"你如果不去，我还得留点儿时间再联系一个合适的。"

"嗯。"林无隅应了一声。

"那……"老萧事儿已经说完了，但听意思还不想挂电话，正在找话题。

林无隅在他找到新话题之前打断了他："那你先吃饭吧，我外卖在楼下了，得去拿。"

"吃外卖啊？"老萧说。

"偶尔吃，吃完好睡觉。"林无隅说。

"那行吧，你去拿外卖。"老萧笑了笑。

"马拉松那个我明天上午给你电话，"林无隅说，"萧哥再见。"

"好，那……明天等你电话。"老萧说。

"嗯。"林无隅挂掉了电话，回到客厅的时候，丁霁还在看电视，不过已经没在看广告了，现在播的是如何做出香辣美味的火锅汤底。

"学会了吗？"林无隅拿了听可乐喝着，"哪天咱俩做一顿火锅吃。"

"我跟你说林无隅，"丁霁转过头看着他，"就这种年龄段的人，见的人多了，你再聪明，在对方眼里也就是个聪明小孩儿。"

林无隅没说话。

"你就不要给人家留一点儿机会，"丁霁说，"知道吗！"

我的确没留一点儿机会。

"嗯。"林无隅点点头。

"得直白一些，"丁霁说，"学校那个没有委婉地拒绝你，是因为知道你能听懂而且你听懂了就会停，知道吗！"

"嗯，"林无隅继续点头，"丁霁，你……"林无隅看着他，丁霁说这些话的时候，看得出来很着急，也看得出来是在担心自己，但是……

"我什么？"丁霁问。

"我知道了，"林无隅笑了笑，"我会注意的。"

"你刚说我什么啊？"丁霁没跟着他的思路走，但是语气明显没有之前那么冲了，毕竟是个聪明而敏感的人。

"你后天起要有三四天时间自己一个人待着了，"林无隅走过去坐在了他旁边，"就……我接了个马拉松航拍的活儿，得有几天才能回来。"

"……哦。"丁霁应了一声。

林无隅能感觉到他松了一口气，跟着也松了口气。

"啊？"丁霁这会儿才真的反应过来，"三四天？再过十天就该报到了呢！"

"是，"林无隅喝了口可乐，"开学之前我就只有这一个活儿了，钱挺多的，还能认识一些这边的高手，以后还能交流。"

"那还挺好，"丁霁想了想，拿了自己的手机开始查，"我今天回来的时候好像看到有什么什么马拉松的横幅了，好像挺远的，那你住哪儿啊，酒店吗？"

"住酒店，"林无隅说，"你要想去看的话……"

"我不看，大热天儿的杵路边干晒着，老半天过来一个人，没意思，"丁霁说，"而且我对马拉松也没什么兴趣，要能把我挂无人机上飞还行……再说这回人肯定很多，我要是去看，你航拍也不方便，还添乱。"

"你这几天要是无聊可以找林湛，让他开车带你出去玩，"林无隅说，"他刚还问了我们要不要去周边玩玩。"

"我一个人去？"丁霁看了他一眼，"算了吧，我这几天睡觉，你回来了再玩吧，我跟林湛又不熟，没话说多难受啊。"

"那也行，"林无隅往他身边凑了凑，"要不你这几天做做攻略，我回来以后咱们可以跑趟远一些的。"

丁霁没说话，盯着他看了好一会儿。

林无隅被他看得有些尴尬，靠回了沙发里。

"再说吧。"丁霁低头继续看手机。

林无隅没再说话，他不知道自己这个决定是对是错，但老这么悬在空中，他不好受，丁霁也不舒服。他并不希望发生什么，也不希望什么都不发生。但如果一直这么莫名其妙地继续下去，他跟丁霁怕是连好朋友都很难坦然了。很多时候他需要的并没有太多，特别是在"关系"这种需求上，他刻意不去设定更大的愿望，小心地只求一个好朋友，求一段尽量不失控的关系。

Zen　Me　Ban　Ya

怎 么 办 呀

第 六 章

- 46 -

　　丁霁一晚上情绪都不太高，看完一部连林无隅都看笑了的喜剧，他也没笑两回，不知道林无隅有没有觉察到，他无所谓了，觉察到了就觉察到了吧。虽然他不知道自己到底是因为那个萧哥还是因为林无隅要出门几天，或者是因为这次出门是萧哥介绍的活儿……但他情绪不好就是不好，就算不知道原因，他也不想强装。

　　晚上他俩出去吃了顿烤肉……是的，林无隅对那家烤肉店充满了爱意，估计接下去他们只要出门吃饭，林无隅就会直奔那里。然后快晚上十一点的时候，他又叫了两份小汤圆的外卖，丁霁吃了两个就觉得够够的了，剩下的林无隅都给吃光了。躺到床上准备睡觉的时候丁霁实在有些想不通，在上铺上翻了个身："哎，林无隅。"

　　"嗯？"林无隅应了一声，"你不用担心，今天晚上你可以睡踏实了。"

　　"我不是要说这个，"丁霁说，"我就想问问你啊，你一天吃那么多，是怎么保持身材的？"

　　"我肉吃得多，糖吃得不多，"林无隅说，"糖比肉胖人多了。"

　　"那也解释不了吧，"丁霁说，"我平时就吃这点儿都得跑步才不胖呢，这几个月复习没时间跑步，我胖了好几斤。"

　　"我也胖了好几斤啊。"林无隅说。

　　"你这个食量应该胖好几十斤懂吗！"丁霁说。

　　"我也锻炼的，平时跑步，没事儿的时候有点儿时间也会动一动。"林无隅说。

　　"比如？"丁霁问。

　　"比如现在。"林无隅笑了笑。

　　"现在？"丁霁愣了愣，迅速扒着床沿探出脑袋往下看了看，屋里没开灯，窗帘也拉着，他只能看到林无隅一个模糊的身影，"你在干吗呢？"

　　"你猜？"林无隅说。

　　"我猜个头，"丁霁摸过手机按亮了屏幕，往下照了照。

　　林无隅背冲上，正在做平板支撑。

310

"你一直撑着？"丁霁问。

"不然呢，"林无隅说，"我说了啊，有空就动一动。"

"你撑多久了？"丁霁很吃惊。

"不知道，从上床开始吧，"林无隅说，"撑不住了就正好睡觉。"

"行吧，你牛。"丁霁说。这人应该练了挺长时间，刚一直聊着天儿，完全没听出林无隅说话跟平时有什么不同。丁霁又晃了晃屏幕，看着他因为用力而绷紧的背，肌肉线条清晰而不突兀，看上去很舒服。本来丁霁觉得自己的肌肉也不错，不用劲的时候他俩看着差不多，不过这么用劲的话……丁霁试着也撑了起来，撑稳之后小心地抬起了抓着手机的右手，努力保持着平衡，把手机抬到身后，想拍一张自己后背的照片。在他按下快门的瞬间，身体失去了平衡，直接扑倒啃在了枕头上，一道闪光在屋里闪过。

"你干吗？"林无隅还撑着没动，问了一句，"偷拍？你要拍就开灯，闪光灯拍出来颜色失真。"

"谁偷拍你了！这么自恋！"丁霁看了一眼手机，什么也没拍下来，就拍到一个晃到模糊的吸顶灯，和一片应该是柜门但因为模糊而变得很像一个人晃过的虚影，看着跟鬼片似的。虽说长这么大总共也没看过多少鬼片，但依然不妨碍此时此刻由于他过于活跃的想象力，靠着几个片段就能"脑补"一百二十分钟电影的超凡能力得到极致发挥。丁霁觉得后背一阵发凉，想都没想就从上铺跳了下去，一屁股坐到林无隅旁边，把背贴到了墙上。

林无隅的平板支撑没有停下来，丁霁一边害怕一边忍不住目光还会抽空往他腰侧扫两眼，现在离近了，借着一点儿微弱路灯的光也能看清。哎这线条不错，羡慕。不知道撑多久能练成这样……应该不光是撑出来的，肯定还有别的训练……啊我后背痒！是什么？腰也痒！什么东西爬过去了！腿上！

"啊啊啊啊啊是不是有虫啊啊我——"丁霁对着自己身上腿上一通拍。

林无隅终于放弃平板支撑，往前爬两步，伸手往开关上拍了一巴掌，屋里的灯亮了。

丁霁的腿上被他自己甩出来的两个巴掌印立刻呈现在灯光之下。

"是蚊子吧，"林无隅叹了口气，"要不就是头发丝儿。"

"不知道，"丁霁搓了搓腿，"我刚想太多了，几个名场面一过，我这直接就跟掉鬼洞里了一样。"

"那你怕成这样，之前看电影的时候就该告诉我啊，"林无隅躺回枕头上，"感觉你这个胆儿，看悬疑片儿都会害怕吧？"

"还行，"丁霁说，"开着灯我就能好很多。"

"怕黑？"林无隅问。

"也不是怕黑，"丁霁想了想，"是怕空。"

"嗯？"林无隅很有兴趣地枕着胳膊转头看着他。

丁霁犹豫了一会儿，揉了揉鼻子："我小时候，大概小学二年级吧，有一次晚上跟同学去学校玩，被他们……关在礼堂里了，就舞台上，幕布一拉，没有灯，什么也看不见了，我就站那儿也不敢走，怕撞到东西，也怕从台子上摔下去，伸手又什么都摸不到。"

林无隅皱了皱眉。

"我在那儿一直站了一个多小时，一直到我爷爷来找我，"丁霁叹了口气，"打那以后我就怕这种感觉，不过后来我分析吧，应该也不只是因为这一件事……"

"还是没有安全感吧，"林无隅说，"换个小孩儿，蹲下摸着地就能走到幕布边儿上了，一掀开就能跳下去。"

"是，我不敢。"丁霁点点头。

"你怕出错，"林无隅说，"过度敏感的小神童后遗症。"

"嗯。"丁霁看着他笑了笑。

"怎么会有人欺负你？"林无隅有些不明白，"你多……可爱啊，小时候应该长得不丑，要不也不能笑我小时候丑了。"

"你小时候不丑，就是难看，瘦、小、黄，还土。"丁霁说。

"……这还不如丑呢。"林无隅有些无奈。

"我这么可爱，当然也不是所有人都欺负我，"丁霁说，"但很多时候，如果你总被归在最好的那一类里，时间长了，被归在最差那一类里的人就会讨厌你，中间那一类往往不敢帮你。"

"你是怎么解决的？"林无隅看了看他，丁霁不像是被欺负了很多年的那种孩子。

"看手相！"丁霁一拍巴掌，"来，哥，我给你看个手相，五次里能说对三次，问题就全解决了。"

"那会儿就能说对这么多了？"林无隅翻了个手撑起脑袋看着他，"这么厉害？"

"强烈的求生欲激发了我在坑蒙拐骗方面的超人才华。"丁霁一本正经地说。

林无隅一下笑得呛着了，边乐边咳了好一会儿停下，想想又觉得小丁霁挺不容易。以他对爷爷奶奶的孝顺，这些事儿估计都不太跟爷爷奶奶说，怕老人担心。林无隅伸出手，在丁霁的手上轻轻捏了一下，以示安慰。丁霁的手微微颤了一下，想抽又没抽走的这个小动作让林无隅猛地回过神，他控制着自己的动作，没有猛地收回来，平静而稳重得仿佛一只长辈之手，又在丁霁手背上轻轻拍了两下："现在长大了，什么场面都没问题了。"

"嗯。"丁霁笑了笑。

要是之前，丁霁往上铺爬回去的时候，林无隅可能会说"要不你就跟我挤一下吧，省得吓得睡不着"，但他今天没敢开口，等丁霁在上铺躺好之后，只问了一句："要不要开着灯？"

"没事儿，"丁霁说，"关灯吧，劲儿已经过去了。"

"嗯。"林无隅伸手关掉了灯。

黑暗重新铺满了房间，像是一下把所有的声音都盖掉了，静得能听到两个人的呼吸声。林无隅不知道丁霁这一夜有没有被吓得睡不着，他没多长时间就睡着了，早上起来的时候看着丁霁倒是睡得很香。他洗漱完了之后没去叫丁霁，今天没什么事儿，也没有出去玩的计划……想想丁霁专门提前过来，他却要把丁霁一个人扔在出租屋里，一走就好几天，感觉特别对不住丁霁。他蹲在几块电池面前，纠结了很长时间，最后咬牙给老萧打了电话，同意了明天去航拍的事。

跟丁霁之间怪异的感觉但凡有一点儿别的办法能解决，他都不想走，但根本没有经历过这种事儿，实在想不出别的方式了——好在他跟丁霁同一个学校；好在他跟丁霁同一个专业……还好。

林无隅叫了个早餐外卖，送到得九点多，估计正好能赶上丁霁起床。他虽然很饿，但也没出门先吃，打开笔记本电脑，坐在窗台边儿上开始看几篇关于无人机设计的文章。

这种专注用脑的方式能让他平静踏实。

早餐送过来的时候他去卧室看了一眼，丁霁还在睡，姿势跟他起床时候看到的一样，没有动过，脸都睡得通红了也没醒。

林无隅看了一眼空调的温度显示，23℃，丁霁的毛巾被只搭了个角在肚子上，按说不能热成这样……他皱了皱眉，站到下铺上，伸手在丁霁脑门儿上摸了一下："丁霁？"

丁霁的脑门儿滚烫，林无隅吓了一跳，赶紧把毛巾被一掀，在丁霁胳膊上身上摸了好几下，发现他全身都是烫的。

"丁霁，起来！"林无隅拍了拍他的脸，"你发烧了，我带你去医院。"

"嗯？"丁霁迷迷糊糊应了一声，眼睛睁开了一条缝。

"你发烧了，"林无隅握了握他的手，"起得来吗？"

"别吵我。"丁霁重新闭上了眼睛。

"先量一下体温吧。"林无隅跳下床。

把所有的抽屉和柜子都翻了一遍之后，他确定房东应该不会贴心到给租客准备体温计。

他犹豫一下，拿出手机拨了林湛的电话。

"无隅？"林湛接了电话。

"你在家吗？"林无隅问，"你家有没有体温计？"

"有，不过我没在家，"林湛说，"你发烧了？"

"不是我，"林无隅往卧室看了一眼，"是丁霁……我去药店买一个吧。"

"药店隔一条街，你去我家拿吧，"林湛说，"用密码可以打开。"

"……方便吗？"林无隅问是这么问，但开口的时候已经转身往门口走过去了。

"方便。"林湛笑了笑。

"密码多少？"林无隅出了门。

"你生日，"林湛说完之后犹豫了一下又补了一句，"比较好记，用我自己生日太容易被猜出来了。"

"嗯，那我去了。"林无隅进了电梯。

挂掉电话之后，他盯着楼层数愣了一会儿，有种说不上来的感觉。在他觉得自己是个多余的人的那些日子里，林湛一直记得他的生日，但他不记得林湛的生日，可能刻意忘掉了。

林湛家简单到让林无隅有些吃惊，两居室的房子里，家具的数量跟他出租屋里的差不多。

这套房是林湛买的二手房，重新装修过，细节看得出来花了不少心思，品质也很高，但就是简洁，简洁得仿佛这房子装修之后就没住过人。

林无隅按林湛说的，在卧室的一个架子上找到了医药箱。相比房子，医药箱就复杂得多了，光体温计就有三种，还有很多药，并不是常备药，是林湛一直在吃的药，他看不懂。老妈希望他以后能照顾林湛，看来是有依据的。他拿了最普通的那支水银体温计，把医药箱放回去，然后又跑着离开了。

回到出租房的时候，他发现丁霁居然起来了，正坐在桌子旁边吃早点。

"你去哪儿了？"丁霁一看到他就喊了一声，声音还挺亮，"打你电话也不接。"

"……我没听见。"林无隅拿出手机看了一眼，有两个丁霁的未接来电。

手机昨天被他调成了振动，搁兜儿里完全没感觉到。

"干吗去了？"丁霁问，"居然不吃早点就跑了。"

"去林湛那儿拿体温计，"林无隅把体温计放到桌上，手盖到了丁霁脑门儿上，还是滚烫的，他皱了皱眉，"你发烧了，不舒服就躺着啊，起来干吗？"

"饿了啊，起来吃早点，"丁霁说，"没事儿，我经常发烧，小时候也总发烧，我奶奶说发烧没事儿，烧烧身体里的坏东西。"

"吃完去医院，"林无隅拽着他胳膊把体温计塞好，"先量量体温。"

丁霁叹了口气，放下筷子，把体温计又拿了出来。

314

"能不能听话啊！"林无隅皱着眉。

"无隅哥哥你是没生过病呢，"丁霁捏着体温计看了一眼，然后甩了几下，"还是没伺候过发烧的人？"

林无隅愣了愣："都没有过。"

"这个，要甩，甩甩甩，"丁霁一边甩一边说，"甩了再用，水银得先甩回窝里。"

"哦。"林无隅笑了笑。

"林湛上回发烧挺厉害啊，"丁霁把体温计重新夹好，"我刚看体温计，都过39℃了。"

"是吗？"林无隅靠着桌子。

"嗯，"丁霁点点头，继续吃东西，"我跟你说，我不去医院，一会儿你裹点儿冰块给我就行，我现在没有什么别的地方不舒服，可能是昨天晚上着凉了，先物理降温，降不下来再去医院。"

林无隅坐到了桌子对面，丁霁埋头吃，余光里看到他只是看着面前的东西，没动筷子。林无隅居然有吃不下东西的时候，丁霁低头吃着，没敢开口问他为什么不吃。他只能努力多吃几口，奶奶说生病了就得多吃，让身体有东西可以消耗，也能让林无隅不要那么担心。

几分钟之后，林无隅拿出了手机，低头点了几下。

丁霁猛地反应过来，赶紧在桌上拍了几下："哎哎哎哎！"

林无隅看他。

"干吗？"丁霁指着他手机。

"我打个电话跟老萧说一声，"林无隅说，"我明天不去航拍了。"

"有病吧你？"丁霁说。

"现在难道不是你有病吗？"林无隅说。

"我正常中午或者下午就能退烧了，"丁霁说，"你还想咒我烧好几天呢？再说我又不是小姑娘，发个烧还用你钱都不赚了来照顾？"

"没事儿，"林无隅说，"也不是什么重要的……"

"昨天还说呢，钱挺多的，还能认识一些这边的高手，以后还能交流，"丁霁说，"现在又不重要了啊？"

林无隅笑了笑，看着他没说话。

"保证一字不差，"丁霁说，"你原话。"

林无隅想了想："我……"

"真不用管我，"丁霁摆了摆手，"我从小放养着长大的，糙得很。"

林无隅沉默了一会儿："行吧，一会儿先看看多少度。"

"一会儿先准备冰块儿吧，"丁霁"啧"了一声，"一盒冰都让你倒我衣服里了。"

"还有两盒。"林无隅笑了起来。

丁霁发烧 38.2℃，按林无隅的想法应该去医院，但丁霁不干，顶着一包冰块儿窝进了沙发里。

"真能降下来吗？"林无隅问。

"能，"丁霁说，"你不用这么担心，我还能烧死了吗？"

林无隅笑了笑没说话。丁霁突然想到了林湛，顿时觉得自己这话是不是说得有点儿不合适，毕竟林无隅就是为了救林湛的命才出生的，对生病有些敏感。

犹豫一会儿，丁霁决定缓和一下气氛，用脚尖戳了戳林无隅的腿："哎。"

"嗯？"林无隅马上转过了头。

"给捏捏肩吧，"丁霁说，"我肩膀有点儿酸，每次发烧都这样，我爷爷都给我捏，捏一会儿就舒服了。"

"行。"林无隅站了起来，一条腿跪到了沙发上。

丁霁转了个身背对着他，还很舒服地盘起了腿。

"跟个老头儿似的，"林无隅在他肩膀上捏了两下，"这力度行吗？"

"重一点儿。"丁霁低着头。

林无隅加了点儿劲，又捏了两下："行吗？"

"舒服！"丁霁喊了一嗓子。

"叫爷爷。"林无隅说。

"滚！"丁霁笑了，"谢谢无隅哥哥。"

"不客气。"林无隅说。

- 47 -

林无隅没给人捏过肩膀，就给陈芒捏过腿，那会儿这人打个篮球打一半腿抽筋了。丁霁算是稍微偏瘦但挺紧实的那种身材，肩膀能清晰地捏到骨头。虽然知道不可能，他还是觉得再用力一点儿就能把他肩膀捏折了，这么想着，手上就有点儿没数，大概劲儿使大了，丁霁抽了口气："可以啊这手劲，卖过猪肉吧？比我们卖西瓜的劲儿大多了啊。"

林无隅笑了起来，低头看了看他肩膀，轻轻揉了揉："不好意思啊。"

"脖子后头也捏捏，"丁霁指了指自己脖子，"就两边靠近脑袋的地方，轻点儿啊，别给我捏废了，我还没上大学呢。"

"我先把你嘴捏废了，"林无隅抬起手，在丁霁脑袋上比画了半天也找不到合适的捏脖子的角度，最后用手托在了丁霁脑门儿上，然后用右手捏了捏他脖子后头，"这样行吗？"

"哎可以，真聪明，不愧是学霸。"丁霁说着突然就放松了，整个脑袋的重量都放在了林无隅手上。

林无隅叹了口气。丁霁脖子挺好看的，挺长，低头时颈侧牵出的线条很流畅，林无隅看了两眼之后移开了目光，落在了丁霁的耳朵上，耳朵就没什么流畅不流畅的了，就……长得挺端正的，而且因为迎着光，能看到耳郭一圈有细细的小绒毛，很可爱。

林无隅往他耳朵尖上吹了一口气，有点儿期待这个耳朵能跟猫耳朵、狗耳朵似的抖一抖。可惜。没抖，毕竟只是乌鸡，连耳朵都没有……捏了一会儿之后林无隅又觉得有点儿奇怪，按说这么吹气，丁霁肯定得骂人，起码得抓抓耳朵，居然一点儿动静都没有？

他犹豫着停了手，丁霁还是顶在他手心里一动没动。

"丁霁？"他叫了一声，往侧面看了看，发现丁霁眼睛闭着，睡着了，这就很让人头大了。

林无隅一条腿跪在沙发上，一手托着丁霁的脑袋，他不想叫醒丁霁，但也肯定不能一直这么个定格的姿势。

环顾四周一圈之后，他慢慢从沙发上下来，抬起一条腿，慢慢往前，伸过去用脚趾夹住了沙发上一个靠枕，又慢慢收回腿，把靠枕交给了自己的手。此时此刻他才发现自己平衡能力非常好，而且腿真长啊。他把靠枕放在了丁霁身后躺下能正好枕到的位置，然后小心地托着他脑袋往后，再托住后脑袋勺，再兜住后背，一系列复杂的操作之后，总算把丁霁放倒在了沙发上，但丁霁还盘着腿。

虽然他还发着烧，疲惫得捏一半脖子就睡着了，非常惨，但林无隅看到他这个姿势还是忍不住笑了好半天，最后拿手机在各个不同的角度拍了七八张照片。拍完之后他才过去，小心地把丁霁的腿给拽直了放好。

接下去他就没什么事儿可干了。

丁霁一直在睡，偶尔醒个两三分钟，跟林无隅说几句话，然后继续睡。冰块很快就用完了，林无隅拿了几条毛巾，湿了水轮流放进冰箱速冻层，冰成硬壳了拿出来放在丁霁身上、脑袋上、胳膊上、腿上，凡是他摸着觉得发热的地方，除了肚子都放上了。毛巾花色大小都不一样，盖在丁霁身上显得特别惨，仿佛一个连个大纸箱都捡不到只能盖碎布条的流浪汉，于是他又对着丁霁拍了好几张照片。

平时手机他都不太玩，更别说拍照了，今天拍的照片能顶平时好几个月的。

丁霁说得没错，他的确是从来没有照顾过病人。虽然父母生下他，除了为救大儿子的命，另一个重要用途就是以备将来林湛身体不好需要人照顾的时候，他可以顶上。但他没有机会照顾林湛，也不确定如果林湛没有跑，林湛真的需要人照顾，他能不能接受这样的安排，又会是怎样的心情。

今天是他第一次认真照顾一个生病的人，也许因为这个人是丁霁，也许因为时间并不长，所以他没有什么不好的感受，只希望丁霁能快点儿退烧。

丁霁不退烧，他连吃饭的胃口都没有。中午他没有叫外卖，专门跟林湛打听了一下，去了附近一家小店，买了一锅粥回来。这粥他实在是没什么兴趣，太清淡了，虽然里面有肉，但基本属于眼睛能看到但嘴吃不着的状态，不过病人吃着还是合适的。

快下午三点的时候丁霁起来吃了一碗粥，林无隅顺便给他又量了量体温。温度已经降到了 37.8℃，丁霁的脸也没有那么红了，精神状态也还不错，粥吃得挺香的。

"按这个速度，"丁霁说，"我再睡一觉就能退烧了。"

"但愿吧，"林无隅叹了口气，"快点儿好吧，看着怪可怜的。"

"这有什么可怜的？"丁霁说，"你发烧的时候觉得自己可怜吗？"

"我……"林无隅仔细想了想，"我好像没有发过烧？"

丁霁看了他一眼："怎么可能？你长了十八年没发过烧？你是哪里来的小神仙啊？"

林无隅笑了起来："真的，反正我记忆里我没有发过烧。"

"你……"丁霁剥了根棒棒糖叼着，"不会是发烧了都不知道吧，然后自己又退了？"

"不知道，"林无隅说，"身体挺好的，一般有点儿不舒服也就是感个冒，睡两觉就好了。"

丁霁看着他，过了一会儿才叹了口气："小可怜儿。"

"你。"林无隅说。

"下回你要是有哪儿不舒服，记得跟我说，一定跟我说，"丁霁说，"我照顾你，让你体会一下被人照顾的感觉。"

"好，"林无隅笑笑，"希望快点儿……"

"开玩笑呢！"丁霁马上喊了一声打断了他的话，"快呸！"

"我还没说出来呢。"林无隅说。

"你脑子里想了！盼什么不好盼生病！"丁霁瞪他，"快呸！"

"呸！"林无隅偏开头"呸"了一声。

"三声！"丁霁说。

"'吓'字还有三声呢？"林无隅愣了愣，"都是刚高考完的人，你别蒙我。"

"让你'吓'三声，哎，我真服了你了！"丁霁说到一半都乐了，"你到底是个什么品种的傻瓜？"

"吓吓吓。"林无隅吓完也笑了起来，今天最舒服的就是这会儿了。

晚饭前丁霁的体温终于回到正常范围，头不晕了，脸不红了，就嗓子还有点儿哑，身上还有些发酸。

"舒服……"他伸了个懒腰，"我去洗个澡。"

"别洗了吧？"林无隅有些担心，"刚退烧就洗澡？再着凉了怎么办？"

"洗个热热的热水澡，"丁霁进卧室拿了衣服，"可舒服了，你叫个外卖吧，我饿了，但是不想出去吃。"

"好。"林无隅拿出了手机。丁霁进了浴室，关上门之后搓了搓脸。烧退了是好事儿，他知道差不多这会儿就能退，以前发烧也很少能烧过夜的，但今天突然对自己这个病情有些不满。

其实林无隅要打电话跟人说不去航拍的时候他还挺高兴的，只是理智让他阻止了林无隅，毕竟头天说了去，转天又说不去，人家那边要换人估计都来不及了，以后肯定对林无隅会有意见，觉得这人不靠谱。

"哎。"丁霁拧开了喷头开关，在扑面而来暖乎乎的热水里叹了口气。

林无隅出发前的这一天，基本就在丁霁的昏睡中过去了。

吃完晚饭丁霁又睡了两个小时，发烧是件很耗体力的事儿，醒过来的时候都九点多了，洗漱完跟林无隅看电影看到一半，就又睡着了，跟头猪似的，还好意思说林无隅是猪。

林无隅把他连拖带拽地拉到床上躺好的时候，他很郁闷，明天林无隅就要去住酒店了，后面好几天他就得一个人待在这里，提不起兴致出去玩，也不知道能干点儿什么，想想都觉得无聊得吓人，而出发前的最后一天居然就这么被他睡了过去……

早上丁霁破天荒地比林无隅早起了五分钟，洗漱完出来的时候林无隅刚走出卧室，看到他的时候非常吃惊："被尿憋起来的？"

"我就不能早起吗？"丁霁说。

"能，"林无隅笑着伸手在他脑门儿上摸了一下，"退烧了。"

"昨天就退了，"丁霁看了他一眼，"你什么时候走？"

"八点老萧过来接我，"林无隅说，"我走了你再睡会儿吧。"

"嗯。"丁霁应了一声，看了一眼时间，已经七点多了，"没时间吃早点了吧？"

"我一会儿路上可以吃，"林无隅说，"你叫外卖吧，别吃太油腻。"

"哦。"丁霁躺到了沙发上。

八点差十分的时候，林无隅的手机响了，那个老萧已经到了，林无隅拿了装备出门。

丁霁躺在沙发上没有动，目送他出门。

"走了啊。"林无隅说。

"工作顺利。"丁霁挥了挥手。

"嗯。"林无隅笑了笑，关上了门。

听到门外电梯"叮"的一声响之后，丁霁从沙发上坐起来，犹豫了一会儿，走到窗边，打开窗户往下看了一眼，楼门前停着一辆黑色的悍马，一个男人站在车门边。丁霁这会儿才直观感受到，三十多岁的人，其实是不能归到"中年"这个类别里的。这个老萧看上去挺年轻的，虽然看不到脸，但至少天灵盖儿上的头发还很浓密……

过了一小会儿，林无隅从楼道里走了出来。

讲了几句话之后，老萧绕过车头，拉开驾驶座的门上了车，林无隅也拉开了副驾驶座的门。丁霁非常佩服自己的眼神，在林无隅拉开门的瞬间，注意到了林无隅正往上抬头，赶紧以闪电一般的速度把脑袋缩回了屋里，还好他不近视，还好林无隅近视并且这会儿没戴眼镜。这要让林无隅看见了，他会非常没有面子。

"今天事儿不多，"老萧开着车，"到了以后先跟大伙儿碰个头，有俩你之前见过，老叼和壮壮，另外几个也都挺能聊的，吃个饭就熟了。"

"嗯。"林无隅应了一声。

"上回你不是想试试我那台多轴的吗？"老萧说，"我带着了，这回还是咱俩搭，你飞我拍。"

"嗯。"林无隅点点头。

"明天一早试一下机器……"老萧继续安排。

"中午不就能到了吗？"林无隅说，"下午试机器吧。"

"先熟悉一下人头嘛。"老萧说。

"还有好几天呢，一块儿拍着拍着就熟了，不用专门熟悉，"林无隅说，"拍不好熟悉了人头也没用，人头又不能换钱。"

老萧顿了顿，笑了起来："说得跟要杀人一样。"

"人头。"林无隅说。

"行吧，"老萧点点头，"下午咱俩先去试一圈……对了，你之前是不是说想买我这台？"

320

"你这台是不是之前说要卖啊？"林无隅看了老萧一眼。

"你要吗？"老萧问，"我平时也不跟你们似的老拍，就玩玩，也用不太习惯，买来大半年了也没飞几次，你想要的话就拿去。"

"问你卖不卖呢？"林无隅笑了笑。

"哎！"老萧拍了拍方向盘，"卖，你开个价吧！"

"你开吧，"林无隅说，"你开了我好砍价，我开了我怕你张嘴就答应了。"

"我真服了你了，还有你这种小孩儿呢？"老萧叹了口气，"设备你还要吗？我配了机器的。"

"不要，我自己配。"林无隅说。

"我想想啊，"老萧琢磨着，"怎么也得是个九五成新……"

"九成，"林无隅说，"买了大半年，飞了好几次但是用着不顺手，不顺手的后果是什么，说不定摔过呢，毕竟你以前还炸过机……"

"炸机的事儿就不该告诉你，"老萧笑着说，"友情价，九万元给你。"

"我算算。"林无隅开始认真思考。

"这还算算，我十几万元买的啊，"老萧叹气，"真没摔过。"

林无隅的确是需要一台更专业的航拍飞行器，老萧这台他以前也想买，就是觉得太贵没舍得，而且以前接的活儿，用个几万元的差不多就能解决了，实在不行他就问奔哥借。现在他已经决定不跟家里再有什么经济上的关联，老爸老妈估计也不打算管他，加上老妈现在病了需要用钱……他得把赚钱的事儿考虑得更长远些了，找老萧买机器是合适的，老萧有钱，各种型号的飞行器都有，而且这些并不是老萧的主业……加上这台正好老萧也想出手……唯一让林无隅有些不舒服的，就是他既想买，又不想领老萧的情，或者说只想以朋友的身份来买。

"不过你也别不好意思砍价，太低了我也不会卖的，"老萧说，"一码归一码。"

林无隅看了他一眼。

"我知道你想什么呢，小孩儿，"老萧说，"你再学霸你也是个小孩儿，一眼看穿你。"

林无隅笑了笑没说话。

"九万元友情价，你砍吧。"老萧又重复了一次。

"不砍了，"林无隅说，"要了。"

"别跟老叼说我九万元卖你的，"老萧说，"他之前问我借我都没借，他要问你就说我给你打了个六折。"

"按十五万元算的话，六折就是九万元。"林无隅说。

"……是吗？"老萧愣了愣。

"这连算都不用算吧，"林无隅说，"就说打了个八点八折吧，讨个彩头。"

"行。"老萧点头。

车开出了市区，开始进入单调而漫长的路程，林无隅拿出了小海星，垫在车窗上准备睡一觉，刚闭上眼睛，老萧突然问了一句："你家里是不是有人？"

"嗯？"林无隅睁开眼睛。

"出门了还抬头看一眼，"老萧说，"总不会是看窗户关没关吧。"

"嗯，"林无隅笑了笑，没想到老萧还能注意这些细节，"我同学在。"

"我以为对象呢。"老萧说。

"想多了。"林无隅说。

"你俩都上的 H 大吗？"老萧问。

"是，"林无隅说，"同一个专业。"

"那都挺厉害啊，"老萧说，"你应该把你同学带过来一块儿玩啊，要不这几天他一个人不是很无聊吗？"

"他没兴趣。"林无隅看了一眼手机。

丁霁不知道是不是去继续睡觉了，也没给他发个消息，虽然他已经决定这几天不主动跟丁霁联系，但换了平时丁霁没话找话也会说点儿什么。

"你睡会儿吧，"老萧说，"你今天情绪有点儿不对啊，是不是没睡好？"

"可能，"林无隅调整了一下小海星，"那我睡会儿，一会儿路过上次那个村子的时候停一下，我买几个红豆饼。"

上次跟老萧他们出去，也走的这条路，经过一个村子的时候，几辆车都停了，一帮人都跑到一个看着跟黑店似的小店买红豆饼。林无隅尝了一个，非常好吃，虽然知道这种环境估计卫生保证不了，但还是忍不住一气儿吃了六个，这次回去的时候再路过他得买上几盒，带给丁霁尝尝……只是不知道回去的时候，他跟丁霁还能不能愉快地一起吃红豆饼了。

- 48 -

——鹏鹏在干吗呢？

丁霁坐在阳台的椅子上，脚搭着阳台栏杆，发了半小时呆之后给刘金鹏发了条消息，不过刘金鹏没有给他回复。

这人怕是不想活了！丁霁眯起眼睛，看了看天空。今天天气不错，稍微比前两天凉快些，蓝天白云特别分明，看着跟画上去似的。这家房东没封阳台，只做了隐形防盗网，让丁霁非常感动。他不喜欢回老爸老妈家的原因之一就是四面八方的窗户外面都是防盗网，他习惯了奶奶家没有任何视线阻碍的阳台和窗户——舒服。

他拿起手机，拍了一张自己的脚举在蓝天白云之下的照片，然后发到了朋友圈里。

马上有人回复了——"这也是航拍？"

丁霁看着这条回复笑了好半天。

"是的，这是我把脚从楼上扔出去然后抓拍的。"

一帮同学立马在回复里乐成一团，然后群里也热闹了起来。丁霁点开群，看着群里嗖嗖往上刷的聊天内容。看得出大家都挺无聊的，出去旅游的玩得差不多了，在家没出门的已经长了蘑菇，复读的已经开始忙碌。

平时觉得假期太短、作业太多，真给你两个月什么也不干就拼了命地玩，也玩不出什么花样来，一个月没完就开始有人无聊到每天床都懒得起了，反正起来了也不知道要干什么。丁霁没参与聊天，他可以一天发十几条朋友圈，但群里聊天十次他也未必说一句话，于是更无聊了。就在他准备出门到附近转转的时候，刘金鹏的消息回了过来。

——刚洗狗呢。

——挺欢乐啊。

——欢乐个头，蠢狗洗一半冲我滋尿。

丁霁笑了起来。

——你这两天去哪儿玩了？一直在玩无人机吗？

丁霁看着刘金鹏发过来的这条消息，好半天才回了一句。

——是啊。

——你真行，有那么好玩吗？这么热的天还这么有劲头。

——还行吧，去郊外的话也不是太热。

——你跟林无隅去学校看了没？有照片发我看看。

——还没去呢，要待好几年，不急这几天了。

——那你们这几天去哪儿玩？

丁霁拿着手机，居然不知道怎么回答了。他哪儿也不去，就在出租屋里玩手机，饿了吃外卖，困了睡，烦了就出去转两圈……他来之前那种兴奋的心情、在机场见到林无隅激动的心情、飞无人机时哪怕是拍出来视频都土得仿佛是二十世纪七十年代也很愉快的心情……就在这几分钟里，在刘金鹏无意的提问里，所有的好情绪全都消失了，烦躁和失落取而代之，以完全没来得及反应的速度就包裹了他整个人，心情顿时一落千丈。

刘金鹏还在说什么他也没再看，把手机扔到了一边，站起来回客厅去拿了罐可乐，把空调温度调低了几度，倒在了沙发上。

林无隅真不是人！明知道自己提前跑过来是希望跟他一块儿玩，居然跑去接个几天回不来的活儿！就这么缺钱吗？被借了三万元就穷成这样了吗！那当初就别借啊……救你于水火啊丁霁，没有他这三万元你跟鹏鹏要怎么办？不管！扔下朋友就这么跑了出去！大半天了，没有消息！没有电话！朋友昨天刚发过烧！都不问问今天情况怎么样吗？吃什么了，怎么吃的！胃口好不好！一句关心都没有！白眼狼……以前发烧的时候鹏鹏也没管你啊，借探病之由过来吃了一顿奶奶做的大餐就走了，还嘲笑你体质差，你怎么不生气啊丁霁？废话，刘金鹏是林无隅吗？他俩一样吗……不一样吗？不都是好朋友吗？哼。

丁霁捏了捏可乐罐子，仰头把半罐可乐都喝了，然后捏扁罐子，扔到旁边的垃圾桶里，扔得特别用力，胳膊一甩，嗖——哐——把垃圾桶砸得都晃了晃，就像是要把什么东西跟着罐子一块儿甩出去，但他不敢去细想是什么。

"一会儿去吃饭，"老萧在门口说，"你先洗澡收拾，我差不多了叫你。"

"好，"林无隅拎着老萧的那台飞行器，打开了房间的门，"谢谢萧哥。"

"这么客气干吗？"老萧说，"听得我很不舒服，跟骂人似的。"

林无隅回头看了他一眼："我一直很有礼貌。"

"行了，看出来了，"老萧摆摆手，往自己房间走了过去，"赶紧收拾去吧。"

林无隅进屋，关好了门，第一件事就是拿出手机看了看。许天博和老林都发了消息过来，许天博问他这段时间情况怎么样，老林发了几个H大的活动视频。他都放着没回，再看了看，没有丁霁的消息，电话也没有。虽然他觉得还算正常，毕竟他也没给丁霁发消息，丁霁也没什么事儿需要给他发消息，就算是好朋友，许天博好几天才发一个消息，他还未必回……但丁霁并不完全是这样的好朋友。他心里多少有些打鼓，揣了半天都不知道自己到底在期待什么。不过丁霁昨天刚发了烧，莫名其妙发烧，莫名其妙退烧，就算他一副满不在乎的样子，林无隅还是有些不放心。他拨通林湛的电话时，对自己有些吃惊。犹豫了两秒，他把手机拿到眼前看了看，正想要挂断的时候，那边林湛已经接起了电话，林无隅只得把电话又举回耳边。

"有事儿？"林湛问。

"没事儿。"林无隅说。

林湛沉默了一会儿笑了起来："那你干吗，想我了啊？"

"没有。"林无隅叹了口气。

"说吧，怎么了？"林湛问。

他说不出口，不，是根本不知道自己要说什么——麻烦你过去帮我看看丁霁还发不发烧？

这种要求太有病了。

麻烦你拿望远镜看看我屋里，丁霁状态怎么样？

这都不是有病，这是变态了。

"我不知道怎么说，"林无隅有些郁闷，"算了，等我想起来了再说吧。"

"行吧，"林湛没多问，"刚我回家的时候碰到丁霁了，我还以为他跟你一块儿去航拍了呢，你一个人去的啊？"

"嗯，他刚发完烧，就别出去晒了吧，"林无隅猛地松了口气，赶紧平静地问了一句，"你刚看到他……精神还行吧？"

"你怎么不打电话问他？"林湛问。

林无隅沉默了。

"吵架了？"林湛说，"刚看见他的时候精神非常好……"

林无隅刚放下心，林湛把后半句说完了："就是看上去心情不怎么好。"

"……啊。"林无隅应了一声。

"现在你又不肯打电话，"林湛说，"吵架了啊？"

"也不是。"林无隅不知道该怎么说。

"那你俩慢慢处理吧，"林湛说，"所以你打电话给我，是不是想让我帮你看看他还有没有在生气？"

这话把林无隅一下给问堵着了，说是吧，也不是；说不是吧，又说不出别的原因来。

果然是亲哥。

"你别管了。"林无隅只能说出这一句。

"我才不管。"林湛很果断地回复，并且很不委婉地换了话题，"明天马拉松直播我能看到你拍的镜头吗？"

"不能，"林无隅说，"我就是拍素材，以后做专题视频之类的，会不会用到都不一定呢。"

"好吧，那我不看了，"林湛说，"你早点儿休息。"

"嗯，挂了。"林无隅说。

丁霁出门的时候并没有想好要去哪里吃饭，就觉得自己像是被林无隅传染了，到点儿就饿，而且好像饿得很厉害，大概是昨天发烧消耗大，今天一天又没吃饭……不过虽然不知道要去哪里吃饭，但他的脚步却没停，方向也很明确。他和林无隅去吃过好几次的那个自助烤肉——疯了吧，就自己这个食量，居然敢一个人来吃自助？

但他还是吃了，不光吃了，还吃了不少，拍了个不重样的九宫格发了朋友圈，算是圆满了。出了饭店他没回家，绕着小区走了两圈，确定了这个小区的面积非常之大……路上还给爷爷奶奶打了个电话，非常愉快地给他们描述了一下玩无人机那天的事儿，折腾一大通，总算是把时间和肚子里的食物都消耗了不少。他长这么大，还从来没有这么无聊过。这种无聊不是因为一个人，也不是因为一个人身处异地，也不是因为一个人身处异地还提不起劲跟朋友联系。这是他从来没有体会过的、从来没有过的一种无聊，是因为林无隅不在。

丁霁脑子里闪过这个念头的时候有些茫然，没有慌乱，没有害怕，也没有什么别的想法，本来隐隐觉察时预想的所有情绪，都没有出现，只有茫然。

"不喝两杯了？"老萧拉住了林无隅的袖子。

"我不喝酒。"林无隅说。

老萧一下笑了起来："你说瞎话的时候居然能说得这么真挚？大奔朋友圈里还有跟你一块儿泡吧的照片呢，你这倒好，张嘴就不喝酒？"

"今天不想喝。"林无隅修改了一下说法。

"那明天想喝吗？"老萧说，"还是就不想跟我喝？"

"明天也不想喝，但不是不想跟你喝，"林无隅说，"我这几天有事儿没处理好，没什么心情，我就想待屋里躺着。"

"那你躺着去吧，"老萧松了手，"你人生地不熟的，有什么事儿要是处理不了跟我说一声，我多少能帮你点儿忙。"

"谢谢萧哥。"林无隅想了想，从口袋里摸出了刚从桌上拿的清凉糖放到了老萧手里。

"我服了。"老萧拿了糖，冲他抱了抱拳，转身跟壮壮几个一块儿走了。

林无隅回了屋，先把机器收拾好，检查了一下电池，然后洗澡，吃零食，最后开了电视躺到床上开始假寐，寐了个半天也没什么睡意，于是拿起了手机。

丁霁依旧没给他发消息。如果说上午他还能往丁霁睡觉了的方向猜测，这会儿就已经很明显了。丁霁没睡觉，林湛见过他了，也没有生病，但是不高兴了。相比丁霁，林无隅对这些事要敏感得多，从决定跑开几天的时候开始，就已经觉得事情不对了。但这种不对不方便点明，他希望丁霁能反应过来。无论结果是什么，都比迷迷糊糊要强，他喜欢清晰明朗。他不希望丁霁陷在那种迷茫里。

只是还没到一天的时间里，他突然觉得事情并没有自己想得那么简单。不仅仅是"我走开几天让你有空间和时间想清楚是怎么回事"这么一句话的过程，他自己对丁霁状况的焦虑和担心，已经超出了他做出这个决定时考虑的范围。

他一直以为自己并没有这样的变化。

——你这么不专一吗？

丁霁的话在他脑子里回响着，他忍不住笑了笑。

不记得自己是什么时候开始的了，反正他俩关系一直挺好，他愿意跟许天博聊天，或者不聊天，只是一块儿在走廊栏杆上趴一会儿。许天博性格很好，温和淡定，林无隅跟他待一起的时候能放松下来，聊的时候有话题，不聊的时候也不会觉得无聊。再细想，其实也没有更多的原因了，很多感受都在细节里，越敏感的人越容易陷落，他并没有太吃惊，也没有多少挣扎。在他看来，这是很正常的事，毕竟许天博是他了解自己之后走得最近的人，还很优秀。

在天台开口是个意外，但开口并不意外。

而丁霁跟许天博不一样。

虽然没有人能看出来，但今天这一整天里他都因为丁霁而无法集中注意力，这几天的空白，已经不再是他给丁霁留出来的空白了。

林无隅点开了丁霁的朋友圈，话痨小乌鸡今天只发了两条朋友圈，一条是蓝天白云里的脚丫子，一条是满满都是肉的自助餐，悠闲里透着寂寞。他犹豫很久，在自助餐那条上点了个赞。

赞你个头。

丁霁看到朋友圈有提示并且看到了林无隅的头像结果只是一个赞的时候，有些愤怒地把手机扔到了一边。林无隅很少发朋友圈，工作的时候也不会发现场图，丁霁完全不知道他这一天里都干了什么，但林无隅能看到他的轨迹——无聊地晒脚丫子，无聊地吃了很多肉，所以最后就给他点了个赞。

赞你个头！

丁霁对着电视坚持看完了一个闹哄哄的做菜节目。为了转移注意力，他认真地学习了如何做出好吃的金沙鸡翅，还一字不漏地把最后的做法总结背了下来，感觉好受多了。

他起身去洗了个澡，回了卧室。

在床上躺下之后，他看到了自己做的小书架，这回过来都没注意过，这会儿才发现林无隅在书架最上层放了一个小花瓶，里面插着两根干花，品相还不错，看上去应该不是捡的，是买的。中间的那一层放了一本书和一个无人机遥控器，最下一层放了一支钢笔。看这架势是想把书架放上东西但实在没什么东西可以放……他坐了起来，想过去把书拿过来翻翻。林无隅书很多，但都在家里没带出来，这本他专门带出来还放在了书架上的书对他的意义肯定不一般，不知道是本什么牛书。但在床上坐了好几分钟之后，丁霁还是又躺下了——看个头，不如看《手相之谜》呢。

躺下之后他深刻地体会到了高三这半年他疏于锻炼的后果，发了一天烧而已，这会儿躺下居然还是感觉到了疲惫、体力透支，仿佛身体被掏空。他莫名其妙地想到这句话，又莫名其妙地笑了一会儿。什么时候睡着的都不知道，但他知道自己做梦了，很不情愿，但又很开心地梦见了林无隅——林无隅走在他身边，他悬在空中，屁股底下坐着个无人机。这种诡异的造型在梦里并不突兀，林无隅走得自在，他坐得也很自在。

"我们去买点儿东西放到书架上吧。"他说。

"好，"林无隅冲他笑了笑，"买什么呢？"

"不知道，我想想啊。"他说。

"要不让萧老板帮我们挑吧。"林无隅说。

"什么？萧老板？"

"谁是萧老板？"

丁霁感觉一阵不爽。

不，不是不爽，是说不清道不明的情绪，非常生气，非常难受，非常想发火，特别是一抬眼就看到了萧老板的悍马和萧老板浓密的从天灵盖儿一直长到了脑门儿上还很飘逸的头发时，他几乎控制不住自己，想要冲过去打人。走开！让他滚！滚开！林无隅像是没有听到他的怒吼，笑着走到了那一丛头发跟前儿，还跟头发愉快地说着话。丁霁想要跑过去，但腿迈不开。

梦里最可怕的几件事分别是打电话拨不对数，找厕所被人占坑，外加跳崖失重和跑步迈不开腿儿。他迈向林无隅的每一步都用尽了全力，用力抬腿，用力蹬地，但几乎没有前进。他就那么看着林无隅和萧老板的浓密黑发，看着林无隅像那天在机场看到他时那样张开了胳膊。那一瞬间丁霁忍不住吼了出来——啊——

猛地睁开眼睛时，丁霁甚至能听到自己的声音，只不过不像梦里那么洪亮清晰。他只是"哼哼"了两声，但梦里强烈的情绪还清楚地包裹着他。而这一秒钟，他终于反应过来，梦里那种愤怒并不是愤怒。

丁霁连续两天都没发消息过来，林无隅有些意外。他以为无论怎么样，丁霁这种憋不住话的人，都会有所表现，但丁霁什么动静都没有，朋友圈都没发。林无隅现在对工作的渴求到达峰值，只有埋头干活的时候，他才不会老琢磨丁霁的事。

下午马拉松跑完，他们还要补点儿素材，休息等车过来的时候，林无隅坐在树下看手机，萧老板叼了根烟蹲到了他旁边。

"你是不是碰上什么麻烦事儿了？"老萧问。

"不算麻烦。"林无隅说。

"今天心不在焉啊。"老萧说。

"没出错就行，"林无隅说，"我一心能八用。"

老萧笑了起来："这么嚣张。"

"没办法，"林无隅也笑了笑，"有资本。"

"补完素材明天一早就能走了，"老萧说，"开学之前你不出来了是吧？"

"嗯，"林无隅说，"刚开学这阵儿肯定也挺多事的，还要军训。"

"知道了，"萧老板点点头，"那国庆之后了，有活儿我再找你。"

"谢谢萧老板。"林无隅说。

"有空可以出来聚聚，平时这帮人没事儿也喜欢聚聚，"老萧说，"我看你跟他们聊得也挺好，别因为我就不搭理这些人了，以后好多事儿都得靠他们呢。"

"我真没躲你，"林无隅说，"话我一开始就说明白了，咱们就朋友，我没那么矫情。"

老萧笑着把烟掐了："我真怎么样也不敢找你，昨天掰腕子我都怕你把老叼掰翻过去，他说早上起来手抖得尿尿都把不住。"

"他昨天那么嚣张，我以为他尿尿都又腰尿呢。"林无隅说。

老萧看着他，好一会儿才爆出笑声，还呛了一口。萧老板拍了拍林无隅的肩："可以，你真是刷新了我对学霸的认知。"

是吗？有机会让你见见鸡哥，那才是让你刷新学霸认知的人。

手机这几天第一次有电话打进来的时候，林无隅刚补完素材，拖着设备箱子还没进酒店房间。一听手机铃声，他门都顾不上开，先把手机掏出来看了一眼，是许天博。他不知道自己是失望还是松了一口气，一边接起电话一边用房卡刷开了门。

"忙呢？"许天博问。

"忙完了，刚回酒店，"林无隅把箱子拖进房间，关上了门，也顾不上自己身上脏不脏，直接倒在了床上，"明天就能回去了。"

"后面几天还有活儿吗？"许天博问。

"没了，报到之前都没接了，"林无隅舒展了一下胳膊，"就猫屋里等着报到。"

"……不无聊吗？"许天博说，"不过一个人出去玩可能也没什么意思，还热，不如猫家里玩游戏了。"

"那是你，"林无隅笑笑，"而且我也不是一个人，丁……"

林无隅说到一半停下了。他并没有把丁霁过来并且已经住在他那儿的事儿告诉过许天博，甚至没跟许天博问起过那天丁霁去学校他俩碰上的事儿。这会儿随口说出来，他突然有些尴尬。换个人没什么，但对方是许天博的话，他就还是有些不自在。

"丁霁是不是过去找你玩了啊？"许天博的声音没有什么变化，说得很自然，"那天他帮你拿通知书来着。"

这也是林无隅跟他一直关系很好的原因。

"嗯，他来几天了，"林无隅笑笑，"也没怎么玩。"

"你是不是钱不够用了啊？"许天博突然问。

"嗯？够用啊。"林无隅说。

"那为什么非得这时候接活儿？"许天博有些不理解，"丁霁都提前过去了，应该玩一下吧……"

林无隅没吭声。他在犹豫。一直以来他都不是一个爱倾诉的人，相反听别人说倒是挺多。他自己并没那么多可说的，也没什么自己消化不掉的，那么多年的事他都能全都锁在心里，但这几天真的感觉自己有些憋着了。

丁霁本来是他能够轻松聊天的人，现在却没办法多说一个字。许天博也是在他需要的时候能够倾听、能够给出建议的人，可他想说的内容，告诉许天博总觉得有些不合适。他沉默了很长时间都不知道该怎么把眼下这个天儿继续聊下去。

"怎么了？"许天博问，"碰上什么事儿了吗？"

林无隅从床上坐了起来，走到窗边，拉开窗帘往外看了看。外面是酒店的露天游泳池，这会儿灯火通明的，还挺热闹，有人在水里游着，有人在池边聊天，看上去都轻松自在。

林无隅说："你知道我在天台喊话的意图吗？"

"……多少有点儿感觉吧，"许天博大概是没想到他会突然这么问，回答得很小心，"但是都过去了。"

"嗯。"林无隅应了一声。

"为什么突然问这个？"许天博说。

林无隅笑了笑："不好说，你要不要猜一下啊？"

"这有什么好猜的啊。"许天博说，"又惹上这种麻烦了？"

"差不多吧，也不完全对，"林无隅说，"我不知道该怎么说……我一开始只是想让对方反应过来。"

"啊……"许天博拉长了声音，似乎明白了。

"你是我最好的朋友没错了，"林无隅叹了口气，"我其实也说不清这个感觉，就像是一个人从来不吃香菜，但有一天突然发现他高高兴兴吃了几个月的饺子是香菜馅儿的，那种感觉你懂吗？"

"香菜馅儿不可能，"许天博说，"香菜味儿那么大，一口就发现了。"

林无隅顿了顿，靠着窗户一下笑出了声。

那边许天博跟着他也笑了半天，然后才收了玩笑，语气也变得有些严肃："我觉得吧，要不要让他发现吃了很久的香菜，其实不会让你觉得有什么难办的，毕竟你情商够用……会让你情绪有起伏的，大概是因为你后来反应过来你就是那个饺子吧。"

"……许天博你这什么形容？"林无隅笑了。

虽然一开始他觉得不应该跟许天博讨论这样的问题，但现在还是庆幸自己开了口，许天博的态度让他这几天紧绷着的神经一下放松了很多，说出来了似乎也并没有什么大不了的，对许天博说出来了似乎也没有什么不合适的。

"其实也不用想那么多，"许天博说，"这些事儿根本不需要费神，这个年纪有这种心思不是很正常的事吗？想得越多越麻烦。"

"这口气跟过来人似的。"林无隅说。

"我也是惹过这种麻烦的人啊。"许天博说。

"谢谢，"林无隅笑了笑，"跟你这么一说我舒服多了。"

"不用这么客气，"许天博说，"你到时记得来接我就行，我妈给宿舍的同学一人准备了一份礼物，一堆东西呢。"

"给我准备了吗？"林无隅问。

"准备了，"许天博说，"一大包零食，我没看，也不知道有什么，反正不是素零食。"

"替我谢谢阿姨。"林无隅笑着说。

"不用客气，"丁霁拿着手机，往班级群里发语音，"做就是这样能做出来，但是好不好吃我不管啊，我材料买回来了还没开始做呢。"

在电视上学会了做金沙鸡翅之后，丁霁本着实在太无聊了我要造福天下的想法，把制作过程默写出来发到了朋友圈里，还配上了自己买回来的一堆原材料的图。班上一帮闲得开花的人立马在群里纷纷提问，好几个表示晚上要大显身手的。

丁霁跟班上的人聊完，又看了看手机。按时间算，林无隅今天会回来，但是他并没有收到林无隅的消息。丁霁不知道为什么今天突发奇想要做那个金沙鸡翅，搞得好像要给林无隅接风似的，所以材料买回来之后也一直没处理，就那么堆在厨房里。

这两天他唯一一次出门就是去对面超市买菜，今天出去的时候都被阳光闪了眼睛，感觉有些发痛。

他在客厅的椅子上坐下了，没坐沙发。沙发太矮了，只有椅子能让他胳膊肘撑着膝盖的时候保持一个半伏着身的姿势，这是他感觉不安和慌乱时能让自己获得些许安慰的姿势。

林无隅没有跟他联系，所以他不知道林无隅什么时候回来，也不知道他什么时候需要面对林无隅，面对表面上看来只纠缠了他两天实际已经梗在他心里很久又被他强行忽略掉了的那种混乱。不仅仅是在梦里，更让他不安的还不是直面自己根本不敢多想的感情，而是他必须直面，因为林无隅已经感觉到了，这才是最让他害怕的。

他连装下去的机会都没有了。

"买这么多？"萧老板看着林无隅捧上车的一堆红豆饼盒子，"要送人吗？"

"嗯，拿四盒给我哥，"林无隅说，"还有几盒我跟我同学吃。"

"这保质期就两三天，"老萧继续往前开车，"吃不完就坏了啊。"

"我要是不节制，这些我一个人一晚上就能吃完了。"林无隅笑笑。

萧老板看了他一眼。

"真的。"林无隅把盒子整理好，拿手机给这一堆红豆饼拍了张照片。手指落到丁霁的名字上时，他发现自己的手指有些犹豫，是紧张还是别的什么，说不清。他这会儿心情还不错，至少自己没有感觉到慌乱。毕竟无论丁霁现在的状态是怎样的，他都马上要见到丁霁了。

他把红豆饼的照片发给了丁霁。

——我现在在车上，中午能到，你猜这是什么？

傻瓜吗？

丁霁看着盒子上写着的五个大字"罗村红豆饼"。

——盒子上写着呢。

那边林无隅过了一会儿才回过来一个捂脸跑开的表情。

——我没看到……

丁霁看着这个表情和这行字，莫名其妙就开始笑，捧着手机一直笑到屏幕都黑了还停不下来。

犹豫一会儿之后，他跳了起来，进了厨房。

爱咋咋地吧——我是小神童，混小广场长大的，我有什么可怕的？我怕过谁？什么场面我没见过……

不行，他手撑着案台，低头看着自己的拖鞋，心里还是越来越慌乱。当初林无隅说出自己秘密的时候，他大大方方就接受了，并没有觉得有什么大不了的，世界上那么多人，不可能每一个人都一样。但那是林无隅，现在他怎么也没办法拿这样的态度来说服自己，除非不去想。

他并不是个傻瓜，明明早就隐隐约约感觉哪里不对劲，却因为害怕而假装不知道。而现在只要脑子里一闪过林无隅，他就会觉得自己全身肌肉都不自觉地发紧。

林无隅为什么要这样？为什么非得让他明白过来？大家乐呵呵一起好好把日子过下去不行吗？为什么非要逼他？！

他有些郁闷地往案台上用力拍了一巴掌，然后身体一顿，抬头看了一眼之后猛的一下站直了。

这一巴掌拍得真是绝妙，拍在了他斜放在砧板旁的菜刀上。

林无隅在楼下等着林湛下来拿红豆饼的时候，非常清楚自己在干什么。

他在拖时间。

林湛下楼看到他身边放着的一堆东西时叹了口气："你是不是考虑找个助理啊？这么多东西你怎么拿？"

"有车送我回来的，"林无隅笑笑，把红豆饼递给他，"你吃过吗？这个红豆饼。"

"罗村的吧，"林湛说，"听说过，好吃吗？"

"好吃，"林无隅说，"你……吃红豆饼没事儿吧？"

"没事儿，我不用忌口，"林湛打开盒子，拿出一个红豆饼咬了一口，"还是热的啊……挺好吃的。"

"我去买的时候刚做出来。"林无隅说。

"赶紧回去吧，"林湛冲出租房那栋楼抬了抬下巴，"让丁霁趁热尝尝，我感觉这个凉了肯定就没这么好吃了。"

"嗯。"林无隅点点头。

"这么有心带回来的饼，"林湛转身一边往楼里走一边说，"说不定他吃一个就不生气了。"

"……但愿吧。"林无隅低声说，拖着箱子慢慢往前走。

丁霁站在窗帘缝后头，用一只眼睛看着楼下正拖着箱子慢慢走过来的林无隅。在林无隅消失在他视野里走进楼道的时候他迅速转身，看着门，手一阵阵有些发麻。林无隅只有一套钥匙，出门的时候留给他了，所以门铃响起的时候丁霁只能慢吞吞地走过去，打开了房门。看到林无隅的一瞬间，说不清道不明的那种熟悉和亲切裹着淡淡的香味扑面而来，丁霁猛就想过去拥抱一下林无隅，但理智威猛地挡在了他面前。

"还挺快啊，"他冷酷地说，"我以为得过两点呢。"

"路上要是不堵还能更早些，"林无隅往前走了一步又停下来，站在门框里，"你吃饭了吗？"

丁霁这才发现自己把林无隅进屋的路给拦住了，赶紧转身，一边往客厅走一边说："还没有……我今天早点吃得晚，所以……"

话还没说完，他的手腕被林无隅一把抓住了，他惊恐地回过头。

"手怎么了？"林无隅有些吃惊地看着他手上裹了几圈的纱布。

"就……不小心我……"丁霁语无伦次，一面不知道林无隅现在在想什么，也不知道一会儿会发生什么，一面又不好意思说自己一巴掌拍刀上了。

"你不会是？"林无隅抓着他手腕，往自己面前拽了拽，"你不是……"

丁霁总算回过了神："我没有！"

林无隅看着他。

"谁割手心啊？"丁霁说。

"那哪有准儿呢？"林无隅说，"你毕竟是小神童啊，行事作风不同常人。"

"滚。"丁霁忍不住笑了。

"说吧，"林无隅还是抓着他手，"怎么弄的？"

丁霁憋了一会儿，最后叹了口气，声音很低地回答："我一巴掌拍刀上了。"

"你拍刀干吗？"林无隅很震惊。

"我……"丁霁张了张嘴，话实在是说不下去了。是啊，我拍刀干什么。你非要逼我干什么？一旦这个想法重新回到脑子里，丁霁顿时就又慌了，现在跟之前的心情已经完全不同。林无隅现在就站在他面前，能看到，能听到，能碰到，还能感觉到他的呼吸，之前所有的情绪一下变得有了实体。两天来他本来还有些模糊的那些想法一下变得清晰而真实，让他不知所措。小神童能解决所有的事，能打能扛能蒙能逃，还能拿下探花。但就是现在，眼下，他不知道该怎么办了，手足无措，连视线都不知道该落到哪里。

"丁霁？"林无隅轻声叫了他的名字。

丁霁突然就感觉到了委屈，皱了皱眉毛。

"你……别哭，"林无隅松开了他的手，有些着急，"你先别哭。"

我哭了吗？滚！你才哭了！丁霁瞪着林无隅，好几秒钟之后才听到了自己带着哭腔的声音："我怎么办啊……"

- 50 -

屋里一下没了声音。

这不是丁霁第一次在林无隅面前哭，但这次哭得很不情愿，明明没打算哭，结果现在跟个傻瓜一样。林无隅都被他这个突如其来的哭腔惊在了原地，抬起来的手也不知道是该伸还是该收回，僵那儿看着跟个蜡像似的。丁霁实在没想到自己在这种关键时刻会是这种反应，在继续丢人现眼、哭得更厉害之前，转身快步冲进了浴室，把门"哐"的一声甩上。

"丁霁？"林无隅马上跟过来，丁霁迅速把门反锁上了。

林无隅在门外敲了几下："丁霁你干吗呢？"

他没有出声，站在镜子前瞪着自己，真羡慕林无隅，流眼泪的时候眼睛都不红。他就号了这一嗓子，这会儿眼睛一圈都泛着红，鼻头也憋红了，看上去特别惨，仿佛遭遇了什么不幸……也没什么错，是够不幸的了。

丁霁转身走到洗脸池前，抬手抹了抹眼睛，拧开了水龙头，为了不让林无隅听到他因为哭了在洗脸，把水开得很小。洗完脸之后他抬头看着镜子里的自己，还是有些说不上来的难受。

"丁霁！"林无隅敲门的声音更响也更急了，"你在干吗？出个声！"

出个头的声！丁霁咬紧牙，知道自己这会儿但凡出点儿声音肯定还是哭，从小就这德行，太了解自己了。加上奶奶总让他想哭就哭，他连憋都憋不住。

"丁霁！"林无隅继续拍门，"我暴力了啊！"

暴呗，你有本事把锁拧掉啊。丁霁吸了吸鼻子。

时间拖得越长，他想得越多，也就越没办法去开门，没办法去面对林无隅，他已经不知道这个状况该怎么收场了。林无隅果然拧了拧门锁，但只拧了两下就停了。这个房东最良心的地方就是门锁，浴室这个锁不是那种用力一拧能给拧开花的圆球锁，是带弯把的，特别结实。

丁霁吸了一口气，想要整理一下情绪，总不可能一个晚上都猫在浴室里，总要出去的。要说什么，要怎么做，林无隅是怎么想的，要不要聊一聊，他都得整理一下。

两秒钟之后林无隅又拍了拍门："丁霁！"

丁霁回过头看着门，没有出声。

他现在就是尴尬、难受，他根本不想听到自己发出任何声音。

"别站门边。"林无隅说。

要踹门？丁霁愣了愣，下意识地往旁边让开了一步。踹门的话损失有点儿大啊，就这个锁，有可能会把门套都踹碎了，连门套带门这么全换下来，怎么也得一两千块钱吧……这钱算谁的呢？会不会算在他欠林无隅的钱里？

丁霁一下紧张起来，这种事儿林无隅还真干得出来。

"林……"他冲门那边开了口。

一个字都还没说全了，浴室门已经发出了一声巨响。嘭嚓！

虽然有心理准备，但丁霁还是吓了一跳，这动静不是踹门，是……劈门！浴室门上出现了一道裂缝，裂缝里卡着一把菜刀。

丁霁愣住了，接着菜刀消失在了裂缝里。丁霁往前凑了一步，想看看怎么回事——嘭嚓嚓咔！菜刀再次出现在门上，裂缝又多了一条。丁霁突然觉得有点儿爽，就这种稀里咣啷嚓嚓的声音，一刀劈碎的感觉。菜刀又消失了，正等着林无隅劈第三刀的时候，门发出了不一样的动静——哐当！

林无隅的拳头从两条劈开的裂缝中间砸了进来，拳头上还裹着一圈厨房擦油纸……砸进来之后他抖了抖手，把厨房纸抖掉了，接着从里面拧开了门锁。真是个讲究的学霸，就砸个门还要裹手……林无隅要进来了！丁霁反应过来之后立马从头到脚，从头发到汗毛，全都开始僵硬。

林无隅推开了门，看着他一边抽回手一边问了一句："你没事儿吧？"

丁霁摇了摇头。

"怎么不出声？"林无隅抽了一下手，手卡在缝里没抽出来。

丁霁没说话，吸了吸鼻子。

"哭什么呢？"林无隅又抽了一下手，手还是卡着没动。

这门质量也不错，虽然被劈开又被砸了一拳，但只是开了个口，没有被砸出个洞，手进来可以，不过出去的时候就难了，这让丁霁想到《电锯惊魂》。因为不敢看全片儿，他抽风了跑去看了个"《电锯惊魂》死法大全"的帖子……顿时后背就一阵发毛。

"……先别哭了，"林无隅把另一只手绕到了门后，扳着裂开的木头，"帮个忙。"

"啊。"丁霁猛地回过神，赶紧两步冲了过去，抓着木头往上扳，林无隅的手总算是抽了回去。

接着场面再次凝固。

丁霁抓着木头不松手，仿佛这是他最后的救命稻草。

林无隅抓着他的手腕拉了两下，没拉动，于是叹了口气："没事儿的。"

丁霁抬眼看了看他。

"没事儿，"林无隅在他胳膊上轻轻拍了一下，"你……我先出去转一圈儿吧，你一个人待会儿？"

丁霁愣了，他是真没想到林无隅会这么说。这个建议其实挺好的，他就是因为林无隅的出现而全身难受，站也不是，坐也不是，哭也不痛快，不哭还憋不住，出声也不行，不出声又尴尬。但如果现在林无隅真的转身出了门，这个屋子又回到这几天他一个人的状态里，他却也不能忍受。

"不。"他说。

"那行吧，"林无隅想了想，伸手拍了拍他的肩膀，"你要哭吗？我可以假装不知道。"

丁霁心里一阵发酸。

他低头深深地吸了一口气，想要让自己平静下来，但在慢慢吐气的时候，眼泪就再次涌了出来，后半口气儿也吐不成了，变成了哭声。而且因为是在吐气，他甚至感觉自己仿佛是"嗷"的一声哭出来的，跟个傻瓜一样。

林无隅没再说话，手一直在丁霁背后拍着。除了这个安抚的动作，他也想不出来还能做点儿什么了，毕竟丁霁的反应是他完全没有预料到的。他甚至想过，回来的时候丁霁会不会已经拿着行李走人了？他是应该打电话问问还是就这么算了？或者一开门，丁霁就当脸一拳砸过来，他是该挨那一下还是躲开……就是没有想到丁霁会哭，哭得还这么伤心。

林无隅掐时间一般都很准，但今天丁霁哭成这样，他心里乱成一团，也没心思去想丁霁到底哭了多长时间，只知道最后丁霁没了声音，还低着头，起码五分钟才终于抬起了头。他没看清丁霁的脸，丁霁已经转过身，拧开洗脸池的水龙头，哗哗地往自己脸上泼了一通水。

"不好意思。"丁霁关上水龙头，撑着水池边，吸了吸鼻子。

"你饿吗？"林无隅问，"红豆饼可能还是热的。"

"嗯。"丁霁带着浓重的鼻音应了一声。

林无隅赶紧转身去了客厅，从袋子里拿了一盒红豆饼出来，打开盖子用手指在一个饼上点了点，发现饼已经凉了。

"不热了吧，"丁霁走了出来，挂着一脸水，"一路回来这么长时间。"

"到楼下的时候还是热的，"林无隅笑笑，"我买的时候刚做出来。"

"怪我喽？"丁霁伸手拿了一个饼，咬了一口，"哭的时间太长了，把饼都哭凉了是吧？"

"不是，"林无隅说，"空调吹凉的，正好放风口下面了。"

丁霁看了他一眼，又吸了吸鼻子，林无隅顺手扯了张纸巾递给他。

丁霁转开了头："不要。"

"手弄湿了吧，"林无隅说，"是不是应该去医院重新换一下药？"

"我去社区医院缝的针，"丁霁说，"拿了一堆药回来自己换，医生说没多深。"

"缝针了？"林无隅吓了一跳，"这么严重？"

"两针，开学之前差不多就能好了，"丁霁又拿了一个饼，"还挺好吃的。"

"嗯，很多人买。"林无隅说。

丁霁没说话，两口把饼塞到了嘴里。

"换一下药吧，"林无隅说，"别感染了。"

换药是个不错的事，起码能让他俩不那么别扭，不知道怎么开口，还不能不说话。

换药就很好办了，丁霁往茶几旁边一坐，把手搁了上去："拿个盘子过来接一下。"

林无隅犹豫一下，去厨房拿了个盘子放在丁霁手下面。

"拆开，把那个透明瓶里的水倒上去，哗哗倒，然后喷点儿那个白瓶子里的东西，包上就行了，"丁霁指挥他，"医生就是这么弄的。"

"我来？"林无隅弯着腰，看了看他的手。

"不然我来吗？"丁霁问。

"行吧，我来。"林无隅一咬牙，伸手捏住了丁霁手上的胶带，轻轻一扯，把绕了两圈的胶带扯了下来。

打开湿了的纱布看到丁霁的伤口时他皱了皱眉："怎么弄成这样……你拍刀干什么？"

"不知道。"丁霁闷着声音。

是生气了吗？林无隅没敢问，这种时候，丁霁敏感得仿佛头发丝儿上都带着神经，他得非常注意自己说话的内容。丁霁经常下厨房给奶奶帮忙，菜刀拿手里肯定不会有这么严重的失误，就算是他这种连拍黄瓜都不会做的人，也不至于让菜刀割了手心。丁霁说是拍了刀，那应该真的是一巴掌拍在了刀刃上——是生气了吧。林无隅有些心疼。为什么生气？因为反应过来自己吃了好几个月的香菜馅儿饺子，还是因为香菜馅儿饺子居然用这种方式让他知道自己吃了什么……

拿起那个透明的瓶子按丁霁的要求往伤口上倒的时候，他手有些抖，这伤口虽然缝好了，但还渗着血，看上去有些惨不忍睹。

"我倒了啊。"林无隅提醒他，瓶子里的应该是酒精。

"倒吧，不疼，麻醉劲儿还没过呢，"丁霁说，"医生也真是狠，麻醉针直接戳伤口上，疼得我狂喊一嗓子，门口小孩儿都让我吓哭了。"

林无隅笑了笑，把酒精哗哗地倒了小半瓶在伤口上："可以了吧？"

"嗯，"丁霁点点头，"棉球儿蘸蘸，然后就喷那个，那个好像是可以粘住伤口不裂开。"

"好。"林无隅捏起一个棉球，小心地不让自己的手碰到丁霁的伤口，蘸完之后又喷上了愈合剂，这才算是完成了工作，包纱布就容易多了，裹几圈，用胶带粘好固定。

"好了，"林无隅看了一眼盘子，里面盛着红色的酒精，看上去有些吓人，"这个盘子……"

"扔了吧。"丁霁皱了皱眉。

"下回拿个塑料袋儿接着算了，"林无隅说，"一共就四个盘子，只够换四次的。"

丁霁愣了一会儿："这一个盘子专门拿来换药不就行了吗？"

"……也对啊。"林无隅也愣了。

"你怎么当的学霸？"丁霁问。

"你还小神童呢？"林无隅说。

丁霁顿了一会儿，靠在椅子上笑起来。林无隅把盘子洗干净了，放到茶几下面，留着下次换药用。

丁霁看上去比之前状态要好些了，脸上表情都轻松了很多。林无隅决定至少今天晚上，不能再提丁霁受伤的原因。

"我看厨房有鸡翅和咸蛋，"林无隅说，"是要做鸡翅吗？"

"嗯，"丁霁叹了口气，"现在做不成了。"

"要不……"林无隅走到厨房门口看了看，"鸡翅也不用切、不用砍，你告诉我怎么做吧，我来做。"

"行，"丁霁点点头，站了起来，开始背诵菜谱，"鸡翅洗净沥水切上花刀方便入味，咸蛋黄压碎，加大约一个蛋黄的量到鸡翅里，再加姜片、料酒、生抽，抓匀腌制半小时后裹干淀粉，油温六七成热下锅，中小火煎至金黄……"

"隔壁的小孩儿都馋哭了。"林无隅说。

"我就说一遍啊，"丁霁看着他，"好好听。"

"继续。"林无隅点头。

"盖盖焖五分钟夹出来，重新起锅放少量油，咸蛋黄炒至冒泡，鸡翅倒入翻搅，"丁霁说，"出锅撒葱。"

"就这样？"林无隅问。

"记下来了吗？"丁霁问。

"给我五分钟我能倒着给你背一遍。"林无隅转身进了厨房。

丁霁笑了笑，坐在客厅里没动。倒着背他还真信，对林无隅来说，应该不是什么特别难的事儿，毕竟他有玉皇大帝盘过的脑子，但这个做的过程要全完成，对一个连黄瓜都不会拍的人，估计不容易。反正今天他们班群里几个说要做的人，全都失败了，有的煎黑了，有的焖煳了，还有一个全程做完特别漂亮，咬一口居然冒血丝，不知道怎么做到的。林无隅注定要失败，丁霁有种报复的小快感，心里舒服了很多。几分钟之后他甚至可以起身站到厨房门边，看着林无隅笨手笨脚地干活了。

林无隅身上捆了个五常大米的围裙，正站在案台边看着锅里煮着的咸蛋。

"你居然知道这个咸鸭蛋是生的？"丁霁说，"我以为你会以为这是煮过的呢。"

"我的确是这么以为的。"林无隅把垃圾桶踢到了他面前。

丁霁往里看了一眼，一个已经敲开了壳的咸鸭蛋躺在里头："就这么扔了？"

"不扔怎么办？"林无隅说。

"蒸熟了吃啊无隅哥哥！"丁霁喊了一声。

林无隅看了他一眼，丁霁没了声音。

"无隅哥哥"——这本来是很正常的一个称呼，他心情特别好，看着林无隅特别有意思的时候，就喜欢这么叫，但此时此刻，这声"无隅哥哥"叫出来，突然感觉像是被扒光了衣服。

"垃圾袋我刚换的，还没扔别的东西，"林无隅说，"要不要拿出来？"

丁霁看着他，好半天才开口："你胃口是真好啊？"

"那不拿了。"林无隅继续盯着锅。

丁霁看了一会儿，实在忍不住，又问了一句："你是单线程的吗？"

"嗯？"林无隅看了他一眼，"哦！"然后拿起了鸡翅，开始切花刀……其实就是随便在上面划几刀。看得出来，林无隅也有些心不在焉，这么基本的安排都需要他提醒。

丁霁不再说话，靠在门边沉默着。他判断不出来林无隅在想什么，林无隅的情绪很少外露，尤其是有情绪的时候。他习惯看人，但每次看林无隅都有些费劲。他把手伸到裤兜儿里摸了摸，奶奶的铜钱还在里头，得算一卦去……算什么呢？算林无隅在想什么？这肯定算不出来。算林无隅的感情，还是算他自己的感情，或者算算从今天过后，他和林无隅的关系会是什么走向？

丁霁捏着兜儿里的铜钱，转身准备回客厅。

"不看了？"林无隅问。

"很好看吗？"丁霁说。

"那你去哪儿？"林无隅转过头看着他。

"放心吧，我现在……还行。"丁霁感觉自己后脑勺都有些发紧了，这会儿就没法跟林无隅聊除了做鸡翅之外的话题了，只能赶紧走，"我不想跟你说话。"

"哦，"林无隅在他身后应了一声，"那你想跟我吃饭吗？"

"你先把你那个倒背如流的菜做了吧！"丁霁喊了一嗓子。

"黄金至煎，火小中锅下，热成七六温油……"林无隅说。

丁霁愣了愣，好几秒才反应过来这是在倒背他之前说的话。

有病！

林无隅对做饭没什么兴趣，在丁霁家闹哄哄地给奶奶帮忙倒是还挺好玩，但让他一个人在厨房里背诵着菜谱做一道菜，就有点儿痛苦了，特别是现在他和丁霁的状态都拨在"诡异"那一档上。丁霁肯定是已经反应过来了，只是他拿不准丁霁有没有做出决定，或者有没有什么想法。在丁霁明确告诉他任何决定之前，他都不能动。若丁霁不能接受，他的任何表达都会让丁霁反感；若丁霁能接受……如果能接受，这会儿也不会是这样的动静了。丁霁如果还在摇摆，他拉一把说不定丁霁就摆过来了，但这么做实在有些不舒服，仿佛乘人之危。

林无隅叹了口气，把注意力放回到了鸡翅上。为了让自己专心做鸡翅，他只能在脑子里正正倒倒地不断过着菜谱。这菜谱被丁霁总结得非常简洁，好记好背，就是不好做。本来以为不用切，结果要切花刀，还要切姜丝，本来以为蛋剥了就行，结果还要煮熟了按碎，那蛋白怎么办？留着吃吗？他尝了一口，太咸了，只能留着当盐用。

姜实在是切不出来丝，林无隅直接按碎了，把姜汁挤到鸡翅上，反正要的不就是姜味儿去腥嘛，真聪明，但是料酒和生抽需要多少也没个标准量，只能估摸着倒了两勺，看看没什么颜色，他又多倒了两勺生抽，依旧没什么颜色，出于谨慎，他没有再倒，淡了撒点儿盐吧，或者咸蛋白。

丁霁听着厨房里时不时发出的叮当声，还有打火半天打不着的咔咔声，情绪慢慢平静下来。林无隅现在已经知道了他的心思，但别的未必有数，要不早开口了。那么——丁霁扔下铜钱。假设林无隅对他也有一样的心思，说不定还是因为他长得像许天博……丁霁再次扔下铜钱。那么——丁霁摸过铜钱，在手里掂了掂，再扔出去。

林无隅大概是开始煎蛋黄了，厨房里唰唰响，抽油烟机也没开，味儿飘了一屋子。

下乾上坎，以刚逢险……观时待变……

啧。

丁霁皱了皱眉，待个头。

他把铜钱放回兜儿里，随手拿了旁边机顶盒的说明书，翻了一页，一眼扫过去，记下三个数，正闭眼儿算着，厨房里突然丁零哐当一阵响。他跳起来的时候听到了锅掉地上一圈圈儿转着最后扣下去的声音。林无隅这是把锅扣了！

学霸牛哇！一锅裹着油的咸蛋黄啊！

"没事儿吧！"丁霁冲到厨房门边先喊了一声。

"没事儿。"林无隅马上应了他，接着丁霁就听到了水声。厨房地上扣着一口断了把的平底锅，冒着泡的咸蛋黄撒了一地，林无隅正站在水池前冲着手。

"烫手了？"丁霁喊，过去把灶台上的火关了，然后走到了水池边儿上，一眼就看到林无隅手背上一片红。

"没事儿，"林无隅说，"有一坨蛋黄粘手上了。"

"多冲一会儿，"丁霁皱着眉，盯着他的手，"你是怎么弄的，那个把儿怎么断的？"

林无隅叹了口气："没断，是松了，我一颠锅……"

丁霁伸手在他脑门儿上碰了一下："这也没烧啊。"

"我就想试试，"林无隅笑了笑，"结果把是松的，我一晃，锅就掉了。"

"就你这种黄瓜都拍不明白的水平，你煎个咸蛋黄有什么必要要花活儿啊？"丁霁非常不解。

"……不知道。"林无隅说。

锅里的油不算多，在甩到林无隅手上时，大部分的油已经飞了出去。冲了五分钟水之后，他俩检查了一下林无隅的手，没有继续变得更严重，但是起了水泡。

"过几天就好了。"林无隅说，"你叫个外卖吧，我收拾一下。"

"一块儿。"丁霁捡起了地上的锅。幸好厨房里东西不多，沾上油需要擦洗的就是地面和案台，还有灶。丁霁和林无隅沉默着拿抹布用了十多分钟，单手把厨房收拾干净了。今天买的咸蛋黄全进了垃圾桶，因为就这一个锅，腌好的鸡翅也没法做了，只能包好了先搁冰箱里。林无隅坐在客厅里盯着手机找了十分钟，丁霁都感觉到饿了，他才抬起头："外卖里居然没有金沙鸡翅。"

"别金沙了，现在黄沙鸡翅我也吃得下，"丁霁说，"随便叫一个吧，想吃的话可以晚上再买了材料来做。"

"我以为你想吃呢。"林无隅点了点头，继续盯着手机，丁霁突然就觉得眼眶又有些发热。林无隅叫了两份奥尔良鸡翅、两份排骨、两份汤，出人意料地少。摆在桌上的时候丁霁就觉得这大概不够他俩吃的，他饿了，林无隅本身就吃得多……

"这不是你风格啊。"丁霁坐到桌子旁边。

"我开始减肥了。"林无隅说。

"你肥了吗？"丁霁看了他一眼。

林无隅笑了笑，过了一会儿才说了一句："路上我吃了两盒红豆饼，现在吃不下那么多了。"

"这才是事实。"丁霁点了点头。

红豆饼的盒子被林无隅放到了旁边的小柜子上，很不起眼的地方。

可能是他刚才说红豆饼好吃的时候有些心不在焉说得不太真诚，林无隅觉得凉了他不喜欢吃。

想到这红豆饼是林无隅大老远带回来，到楼下都还是热的……

"饼拿过来，"丁霁说，"我不想吃米饭，吃饼算了。"

"好，"林无隅马上起身，过去拿了一盒，"要不放微波炉叮一下吧，热的好吃。"

"不了，"丁霁摆摆手，"这会儿咱俩不进厨房了，它跟咱俩不对付，又是砍手又是砸锅的，让它缓缓。"

"行吧。"林无隅笑了起来，把盒子放到了他面前。一盒四个饼，丁霁全吃了，还吃了不少鸡翅和排骨，最后又灌了两碗汤。吃得有点儿撑，吃饭的时候没话可说的感觉实在太痛苦，只能以不停地吃来表达"我很好，我没事儿"。林无隅吃得的确比平时少很多，不知道是真的路上吃多了吃不下，还是别的什么原因。丁霁靠在沙发上，看着电视发愣，没过多大会儿就睡着了。

林无隅把桌上的剩菜收拾了，站在客厅里发了一会儿呆，丁霁睡得挺死，没有醒的意思，于是他回了卧室，躺到床上拿手机看了一部电影。这感觉实在是有些憋闷，他从来没想过，这件事有这么复杂，明明进或者退，听上去只有两个选择而已。对很多人来说，也许真的很简单，比如刘金鹏，但对丁霁来说，就完全不同了。

林无隅翻了个身，把有些疼的手晾到床外头，丁霁没有过这样的经验。就算他回过神来了，要接受这样的现实，远不是哭一鼻子那么简单。

林无隅突然有些后悔，会不会还有更合适的解决方式？也许有吧。他想不出来，毕竟他也经验不足。

　　晚饭前丁霁醒了，但他俩没去超市买咸鸭蛋，还是林无隅叫了外卖回来吃，因为丁霁一直在扔铜钱，一直扔到外卖送过来才停，吃完以后又接着扔。林无隅几次打断他想问问是不是走火入魔了，但丁霁都只是摆摆手示意他不要说话。林无隅没再开口，丁霁这大概并不是在算卦了，只是一个下意识的辅助动作，很多事已经了然于心。林无隅第一次这么盯着丁霁看，一看就好几个小时，从六点多吃完饭一直看到十点多他去洗澡。

　　洗完澡出来的时候他打算继续看着丁霁扔铜钱，如果丁霁扔一夜，他就陪一夜。但是打开浴室门的时候，他吓了一跳，丁霁笔直地站在门外。

　　"你？"林无隅赶紧回头看了一眼门，顿时有些无语。从这个角度看过去，正好能从门上被劈开的口子看进浴室，如果丁霁一直站在这里，基本他洗澡的全过程能观摩个遍了，他不得不迅速回忆了一下自己洗澡的时候有没有做出什么奇怪的动作。

　　"林无隅你再看看我。"丁霁说。

　　林无隅看着他，丁霁没有回避他的目光，跟他对视着，眼睛很亮，非常好看。林无隅不知道他这是要干什么，但还是盯着他看了很久。

　　"你是不是一直在琢磨我，"丁霁轻声问，"琢磨我到底在想什么？"

　　"嗯。"林无隅应了一声。

　　"我也一样，"丁霁说，"我也在琢磨你到底在想什么。"

　　"你问的话我可以告诉你的。"林无隅说。

　　"不，"丁霁摇了摇头，"我还不知道我在想什么，你别影响我。"

　　"好，知道了。"林无隅说。

　　"我长这么大，"丁霁声音有些抖，"没有这么慌过，我爸妈非让我回家住的时候，我也只是生气，没有慌。"

　　"嗯。"林无隅拍拍他后背。

　　"从来没有这么慌。"丁霁说。

　　"我陪着你呢，不慌。"林无隅说。

　　"别说胡话，"丁霁依旧声音很轻，"你知道什么是胡话吗？"

　　"我刚说的话。"林无隅说。

　　丁霁笑了起来，头发在他脸上蹭得有点儿痒，但他没敢抬手挠。丁霁笑完又沉默了一会儿："我真没想到你会这么干，林无隅，你真牛，你是不是就一直在边儿上看我笑话？"

　　"没，"林无隅说，"你这话不由衷啊。"

344

丁霁"啧"了一声："是。"

"你是个很好的……人，"林无隅说，"有些事儿……"

"我不是乌鸡了吗？"丁霁问。

"你是只很好的乌鸡，"林无隅一点儿犹豫也没有就改了口，"无论是作为朋友还是……别的什么，我都很珍惜，所以有些事儿不能拖，不能装傻。"

"我知道。"丁霁说完，往后退了退。

"我舒服多了，"丁霁往卧室里走，"我现在洗澡，你别看。"

"我没有这个爱好……"林无隅叹气。丁霁拿换洗衣服的时候，林无隅拿了个空了的红豆饼盒子拆开，用丁霁换药的胶带粘在了浴室门上，丁霁站在门口笑了能有一分钟。

"别瞎乐，"林无隅拿出手机，"换门的钱一人一半，我先出了，你欠着……好容易给你免掉一千块钱，又加回去了……"

"什么门要两千块钱啊？"丁霁转头瞪着他。

"我刚看了一下房东的清单，"林无隅说，"浴室门损坏两千块钱。"

"不能自己买一个换上吗？"丁霁说，"这种门一千元出头就能买到，破门我给他换个新的还不行啊，锁也没坏，还能用呢。"

"好。"林无隅点了点头。

他喜欢听丁霁这样说话，丁霁这种状态的时候说明心情还可以，不过第二天起来，他就不太确定了。丁霁起来吃完早点就背上了他那个跟讨米袋儿一样的包，往门口走了过去。

"去哪儿？"林无隅一阵紧张。

"转转。"丁霁说。

"我跟你一块儿转去。"林无隅站了起来。

"我一个人转，"丁霁看了他一眼，"别跟踪我啊。"

"……还回来吗？"林无隅忍不住问了一句。

"回啊，"丁霁说，"我要吃饭的啊。"

"行吧。"林无隅第一次觉得丁霁难以捉摸。

丁霁很愉快地出了门，关上门之后林无隅甚至听到了他吹口哨的声音。

不知道是不是报复，林无隅把丁霁扔在屋里三天，丁霁就把他一个人也扔屋里三天，头一天中午还回来吃饭，后面两天饭都不吃了，晚上七八点才回来，而且过了三天之后也依旧没有停止的意思。林无隅一个人在屋里对着电视，实在猜不出来丁霁这是一种什么奇怪的思考方式，但也没有多问。是他先撕开了口子，是他让丁霁难受了。丁霁晚上睡得并不踏实，林无隅听得见，以往丁霁躺下去就老老实实一觉睡到天亮，要是不叫他，他能睡个对时，但这几天晚上丁霁都会起来，林无隅能听到他轻手轻脚起床，穿过客厅去阳台，一待就是一两个小时。他只能沉默地陪着丁霁，等丁霁做出最后的决定。

"你还要在我这儿待多久？"林湛拿着手机，一边给人回消息，一边看了看丁霁。

"待到报到啊，"丁霁说，"我一开始不就说了嘛。"

"你们什么时候报到？"林湛叹了口气。

"后天。"丁霁低头看了看手机，确定了一眼时间，是后天，他只有两天时间了。

"你今天可以回去待着，"林湛说，"林无隅出门了，他今天去接他同学。"

"许天博吧，"丁霁点点头，"我以为他前两天就来了呢，这么晚。"

林湛把手机扔回桌上，脚在地上轻轻点了一下，跟着椅子转了半圈："你要不想回去，今天就还待在这儿吧。"

"好。"丁霁马上点头。

"有条件的。"林湛说。

"最后一天了还给我加条件啊？"丁霁说。

"就是最后一天了才加，"林湛皱着眉，看了他好一会儿，"同意吗？"

"同意。"丁霁笑笑。

"你跟林无隅什么关系？"林湛问。

丁霁愣了愣，手都吓得抖了抖："同学啊。"

"同学？"林湛看着他。

"就……虽然不是一个学校。"丁霁说。

"同学吵个架，"林湛往前探了探身体，胳膊撑着桌子，"要离家出走好几天？而且是白天出走晚上回去？"

"冷战嘛。"丁霁揉了揉鼻子，"我也没地方去。"

住酒店啊同学——丁霁很感谢林湛没说这句。

"我大你五岁，知道吗？"林湛说，"我初中没上完就一个人出来了，什么人我都见过，什么事儿我都经历过，你俩再聪明，搁我面前，都是透明的。"

丁霁看着林湛，林无隅说过，林湛对他自己的评价是普通智商的普通孩子。但现在林湛这么看着他的时候，他突然还是有些发怵，也许是这次的事儿太大，他实在是没藏好。

"所以呢？"丁霁问。

"所以你躲我这儿是没有用的，"林湛说，"你俩一个学校一个专业，后天你俩就二十四小时低头也见抬头还见了。"

"嗯。"丁霁轻轻叹了口气。

"我猜不到你俩什么关系，也不想猜，"林湛说，"但是你想了这么多天，每天还各种搜不知道什么玩意儿来回看，如果是要解决什么问题，你要怎么做心里早就有数了，你只是不愿意去跟林无隅面对面而已，对不对？"

丁霁皱着眉，好一会儿才往椅子里一靠："是。"

"报到之前解决吧，"林湛说，"在这儿吃我的、喝我的这么多天，总得有点儿收获，报到以后就是新生活了。"

林无隅站在机场出口，头上的滚动屏幕上显示许天博的航班已经到达。他没有挤到人群最前头，更没有去抢中心位，就站在后面的窗边，许天博从人堆里一挤出来就能看到他了，倒不是他特意区别对待，只是前排中心位过于能勾起回忆。手机响了起来，估计是许天博出来了。

他看也没看就接了电话："我在出口这个窗户边。"

"你是送许天博去学校，还是接到你这儿？"那边传出了丁霁的声音。

林无隅吓了一跳，下意识地站直了："去学校。"

"那你什么时候回来？"丁霁问。

"现在也可以。"林无隅说。

"我没事儿，我就是问一下。"丁霁说。

"那就再晚点儿，我送他到学校再吃个饭。"林无隅说，"你在哪儿？"

"回来的时候给我打个电话吧，"丁霁说，"我有事儿跟你说。"

许天博果然带了不少东西，出来的时候一个登机箱直接被他一脚踢到了林无隅跟前儿："这个你的，自己拿。"

"全是零食？"林无隅问。

"嗯，"许天博说，"其实也没多少，这箱子是硬壳的，装不了什么。"

"那个包给我吧。"林无隅指了指他放在大箱子上的一个包。

许天博把包递给他："怎么感觉你瘦了？"

"是不是晒黑了显瘦？"林无隅问。

"不是吧，"许天博看了看他，"你不一直这个色儿吗？"

林无隅笑了起来："那就是太累了瘦的。"

许天博又看了他一眼，虽然什么话也没再说，但非常明显，并不相信。林无隅叹了口气，他是真没注意自己这阵儿是瘦了还是胖了，运动反正有时间就会动一动，特别是丁霁跑出去的时候，他会跑步，在屋里举举饮水机罐子……但是……

"真瘦了？"林无隅摸了摸自己的脸。

"嗯。"许天博点了点头。

"我复习那阵儿都没瘦吧？"林无隅问。

"所以这是什么比复习还可怕的活儿啊，"许天博笑了起来，"你不说我就问了啊。"

"问吧。"林无隅说。

"是丁霁吧？"许天博说。

"问得这么单刀直入。"林无隅笑了。

"之前就想问，又觉得这事儿我来问有点儿没立场。"许天博说。

"不是最好的朋友吗？怎么没立场了？"林无隅腾出一只手拍了拍他的肩膀。

"丁霁去拿你通知书的时候我就感觉有点儿，"许天博想了想，"然后才想起来他去过咱们宿舍楼，我一下就'脑补'了一场电影……"

林无隅听得笑了半天，在丁霁这东窜西藏躲猫猫的几天时间里，他一直觉得闷，这会儿了才是第一次笑出来，因为跟人坦然聊起丁霁的事儿，因为丁霁说了"我有事儿跟你说"。无论说的是什么，丁霁愿意怎么样都行，终于手起刀落，对于向来果断的林无隅来说，是件心情舒畅的事。

机场有专线到 H 大，但是他俩没坐，早上跟林湛说要来接许天博的时候，林湛让朋友开车送他过来，一会儿再给他俩送到学校去。这个朋友上回在地铁口见过，他和丁霁都印象深刻的那个狮子鼻，林湛给介绍了一下，姓张，叫张苗苗，可以叫苗哥。林无隅有些不能接受这样的大哥叫这样的名字。苗哥话极其少，少到让林无隅觉得他跟林湛是不是有仇，送他弟弟去机场是有什么重要的人在林湛手里做了人质才迫不得已答应的。送他和许天博去学校的时候也是一路沉默，许天博说话都没声音了。

"这人谁？"许天博凑近他用微弱的气声问。

"我哥的朋友。"林无隅也用微弱的气声回答。

"你哥？"许天博的气声里带着疑惑。

"改天细说。"林无隅说。

许天博对他家的事儿不是太清楚，他从来不提，许天博也基本不打听，这会儿突然有了个哥，许天博半张着嘴对着前方迷茫了好几分钟，最后本着你不说我就不多问的原则，掏出手机开始玩游戏。

林无隅也拿出了手机，丁霁没有给他发过消息，他俩的聊天记录还停留在好多天之前的红豆饼上。他又点开朋友圈，看到丁霁的名字时有些小小的惊喜。

他从来没想过他会看着这个他曾经考虑要不要屏蔽的话痨发朋友圈时会感觉惊喜，毕竟话痨这么多天话都没有过一句，更别说话痨了——"我居然捡到一只狗？拿回家了，但是不知道能不能养，先喂饱吧，它怎么长得这么丑啊？"

下面配了张照片，丁霁的脚边有一只小狗，跟丁霁的鞋差不多大，站起来只能抱着他的脚踝，丑，是真的挺丑，长得很像被泼了一碗芝麻糊的抹布团子。

林无隅犹豫了几秒，给丁霁发了条消息。

——在哪儿捡的狗啊？

丁霁很快回了过来。

——外面，你回来再跟你说。

林无隅看到这行字，猛地一抬头。

"嗯？"许天博盯着手机。

"没，玩你的。"林无隅说。

这一瞬间他突然有一种不祥的预感，丁霁要跟他说的事儿，不会就是这只狗吧？毕竟这狗他捡了，但学校宿舍肯定不能养。这套房子就算他一直租着，那也是他租的，在这里头养狗，丁霁肯定得跟他商量……就为这件事儿？林无隅突然感觉有些迷茫。

H 大的校门口非常热闹，很多学生是今天到校，门口川流不息的都是拖着大大小小行李箱的人，还有各院系为接新生举着的牌子。

"那儿。"许天博指了指前面的一个牌子。

接新生的人很热情，领着他们往报到的体育馆走。

"你不一块儿报到吗？"许天博问。

"不了，我……明天。"林无隅说。

"哦对。"许天博马上反应过来，点了点头。

林无隅一路跟着往里走，一边到处看着，心想明天他跟丁霁一块儿过来的时候不知道是什么样的心情了。如果丁霁今天只是跟他说流浪狗的事儿，他还真没法想象明天是怎么个状况，能不能一块儿过来都不敢确定，毕竟现在丁霁睁眼儿就不见人，晚上能回来睡个觉就不错了，林无隅叹了口气。

这一路看着挺熟悉，毕竟是名校，报道也多，之前老林还给他各种发视频，他还没来过，脑子都快能画出 H 大的地图了。体育馆外面的报到流程写得很清楚，按现场的指示一条龙，报到、交材料、拿学号、拍照、拿学生卡……很快许天博就领了一堆卡。

"你可以先看看宿舍，"许天博说，"已经排好了，一会儿问问宿舍号，你跟丁霁应该是一个宿舍吧，我们可能就不在一屋了。"

"嗯。"林无隅应了一声。

到了宿舍办好手续，许天博跟宿舍长那儿打听了一下，问到林无隅和丁霁的宿舍号。

"那就是在一个屋是吧？"许天博又追了一句。

"一个大屋，"宿舍长点点头，"里头两间房。"

"谢谢。"林无隅松了口气，然后看着许天博："你去把行李放好，先别收拾了，我在这儿等你，去吃个饭。"

"我吃食堂，"许天博晃了晃手里的卡，"你回吧。"

"嗯？"林无隅看着他，"你不是吧，我给你接风呢？"

"明天我给你俩接风吧，"许天博说，"我现在可是拿着 H 大学生卡的人，你就别想着给我接风了。"

林无隅看着他，有点儿不知道该说什么。

"咱俩不差这一顿，"许天博叹了口气，"真的，没必要。"

"那我走了，"林无隅也没跟他客气，几年同学下来他也从来没跟许天博客气过，"明天我到了给你打电话啊。"

"宿舍找我。"许天博笑着说。

"嘚瑟什么呢？"林无隅也笑了。

"明天我请啊。"许天博交代。

"行。"林无隅点了点头。

"No!"丁霁指着想往垃圾桶上扑的狗，用脚把它扒拉开了，"你别乱翻，尿三泡了我都没打你，吃也吃了，喝也喝了，你还翻垃圾？"

小狗奋力地越过他的脚，尾巴绷得跟棍儿似的，再次扑向垃圾桶。丁霁只得把它抓了起来，拿了个环保袋装着，挂在了椅背上："你先睡会儿，我现在脑子乱得很，没耐心陪你玩，你乖。"

小狗在环保袋里哼哼着扭来扭去，过了一会儿就不动了。丁霁凑过去看了看，已经睡着了。他舒出一口气，坐到沙发上，低头用手抱住了脑袋。

按时间算，林无隅这会儿应该是在跟许天博吃饭了，吃饭带聊天，大概一个小时差不多，许天博刚报到，东西还要收拾，可能还要买一点儿，肯定不会聊太久，那么算算差不多还有两个小时，林无隅就回来了。

两个小时，一场电影的时间，听着挺长了，够看一场电影呢，但这会儿就是一瞬间。虽然他已经等了一上午，但还是一瞬间。一上午都一瞬间过去了，两个小时算啥呢，一瞬间都没有。

他已经想好了要跟林无隅说什么，但怎么开口，要怎么起头，要怎么应对林无隅的反应，琢磨了能有一万遍了，也没个确切的想法。这么一想，他又觉得时间太长了。两个小时太长了，能想的事儿太多，想得越多就越慌，想得越多就越紧张，就跟小时候要全班上台唱歌一样，排队的时候还很激动，马上扔上去唱的话啥事没有，但排队的时间越长就越紧张，到最后终于上场的时候尿都快憋不住了。

丁霁决定下楼去转几圈儿舒缓一下心情。

本来像这种时候他可以去林湛那儿，但昨天林湛说了"不要再过来，影响我工作你赔钱吗"，他已经欠了弟弟两万多元，不能再欠哥哥的。有点儿惨，他拎起环保袋下了楼。

狗还没起名字，他不确定这狗到底该怎么办，于是犹豫了一下，看着袋子里还在睡觉的狗："你就暂时叫'怎么办'吧，等你有正式的着落了再起个好名字。"

"怎么办"闭着眼睛，前爪在脸上蹭了蹭，大概是同意了。

丁霁带它下来本来是打算遛一遛，但"怎么办"睡得很香。作为一只流浪狗，它对外面的世界估计也不稀罕，所以也没有要醒过来的意思。丁霁只好提着这个环保袋，在小区里慢慢溜达着。提了没多大会儿就觉得有点儿沉，这狗虽然小，但还挺肥的，毛很短，体格完全不靠毛，纯靠肉撑起来的，于是丁霁又把袋子挎到了肩上，跟个买菜归来的大姨似的。

丁大姨在小区里转了四圈儿半，走在小区中间最宽敞的那条路上时，他的手机响了，不是微信也不是短信，是电话。他有点儿慌，飞快地拿出手机，看到是林无隅的名字时，居然不敢接。盯着上面的名字看了很长时间，担心再看下去电话就要挂断了，他才一咬牙接起了电话："喂？"

"去哪儿你？"林无隅的声音传了出来。

"没去哪儿，在楼下散步呢。"丁霁愣了愣，林无隅这是到家了？不是说了让他回来之前先打个电话吗！

"挎个兜儿散步？"林无隅说。

丁霁这时才猛地听出他说话时背景音里有车喇叭声，林无隅应该……就在他后头。

"不行吗？"丁霁说着往回看了一眼，林无隅拖着个小号的登机箱，离着他大概一百米，正往这边走过来。

"你不是请许天博吃饭吗？"丁霁突然紧张得喘不过来气儿，手也飞快地开始发凉，吸了口气，一边走一边问，"这么快就回了？"

"没请，他要吃食堂，"林无隅说，"你能停下吗？等我一会儿？"

"哦。"丁霁停下了脚步。

林无隅挂掉了电话，快步走过来，行李箱的轮子在地上滚动的声音一点点变得清晰起来。丁霁一直举着手机，林无隅在他面前停下了，他才回过神，把手机放回了兜儿里。

"这什么？"林无隅问。

"……狗，"丁霁赶紧扯开环保袋向他展示了一下，"叫'怎么办'。"

林无隅笑了笑："真是个……好名字。"

"临时起的名字，"丁霁说，"它跑来跑去也不知道该怎么叫它。"

"哪儿捡的？"林无隅伸手到袋子里，捏了捏"怎么办"的耳朵。

"小区后门，"丁霁说，"就是一出门那个大垃圾箱旁边。"

"垃圾堆里捡的啊？"林无隅迅速抽出了手。

"它的毛我都擦过了，"丁霁看着他，"有没有点儿同情心啊？"

林无隅又把手伸进去，摸了摸："有了吧。"

"就，这狗也不知道该送去哪儿，"丁霁说，"一直翻垃圾，这么小的狗估计不好活了，我就先拿回来了……你那儿能不能……先放几天？"

林无隅心里简直五味杂陈，在"怎么办"身上又摸了好几下之后叹了口气："你要跟我说的，就是这件事儿？"

"啊？"丁霁抬起头，"什么？"

"你说回来有事儿跟我说，"林无隅说，"是这捡了只狗的事儿吗？"

"捡了只狗的事儿……也是要说的。"丁霁把环保袋重新拎好。

林无隅都没心思再问他为什么遛狗要拿个兜儿拎肩膀上遛了，丁霁的一个"也"字让他松了口气。

"先说哪个？"林无隅问。

"走走吧。"丁霁转身往前走。

"狗给我拿吧。"林无隅跟上他。

"不用了。"丁霁摇摇头。

林无隅没说话，这个环保袋大概就是这会儿丁霁的安全感，人紧张不安的时候，总想要抓点儿什么，哪怕把自己抓成个买菜大姨，也无所谓了。

不过走了一小段路之后，丁霁还是把环保袋拿了下来，递给了他："哎，勒得我肩膀疼。"

"能放它自己走吗？"林无隅问。

"不能。"丁霁回答得很干脆。林无隅想了想，把袋子系在了行李箱的拉杆上，推着箱子继续跟着丁霁往前走。一直走到小区的人工湖旁边，丁霁才偏了偏头，开口问了一句："你害怕过吗？"

"有点儿觉得自己莫名其妙，但是没怕。"林无隅说。

"为什么不怕？"丁霁看了他一眼。

"因为我无所顾忌啊，"林无隅看着他，"会对我评头论足的人，都是我根本不会在意的人，我也没有需要'对得起'的人。"

这个回答本可以不这么详细，说完前半句就可以结束，但林无隅还是说了。他知道丁霁需要思考这么多天，不会只是思考简单的那么一个问题。

"嗯，"丁霁点点头，"那你没有觉得……很奇怪？"

"可能有过吧，"林无隅想了想，"但是没什么印象，应该并没觉得太奇怪。"

"哦，"丁霁轻轻叹了口气，"你这性格吧，大概就是这样——无所谓，随便，爱谁谁，我都不在乎。"

"也不是，"林无隅看着他，"我有很在乎的人，谁都会有，以前没有，以后也会有。"

丁霁偏了偏头，盯着他看了很长时间，往前又走了几步之后他停了下来，转身跟林无隅面对面地站下了。

"我有件事儿，"丁霁清了清嗓子，"就……"

林无隅感觉自己其实已经很确定，但在丁霁看上去准备正式开口的瞬间，又突然对自己的判断失去了自信。他看着丁霁，只有丁霁开了口，无论是什么样的结果，他才能从这种不断摇摆、不断确定又不断否定的状态中摆脱出来。

"我是想说，"丁霁又清了清嗓子，"就……"

林无隅吸了一口气。

旁边袋子里的"怎么办"醒了，正在扭，丁霁本来就有些尴尬，这会儿趁机就看了过去。林无隅伸手，抓住了袋子中间，"怎么办"被裹在了最下面，不能动了。丁霁的视线只得又收了回来，落在了他脸上。

"我想了好几天，脑子一直挺乱的，"丁霁看着他，"但是能想清的我都想清了，我……林无隅，那什么，我……"

林无隅感觉实在是有些煎熬，但知道对丁霁来说，要开这个口有多艰难，哪怕是已经有了决定。

"我……"丁霁咬了咬嘴唇，张开嘴却没能说出一个字来。

林无隅有点儿心疼，轻轻叹了口气，看着他："你很在意我。"

图书在版编目（CIP）数据

嚣张 / 巫哲著 . — 广州 : 广东旅游出版社 , 2022.8
ISBN 978-7-5570-2792-6

Ⅰ . ①嚣… Ⅱ . ①巫… Ⅲ . ①长篇小说—中国—当代 Ⅳ . ① I247.5

中国版本图书馆 CIP 数据核字 (2022) 第 105081 号

嚣张

XIAO ZHANG

出 版 人：刘志松
责任编辑：陈　吉
责任校对：李瑞苑
责任技编：冼志良

广东旅游出版社出版发行
地址：广州市荔湾区沙面北街 71 号首、二层
邮编：510130
电话：020-87347732
印刷：北京世纪恒宇印刷有限公司
（地址：北京市大兴区亦庄镇亦庄东工业区经海三路 15 号）
开本：700 毫米 ×980 毫米　1/16
字数：430 千
印张：23.25
版次：2022 年 8 月第 1 版
印次：2022 年 8 月第 1 次印刷
定价：54.80 元